陈尚君　著

唐诗文本与文献研究十讲

复旦大学出版社

目录

自 序

四五年前，承陈麦青先生雅意，邀请我为复旦大学出版社在海内外学术圈有重大影响的"十讲"系列，编写一本《唐诗文本与文献研究十讲》。我虽然应允，当时拙纂《唐五代诗全编》已经进入定稿与出版程序，由于全书篇帙巨大，又由我一人独立完成，上海古籍出版社配备强大的编辑队伍，也列出了出版的日程，我只能紧跟这一大书的编校定稿，从初审、付排、阅校到付型，全力以赴，未获稍闲。本书书名在丛书目录上出现已久，也引起许多朋友的询问，特别是感到有愧麦青先生和复旦大学出版社的高谊。

就我之理解，唐诗文献应包含唐人保存或佚亡的诗作，对这些作品的记录文献，历代的阅读、遴选、注释、笺解、点评、鉴赏而产生的大量文献，因知人论世而对诗人生平及作品所涉史事的相关文献，以及为准确理解文本而需掌握的语词释义、典故来源、典章制度以及地理人文诸方面的文献，涉及面非常广。就我的工作来说，最近十多年全力以赴编纂《唐五代诗全编》，目标是为学术界提供相对完整准确的尽可能接近唐人诗歌的可靠文本，其中小传涉及作者生平研究，录诗包含对存世唐人别集存诗的全面校理，辑佚部分包含对所有存世文献保存唐诗作品的全面网罗，鉴伪存真部分则对唐诗流传中产生的传误、依托、互见诗作全面甄别，附录本事部分则保存了唐宋时期有关唐诗写作过程、社会影响及时人阅读的直接记录。就大端来说，主要还是文本研究，更多的有关唐诗解释、选读、评点及笺说的文献也有涉及，毕竟与专治一家，关注明清时期唐诗阅读研究史的学者，在广度与深度方面也有所不同。因此，本书以涉及唐诗文本与文献研究者为中心，较多关注唐诗文本的研究写定，不能含括全部唐诗文献研究的内容。

拙纂《唐五代诗全编》成书过程，对所有存世唐诗作了几乎竭泽而渔式的网罗，也对唐宋至近年的有关唐诗文本之校定、唐诗传讹之校证、唐诗本事之真相、唐代诗人之事迹，作了钩稽与鉴别，所得之丰，超过最初预期。涉及较大端的问题，一是依凭历代书志与今存典籍，从四部典籍、佛道二藏到敦煌遗书、域外文献、新出石刻，努力希望所收文本没有大的缺漏；二是所引典籍，尽可能地希望利用善本、初本、完本，努力希望将明后期开始，以明清刊本为主的唐诗校订（以清辑《全唐诗》为集大成），追溯到宋代，尽最大可能地接近唐人原作的面貌；三是有区分地为每位作者、每首唐诗确定底本，备注一首诗在唐以后的流传轨迹，用以揭示变化，还原本文，记录异文，酌加考证；四是重新写定诗人小传，就《古诗纪》到《全唐诗》的作者小传来说，皆仅略备梗概而已，其中颇多讹缺，现代学术则希望诗人小传尽可能地完足，且能利用最新文献；五是对前人研究的充分参考，唐代就有述及，宋以来的笔记、诗话及集部书校注，所涉更多，且其中大多为读诗时率尔之言，较可征信的研究分析，其实是从近代以来方得完成，成就超迈前代。有以上几方面的讲求，拙纂希望为一代诗歌的研究奠定可以信赖的基础。

　　本书即以上述研究为基础，分列十个方面，来阐述唐诗文本与文献研究的基本原则与方法。以下试分别述之。

　　第一讲"《全唐诗》之成书、补遗和新编"收文六篇，其中《〈唐音统签〉提要》是我为《续修四库全书提要》所写。胡震亨《唐音统签》和清初季振宜《唐诗》，是康熙间钦定《全唐诗》的主要来源。《唐音统签》以往仅流传《戊签》与《癸签》两部分，前者我在 20 世纪 80 年代初，曾从复旦大学图书馆借出康熙刻本，与中华书局本《全唐诗》作过逐篇复核，所涉作者事迹、诗歌本事及文本来源，曾作逐篇记录。全书久存清宫，不为世知，晚近仅俞大纲、周勋初略作翻检，河南大学唐诗研究室传抄部分内容，编有引书索引。上海古籍出版社 2003 年影印出版，学者方得以充分利用此集。季振宜《唐诗》则有台湾联经图书出版公司《全唐诗稿本》影印本、北京故宫博物院《故宫善本丛书》影印本及中国国家图书馆藏誊清本。我指导的研究生欲以季书为学位论文，我本人目前没有独到研究，故暂从阙。《述茅元仪〈全唐诗〉》介绍明末一位学者欲自编《全唐诗》而未见留存，仅传一体例，略见其学术追求，以神仙鬼怪诗编为幻部，较有识见，为《唐五代诗全编》所采纳。《〈全唐诗〉〈全五代诗〉述要》是为《中国大百科全书》第二、第三版所撰条文，自觉对二书评价分寸尚属妥当。《出版三十年后回头看〈全唐诗补编〉》，是 2017 年因该书入围思勉学术原创奖而写，说明我在前数码时代的 20 世纪 80 年代从事唐诗辑佚和考订的过程，对当年因缺乏有效检索手段，以及初涉学术之学力不充，对全书的成就与得失，有较明确的反省。《中晚唐诗的重新写定——以许浑、陆龟蒙、殷尧藩、释常察诗为例》一文，是我 2019 年底参加日本京都女子大学主办的贾岛研究学术会议提交的论文，后来会议结集时有所重写，此处所收为初稿，可以见到我在《唐五代诗全编》成书后期的一些思考。《唐五代诗全编》于 2024 年 8 月由上海古籍出版社出版，学界颇多肯定，细节纠订仍有。《〈唐五代诗全编〉简介》是为《复旦学报（社会科学版）》2024 年第 6 期内页介绍此书而写，自撰能相对客观一些。

第二讲"唐人别集研究"，收文五篇。《唐代别集的十种层次——编次〈唐五代诗全编〉时的一个观察维度》，是 2024 年 9 月参加上海师范大学举办东亚唐诗研究青年论坛开幕式上的即兴发言，多谢查清华教授领衔的会务团队将其整理出来，自觉还有些心得。此外四篇，是为友人或出版方面所撰。这里特别要说到聂巧平教授点校整理《新刊校定集注杜诗》的重要，南宋百家、千家注杜盛行之际，最具学术开拓与奠基意义的郭知达九家注本则相对受到冷遇。三十年前，聂氏在复旦从王水照先生读博士学位，以《宋代杜诗学》为研究课题，当时得到文本很难，她克服许多困难，比读各种注本，对九家注的价值有全新的认识，为整理此书，用力极勤。此书似乎传本很多，其实皆出南宋宝庆间曾噩南海漕台重刻本。聂校最初以中华书局影宋本为底本，后来知道宋本存于台北故宫，已有影印本，乃将全书通校一遍。同时，对曾本派衍出来的各本，也有通校。齐文榜先生《唐别集考》是继万曼《唐集叙录》后，对存世唐人别集全面阅读、校核、记录的一部力作，很荣幸受邀为本书作序。万曼《唐集叙录》首次理清了一百多种唐人别集结集、改编、刊行的过程，并揭示了存世唐集的基本概况，久为学林推重。万书成书于一个特殊时期，其最大遗憾是所述各集版本主要依据明清公私藏书志的记录，未能逐一披检各版别集，这曾引起黄永年先生的批评。齐书弥补了这一缺憾，所阅唐集版本数量之多，可称难得，应给以特别介绍。

第三讲"唐诗总集之个案分析"存文五篇。就唐诗总集言，最重要的当属唐人选唐诗，以傅璇琮、陈尚君、徐俊编校《唐人选唐诗新编（增订本）》（中华书局 2014 年版）为最重要。拙文有《唐人编选诗歌总集叙录》（收入《唐诗求是》，上海古籍出版社 2018 年版），无分存逸，皆予考镜；更详细则有《唐诗鉴赏辞典》第二版所收《唐诗书目》。皆因篇幅较大，本书没有收录。这里仅选重要而今人常有忽略的几种。一是《唐人选地方唐诗集〈丹阳集〉与〈宜阳集〉》，前者存盛唐润州十八家诗，我有辑本。《宜阳集》存唐时袁州诗，最初从河南大学编《唐音统签引书目录》中得知此集，后来积累渐多，方有本文之表述。今人张琪《〈（嘉靖）袁州府志〉〈永乐大典〉所存南宋〈宜春志〉考辨》（《中华文史论丛》2023 年第 3期）对此有所补充，且可据以理解明人所引《宜阳集》皆据地志转引，未见原书。《跋上海图书馆藏汲古阁影宋写本〈极玄集〉》一篇之初始，是受傅璇琮先生委托到上海图书馆校勘此本，且因此本而得以确认《唐人选唐诗十种》所收入的两卷本《极玄集》，为元明间人分拆，更连带可知两卷本《极玄集》诗人下的生平小注，为后人所增，不能看作唐人的记录。《洪迈〈万首唐人绝句〉考》主要考察洪迈编此书之文献来源与保存唐诗的价值，并对洪迈割裂唐诗为绝句，误采唐前诗及宋人诗，作适当的澄清。日本斯道文库存宋刊本，还未全部公开，从目前知道的线索看，原书仅名《唐人绝句》，可资辑佚者大约仅几首而已，可校证文本差讹者，则所在多有（参金程宇《日藏宋版〈唐人绝句〉初探》，《美术史与书籍史》第一辑，上海书画出版社 2024 年版）。《述国家图书馆藏〈分门纂类唐歌诗〉善本三种》，是 2010 年在国家图书馆查阅宋、明三本后所写，其中重要的创获，是比较三本与通行的《宛委别藏》本的不同，发现后者不仅在避虏避胡等敏感词上有所删改，且在宋本残损处，多有割截拼合的痕迹，对旧说赵书仅百卷，也有所质疑。《明铜活字本〈唐五十家诗集〉印行者考》，根据《四友斋丛说》的记载，确认在唐诗流传史上有重大影响的这部合集，为明正德、嘉靖间吴县西山人徐缙编印。

第四讲"唐代诗人之生平研究"录文四篇。以往的写作过程中，所作唐人生平叙述文字太多，选哪篇为代表，颇费斟酌。最后确认的四篇，都有些特别的心得。《〈客堂〉：杜甫生命至暗时刻的心声》是在 2018 年因血糖偏高，住院治疗，出院第二天所写。有幸与古人得了同一种病，身体感受应该比较接近，可惜古人无法享受现代医学的进步。此文渊源于早期论文《杜甫为郎离蜀考》的看法，即杜甫入剑南幕府与受命为检校工部员外郎是两件事，杜甫受命后的计划是买舟沿江东下，然后溯汉江北归入京，入峡后因旧疾加剧，只能留滞求治。只要不抱偏见，从《客堂》一诗中可以读到他进退维谷的心声。《诗人王鲁复的进取与落寞》是据新见诗人自撰墓志考证诗人生平的小作业。看到这篇墓志中诗人不嫌其烦地叙述一生如何奔走名家，谦卑而琐碎，最初想到的题目是"一位唐末小诗人的卑微人生"，在成文过程中，加深了对作者的同情，任何出身下层的人，谁不曾有过低声下气以求发展的过程？我们有什么资格讥笑古人呢？《五个韩某都是一个韩琮——晚唐诗人韩琮文学遭际的幸与不幸》，是要说明唐代诗人姓名与生平记载的纷歧状况。韩琮官至湖南观察使、右散骑常侍，不可谓不显，但生平仍多待钩稽。见于文献的韩溉、韩喜及韩常侍，其实皆为他的异传，更离奇的是因前蜀后主王衍听过他的一首《柳枝词》，《十国春秋》就说他在前后蜀之间为五鬼之一。不加澄清，以讹传讹，无法全面董理唐诗。《〈三英诗〉发覆与品读》涉及三位五代后期到宋初女诗人的时代归属。稍早作《唐女诗人甄辨》，是将《三英集》所收刘元载妻、赵晟母、詹茂光妻三位佚名而仅知其人生有归的女诗人，归于宋初，因可确认《三英诗》编者孙冕为宋仁宗时人。偶读乐史文，知刘元载南唐后主时任崇仁令，更据柳开文集，知道赵晟生于后晋天福间，那么刘元载妻、赵晟母可以确定是南唐、五代时人。跨代诗人的作品，如何在断代文学全集中加以编录，学者会有争议，我仍主张兼收求全。

第五讲"唐诗文本的歧互变动"，收入三篇文章。今存唐诗存在大量异文，甚至同一篇诗歌有诗题与本文皆有差别明显的两种或三种以上的文本，我认为造成歧互的源头，可以追溯到作者对自己诗歌的反复修改，恰好李白较早的存世善本保留了早期文本的纷歧面貌，而敦煌诗歌中的一个抄本，相信源出李白早期的一个诗歌传本，包含很多只有李白自己方能写出的独到内容。《李白怎样修改自己的诗作》，是据拙文《李白诗歌文本多歧状态之分析》一文的通俗改写，其中保存了一些较有力的内证。《大梅法常二偈之流传轨迹》涉及的两首诗偈，根据日本所存古抄法常语录和宁波宋代方志，可信为马祖弟子而隐居于余姚大梅山的禅僧法常所作。《全唐诗》收有二诗，但收在另二人名下。不穷究文献，无法还原真相。《晚唐诗人李郢及其自书诗卷》则追索李郢自书诗卷，存诗四十一首，真迹藏清内府，有著录与录文，民初归裴景福，《壮陶阁帖》有录文。张珩《木雁斋书画鉴赏笔记》说20世纪40年代初曾见于贝子载抡家，后不知所在。这是唐代著名诗人自写诗集唯一留存的记载，晚近如此尚得见，希望仍存于天壤间。

　　第六讲"唐诗之流传、辨伪与辑佚"，亦存文三篇。《唐人牡丹诗的绝唱》，是某年受约撰稿，恰逢4月洛阳牡丹盛开季节，率兴而作，后半牵涉《裴给事宅白牡丹》一诗作者，前人记载至少有裴士淹、裴潾、卢纶、开元名公四说。追溯文献，所谓白牡丹乃曾任给事中的裴士淹从汾州带归长安，时间也有开元、天宝的差异，是裴士淹即裴给事，诗非其自咏；裴潾曾任给事中，而士淹子裴通与他是同时人，并不认为是潾作，潾其实是裴给事的另一人选。作卢纶诗仅有一孤证，但却是最可靠的。《刘禹锡之得妓与失妓》一文，涉及刘禹锡的两段逸事，其一即著名的司空见惯诗事，说在洛阳见李司空，李出家妓佐欢，刘醉中留诗述艳羡之意，李以二家妓相赠，最早记载有《云溪友议》和《本事诗》记载之不同；其二亦见《本事诗》，说刘禹锡有家妓貌美，为宰相李逢吉借故夺去，刘作一诗术前沿意识。

　　第九讲"唐诗人之地域分布与唐诗之路研究"，含三篇文章。《唐诗人占籍考》是 1994 年编写。当时受《全唐五代诗》编委会委托，欲按生年排定有唐一代全部诗人的次序，以确定全书的卷次。我的办法是请设在苏州大学的唐诗研究室，将《唐诗大辞典》中的诗人部分，逐人剪开，粘贴成一套卡片，据以排定全书一千卷的次第。同时，利用这套卡片所见诗人之郡望与占籍，重排一遍，据以撰写本文，以供研究唐代诗人地域分布者参考。《唐诗大辞典》成于众手，对郡望与占籍之理解各有不同，也未必皆关心世系表达对确定其家居世次的重要性。我当时新补望、贯，分别以小字加注，予以说明。拙纂《唐五代诗全编》对此始终关心，乃利用书成后的有限时间，重新编排为本书所收之增订本。内容与初稿有很大不同，希望学者有所注意。唐诗之路研究最初肇端于浙江新昌竺岳兵先生，他主持唐诗之路旅行社，提倡以新昌为中心的浙东诗路，即从杭州到天台山，途经绍兴、上虞、新昌，经剡溪到天台的古道。他的倡议在浙江乃至全国都有很大反响。2019 年，中国唐诗之路研究会在新昌成立，《将唐诗之路研究推向新的高度》是在成立大会的发言。在我的立场，一是尊重竺岳兵先生的首倡之功；二是希望在全国性的研究会成立后，就必须走出浙江，看到有唐诗之处皆有唐诗之路的事实；三则希望地方文化旅游与文化建设，与专业性的学术研究，能够彼此兼顾。就唐代道路研究来说，严耕望《唐代交通图考》是有国际声誉的学术著作，应该充分参考。吴淑玲教授《驿路唐诗边域书写研究》是研究唐诗边域书写的一部力作，有幸受邀作序，尽力揄扬，也试图在学理上有所阐发。

第十讲"唐诗文献研究典范学者评述"，存文四篇。在《唐五代诗全编·前言》中，我列举对此书完成帮助最大的十种书，其中有岑仲勉《读全唐诗札记》和《元和姓纂四校记》，傅璇琮《唐代诗人丛考》和其主编的《唐才子传笺证》，陶敏《全唐诗人名综考》和《全唐诗作者小传补正》，故在本讲选录了对此三位学者学术评述的文字。其中悼念陶敏先生一文，写成于他去世的当天，承陶先生与我先后指导过的学生李德辉教授提供基本资料；悼念傅先生一篇，写成于傅先生去世两三天之内。因为熟悉，又曾熟读他们的著作，凭着感情与感觉，一气写成，努力传达他们的学术成就与道德文章。岑仲勉先生主要是唐史学家，他对唐代所有典籍与人物刻意求深求细的研究，深刻影响 80 年代以来的唐代文学文献研究。所录为我参加中山大学历史系主办岑仲勉先生诞辰一百三十周年所提交论文《唐史研究双子星中稍显晦暗的那一颗——纪念岑仲勉先生诞辰 130 周年》一文中的两节，主要叙述他的治学成就对于唐代文学及文献研究的影响。港台学者，仅录为《杨承祖文录》所作序。杨先生曾长期任教于台湾大学和东海大学，治学步武传统，对张九龄、元结研究用力尤深，评价唐人唐诗立场与此间学者颇有不同，因特予以表出。应该说明的是，杨先生文集首度结集，即在大陆出版，由于一些非人力的原因，耽搁许久，拙序与付印样本曾经杨先生寓目，直到他去世后，书方正式出版。得知他逝世，我给《文汇学人》写了一段文字，表达悼念，连此序一并刊出，现也将此段文字附后。

最近十多年，我有关石刻研究的论文结集为《贞石诠唐》（复旦大学出版社 2016 年版），研究唐诗的论文结集为《唐诗求是》（上海古籍出版社 2018 年版），感怀师友的文章结集为《出入高下穷烟霏——复旦内外的师长》（商务印书馆 2022 年版）。此外，还有多种专题学术笔记的结集。本书略有参取，也希望尽可能多地选取未经结集的文章。粗略统计，本书收文四十篇，首次结集者为二十二篇，尚称合适。

复旦大学出版社陈麦青先生热忱约稿，多次催促，方有本书之完稿。责任编辑史立丽女士为本书搜集文章，校订讹误，出力甚多。在此均表示感谢！

陈尚君

2025 年 3 月 3 日

一、《全唐诗》之成书、补遗和新编

《唐音统签》提要

　　《唐音统签》一千又三十三卷，明胡震亨辑。本书据故宫博物院图书馆藏范希仁抄补本影印。

　　震亨（1569—约1645），字孝辕，浙江海盐人。万历二十五年（1597）举人。历任故城教谕、合肥知县、定州知州，擢兵部职方司员外郎。所著有《李诗通》《杜诗通》《赤城山人稿》等，而以本书汇聚唐一代全诗而最为世所重。《四库全书》已收其《唐音癸签》三十三卷，所据为康熙戊戌江宁书肆刻本，即本书之第十签。

　　据震亨子胡夏客为《李杜诗通》题识云："先大父孝辕府君搜集唐音，结习自少。至乙丑岁（1625）始克发凡定例，撰《统签》一千卷。阅十年书成。"全书以天干为序，分为十签：《甲签》七卷，收帝王诗；《乙签》七十九卷，收初唐诗；《丙签》一百二十五卷，收盛唐诗；《丁签》三百四十一卷，收中唐诗；《戊签》二百一卷，收晚唐诗，附《戊签余》六十四卷，收五代十国诗；《己签》五十四卷，收五唐杂诗及世次无考诗；《庚签》五十五卷，收僧诗、道士诗、宫闱诗及外夷诗；《辛签》六十六卷，收乐章、杂曲、填词、歌谣谚语、谐谑、谜语、酒令、题语、判语、谶记、占辞、蒙求、章咒、偈颂；《壬签》八卷，收仙诗、神诗、鬼诗、梦诗、物怪；《癸签》三十三卷，汇录唐诗研究文献，包括《体凡》《法微》《评汇》《乐通》《诂笺》《谈丛》《集录》诸门。

全汇唐一代诗歌而不作选择，宋洪迈编《万首唐人绝句》、赵孟奎编《分门纂类唐歌诗》已初见端倪。明隆庆至万历初黄德水、吴琯仿效冯惟讷《古诗纪》编《唐诗纪》，尤致力于此，惜仅成初盛唐部分一百七十卷（有万历十三年［1585］刻本，中国书店 1990 年影印）即中辍。胡震亨毕生致力于此，首次完成唐一代全部诗歌的汇编，建功甚伟。

就全书言，凡唐人有残篇一句以上存世者，皆予登录。于明末可以收集之唐五代诗文集，均曾努力汇聚。诗集不存而存诗较多者，则据可靠文献加以辑录。如司空图，明以后仅存文集十卷，录诗甚少，震亨乃广稽群书，录成五卷。于所见唐集录诗有疑问者，亦曾认真加以辨析，如指出戴叔伦集多录宋元明诗，乃将可靠者录出，存疑者附录；指出王周、刘兼集或出宋人，虽存而质疑；指出钱起集附《江行》百首绝句为其裔孙钱翊作，举证颇有力。于唐人集外残逸诗篇，胡氏尤致力于网罗搜辑，凡韵文近诗者亦加采录，故所得甚丰。于各诗家小传，亦采据可信文献，钩稽事迹，得以大备。其所据文献，今人统计凡六百多种，其中如《贵池志》《金华志》《封川志》《通江志》《宜阳集》《澹岩集》《曾能始诗话》等今皆不存。稍晚季振宜编《唐诗》七百十七卷，仅录完诗而不存零残，于各家集外诗亦未广加采辑，故虽后出，所收反不及胡书丰备。

至本书之可议者，一是本书循时行之四唐说分列诸签，于帝王、僧道、闺媛另列，存诗无多者又皆入《己签》，编次甚显芜乱；二是凡据集所录诗，皆分古今体五七言编列，不存原集面貌；三是记录文献出处者，仅占全书十之一二，未能贯彻始终；四是虽强调唐诗真伪鉴别之重要，但仍多误收，如殷尧藩、唐彦谦诸集颇多伪诗。

康熙间江宁织造曹寅受命在扬州主持编修《全唐诗》，所据底本即本书与季振宜《唐诗》。据今人刘兆祐、周勋初研究，《全唐诗》所收有别集流传诸大家，一般多据季书，抽换若干底本而成编。无别集流传者、各集诗之补遗，以及卷七六八以下之事迹无考者、无名氏诗、僧道闺媛诗、神仙鬼怪诗、歌谣谚语之类，全部据胡书编录，但如歌谣谚语之拟题，则多曾重新拟写。其中《辛签》所录章咒四卷、偈颂二十四卷，则以为"本非歌诗"（《全唐诗·凡例》），仅保留寒山、拾得七卷，余均不取，以致胡书已收之王梵志诗亦皆不存。《全唐诗》新辑补之诗歌，主要为卷八八二至卷八八八，凡七卷。《全唐诗》得以在年余时间迅速成书，原因即在充分利用胡、季二书，当时因政治原因贬抑胡书之成就，故特为表出之。

本书编成后，因部帙巨大，仅《癸签》《戊签》曾刊刻流行，全书则以抄本存于内府，至近年方得影印流传，除本书收入外，又曾收入《故宫善本丛书》，上海古籍出版社2003年亦曾单独印行。

本篇为《续修四库全书》所撰提要

《全唐诗》《全五代诗》述要

《全唐诗》述要

中国唐诗总集。清康熙四十四年（1705）三月，清圣祖南巡时命曹寅领衔在扬州开馆编修，由彭定求、沈三曾、杨中讷、潘从律、汪士纮、徐树本、车鼎晋、汪绎、查嗣瑮、俞梅十名在籍翰林负责编修。四十五年（1706）十月，编修完成。

此书凡九百卷，目录十二卷，共计收诗四万九千四百又三首又一千又五十五句，作者二千五百七十六人，是在明末胡震亨《唐音统签》和清初季振宜《唐诗》的基础上，增订而成。全书首列帝王后妃作品，其次为乐章、乐府，接着是历朝作者，略按时代先后编排，时代不明及事迹不详者殿后，再次为联句、逸句及名媛、僧人、道士、神仙、鬼怪、梦、谐谑、判、歌、谶记、谣、语、谚、谜、酒令、占辞、《蒙求》，而以补遗、词缀于末。

《全唐诗》编校者在《凡例》中曾说明订正过一些所收材料的错误。《四库全书总目》曾举例指出书中订正诗篇作者之伪、文字之误。据今人根据已影印出版的胡震亨《唐音统签》和季振宜《唐诗》所作的研究，《四库全书总目》颇多掩饰与夸耀。以《全唐诗》与胡、季二书比读，可以发现当时几乎全靠此二书拼接成编。全书

　　主体部分，大致以季书为基础，仅抽换了少数集子的底本，因季书不录残句，援据胡书补遗，小传则删繁就简，编次作了适当调整。闺媛、僧道以下的部分，几乎全取《唐音统签》，仅删去馆臣认为不是诗歌的章咒偈颂二十四卷。唐诗字句的异同和篇章归属的互见，胡、季二书多有说明文献依据的文字，《全唐诗》编校者将二书校记中的说明文字一律改为"一作某"，并没有根据诸本去做周密的考订。《全唐诗》卷八八二至卷八八八有补遗七卷，是编校者据新发现的《分门纂类唐歌诗》《唐百家诗选》《古今岁时杂咏》等书新补的诗篇。由于编纂时间仓促，所据文献有限，以及大型官修书难免谬误的通病，此书漏收唐人作品，误收非唐五代人的诗篇，以及作者小传舛误，收诗重复互出，作者张冠李戴，诗题、录诗和校注的错误，都所在多有。据佟培基《全唐诗重出误收考》（陕西人民教育出版社 1996 年版）统计，全书一诗收录两次以上的互见诗多达六千八百多首。所收张继、戴叔伦、牟融、殷尧藩、唐彦谦等诗，因轻信明人伪造唐集，也有较多伪诗误收。尽管如此，它毕竟实现了总汇唐诗于一书的工作，不失为一部资料丰富和比较完整的唐诗总集，使此后的唐诗爱好者和研究者大获沾益。

　　《全唐诗》最早的刊本，是康熙四十六年（1707）扬州诗局本，分为十二函一百二十册，上海古籍出版社 1986 年据以影印。光绪十三年（1887）上海同文书局石印本归并成四函三十二册。中华书局于 1960 年出版排印本，以扬州诗局本为底本，除断句外，还改正了一些明显的错误。

　　为《全唐诗》所作辑补，最早有日本人市河世宁（旧署上毛河世宁)所编《全唐诗逸》三卷,据日本所存《文镜秘府论》《千载佳句》《游仙窟》等书,补录一百二十八人诗六十六首又二百七十九句,中国有《知不足斋丛书》本,中华书局本《全唐诗》附收此书。中国学者王重民利用敦煌遗书编成《补全唐诗》(收诗一百又四首)和《敦煌唐人诗集残卷》(收诗六十二首);孙望利用石刻、《永乐大典》和新得善本编成《全唐诗补逸》二十卷,补诗八百三十首又八十六句;童养年利用四部群书和石刻方志,作《全唐诗续补遗》二十一卷,得诗逾千首。三书合编为《全唐诗外编》,1982年由中华书局出版。后陈尚君又据存世典籍作补辑,得诗四千六百六十三首又一千一百九十九句,作《全唐诗续拾》六十卷,并删订《全唐诗外编》,增加王重民的《补全唐诗拾遗》,重编为《全唐诗补编》,共存逸诗六千三百多首,1992年由中华书局出版。此外,徐俊《敦煌诗集残卷辑校》(中华书局2000年版)中,尚有唐人逸诗数百首。

《全五代诗》述要

中国五代十国时期诗歌总集。辑者清代李调元(1734—1802)。李字羹堂、赞庵、鹤洲,号雨村、童山蠢翁,绵州(今四川绵阳)人。乾隆进士。官广东学政、直隶通永道。著有《童山全集》《雨村曲话》《雨村剧话》等。

《全五代诗》编成于乾隆四十年至四十三年(1775—1778)。嘉庆《函海》本作九十卷,后道光、光绪《函海》本则为一百卷,增荆南齐己诗九卷、北汉诗一卷,末附补遗一卷。《全五代诗·凡例》

说："五代诗向无全本，今取昔人所附之唐末、宋初之间者，以成此书。"凡唐人而入五代或五代而入宋者，均加采录，但司空图、吴融等忠于唐室者则不采入。全书以五代十国的朝代国别分卷，计梁八卷，唐二卷，晋二卷，汉二卷，周三卷，吴六卷，南唐十六卷，前蜀十七卷，后蜀四卷，南汉一卷，楚四卷，吴越九卷，闽十三卷，荆南十二卷，北汉一卷。朝代国别之下，按作者官爵、隐逸、道释等身份为序。同一作者之诗，又按乐府、四言、五古、七古、五律、五排、七律、七排、五绝、六绝、七绝等诗体排列。有作家小传，并附本事及少量考笺。多取《五代诗话》材料。此书从三百余种书籍中广采资料，故颇完备，"有断章摘句，靡不收入"（《自序》），为五代诗仅有的辑本。

然五代自朱梁代唐至后周归宋，历时仅五十三年，即以广明乱起到北汉归宋计，亦不足百年，欲编纂断代全集，前后时限较为短促。且宋明以来，皆以五代为唐之余润，《全唐诗》收诗即讫止于五代十国归宋，则单以五代十国诗为断代总集，缺乏独立的意义。本书虽于《全唐诗》以外之五代十国之诗略有增补，但考订未精，误收亦多。其中尤可议者，一为将大量唐后期诗人而未入五代者编入，亦颇存宋前期人物诗作；二是将《花间集》中词作任意改题题目而作诗收入；三是《唐诗鼓吹》误收宋胡宿诗入唐，《全唐诗》沿其误，《四库提要》已经指出，本书不仅仍沿其误，又从四库馆臣所辑胡宿《文恭集》中采录若干首，此诚不可恕者。故在历代编纂断代诗文全集中，本书难称善构。

此书初有清乾隆四十五年（1780）刻本。美国国会图书馆有藏。嘉庆本及光绪间《函海》本皆收入，已见前述。《丛书集成初编》本据后者收录。巴蜀书社1992年出版何光清点校本。

以上二篇为《中国大百科全书》第二版、第三版所撰词条

述茅元仪《全唐诗》

今人读清康熙间钦定《全唐诗》,知其渊源有自。所据者何?一为季振宜《全唐诗》七百十七卷,当时虽未刊行,然海峡两岸尚存三部,台湾存者为初稿本,北京故宫存抄清奏进本,此二本已经影印,中国国家图书馆尚存一本,多年前河南大学孙方教授曾撰文介绍。二是明季海盐胡震亨辑《唐音统签》一千又三十三卷,清初刊行者仅戊、癸二签,故宫存全帙,世纪交替之际由上海古籍出版社印行,学林宝重。胡、季二书问世,学者得以明了清编《全唐诗》何以能在年余时间内完成全书编刊,所涉各诗之来源、文本以及真伪、完残、存佚诸端,也得大体明了。

明人尊唐,欲汇全部唐诗为一编,较早有黄德水、吴琯《唐诗纪》,惜仅完成初、盛一百七十卷。继起者除胡震亨为世熟知,另有归安(今浙江吴兴)人茅元仪(1594—1640),则世几无知者。元仪为编选《唐宋八大家文选》者茅坤之孙,幼喜读兵、农书,长知国家多难,尤用心当世之务与用兵方略。曾入经略辽东的兵部右侍郎杨镐幕府,后为兵部尚书孙承宗所用,升至副总兵。获罪遭戍漳浦,郁郁而终,年仅四十七。元仪著述颇多,最著者为《武备志》二百四十卷,分《兵诀评》《战略考》《阵练制》《军资乘》《占度载》五部分,为古代兵书军史之集大成著作。

茅元仪曾辑《全唐诗》，仅见清人郑元庆辑《湖录经籍考》卷六，存其自撰《凡例》一篇，得以略存端委。此节卷端有题记云："元仪辑此书，颇费苦心。先之者东生范氏汭也。汭既没，元仪得而辑成之。会国变，稿俱散亡。或云，存白门，已为他人窃去。幸其《凡例》刻于四十集中，为录之。"当即郑氏所撰。据此可知，其一，茅氏因范汭东生初有此辑，未完而殁，茅继续而得完成。其二，茅卒于崇祯十三年（1640），即甲申国变前四年，书稿未刻，遇动乱失去。白门即今南京，所谓"为他人窃去"，仅属揣测，并无确证。今知季振宜辑唐诗，缘起于钱谦益初有此编，而今存季稿编次过程清晰可见，未见钱编面目。是否隐指钱、季，不得而知。

从《凡例》来说，凡十二则，内容丰富，可据以了解已亡逸之全书大概面貌。

编次动机。茅氏云："此书创意，愤《诗纪》之偏驳，《品汇》之鄙始，于曹氏十有其四继之。"即欲纠正黄德水、吴琯《唐诗纪》，高棅《唐诗品汇》之偏失，于曹学佺《石仓历代诗选》则有十分之四的继承。其实《诗纪》仅完成初盛唐，后续未竣，不能说偏驳；《品汇》为选本，曹书为历代通选，取径各各不同。茅氏立说偏颇如此，总不脱明人习惯。

茅与范汭之先后从役及进展情况。茅氏云："仆与范氏搜求襄中，难过赵璧，稍逾其六。无论发秘阐幽，即唐之前叶，具载《诗纪》者，代逾人，人逾诗矣。范氏瘁死于此，仆加以编纂刊对，又复十年，而异书善化，秘籍长湮，所及知其名，未见其书者，尚盈百种，何况并湮其名者耶。"知二人前期有所合作，前半以《诗纪》

为基础，稍有增加。范死后，茅独事十年，未见其书者尚过百种，似乎未能最终写定。

以人存诗，不分四唐。《凡例》第一则，即批评《品汇》之以初、盛、中、晚分唐诗为四期，以为"后人强目之名"，并说"调有变迁，因年以转，其积渐成，异如乡音"，即虽风气随时迁变，但各人又有所不同，"故辑此书，全泯此名"。

首以乐章，兼收诗余。所谓乐章，是包括郊庙乐府与鼓吹、清商及新乐府在内的入乐作品，部分曾施于廊庙，奏于宫廷，其崇高非民间作品可比拟，历代总给予尊崇。从古体到近体，发展为燕乐歌词，茅氏认为六朝到唐初的作品，不必强分古、律。类似的是，"诗余在唐，未可云词，犹五言近体在隋，未可名律也"。虽判断粗糙，但却为通盘审读文本后的通达见解。

正编分为六部："曰君、曰臣、曰僧、曰女、曰幻、曰杂。"君、臣、女三部较易理解，茅氏未作进一步说明。有僧而无道，其实是将道附于僧，"道之不能与僧并也，以其人常半出处也。且道之诗，亦无异焉，非如僧之蔬笋终不能忘"。知僧、道为二，又说道士多居出家与居俗之间，诗则与僧无别，少些蔬笋气而已。虽不伦，亦为一说。至于幻部，他说："心幻之为仙为鬼为妖为怪，岂能一一核哉？总之曰幻，听之而已。即有托，亦幻之而已，其诗体固叔敖之衣冠也。"唐人小说中之此类诗，有确有其人之怪异事，有故幻其说之虚构事，编次文献者处理为难。如胡震亨将神仙鬼怪独立成编，为《全唐诗》继承，近人编《全宋词》，以宋人依托神仙鬼怪立目，其实均不如茅氏此说之通达。关于杂部，茅氏说："曰杂者，则爵里莫考，时代莫详，以及联句、嘲戏等类，尽以隶焉。"又说："有句可传，尽归阙文。如其人生平止有句而无全章者，则入杂部。""谣谚等类，在古称要格，至唐则渐微，亦归杂部。"即包括了作者之世次生平不详者，也包括联句、谐谑一类作品，还包括仅存残句而无全篇者，其他作者不明之各种无名氏诗篇，包含歌谣、谚语、谶记之类，也一概存此。

其他处理。一是跨代作者，他认为虞世南诸人在隋作诗，《隋纪》已收，即不取；花蕊夫人旧传是后蜀孟昶妾而入宋者，他也不收。二为兼存诗序。《诗三百》之大小序对解读诗篇之重要，略知中国文学者皆可理解，茅氏"求明其义，亦仿其凡"，可谓有识。但有些序过长，太占篇幅，茅氏认为"于诗为架迭，于文为离美"，作为不收的理由，也可说通。三是不附本事，认为有《本事诗》等书在，可以另参。

茅元仪编《全唐诗》，相信是一部规模宏大的著作，失传当然很可惜。就仅存的《凡例》来说，其编次显然与存世的胡、季二书有很大不同，其设想与体例颇有超越他那时代者，但从文献取资、文本写定到诗分六部，似乎仍不能摆脱明末的主流学风。所收诗的数量不详，考订能否精密亦不明，但就《凡例》所述，似乎也还没有达到胡、季二书与钦定《全唐诗》的水平。

2019 年 11 月

出版三十年后回头看《全唐诗补编》

拙辑《全唐诗补编》，1992年由中华书局出版，是我至今已经出版的三部循传统著作体例之第一部（另二部分别是《全唐文补编》和《旧五代史新辑会证》，2005年由中华书局和复旦大学出版社分别出版），从学术质量来说，当然是后出转精，但就个人学术道路来说，第一部就显得特别珍贵。因为走出了第一步，得具备了后来专治一代文献典籍的基本能力，认识到传统学术之价值及其与现代学术之间的巨大鸿沟，确立以现代学术理路重建唐一代基本文献的学术道路。当然，该书完成于古籍数码化以前，20世纪80年代的学术环境、用书条件与文献检索仍具很大之局限，以今日立场回头看，细节可待斟酌处仍复不少。

一、《全唐诗补编》的成书

不加选择地将一代全部诗歌汇于一编，肇始于南宋，至明则因"诗必盛唐"之文学氛围，出现多种致力于全汇唐代诗歌之著作，到明末胡震亨《唐音统签》方得初具规模。胡书完成适值鼎革，未能出版全书，影响有限。至康熙四十五年（1707）以皇家力量，拼合胡书与季振宜《全唐诗》，完成《全唐诗》九百卷，收唐五代二

千五百六十七位诗人诗作四万九千四百又三首又一千又五十五句
（据日本平冈武夫统计）。此书对此后三百年唐诗研究与阅读影响
深远，但本身存在的问题也很严重，其大端，一是搜罗未全，刚出
版，朱彝尊即有发现，本着"成事不说"的态度，未作订补，有清
一代，仅日人市河世宁据彼邦文献略有增补；二是互见误收严重，
今知误收唐前宋后诗逾千首，一诗见两人名下之互见诗达六千八
百首；三是校勘粗疏，仅将胡、季二书之某书某本作某之校勘
记，一律改为一作某；四是小传多有讹误，编次未尽合理。重新整
理唐一代诗歌是一浩大的系统工程，第一步就是补遗，从 20 世纪
30 年代开始有孙望、闻一多从事于此，后陆续有王重民据敦煌文
献，童养年据地方文献及四部诸书，从事斯役。1982 年 7 月，中华
书局将王、孙、童三家辑佚合成《全唐诗外编》出版。闻书未完
成，1994 年出版《闻一多全集》时据遗稿印出，所得很有限。

　　《全唐诗外编》出版时，是我研究生毕业留校工作之第二年，因
做学位论文时对两宋文献涉猎较多，对唐诗文献也有留心，立即注
意到该书虽出几位名家之手，但我无意记录者还有两百多首未补。
稍作披检，发现仍多线索，认识到前辈工作仅就阅览所及，随遇得
之，并未做到有计划地以穷尽典籍的态度从事此项工作。于是发愿
从事于此，采取掌握群书目录，以把握全部存世与唐诗交涉典籍的
方法，力求竭泽而渔。到 1985 年初，完成《全唐诗续拾》四十二
卷，补录唐诗二千三百多首，已经超过前人所得之总和。中华书局编
辑部经过初审后，提出修订意见退改，同时委托我修订《全唐诗外
编》。全书至 1988 年夏完成，1992 年 11 月出版。《全唐诗补编》的书

名由中华书局确定，全书署我一人纂辑，版权我占百分之八十四。

《全唐诗补编》共补录唐五代诗歌约六千四百首，相当于《全唐诗》收诗数的八分之一。其中《全唐诗外编》删去原书约三分之一内容，存诗约二千首，校订工作涉及以下数端："一、据原引各书逐一复校，改正笔误，补录异文。二、补充书证，提供佚诗之较早出处。三、考证作者事迹，补订原辑遗缺。四、删刈唐前后人诗及与《全唐诗》重出之诗句。""为尽量保持原辑本面貌，所有校订意见均以校记与按语形式出现，原辑者校记仍予保留。书末附《全唐诗外编校订说明》，详尽叙述补订删汰之细节。"（据本书责编徐俊为《唐诗大词典》所撰该书辞条）《全唐诗续拾》收作者逾千人，补诗四千三百多首，残句一千多则，皆我本人辑佚所得。

二、《全唐诗补编》的学术创获与治学方法

《全唐诗》问世三百年，近百年也有多位学者从事唐诗补遗考订，我后起而能有重大突破，主要得力于方法创新、风气变化和用书条件的改变。

先说风气变化。明清两代研究唐诗者很多，主要是阅读理解唐诗，并进而学习诗歌作法，目标与现代学术研究不同。近代西学引致学风变化，但就唐诗研究来说则很长时间内仍以作品分析、作家之思想艺术研究为主。1980 年前后，唐文学研究与历史研究迅速融合，陈寅恪、岑仲勉倡导之穷尽真相、文史兼治之方法，引致学风遽变，在作者生平、写作始末、文本求全求真等方面，都有重大突

破。我的工作受时风鼓舞，也试图在文本拓展与过细考证方面，比前人做得更好。

文献辑佚是一项实证性的研究工作，既要遵循传统，又要方法创新，其实很难，为一代诗歌作全面补遗更加困难。继承前人工作的主要精神，是在人、事、时、地、书等五方面求得确切的证据，即是唐人应揭示具体的事迹，佚诗所涉事件、时间、地理应得到合理的解释，用书则务明史源，务取善本，务求全面梳理。同时，严格把握诗文之限断，循名责实，一般均沿旧例，但对佛家偈颂、道家章咒是否可视为诗歌，在全面调查存留文献后，改正清人因康熙一言喝断而造成的误失，但也作了若干不收的规定，以免宽滥。全书所收每首诗，均逐一注名文献来源，《全唐诗》无传者补录小传，所涉诗歌完残、真伪、讹夺等，也逐一均有交代。

拙辑在前人基础上能得到大面积唐人佚诗的收获，最重要原因是一改前人辑佚随遇而得的随性，有计划地运用目录学方法调查群籍，特别关注以下几类典籍的披检：一、《全唐诗》及胡、季二书已用书目，列出清单，逐一复核，有者记其来源与同异，无者暂作佚诗予以记录，即便《文苑英华》《唐诗纪事》《乐府诗集》等基本典籍，仍发现有前人遗漏者；二、以存世唐宋元书志，充分了解唐人著作之总貌，宋时尚能得见之唐诗别集及各类遗著，相信存世典籍有脱漏残缺的变化过程，已佚典籍也如同陨石坠下过程一样，会有大量碎片存留在浩瀚文本中，有待发现；三、主要根据《四库全书总目》和《中国丛书综录》的记载，了解存世与唐诗文本有交涉的存世典籍情况，特别关注《全唐诗》成书以后新见典籍的情况。在

20世纪80年代前中期从事此书纂辑过程中，披阅古籍超过五千种，仅方志即逾两千种，对新见文献如佛道二藏、域外古籍、近代散出善本、出土文献，都有全面涉猎，唯敦煌文献当时还无法全部阅读。

唐诗流传千载，传误情况极其严重，在辑录唐诗着手之初，即有鉴于此，作了大量具体考证，发表《〈全唐诗〉误收诗考》（《文史》第24辑，中华书局1985年版）、《〈全唐诗〉补遗六种札记》（《中国古典文学丛考》第2辑，复旦大学出版社1987年版），以借鉴前人得失，避免犯类似错误，有疑问处曾反复核查。如从宋初《太平寰宇记》中辑得南唐秀才相里宗题庐山诗，即作佚诗录出；后发现《全唐诗》灵澈下收此诗，复删去；又从南唐人李中《碧云集》载其友人有相里秀才居庐山，方确认作灵澈为误收，再补出。类似情况多不胜举。当时在可能条件下反复披览群书，据一切可以得到的工具书仔细检索，虽仍难保证无误，但基本学术质量较前人为优，也属事实。

三、 以今日立场回看《全唐诗补编》

最近三十年学术条件和研究手段的发展变化，当年真难以想象。在《全唐诗补编》出版后，媒体与刊物大约有二三十篇书评，包括日、韩、欧美都有，大多是一般介绍，仅陶敏发表在《复旦学报》1993年第6期的《唐诗辑佚工作的重大突破——评陈尚君辑校〈全唐诗补编〉》一文，涉及一些实质评价。本书曾获全国高等学校人文社会科学研究优秀成果奖（1979—1994）著作二等奖、全国古籍优秀图书奖（1992—1993）一等奖、国家新闻出版署直属出版社第二届优秀图书编辑一等奖（1995）等奖励。批评纠订文章则有六七篇，细目是：尹楚彬《〈全唐诗补编〉补正》（《文学遗产》2000年第1期）、同人《〈全唐诗补编〉匡补》（《南京师范大学文学院学报》2004年第3期）、袁津琥《读〈全唐诗补编〉上册札记》（《古籍研究》2003年第2期）、同人《〈全唐诗补编〉订误》（《新国学》第5辑）、金程宇《〈全唐诗补编〉订补》（《学术研究》2004年第5期）、张福清《〈全唐诗补编〉之〈全唐诗续拾〉所辑佚句辨》（《韩山师范学院学报》2009年第5期）等。我本人近年持续在做全部唐诗的重新写定，也有一些新的发现。总的来说，全书可订正者大约有二三百例，占全书大约二十分之一，总的还算合格。

　　从《全唐诗补编》1988年定稿至今，已超过三十年，学术环境发生了根本变化。具体来说，一是古籍数码化实现的检索便利。以前检索不便，为解决《全唐诗》本身的检索，有志整理者先做首句索引，再做每句索引，但仍解决不了唐诗与其他时代诗歌的互见传误问题，是当年最大的苦恼。现在四库全书全文检索与基本古籍库的普及，足以解决其中的部分困惑。二是文献更趋善备。尽管当初编纂时，已经十分讲究用书的版本问题，但出入仍有。如宋陈舜俞《庐山记》，四库三卷本为原书前二卷之改编本，不足据，当年已用《吉石庵丛书》影日高山寺抄本、《殷礼在斯堂丛书》校录本及《大正藏》本会校，后见日本内阁文库藏宋本最佳，多可纠订前辑之愆失。最重大的补充是当年敦煌文本尚未完整刊布，能见到的缩微胶卷与《敦煌宝藏》本都有很大局限。三是学术研究之全面深入。如敦煌文献之全部高清刊布，辨认更为准确，校录也有了项楚《王梵志诗校注》、徐俊《敦煌诗集残卷辑考》等一批高水平著作，专题研究更有许多重要发明，如敦煌无署名残诗陆续被认定为云辩、悟真、张球等人所作。四是新见文献日新月异，尤以石刻文献与域外文献多有重要发现。五是学术观念与研究视野有新的开拓与变化，如民间书写的提出有资于理解唐诗在社会不同层次流通中的文本变化，写本文化与文学传播的提出有资于理解唐诗千年流传中的变动轨迹。所幸此三十年间我始终在追踪所有这些前沿动态，发现前著之局限，并不断加以纠正。

《全唐诗补编》出版前后，已引起学界广泛关注，凡新见诗人及作品，在同时出版的唐诗工具书《唐诗大辞典》《中国文学家大辞典·唐五代卷》中有全面反映。三十年来，且作为唐诗研究基本典籍，为中外学者广泛利用参考。同时，带动编修新本《全唐诗》的工作启动，虽然因为人事原因，我在最近十多年间决意独立完成全书，但主体部分已经完成，将近五万五千首唐诗即将以全新面貌向学界推出，《全唐诗补编》于此确有开拓道路之意义。

2017 年 10 月 8 日初稿

2022 年 1 月 12 日改写

中晚唐诗的重新写定

——以许浑、陆龟蒙、殷尧藩、释常察诗为例

本人从事唐一代诗歌整理，经历过三个阶段，即最初的为《全唐诗》作补遗，有《全唐诗补编》刊布，继而合作《全唐五代诗》，最终无法完成，从十年前决定个人从事《唐五代诗全编》之编订，已经接近完成。《唐五代诗全编》的学术目标，一是尽量接近唐人写诗的原初面貌，二是尽量纠正明中叶以来编刊唐诗中的任意改写和文本讹误，三是充分吸取宋以来唐诗辑佚、考订、辨析诸方面的成就，特别是近四十多年来的研究所得。此外，在文献溯源、用书求善、文体限定、编排合理、考订平实诸方面，也用力甚勤。本文就以别集为底本整理，据群书加以校录两种不同的整理办法，选取许浑、陆龟蒙、殷尧藩、释常察四家作示例说明。希望听取意见，尽快完成全书，希有益于中外学者今后之研究参考。

一、 我研究《全唐诗》的三个阶段

我对《全唐诗》的研究、补遗、考订乃至全书之重新写定，经历了三个阶段。

1979 年 6 月，我还在读研究生一年级时，见到《南京师范大学

学报》1979年第1期刊发孙望先生《全唐诗补逸》选刊六十四首，
觉得有些疑问，遂利用《佩文韵府》索引仔细查核，得知有八首见
于《全唐诗》，于是写成《关于〈全唐诗补逸〉中几首诗的误收》一
文，请王运熙老师转致孙先生。此我平生所作第一篇有些学术意味
的文章。因为孙先生回信接纳所见，此文至今未刊。此后发现几批
唐人逸诗，曾信告孙先生，孙先生也回复表示会斟酌采纳。待1982
年《全唐诗外编》由中华书局出版，发现已知唐人逸诗未收者尚逾
二百首，于是发愿广稽群书，网罗遗逸。我的工作方法与前贤之随
得随录稍有不同，乃有计划地循宋元书志，确认唐人之著作总貌与
历代存佚，又以《四库全书总目》与《中国丛书综录》为重点，在
尽可能掌握唐宋存世典籍之基础上，逐书披检，故虽后起，所得或
逾于前贤。至1985年初，成《全唐诗续拾》初稿，交中华书局。
1987年承命补订，并校订《全唐诗外编》，1988年夏交稿。1992年
出版《全唐诗补编》，总补诗逾六千首，三分之二为我所得。此书完
成于前数码时代，那时古籍文本还不能检索，一切都靠遍检群书，
凭记忆考订，虽有所得，错误亦多。我对《全唐诗》考证的所得，
则以《〈全唐诗〉误收诗考》（刊《文史》第24辑，中华书局1985
年版）为代表。此我治《全唐诗》之第一阶段。时刚过而立之年，
年轻气盛，一往无前，全不知人生艰难，世事复杂。

　　第二阶段从1989年4月15日到2011年5月1日，由几位前辈
领衔，与苏州大学、河南大学合作，试图发挥各方优势，重新编纂
全部唐诗为《全唐五代诗》。此一设想的最初倡议者为前辈李嘉言
先生，他的设想是为《全唐诗》做出每句索引，在此基础上广参群

书，删弃误讹，校订文本，以成新编。二十世纪八九十年代中国唐诗研究的趋势则是文史互参，以史证诗，在别集校注、唐诗补遗、互见鉴别、误收甄辨及诗人事迹诸方面，取得长足进步。如诗人事迹，以《唐才子传校笺》《中国文学家大辞典·唐五代卷》《唐诗大辞典》为代表，将所有有诗存世作者的生平，大体梳理清楚了。这些工作成绩让学者认识到，新编全部唐诗不应该仅在清编《全唐诗》框架内展开，而应该以全部与唐诗有关的典籍为依据而进行编纂。我很荣幸曾得到各位领衔者与合作者的信任，执笔了全书《凡例》《工作细则》和部分样稿（唐太宗、李峤，另于建由吴企明先生执笔），并承允负责除二百家别集以外所有中小诗人诗作的写定。此一工程的文献普查，主要由苏州大学实施，河南大学后期参与了部分工作。第一部分到杜甫为止的书稿，到 1997 年接近完成，其间虽有各种分歧，大端还算顺利。其后发生各种非人力所能预见的结果，除部分参与者因退休、生病而难以继续工作，更多则在于名分、责任、利益的分歧，我也为之心力交瘁。在经历各种无法言说的遭遇后，只能选择退出合作。

　　第三阶段，从 2011 年至今，决心以一己之力完成全部唐诗的编定，近十年来全力以赴，大端已经接近完成。下这样决心时，我已接近六十岁，学力渐增，精力就衰，上千万字大书，且欲追求高远目标，确实不易。多亏现代科技所赐，文本复制与善本所得，均较前人方便，古籍检索及文本写作，更非前人所能设想，而我的更大愿望，则是希望总结一代人研究唐诗的杰出收获，为今人和后人提供阅读完整可靠唐诗的基本文本。在拙书编写过程中，对《全唐诗》文本鉴别作出众多成就的陶敏先生，力倡重新写定全部唐诗并始终不渝给我以鼓励支持的傅璇琮先生，支持拙书在上海古籍出版社出版并立项的赵昌平先生，先后辞世，我也已年近七十，更感觉有责任完成全书。谢天谢地，一切还算顺利，希望几个月内可以完成，在我七十周岁时可以出版。

二、 拙纂《唐五代诗全编》的学术目标

从最初做唐诗补遗，到稍后参与新编工作，有一疑问始终缠绕心头，即：今日所见文献是否能超过明末清初？今人之汇编一代唐诗的学术质量能否超过古人？对此之认识是逐渐清楚的。目前所知，清编《全唐诗》主要依据胡震亨《唐音统签》和季振宜《唐诗》，两书都已经影印，后者还是最初拼贴本，可以看到季氏所据主要是明末清初之通行本。二氏及《全唐诗》编修诸臣曾见书而今不得见者，为数极少。《全唐诗》所收诗而今无从找到明末以前文本来源者，总数不会超过 200 首，即在 49 400 又 3 首诗中，大约仅占 0.4%。最近新出夏婧博士《清编全唐文研究》，来源待考者为 159 篇，在全书 20 000 又 25 篇中占 0.8%，且可以推知主要原因是当时曾检用的《永乐大典》，今已大端亡失。今日由于全球所存中国古籍善本大多已经公开，今日可以见到的唐宋典籍与宋元古本之数量与质量，远远超过清人，只要体例允当，方法严谨，可以保证学术质量之上乘。

其次，在今日古籍文本检索高度发达、古籍数据库广泛建立的

条件下，还有必要做如此大规模的古籍新编吗？现代科技确实带来了古代文史研究的革命性变化，但检索与利用之方便，完全不能代替个人学术研究之独到见解与全面统摄文献后的精密鉴别。就《全唐诗》已收 49 400 又 3 首又 1 555 句诗来说，其中误收唐前后诗超过千首，因为文本传讹、体例欠当而一诗互见两三处者，更超过 6 000 首，今知《全唐诗》失收诗接近万首。这样巨大数量的讹夺误收，文献缺漏，对一般读者来说，完全不具备鉴别和搜罗的能力，对专家学者来说，要加以区分与会聚也是极其辛苦、不易完成的工作。不加纂辑，无论专家还是一般读者都无法完整准确地全面利用唐诗。此我所以历经曲折始终坚持此事之缘由。

再次，重新写定《全唐诗》应该确定怎样的学术目标？从闻一多提出《全唐诗》校读法，到李嘉言倡言重编《全唐诗》，主要设想都是在《全唐诗》已收诗范围内展开工作，其局限显而易见。按照古籍整理的规范，整理《全唐诗》必须基本保持它的文本原貌，即便它错了，也仅能写校记作出说明，不能轻改原文。《全唐诗》成书至今三百多年，后出新见文献层出不穷，尤以善本秘籍、敦煌文献、域外汉籍、出土文献以及佛道二藏为大宗。充分利用所有可见文献来重新编纂全部唐诗，当然是有意义的工作，但学术难度之大，也非一般人所可想象。二十七八年前，我为《全唐五代诗》编写供讨论的《凡例》《工作细则》及样稿，主要的参考模板是逯钦立《先秦汉魏晋南北朝诗》，在用书、版本、考订、编次诸方面有更严格的要求。现在来看，用意虽好，但集体工作其实很难贯彻始终，坚持如一。其间我有一定的责任。当年讨论，在是否每首诗下都备注文本来源，校记是采取大小字逐字夹注还是挪移到每首诗后，与各主编讨论时有很大的分歧。虽然我投入巨大，做得很辛苦，仍难使所有人满意。希望学力高下和文献存备皆有巨大落差的参与者，统一追求较高的学术目标，确实有些难以实现。当我决定独立完成全书后，重新设定体例，由于前述人事纠纷，只能将目标定得更高，不能退下。于是作了重新定位。所虑主要在以下几个方面。

其一，尽量接近唐人写诗的原初面貌。此点看似理所当然，其实涉及学理中的重大问题，即部分唐人诗集在南宋逐渐定型后，如何看待及处理他书之异文。当今流行的刊本与写本诸家学说，以及文本传播学所谓在流传过程中的再创作说法，都无法涵盖唐诗文本流传过程中的纷繁面貌。我近年特别关注作者本人在最初人际交往过程中的文本初貌，作者本人对诗作的改动、补充与重写，以及作品在不同社会层次人群，以及后世各类不同目的的唐诗编选与称引过程中的文本变化，并尽最大努力利用各种条件，希望接近或还原作者原诗。同时，也采取详尽记录引用典籍及各类引文，希望展现唐诗在各代流传中的立体变化。操作虽然辛苦，收获足可得到补偿。

其二，尽量纠正明中叶以来编刊唐诗中的任意改写。大约以明嘉靖前后为界，此前的唐诗结集多有依据，遇到误夺文字也多予保留，但在明中期崇唐风气与商业氛围中，明人之伪造唐集、编造古书及擅改文本越来越严重。在此基础上逐渐形成的《全唐诗》，继承了这些结集过程中的许多问题。涉及政治与民族问题的讳改则清初以后日渐严重，四库为甚。为纠正此一问题，凡所引书尽量征及宋本，尽量利用能反映宋本面貌的文本，就成为始终遵循的原则。

其中，特别看重明初的三部大书，即《永乐大典》《诗渊》及《唐诗品汇》所引唐诗，以此三书作为尚未遭到后人妄改的坐标。当然，由于各种唐集保存宋元本之多寡不同，如杜甫、韩愈存宋本很多，宋人称引也多，一般仅引及南宋初年以前之引录。一些据地方文献保存的小家诗作，也曾广泛引及明清地方文献。

其三，充分吸取宋以来唐诗辑佚、考订、辨析诸方面的成就，特别是近四十多年来的研究所得。唐诗传误，唐代就开始了，宋人在搜辑、校勘、辨伪诸端上皆颇有成绩。其后历代皆有所获，尤其以最近四五十年建树最多。对此用力多年，深切感受所谓充分吸取前人研究成就是一件极其不容易的事，也更多地感到在前人取得众多杰出成就的唐诗领域，真正取得任何一点细小的突破皆极其不容易。全书所涉细节，凡有参考，皆一律呼名称引。

其四，文本的界定。涉及方面很广。细目则包括：(1)兼收诗词。《全唐五代词》出版两种，都还各有问题，唐五代本来诗词界限就很难划清，并收听取了赵昌平先生的意见，比较容易操作。(2)收录偈颂，以有韵者为限，可以看到诗歌在释道弘法中的作用。(3)兼收俗曲，涉及敦煌许多作品。(4)将诗题、诗序、残句与写作传播本事（以宋初以前者为限），适度地予以收录。可能会引起争议者是诗逸题存者，本来不拟收，进行一半，发现丢弃很可惜。比方南唐李建勋，《嘉定镇江志》卷一五存《酬己公见寄》、卷一七引《润州类集》引《赠丹徒段明府二首》、卷一九引《润州类集》引《寄甘露寺栖松上人》《酬松公以新藕并诗见寄》，《景定建康志》卷一七引陈轩《金陵集》，《至正金陵新志》卷五引《春日紫岩山期客不至》,《舆地纪胜》卷一三一存《寄龙山圆寂禅师》,《景定建康志》卷一八引陈轩《金陵集》引《迎担湖》,删弃真很可惜。增加题存诗佚的内容,更涉及唱和诗中包含的他人诗题,以及序存诗佚之问题。牵一发而动全身,处理划一很不容易。

其五,体例上采取大小字夹注,逐字出校记,逐首备注文本来源。这有编纂过程中便于操作的原因。估计全书的校记超过 50 万条,夹注较省篇幅,也便于操作,即在对校文本过程中,他书逐渐积累的校记一下子可以看清,便于做出判断。而校记附后,全书篇幅会增加近一倍,操作中前后反复对读也辛苦许多。

其六,编排体例上有许多特别的考虑。如以时代世次为序,又特别注意尽量将直系亲属排在一处。参考今人朋友圈的概念,将同官、科第、唱和、朋游、同乡诸因素皆予以考虑。五代十国则分别编次。以别集为底本者皆存别集次第,据各书重新辑录者也设定准集的概念,即他书所引尚能存原集次第者优先。同一诗而文本差异较大者,亦设置别本,分别展示文本之变化。

三、 中晚唐诗的重新写定之一:以别集为底本整理,以许浑与陆龟蒙为例

全部今存唐诗,目前估计 53 000—55 000 首,大端可分为作者可知与作者不可知者,后者所存虽不足万首,估计至少有七八千首。《全唐诗》设置了许多名义,乃至经常一人之诗分置于五六处,利用不便。现在新编,尽最大可能将同一人之诗收于一处。其中比

较复杂的是联句，只能在首唱或文献所出者之下收全诗，在联句各人下列目。全书凡有一句存诗以上者皆列有小传，存录事迹。

有姓名作者，则又可分为据别集为主编录者与据群书所引编校者，前者大约二百家，后者数逾三千，这里不备说。

中晚唐诗大约超过存世唐诗首数与人数的一半，在文本的流传变化上，不及盛唐诗的复杂，是可庆幸者。大约三分之一仅可追溯到一二处文本来源，即历代受关注较少，文本之整理相对也较简单。

据别集辑校者，可举下列一些例子。

别集底本与参校本的选择，有些很简单，因为可供选择的空间很小。比如韦庄，习见的《四部丛刊》影印明正德朱承爵刻本《浣花集》十卷，还算不错，但在看到日本静嘉堂文库所存宋书棚本后，立即决定更换。书棚本是残本，存四至十卷，此七卷即以宋本为底本，前三卷仍以《丛刊》本为底本。虽然一人诗而选用两种底本，但却是目前来说最佳的选择。再如白居易诗，当然以金泽文库本为最佳，很可惜为残本，那波道圆本虽保存唐时先后结集时的面貌，但因其基本不存原注，难以作为底本，最终仍只能以影印宋绍兴本为底本。

也有特别巧合的事。如张籍，《续古逸丛书》影宋蜀本《张文昌文集》仅存前四卷，显属残本。台北"中央"图书馆存宋临安府陈宅书籍铺刻三卷本《张司业诗集》仅存后二卷，后者之卷中及卷下前半部分，所存诗恰巧与前引蜀本卷二后半与卷三、卷四部分重合，蜀本所缺之卷五，适可据书棚本补齐，二本恰可为完本，堪称圆满。

有些诗人由多种不同系统的文本组成，前述尽量接近唐人写诗初貌的设想成为选择的决定因素。以许浑、陆龟蒙为例来说。

　　许浑今存宋元本三种。一是《续古逸丛书》影印南宋蜀刻《许用晦文集》二卷，附《许用晦拾遗篇》《许郢州诗拾遗》，末附贺铸跋，记录部分遗诗之来源。二是南宋书棚本《丁卯集》二卷，《四部丛刊》据以影印。三是元刊祝刻《增广音注唐郢州刺史丁卯诗集》二卷。此三集皆非足本，此有彼无，此无彼有，在在可见。三集以外有一特殊的存在，即许浑本人大中四年（850）编其诗为《丁卯集》三卷，五百篇，自书于乌丝栏纸本。真迹南宋时尚残存三分之一，凡存一百七十一篇，岳珂《宝真斋法书赞》卷六全录其诗。真迹南宋后不传，《宝真斋法书赞》原书也不传，今仅见四库系统存本，个别文字曾经清人窜改，但其大端尚存许浑自定本之面貌。以上四本皆非足本，罗时进《丁卯集笺证》十二卷采取以《全唐诗》为序，以四本中之一种为文字底本的特殊体例，实属不得已之举。我赞同今人所倡导凡自定文本之顺序也保存特殊文化信息的主张（参徐俊《敦煌诗集残卷辑考》前言），乃决定以《宝真斋法书赞》卷六所录乌丝栏诗真迹为前三卷，贵其出许浑本人所书；以蜀本收诗为四至七卷；以蜀本补遗为第八卷；以书棚本、元本所增诗为第九卷；以唐宋人总集所见前此各集未见诗为第十卷。希望这样可以尽量接近许浑原诗。比方许浑许多诗的诗题很长，真迹保存了原题，在刊本中则另拟了短题，而以长题为序。因为有真迹文字在，可以确认这些都是宋人为刊刻或一般阅读所改，有失作者原貌。

　　陆龟蒙生前曾两次自编文集，即咸通十二年（871）编与皮日休等唱和诗六百九十八首为《松陵集》十卷，其自作者有三百三十多首，乾符六年（879）春，自编其"歌诗赋颂铭记传叙"为《笠泽丛书》五卷，二集且都存留至今。存陆诗相对完整的是宋人叶茵辑其诗文为《甫里先生文集》二十卷，有成化二十三年（1487）严春刊本、万历四十三年（1615）许自昌刻本和《四部丛刊》影印清黄丕烈校明抄本。叶编本存诗较多，今人宋景昌、王立群校点《甫里先生文集》即据叶本。但仔细阅读，则不难发现，《松陵集》保存了皮、陆诸人唱和的原始文本，《笠泽丛书》是陆龟蒙本人编定，叶氏虽然收录了两集所存陆氏全部诗歌，但文本处理极其草率，拟题既没有准确反映陆氏与唱和诸人的真实关系，许多《松陵集》原有的细节也被忽略了（参拙文《唐诗的原题、改题和拟题》，刊陈致主编《中国传统文学及文本研究》，中华书局 2013 年版，及拙著《唐诗求是》，上海古籍出版社 2018 年版）。有鉴于此，此次采据《笠泽文薮》所存诗为前二卷，以《松陵集》所存诗编为其次五卷，以《唐文粹》《乐府诗集》所存诗编为第八卷，以《万首唐人绝句》所存诗编为第九卷、第十卷，以《甫里先生文集》及他书所存诗编为第十一卷。这样编录，应该比较接近陆诗的真貌。

以上二集之编次原则，也见于其他各集底本选择之考虑，在此不一一说明。

四、中晚唐诗的重新写定之二：据群书辑录，以殷尧藩、释常察诗为例

殷尧藩是中唐有一定成就的诗人。白居易有《见殷尧藩侍御忆

江南诗三十首诗中多叙苏杭胜事（《英华》补二字）余尝典二郡因
继和之》（《白氏长庆集》卷二六）："江南名郡数苏杭，写在殷家三
十章。君是旅人犹苦忆，我为刺史更难忘。境牵吟咏真诗国，兴入
笙歌好醉乡。为念旧游终一去，扁舟直拟到沧浪。"这组写苏、杭二
州为主的江南胜景诗三十首虽然没有存下来，读过组诗的白居易极
致礼赞，认为你是旅人，我曾为刺史，对名郡风物一样地苦忆难
忘。"境牵吟咏真诗国，兴入笙歌好醉乡"是兼两人诗而言，更多是
对殷诗的肯定。三十首七律的篇幅，足以将江南主要胜事写到了。
张为《诗人主客图》列殷为广大教化主白居易下及门者，算有一定
依据。《新唐书·艺文志》著录殷尧藩诗一卷，后世无传，唐宋总
集、笔记、地志、史乘等存殷诗仅约二十首，最著名的是在湖南观
察使李翱席上所作《潭州席上赠舞柘枝妓》："姑苏太守青娥女，流
落长沙舞柘枝。满坐绣衣皆不识，可怜红脸泪双垂。"因韦夏卿庶
出女流落风尘而引起诸文士的感慨，殷尧藩与舒元舆有诗咏其事。
到明末胡震亨编《唐音统签》卷五一四，称得友人屠懋昭藏宋本，
得诗八十七篇，遂加编录，《全唐诗》卷四九二据以编诗为一卷。最
初指出其中有元、明伪诗的，是1959年中华书局点校本《全唐诗》
卷首王全（即王仲闻、傅璇琮）撰《点校说明》，谓其中《春游》一
首为元人虞集撰，陶敏初撰《全唐诗殷尧藩集考辨》（刊《唐代文学
研究》第3辑、《中华文史论丛》第47辑），指出《过雍陶博士邸中
饮》等十六首为明史谨作，《金陵怀古》等三首为明吴伯宗作。稍后
在《唐才子传校笺补正》卷六与《唐代文史考论》收入前文时增写
附记，复指出《过友人幽居》等七首为宋王柏作，史谨诗误收另增

三首。佟培基《全唐诗重出误收考》又指出《宫词》等五首为元萨都剌作。陈青松《全唐诗殷尧藩再考》（刊《古籍整理研究学刊》2016年第5期）复考出误收明初僧来复诗十四首。综合以上各家所考，《全唐诗》所收殷诗，已经有五十三首确知为伪诗，另有十七首不详所出。见于唐宋人载录，且为《全唐诗》收录者外，后来有一些新的发现。日藏《千载佳句》卷下《眺望》存《送韩胜协律赴容府幕》："云收碧海连天水，风动红蕉滴露花。"《全唐诗逸》卷上据收，但有误字。近年新出李都撰《唐故监察御史弘农杨君墓志铭》（刊《文物》2016年第7期）存殷赠杨筹诗二句："假如不共儿童戏，争肯长将笔砚亲。"《唐诗纪事》卷五一载："尧藩未第时，许浑寄诗云：'直道知谁用，经年钓水滨。宅从栽竹贵，家为买书贫。就学多名客，登朝尽故人。蓬莱自有路，莫羡武陵春。'又酬尧藩云：'相知愧许询，寥落句溪滨。竹马儿犹小，荆钗妇惯贫。独愁忧过日，多病不如人。莫怪青袍选，长安隐旧春。'"宋蜀刻《许用晦文集》附《许郢州诗拾遗》（贺方回跋谓出括苍叶氏本）、元刊《许郢州诗续集》、《全唐诗》卷五三二皆作许浑诗，题作"酬殷尧藩"（元本下有"秀才"二字）。但仔细比读，可见二诗韵脚同，次诗称"愧许询"，许询即指许浑，知此为尧藩答许浑诗。殷诗之重编校订，包含校勘、辨伪、辑佚等诸项内容，现在校定的文本与《全唐诗》相比，虽然数量上大幅度减少，但文本确实可靠，较前有了巨大的变化。当然仍有一些问题未能解决，即疑伪而原作不知谁作者仍有十七首，只能流待后人解决。

　　释常察（约868—961），是南唐前中期洪州的一位禅僧，俗姓

彭，福州长溪（今福建霞浦）人。出自九峰道虔门下。自号紫塞野
人。晚住洪州凤栖山同安院，为同安院第四世住持，世称同安和
尚。中主建隆二年（961）卒，年九十余。最著名的诗偈是《十玄
谈》，宋代流传很广。《景德传灯录》中仅收八首，宋僧的各种著作
中引录很多，异文差别也很大。拙辑《全唐诗续拾》在三十多年前
尽力搜辑，得此组诗全部十首，另得《搜玄吟》一首，已感很富
足。参徐文明《唐五代曹洞宗研究》所考，更得以确认《坐禅铭》
和《紫塞野人雪子吟》两篇也是他所作。此外，《联灯会要》卷二五
收他的一段说法，在"山僧有一曲即不然"以下，讲说了一大段韵
白相间的文字，虽不能全视作诗，但最能见到禅僧讲唱随意变化的
特点。另外，禅僧说法时的禅句，与诗有别，也不全是禅僧创作，
但确可视作诗歌普及时代，僧人口粲莲花，韵白并用，对句出口就
来，且有种种变化，可以看到文学与论禅兼备的特点。《全唐诗》不
收常察诗，是因为受偈颂非诗观念之局限。拙辑《全唐诗续拾》所
补，各篇校勘仍未精。现在新写定，不仅作品增多，汇校也更绵
密，颇感欣然。录《紫塞野人雪子吟》如下：

> 白云起兮青山秀，青山异兮白云旧。
>
> 凤栖林下木龙吟，碧岫峰头石牛吼。
>
> 扇清风兮绿岩开，金乌玉兔去还来。
>
> 为明暗室迷家子，免令狂骇堕尘埃。
>
> 击寒岩兮野人吟，声声为剖访知音。
>
> 歌之决之能晓了，响三关兮深更深。
>
> 事事通兮物物明，达者须知暗里惊。

若能解抚无私曲，句句称提不道名。

衣中宝兮异常珠，一般拈掇与君殊。

无影杖子敲不落，三茎异草岂能除。

明人意兮晓全机，不曾觉后体前迷。

莫令回互有参差，也似伯牙误子期。

来架肩兮去何多，于中那会野人歌。

虽然樵子频提举，不晓玄玄争奈何。

事须宛转莫守闲，幽洞无门任往还。

饶君解使云通信，石点头时我不然。

人人尽着还乡曲，我无家兮去何速。

玄途履践绝追寻，鸟道登游岂解跼。

深深妙旨复何言，龙宫海藏莫能诠。

鹫峰山顶无师句，谁人解向死前拈。

二十八代总提纲，不是无言默覆藏。

虽然觌面无人识，深成认贼作爷娘。

粗中辨细犹可知，细中之细复何稀。

出门自有弥天句，入户那携不我归。

一轮高耸曜师宗，灵然那混碧沙笼。

我今不吝无私句，有何难易障玄风。

能说这样的作品不是诗吗?

2019 年 10 月

《唐五代诗全编》简介

　　拙纂《唐五代诗全编》是一部校录全部存世唐诗的大型总集，按照古籍传统分类分为1225卷，分装50册，总字数超过1800万字，2024年8月由上海古籍出版社出版。全书分卷细目如下：唐代诗歌937卷、五代诗歌28卷、十国诗歌145卷、世次不明作者诗歌10卷、幻部（即托名神仙鬼怪）12卷、无名氏68卷，末附《唐五代诗别编》25卷，则为历代传误之诗作。

　　清康熙四十五年（1706）成书的钦定《全唐诗》900卷，收诗49400又3首又1055句，作者2567人（此据日本平冈武夫《唐代研究指南》统计）。向为唐诗研究者所重视，其漏收、误收、一诗互收、文本缺讹、小传错误、编次失序、体例失当等问题，也非常严重。今人研究，误收唐前或宋后诗超过1200首，互见诗多达6800首，缺收及近代以来之新见唐诗，则有近万首。1956年，李嘉言发表《改编〈全唐诗〉草案》，提出校订、整理、删汰、补正四项意见，其后虽有多方努力，久未有成。本人从1979年夏对唐诗文补遗产生兴趣，历时十多年，完成《全唐诗补编》和《全唐文补编》，也曾较长时间与多方合作，希望完成此一责任，2011年方确定以一己之力完成全书。至2020年10月初稿交出版社，经三年九个月审稿、通稿，终得定稿付样。全书由我一手一力完成，其间所得学校、出版社及师友学生帮助之多，难以尽言。

本书提出"让唐诗回到唐朝"的编纂宗旨，且将之贯彻始终。具体方略是，尽可能完备地占有与唐诗有关的全部第一手文献，所有引书皆尽可能地征引善本，唐人别集与历代总集更曾较彻底地征引汇校，也较充分地吸取了一千多年来，特别是最近一个世纪唐诗研究的成果。书末附《引用书目》，引书超过 4 000 种，且涉及众多版本。全书以泛文学的立场，收录唐诗超过 57 000 首，作者近 4 000人，收获可称丰备。

为达前述宗旨，本书努力坚持求全、求真、求是的原则。

所谓求全，是在确认唐诗收录的四至（时限、地域、语言、文体）界限内，无分存逸，应收尽收。部分取舍与一般总集稍有不同。如诗佚题存者，予以存题。此点缘起于部分善本古抄之题存诗佚，不加编次，世人无从知晓。进而则有宋元人称引唐诗篇目，而文本残缺者。再次则彼此唱和，有仅存一端者。如区分完诗、残诗与短句，分别加以编次。凡唐人在宗教民俗活动中的韵文歌辞、方术歌诀，说话讲经中的韵文唱辞，皆一体收录，以备文献。

所谓求真，即尽力地甄辨伪作，鉴别互见。具体来说，有在唐人名下的非其本人所作之伪诗，在该人之末列《存目诗》，分四格罗列诗题、原文、来源、辨正，逐篇加以考订。唐前、宋后诗作则收入《唐五代诗别编》，包含唐前诗人误作唐人者、唐代有其人而诗则非其作者、后人托名唐人诗、宋元明人诗误传为唐人者、宋元人伪造唐人诗等多类。而如李白、杜牧等名下，多有前人质疑而尚乏确证者，则诗存而述疑于篇末，供读者参考。

　　所谓求是，则是追求录文准确，小传完整，附存本事，保存题跋。古书版本众多，文本差异很大，唐诗尤甚。坚持尊唐佚宋，凡引书皆重版本之遴择，书证之早始，尽量接近或还原唐诗原貌。小传记录作者生平，前人工作很草率，多据传闻，本书则努力考镜事实，凡生卒、郡里、世系、科第、历官及著述，皆加记录，交代依据。本事是唐诗的传闻，不加厘清则无从理解唐诗，故皆附存。唐诗命题很讲究，尤重人际关系的分寸，中唐诗多有作者自注，皆有必要保存。

　　全书规模宏大，文献复杂，虽克尽人力，仍难免误失，静俟批评，以求善美。

2024 年 9 月

二、唐人别集研究

唐代别集的十种层次

——编次《唐五代诗全编》时的一个观察维度

　　《唐五代诗全编》编纂中，大概三分之二依据别集。我们现在可以看到，从万曼《唐集叙录》到陈伯海先生主编《唐诗书目总录》，以及各种各样的文本，别集名目很多。但是如果从各个维度来考虑：就一个作家来讲，他的文集流传有一个过程；就一个时代来讲，我们则必须要考虑所有这些文本，谁更接近于唐诗写作的原貌。什么是唐诗写作的原貌？就是唐诗写作的现场感、唐诗第一手写作时的面貌。从这个意义上讲，现存的唐人集子虽然数量众多，有早期的唐抄本、宋明刻本、明清刻本，也有一些今人的编订本，等等，那如果要努力实现我提出过的这个目标，让唐诗回到唐朝、让校定的唐诗尽可能地接近唐人写诗时的真貌，则别集最为重要。那有没有唐人的别集保留了现场写作时候的情景呢？很少，但还是有。

　　第一种就是《翰林学士集》，现在称之为原本，其实不对。《翰林学士集》是许敬宗集的残本，它保留的是唐太宗朝的宫廷唱和。许敬宗每一次都曾经参与过，该书保留的是以许为主人，以太宗为中心的唱和原貌。第二个是中唐时候的《窦氏联珠集》，大家说它是五种别集合编而成的总集，但是《窦氏联珠集》的可信度就在于它是唐人褚藏言所编，当时依据了一些唐人诗歌的原作，唱和的原貌都在，互相的尊称都在，而且五代写定以后就得以刊刻，原貌得以保存。第三个是《松陵集》，皮日休和陆龟蒙为主唱和的，编订近八百首诗，基本上是在咸通十年（869）到十一年年底，两个人之间连续的唱和，基本保存了当时唱和之间的氛围和状态，而且可以看两个人的称呼，由于双方交谊情况的变化，称呼肯定是不同的。这是我说的第一点。

第二种是唐代诗人自己写定的诗集。这个实际上可看到的很少，现在能够提到有真迹保留的唐人诗，有唐玄宗《鹡鸰颂》、杜牧《张好好诗》，都是大家看得见的，同时也有两个残本：第一个是许浑的乌丝栏诗真迹，许浑晚年自己写定五百首，到北宋时被割了好几块，其中有三分之一被南宋岳珂《宝真斋法书赞》全部抄录，但这个书又失传，《永乐大典》大多抄录，清四库馆臣辑出，最后大概保留了一百七十一首诗，这是许浑晚年自己写定的；第二个则是李郢自书七言诗一卷，清内府收藏，《秘殿珠林石渠宝笈续编》收诗四十一首，清亡后流出。最后一次看到记载是在北京，约为1941年事，一个叫张珩的《木雁斋书画鉴赏笔记》里提到，后来就没有了。这是到现在为止还有人见到唐人自写诗集的最后一次记录，不知道还有没有机会找到。唐人自选诗集的可贵，就在于他自己编选，最接近唐人创作的原貌，反映唐人的创作观念。

第三种是唐人编订的诗集。唐人编订的诗集从现在能够查到的情况来看，大概不少于五六十本，数量很多。举个例子，陈子昂集是卢藏用编的，卢藏用编的时候提到了"黄门侍郎卢藏用撰"（卢藏用《陈伯玉文集序》）、"君故人卢藏用集其遗文，为之序传"（《陈氏别传》）这一段，可以肯定这个文本的写定者是卢藏用，而在《陈氏别传》中概括了陈子昂几十年来的生平经历。陈子昂这个集子的编订，是由敦煌遗书所发现的唐人抄本《故陈拾遗集》来确定它是唐人的，亦知上海古籍出版社刊徐鹏先生整理本，认为该书由明人改定而成，是不对的。类似的情况还有很多，像骆宾王的集子、皎然的集子，尽管刊刻年代稍微有所不同，但基本上唐人编订时的面貌得以保留到现在，唐人编订的好处就是它保留了唐代诗歌编次的面貌。

第四种类型就是唐人编著的集子传到宋代，宋人稍微做了一些改动，基本上还是保留原来唐人的面貌。就像柳宗元的集子，刘禹锡编次为三十卷，现在我们看到的四十五卷通行本《柳河东集》，是北宋初穆修改订的，但他没有做大的改变，只是卷次有所调整，所以柳宗元集子的基本面貌保留了下来。类似的还有刘禹锡文集，原先是四十卷，北宋时亡佚了十卷，据我分析，亡佚的是诗集前十卷，保存下来的是诗集后十卷。但到北宋宋敏求编刘禹锡诗集的时候，他又根据他能够见到的各种各样的刘禹锡唱和集，以及其他各种文本，重新编了外集十卷。因此刘禹锡集实际上有三十卷是唐人的面貌，十卷是宋敏求新编的面貌。宋敏求的新编部分有一个总体说明，讲自己根据了哪一些书，所以每首诗都可以确定是出自唐代的哪一部书，这是非常可贵的。

第五种是北宋重新编次的。所谓北宋重新编次的集子，可以李白、杜甫的集子为例。李白晚年委托李阳冰、魏颢编定自己的集子。北宋初，《太平寰宇记》作者乐史编订了一个文集，宋敏求又再编订一个，后来还有许许多多两个系统的文本。但可以肯定地说，李白的集子经过宋敏求的大幅度改造，把原来的面貌改成了宋人流行的分类本。诗歌做了分类以后，它的原来的次序就完全变动了。杜甫的诗歌，我有过一个观察，杜甫诗里可以读到杜甫晚年不断改诗，就是"新诗改罢自长吟"。杜甫晚年有充裕的时间，说他不断修改自己的佳作并编订自己的作品，还有一个最重要的证据，就是杜甫去世一年左右，即有六十卷的文集流传于江汉之间。但是到了北宋，王洙编定杜甫集子的时候，已经把它改成了北宋流行的分体样式，先分古近体，古近体之中又略按写作的先后。这种面貌我们从北宋王禹偁的集子、苏舜钦的集子、司马光的集子、欧阳修的集子等，都可以比照出来，这是按照北宋人的习惯重新编制过的，只是杜甫编制的许多痕迹都还在。我这里的依据包括，现在通行的杜甫集子，即《续古逸丛书》版《宋本杜工部集》，以及我刚刚接纳的一个博士后做宋本《杜工部集》研究，发现日本和中国台湾所藏文本可以稍微补充的一些证据，但是校对下来发现，还是张元济影印的本子最好。

第六种叫南宋新编本。南渡以后，特别是一些诗人的后人，有志于重新编订唐诗人的诗集，这种编订的来源和质量都是稍有存疑的。代表性的像唐末黄滔《黄御史公集》，我们可以看到两个系统的文本：《四部丛刊》肯定重新打乱过了，但黄滔诗集，当时根据哪些来源编订，《天壤阁丛书》本逐一记录，历历在目，这个是可信的；同时，南宋重新编订的文本，像徐寅后人重新编订的，就真伪混杂，有一些诗显然是别人的诗，这种情况下，南宋人的识见是有局限的。

第七种是南宋所传的最重要的几套唐诗集刻本，其中包括蜀本。上海古籍出版社做过认真调查，说中国大陆所存凡二十三种，现在知道在日本有《刘宾客集》的蜀大字本，在中国台湾有《欧阳行周文集》的蜀本，所以今存宋蜀本唐集大概二十四五种。但是这个蜀本流传很广，相关研究也很多，但我反复比对之后，验证了叶梦得所讲的话，即在宋代，特别唐人诗歌之中"蜀本次之"。韩愈文集今存宋元本数量较多，蜀本两种位列前茅，但把韩愈集子逐字反复比对以后，则可发现蜀本质量不如其他。

第八种就是明代重编唐集。明人重编唐人诗集有几套大的丛书，如朱警《唐百家诗》，上海古籍出版社影印的活字本《唐五十家诗集》，我考证过是嘉靖初年苏州西山徐缙编刻。更晚一点的是明后期各种汇刻本，以及清代《唐诗百名家全集》、清末《唐人五十家小集》等，这些重新编订的本子，我们现在用得很广，非常普遍。这里边真伪杂糅，各种各样的集录本，非常复杂。其中有非常可靠的，比如很晚出的江标影宋本《唐五十家小集》，我曾经怀疑过，但是其中的李端诗，显然比前面几种李端诗集都更接近唐集的面貌，后来知道其依据是一个明刻本，保存在中国台湾。活字本或者朱警本，由于中国国家图书馆明初抄本《唐十八家诗》以及明抄本几个大套诗集的公布，能够知道这一类丛集所依据的唐集，既有当时人见到的宋元本，也有许多坊刻本或者仿宋本，拼凑的痕迹非常明显。杨镰编校元诗时，直接称这类集子为伪集，但就唐诗而言，这些伪集之中又有非常难得的文本流传。比方说，席刻本之中，张籍的集子保留了北宋张籍诗文早期某本系统残存的部分面貌。折中来讲，唐诗的这类丛集不是说哪一个本子就好，哪一个本子就不好，而是需要分别对待，需要逐个地进行个案研究。这是这一类大的丛集的情况。

我这里还补充一句，宋本的可贵，以及明中叶以后文本之不可尽信。它最重要的表达就是在于宋人有学理之悟，有他那种学术的矜持，所以宋人一般不妄改唐诗，这是我们在编定唐诗时特别重要的一点。而且很多宋本虽然失传，但是在比较早的时期，特别明代到清初，藏书家们都还能见到宋本，他们采取了另写或者另抄的方式保留这一类书籍，比方说像李商隐、高适、岑参，还有好多这一类的集子，它在一定程度上是可以和宋本等价齐观的。像岑参的集子，宋本只有四卷，后面四卷我打算用别的集子来代替，但看到八卷影宋抄本后，该部分虽已排出校样，仍再次更换底本，重新付排，以尽量接近宋集的面貌。

第九种是四库本。我必须说，四库本实在是信不得。这里有两个例子——贯休和齐己的诗集，二者早期的刻本或者抄本都有很多缺文，但四库本不缺，是完整的，而通过早期别的书证明，都是后人所补，甚至有的属于乱改。我写过一篇文章，题目叫"清必万年清"，贯休原诗叫"明必万年明"，就是这样乱改的。贯休怎么知道后面有明代还是清代？但是到了清人修《四库全书》，"明必万年明"太敏感了，必须改。所以四库本不可尽信，在有的情况下甚至非常害人。

　　最后是《全唐诗》编订以后出现的各种别集，这里面个别的有补充，大部分是依据《全唐诗》进行的编选，而今人新编的唐人别集有各种各样的问题，也有各种各样的新材料出现，所以必须区别对待，这是第十种。

本文为 2024 年 9 月在上海师范大学文学院主办的

东亚唐诗学青年论坛上的发言记录稿

聂巧平点校整理《新刊校定集注杜诗》序

　　今存宋代的七种杜诗集注本，均出现在南宋。若从集注本之"注"是否刊有伪注来区分，则七种集注本可分划成"正注"本与"伪注"本两大类型。"正注"本仅郭知达编纂、曾噩覆刻之《新刊校定集注杜诗》（全集三十六卷）一种；余下阙名《门类增广十注杜工部诗》（残本）、阙名《门类增广集注杜工部诗》（残本）、托名王十朋《王状元集百家注编年杜陵诗史》（全集三十二卷）、阙名《分门集注杜工部诗》（全集二十五卷）、蔡梦弼《杜工部草堂诗笺》（全集五十卷），以及黄希、黄鹤《黄氏补千家注纪年杜工部诗史》（全集三十六卷）六种均包含大量伪注。其中《草堂诗笺》以及黄氏父子"补注"杜诗的底本"千家注"，在元、明及清初不断被改编、翻刻，流传广泛，影响巨大，而正注本《新刊校定集注杜诗》在元、明两代则几近湮没无闻，直至清中叶《天禄琳琅书目》及《四库全书》编收此书，才渐为学者所知。

　　郭知达生平，史籍仅留下一条记录，即淳熙间曾知富顺监，其地即今四川自贡所在，以井盐闻名，郭因掌握财源，得以出资组织人员编刻《杜工部诗集注》。他在自序中确立一条原则，即"如假托名氏、撰造事实，皆删削不载"，保证了全书的"集注"质量。"独削伪注"之外，较之宋代其他集注本，《新刊杜诗》汇校众本，辨析

精细；其"集注"别裁有法，所辑录之旧注（郭序称王源叔，即北
宋最初编杜甫集的王洙，字原叔，注非其作，但渊源甚早）、薛苍
舒、杜田、鲍彪、师尹、赵次公六家注，引文完整，文气连贯，翔实
可信。郭书淳熙间蜀中初刻本世无保存，世传皆源出宝庆间曾噩于
南海漕台重刻本。曾氏重刻序称蜀本"纸恶字缺"，遂"摹蜀本"而
刊，并对初刻进行了全面校定，故将郭书易名作《新刊校定集注杜
诗》。清乾隆时《天禄琳琅书目》与《四库全书》收录此书，再次易
名作《九家集注杜诗》，故后之学者习惯称之曰"九家注"。曾噩刊
本仅存两种：清季陆心源旧藏残本六卷，今藏日本静嘉堂文库；瞿
镛铁琴铜剑楼旧藏三十一卷，抄配五卷，商务印书馆早年曾借摄，
原书以为失传，后来方知归山阴沈仲涛。沈氏晚年悉数捐赠台北故
宫。1985 年，秦孝仪先生主持影印并发行宋本《新刊校定集注杜
诗》。巧平博士能获得这一宋椠佳刻的影印本，并据以点校整理成
此《新刊校定集注杜诗》，其整理方法与认真态度皆可圈可点，此
书得由上海古籍出版社庄重刊布，也是当代杜诗研究与杜诗喜爱者
的幸运！

　　聂巧平之整理成绩，就我阅读所及，可分别言之。

　　第一，该书所用底本台北故宫博物院影宋本，不仅是善本，而
且是海内孤本，也是后世流传所有郭编、曾刊诸本之祖本，价值珍
稀。该书整理时，通校辽宁省图书馆的沈阳故宫旧藏清内府刻本。
这一通校本，虽不免偶有小误，然而其参校者饱学经史，熟悉旧
典，广泛吸收了宋人的校勘成果，在很大程度上提升了祖本的学术
质量。巧平博士整理该书时，亦参校了文渊阁、文津阁、文澜阁三

种《四库全书》本，静嘉堂残宋本，中华书局影宋本以及《杜诗引得》排印本。如此庄重地通校、参校后出各本，很有必要。宋刊同一本的前后印本会有挖补改动，且因刊刻成于工匠之手，鲁鱼亥豕之误必不可免。更可贵的是，巧平博士的校勘并不满足于此，她还酌情参照了宋代其他杜集，如二王本、十家注本、百家注本、分门集注本、《草堂诗笺》本、黄氏补注本，因以上各本与郭书之间有千丝万缕的同源因革关系；她也参考了清代以来各家注杜解杜之论著，因其对郭书时有校订与商榷；她还参校了唐宋各大类书与历代诗文总集，以此追溯诸家注杜之文本依据与可能差讹。与此同时，她也吸收利用了已有的出土文献以及当代学者的杜诗学成果。聂巧平博士的这一整理本，可望成为继清刻本之后具有"集成性"校定成果的郭编、曾刊本杜集。

第二，该整理本的校勘记征信翔实，其中所汇校的大量异文，为杜诗的文本细读与阐释提供了最原始的基础性文本文献。其四万多字的长篇前言，对自南宋以来迄今所有关于郭编、曾刊本杜集的学术问题进行了探讨、辨析和回应，可作为一篇浓缩版的《新刊校定集注杜诗》研究著作来读。前言所讨论的问题涉猎广泛，如曾刊本卷二十五、二十六残阙，后人用他本补足，而补足本乃后人依目录就蔡梦弼《草堂诗笺》及高崇兰本取诗及注补刻。卷二十六之《登高》，载有伪王注，堆砌典故注释，篇幅单窭，此为元、明及清初学者所常见之宋注；而卷三十之诗与注，为郭氏原编，无伪注，其注信实典雅，在元、明及清初却罕见其传。巧平博士以卷二十六与卷三十前后复收的这首《登高》诗及其集注为例，详尽分析，其目的是让学者直观地辨认和比较《新刊杜诗》的宋注与元、明、清广为流传的宋注为何不同，从版本比较的视角思考，为何后人对宋注总体上评价不高的客观原因。前言对赵次公的证误成就、师尹注学术价值的重点分析，相当精到。前言谓郭书的主体为六家注，即旧注、薛苍舒、杜田、鲍彪、师尹、赵次公。巧平博士认为他们的注杜，是"对李善《文选注》传统的继承与发扬"，详引例证，很有说服力。郭序所云王原叔注，即在各种杜注中大量出现的"洙曰"，前言有仔细辨析，认为既非出自王洙本人，也非南宋人伪造，而是前述诸家注中提到的旧注，出现最早，渊源有自，不能因其托名王洙而忽视。对于何为伪注，如何判定伪注，伪注中是否仍存有有价值的解读，巧平博士的解释周密而圆通。对郭书所存六家注外注杜者的见解也有揭示，读者自可阅读。更难能可贵的是，巧平博士广收各类古籍善本与海外学者之杜著。她曾付出巨大努力复制善本，比读各种集注文本之间的同异，洞悉宋代的各种杜诗集注本之特点及其源流变化。如蔡梦弼《草堂诗笺》各本之间的差异，以及草堂本的支流及其在杜诗学史上的负面影响，我即因她告知而得理解；《十家注》之残存的孤本，也因她的复制而方得见。对于何为杜诗正注，何为杜诗伪注，巧平博士着眼于版本比较、版本流传与影响的角度展开论述，新颖独到，且辨析仔细，视野开阔。

　　第三，此书点校整理，为今后的古籍整理提供了良好的范例。该书精选善本，广参校本，精心撰写校记，为读者提供了一个科学规范、信实可靠的宋人集注读本。巧平博士秉持实事求是的学术态度，甘于坐冷板凳，甘于寂寞地坚守在学术阵地。就我所知，因善本难求，此书先后历经了两次完整的整理过程，前后长达十年。第一次整理用中华书局的影宋本，书稿已全部交到出版社，意外地获得台北故宫之善本《新刊校定集注杜诗》，乃决意更换底本，一切从头开始。这份对学术的敬畏之心，这种严谨的治学态度，在当前比较浮躁的学术环境之下，尤其珍贵，值得提倡。

聂巧平是湖北天门人，1995年跟随王水照先生攻读博士学位时，与我认识。王先生指导她以宋代杜诗学作为研究选题，我也曾对此有所兴趣，与她有过多次深入的交谈。2016年秋末，我到广州中山大学参加纪念岑仲勉先生会议，任教暨南大学文学院的聂巧平与赵晓涛二位王水照先生门生共邀我夜游珠江。在新落成的广州图书馆附近，一边观赏广州的地标"小蛮腰"电视塔的亮灯美景，一边谈起各自近期的研究所得。巧平博士说已经花费多年精力，用北京中华书局的影宋本做底本整理研究南宋郭知达编本杜集。时隔五年之后，我接到她的来电，告知更换了底本，对郭编《新刊校定集注杜诗》重新整理了一遍。她和我分享了她如何经过漫长等待而复印到台北故宫博物院的铁琴铜剑楼旧藏的经历。说到宋代的杜诗注，巧平博士如数家珍。认识巧平博士近三十年，我了解她研究宋代杜诗学的热情，以及现在所达到的学术深度与水平。当她提出让我写序时，我欣然应允。

四十多年前，当我刚开始学术研究时，从前辈处得到的一般印象是，宋人注杜，筚路蓝缕，且因商业目的，问题很多，总体水平和保存文献都不及同时代人所作韩、柳集的校订与集解。当时通行的杜集注本主要是清人注本，以上海古籍出版社前身中华书局上海编辑所整理出版的《钱注杜诗》和《杜诗镜铨》，中华书局出版的《读杜心解》和《杜诗详注》最为习见。至于宋人注本，则以《四部丛刊》影印之《分门集注杜工部诗》，《杜诗引得》所附《九家集注杜诗》，《古逸丛书》影印日本藏《杜工部草堂诗笺》四十卷附《补遗》十卷本，均未经标点整理。近二十年来，经过学者与图书馆、出版社的共同努力，情况发生很大变化。其中赵次公的杜诗注残本经林继中教授的拼合精校，成《杜诗赵次公先后解辑校》，1994 年由上海古籍出版社出版。去年末，上海古籍出版社又出版曾祥波教授整理的《新定杜工部草堂诗笺斠证》。今喜见聂巧平博士点校整理的宋代杜诗集注本中的唯一"正注"本《新刊校定集注杜诗》出版，为杜诗学史写下隆重一笔。赵次公单注本、蔡梦弼会笺本、郭知达集注本三书一起，皆在上海古籍出版社出版，构成南宋杜诗学的重要书系，相信会得到学者的认可与赞许。

贺聂巧平博士积年累月，志业有成！也贺上海古籍出版社迭出好书，裨益学术！

2022 年 11 月 20 日于复旦大学光华楼

宋书棚本《朱庆余诗集》述要

　　中国国家图书馆藏宋刊唐朱庆余《朱庆余诗集》，凡目录五页，正文三十四页，存朱氏诗一百六十五首，附友人李躔（避讳改李回，相武宗）酬寄诗二首。总存三十九页，诗一百六十七首，为南宋书棚本之精刊本，世称珍贵。

　　朱庆余，名可久，以字行，行大，越州（今浙江绍兴）人。家世不详。唐诗人别有朱可名，亦越州人，存《应举日寄兄弟》："废砑镜湖田，上书紫阁前。愁人久委地，诗道未闻天。不是烧金手，徒抛钓月船。多惭兄弟意，不敢问林泉。"武宗会昌中登进士第，官终长安令。唐张为《诗人主客图》列其为广大教化主下之及门者。或以为即庆余之兄弟，虽无确证，当亦相去不远。据可名诗，知出身越州孤寒之家，诗名未为朝中显要所知。庆余《归故园》："桑柘骈阗数亩间，门前五柳正堪攀。尊中美酒长须满，身外浮名总是闲。竹径有时风为扫，柴门无事日常关。于焉已是忘机地，何用将金别买山？"不算富足，生计无虞，颇多闲适情趣。此为南方士人之一般状况。若要寻取功名，进入仕途，则颇为不易。

　　庆余始随计入贡，不晚于宪宗元和初。其《上翰林蒋防舍人》云："清重可过知内制，从前礼绝外庭人。看花在处多随驾，召宴无时不及旬。马自赐来骑觉稳，诗缘得后意长新。应怜独在文场久，十有余年浪过春。"傅璇琮《唐翰林学士传论》认为此诗为长庆三年（823）二月至次年二月前写给翰林学士知制诰蒋防者。前六句恭维蒋任学士，有随驾召宴之光彩，说到自己，久困科场十多年，请蒋给以汲引。推知他的始贡文场，约在宪宗前期。同时有诗给另一学士李绅："记得早年曾拜识，便怜孤进赏文章。免令汩没惭时辈，与作声名彻举场。一自凤池承密旨，今因世路接余光。云泥虽隔思长在，纵使无成也不忘。"（《上翰林李舍人》）李绅早年诗名亟盛，发起新乐府，与元白交密。时为翰林学士承旨，位次高于蒋防。庆余说早年曾晋谒，承李绅赏识文章。仍有所请求，语意含蓄，从初识至今，地位悬殊，如云泥之隔，你的关心一直不忘，即便不能成功，也都可以理解。

朱庆余这一时期写了许多类似的诗歌，但真正给他以关心与提携的，是时任水部员外郎的诗人张籍。有一则广为传诵的佳话，见《云溪友议》卷下《闺妇歌》：

> 朱庆余校书既遇水部郎中张籍知音，遍索庆余新旧篇什数通，吟改后只留二十六章，水部置于怀抱而推赞歆！清列以张公重名，无不缮录而讽咏之，遂登科第。朱君尚为谦退，作《闺意》一篇以献张公。张公明其进退，寻亦和焉。诗曰："洞房昨夜停红烛，待晓堂前拜舅姑。妆罢低声问夫婿，画眉深浅入时无？"张籍郎中酬曰："越女新妆出镜心，自知明艳更沉吟。齐纨未足人间贵，一曲菱歌敌万金。"朱公才学，因张公一诗，名流于海内矣。

张、朱二家诗集皆有宋本留存，不难还原二人交往实况。朱赠张诗，宋本题作"近试上张弘水部"，"弘"字衍文，可据席本和《万首唐人绝句》卷八、《唐诗品汇》卷五三删，《全唐诗》卷五一五张字下补"籍"字，则属蛇足，给尊者献诗，怎可径呼其名？诗自喻待嫁新娘，天亮将拜见舅姑（今习称公婆），询问夫婿，妆容深浅，是否入时？张籍和诗更见精彩，以庆余越人，以越女设喻，称赞她天生丽姿，明艳自然，不用华丽服饰，清唱一曲，即可打动人心。这对将入考场、忐忑不安的诗人来说，是极大的宽慰。

　　其实，张籍仅任水部员外郎，时在长庆二年（822），因友人韩愈任吏部侍郎，主持选官，为他简任。朱庆余有《贺张水部员外拜命》："省中官最美，无似水曹郎。前代佳名逊，当时重姓张。白须吟丽句，红叶吐朝阳。徒有归山意，君恩未可忘。"尚书省各司，水部乃清冷衙门，然南朝诗人何逊，世称何水部，诗人任此职，具有别样意义。最后二句，稍存艾怨，说将在感恩中离开。此诗或即庆余求谒之始。《云溪友议》所载多传说之辞，称张籍为水部郎中即有出入，然说张籍得诗后广搜朱诗，反复吟诵，选定二十六首后广为传誉，符合张籍为人风范。张籍出身南方，孤寒北上，汴州偶遇韩愈，给以首荐，一举登第，入官场则低回不顺。庆余《上张水部》："出入门阑久，儿童亦有情。不忘将姓字，常说向公卿。每许连床坐，仍容并马行。恩深转无语，怀抱甚分明。"还未及第，对张籍常在公卿间延誉，不在意彼此地位悬隔，平等对待，处处礼敬，朱庆余说不知如何感谢，铭记在心，不能忘怀。比较朱、张此时期诗作，颇多同题者，涉及官场上各种应酬。庆余以一乡贡进士，何能得到此种机会，大约公卿聚会，张籍常约他同去，参与写诗，借以扩大声誉。敬宗宝历二年（826），庆余登进士第，获选诗应该是这首《省试晦日与同志昆明池泛舟》："故人同泛处，远色望中明。静见沙痕露，凝思月魄生。周回余雪在，浩渺暮云平。戏鸟随兰棹，空波荡石鲸。劫灰难问理，岛树偶知名。自省曾追赏，无如此日情。"是限韵的六韵诗，题目中规定应包含晦日、与同志、昆明池、泛舟四项内容，朱庆余从容写来，省试诗如同记游诗般地周到明快，有景有情。

庆余及第后，归越省亲，张籍仍作诗为别："东南归路远，几日到乡中？有寺山皆遍，无家水不通。湖声莲叶雨，野气稻花风。州县知名久，争邀与客同。"（《送朱庆余及第归越》）归途遥远，南方景物美好，杏坛折桂，远近知名，想象州县争邀之盛况。张籍此时任主客郎中。《云溪友议》称张郎中不错，唯细节有些疏忽。

庆余及第后经历，可知归越曾入浙东幕，是时浙东观察使是诗人元稹。文宗大和间应军谋宏达科，未中。大和三年（829），前睦州刺史陆亘出镇浙东，庆余作《送浙东陆中丞》："坐将文教镇藩维，化满东南圣主知。公务肯容私暂入，丰年长与德相随。无贤不是朱门客，有子皆如玉树枝。自爱此身居乐土，咏歌林下日忘疲。"似乎作于京城。此后，经宣城归越，迁协律郎，卒年不详。有关庆余生平，以傅璇琮主编《唐才子传校笺》卷六及景凯旋《唐代文学考论·朱庆余事迹考索》较为详尽，可参看。

朱庆余诗名盛传当时，另一有名作品是《宫词》："寂寂花时闭院门，美人相并立琼轩。含情欲说宫中事，鹦鹉前头不敢言。"时王建作《宫词百首》，述内宫日常生活，风靡一时。能与王作媲美者，《云溪友议》下《琅琊忤》即举庆余此篇为例。内宫寂静安详，美人并立琼轩，似乎幸福美好。看到眼前鹦鹉，怕它学舌，竟至不敢坦率交谈。美人之人生不自由，怯于内宫之严苛规条，一切都可想见。庆余所作或不仅此，仅此一篇，是不逊于王建百篇。

《新唐书·艺文志》四、《直斋书录解题》卷一九皆著录朱庆余诗集一卷，后者是私藏书目，可能就指此书棚本。此宋本为白口单鱼尾，单页十行，每行十八字，字为柳体，字大悦目。书末有书题："临安府睦亲坊陈宅经籍铺印。"与今存书棚本各唐集合。

本书首、尾藏印甚富。所见最早者，书端之"梅谿精舍"，卷末之"玉兰堂""铁研斋""梅谿精舍""辛夷馆印"，为嘉靖后吴中四子之一祝允明所留印痕。明末归吴江张隽，字文通，曾入复社，有"张隽之印""字文通"二印可证。入清归昆山徐乾学，有"徐健翁""乾学"二印。再次则归泰兴季振宜，书首有"季振宜藏书"印，正文首页有"季沧苇图书记"印，末有题名"泰兴季振宜沧苇珍藏"题记，复有"扬州季氏""御史振宜之印"二章。振宜曾编所见唐诗为七百十七卷奏进，得此宋刻佳本，欣悦之态，据此可想。

辗转至嘉庆间，归吴县黄丕烈，书首与卷末皆有"士礼居""丕烈""荛夫"印记。黄氏为乾嘉间最负盛名之版本校勘学家，书为其所得，乃于书末增页作题跋二则。其一称以"番钱十圆易诸五柳居"，遂与旧藏抄本对勘，称"虽行款相同，总不及宋刻之真"。第二跋则说明所藏旧抄本有二，一为崇祯间叶奕校者，一为柳大中抄者，且有何义门校字。如《送陈标》"满酌欢僮仆，相随即马蹄"，何校"欢"为"劝","即"为"郎",黄氏认为"宋刻不如是";叶校《看涛》"风雨驱□玉",改后三字为"翻前驻",宋刻缺字为"寒"字。凡此等等,皆见宋本之可贵。

黄氏逝后,书为同乡汪士钟所得,所留藏印有"汪士钟印""阆源真赏"等。汪书后归其侄振勋,目录末有"振勋私印",卷端有"吴下汪三""修汲轩",书末有"汪振勋印""修汲轩"等印。

后为常熟瞿氏铁琴铜剑楼所藏,藏印有"古里瞿氏""铁琴铜剑楼"。《铁琴铜剑楼藏书目录》卷一九亦著录此书。上世纪 20 年代,张元济主持商务印书馆编印《四部丛刊续编》,自瞿家借出此本,影印行世。张氏撰长跋,阐明此本价值,揭出后人剜改之例十九则,并参席本,撰《校勘记》一卷附后。50 年代初,瞿氏后人将藏书捐赠国家,入藏中国国家图书馆之前身北京图书馆。

以上就藏印及著录所作之考察,可知此本渊源有自,流传有绪,且文本价值早经抉发,足可宝重。

就宋本中的误字,今人齐文榜即将出版之宏著《唐别集考》有很好之揭发:

> 此本文字偶有讹误,如《将之上京别淮南李待御》,题中"待"字,显为"侍"字之误。又如《白萧关望临洮》,题中"白"字,应为"自"字之误。《和处州严郎中游南溪》"谁半谢公吟"句,"半"字显为"伴"字之讹。再如《过洞庭》"旅雁捉孤岛"句,雁"捉孤岛"不辞,"捉"字盖为"投"字之误。然而这些舛误毕竟只是少数,而且均为"无心之误",读者一望即知。

此节所述，涉及宋本虽有偶误，多为手民或工匠“无心之误”，与明以后妄解妄改有根本不同。此读宋本者宜知，故特为揭出之。

那么，这部宋书棚本是否源出唐本，网罗朱氏所有诗歌而无漏无误呢？结论是否定的。

其一，今存朱诗，在此宋本以外，至少还有九首，即《文苑英华》存《观涛》（七律，集收同题五律）、《贺张水部员外拜命》、《赠江夏卢使君》、《送壁州刘使君》、《送崔秀才游江陵》、《送刘思复南海从军》六首，《万首唐人绝句》存《榜曲》《逢山人》《过耶溪》三首。

其二，此集附录李躔诗二首，是源出唐本之证，然张祜互见两首，则以归张作为是。一为《题开元寺》：“西入山门十里程，粉墙书字甚分明。萧帝坏陵深虎迹，广师遗院闭松声。长廊画剥僧形影，石壁尘昏客姓名。何必更将空色遣，眼前人事是浮生。”宋本《张承吉文集》卷八收入，题作“开圣寺”，“广师”作“旷师”。尹占华《张祜诗集校注》考开圣寺在江陵北纪山，梁建，有后梁明帝陵。又据《续高僧传》卷二七，知隋初僧智旷住开圣寺，知“广师”误而“旷师”是，以张祜所作为近是。二是《塞下曲》：“万里去长征，连年惯野营。入群来择马，抛伴去擒生。箭捻雕翎阔，弓盘鹊角轻。问看行近远，西过受降城。”另作张祜诗，见宋本《张承吉文集》卷二，又见《文苑英华》卷一九七、《乐府诗集》卷九三，即作朱诗，宋时仅有一书证，作张诗则有三书证，作朱诗恐有误。

虽有上述遗憾，书棚本所收朱诗，大多可靠。今有别传为贾岛、徐凝、李昌符、李频、刘得仁诸诗，因此集在，不难辨其正误。

　　许石如先生主编《中国书房》，弘传中国传统藏书文化，又主持止观书局，高仿真影印宋本书籍，已印《鱼玄机诗集》《周贺诗集》，为学林赞赏。续拟影印宋书棚本《朱庆余诗集》，嘱序于我。庆余越中才子，书刊于杭州，乃宋刊上乘本。余亦浙人也，何敢辞焉。惟研读未深入，把玩欠体会，乃述朱氏生平及张籍举贤之善行，述此本之流传始末，及宋本之局限与误取，漫应所约。自知误失不免，幸读者有以教正。

　　　　　　　癸卯(2023)季春,慈溪陈尚君谨识

《宋蜀刻本唐人集》序

　　蜀中是中国古籍雕版印刷的最早策源地之一。唐末柳玭撰《柳氏叙训》，自述在成都书肆中多见雕版书（见《爱日斋丛钞》转印），敦煌藏经洞曾见多件咸通前后成都的雕版佛像，后蜀毋昭裔主持五经刊刻，更影响深远。绵历岁月，传统未断，至南渡以后，蜀本之声望日隆，与浙本、闽本并称，有三分天下之势。其刻书也显示出其鲜明的风格，即以颜体为主，左右双边，白口，单黑鱼尾，在传世宋本中不难鉴别。

　　蜀中在北宋时期即刻过很多唐集，南渡初多称旧蜀本，世罕传者。南渡后所刻，则以陈振孙《直斋书录解题》所称"蜀刻《唐六十家集》"最为著名。后人分析，此六十家集并非同时推出，是经历很长时间方得完成。陈振孙虽多次称及，很可惜没有留下这六十家集的完整清单。今存蜀本唐集大半有"翰林国史院官书"的长方印记，知道元代曾整体入藏于内府。明杨士奇《文渊阁书目》是一部清点内府藏书后的实藏书目，其中有："《唐六十家诗》一部四十册，阙。""《唐六十家诗》一部三十七册，阙。"二者应指同一部书，很可能即蜀刻，无论四十或三十七册，应该已经不是足本。

　　宋蜀本唐集今存数，三十多年前上海古籍出版社曾作过认真调查，中国大陆所存凡二十三种，另知台北的"国家图书馆"藏宋蜀刻本存《欧阳行周文集》十卷（世界书局 2013 年据以影印），又存《权载之文集》卷四十三至卷五十，凡八卷，所存皆文。日本崇兰馆（今藏奈良天理图书馆）藏蜀大字本《刘宾客集》，1913 年董康以珂罗版影印百部，后《四部丛刊》又据以影印，遂得通行。天壤间或还存有残零，总存数不足原书之半，实际所存仅二十四五种，则可确认。此外，也有宋本不传，据影抄本得存其面目者，如清抄《张说之文集》三十卷足本即是。

宋蜀本多数于明清两代久藏深宫，罕见私家书目著录，近人万曼著《唐集叙录》，依据历代著录考各集刊刻流传，于宋蜀本涉及较少，是可理解。虽然，各集仍各存流播线索，传留有绪。试略述梗概。

《骆宾王文集》十卷，宋刻存前五卷，为南宋初眉山刻本，目录存后七卷，清初毛晋汲古阁据以抄配为完本。毛家售出后，辗转归顾抱冲，黄丕烈曾借抄一部。后归汪士钟、杨绍和，今存中国国家图书馆。

《孟浩然诗集》三卷，为南宋中期刊十二行本，录诗二百十首，是存世孟集唯一宋本。清初毛晋曾据此本校孟诗，前人多疑源出孟去世不久王士源所编集，今人则多存疑。今存中国国家图书馆。

王维《王摩诘文集》十卷，中国国家图书馆藏。据藏印，历经明袁褧、项元汴，清汪士钟、杨绍和及近人周叔弢所藏。此本诗文混编，从避讳看应刻于南宋初年。

李白《李太白文集》三十卷，南宋初蜀中刊。存二本。日本静嘉堂文库所藏清陆心源皕宋楼藏本为足本，中国国家图书馆藏本缺卷十五至二十四共十卷，据康熙刊缪本配。国图本历经明陆修、朱之赤所藏，静嘉堂本初为徐乾学藏，历经缪曰芑、黄丕烈、汪士钟、杨绍和、陆心源，光绪末售与日人。缪曰芑曾据此本翻刻，旧时流布颇广。

刘长卿《刘文房文集》十卷，存卷五至卷十，凡六卷。南宋中期刊本，今存中国国家图书馆。此本明末自内府流出，经刘体仁、黄丕烈、陈揆所藏，晚归瞿镛，瞿氏后人捐献国家。

孟郊《孟东野文集》十卷，存前五卷，卷前总目尚存，存中国国家图书馆。黄丕烈曾认此为北宋刊，《中国版刻图录》分析为南宋光宗朝所刊。此本清初从宫中散出，曾归黄丕烈、汪士钟、郁松年、杨绍和、陆心源，民初曾分为三段，经周叔弢努力得以合璧，并捐赠国家。

权德舆《权载之文集》五十卷，为唐集之雄者。宋蜀本存两部分：一为卷一至卷八，卷二十一至卷三十一，凡十九卷，今存中国国家图书馆；二为卷四十三至卷五十，凡八卷，曾归傅增湘，今藏台北"国家图书馆"。

陆贽《陆宣公文集》二十二卷，蜀本存卷一至卷十二，存文五十九篇，多为奏议。清初归刘体仁，今存中国国家图书馆。

欧阳詹《欧阳行周文集》十卷，南宋中期刊，今人李盛铎、傅增湘均曾得见，有刘体仁等藏印。

韩愈《昌黎先生文集》四十卷、《外集》十卷，为聊城海源阁杨氏旧藏，今存中国国家图书馆。此为白文无注本，刊刻时间约在南宋初。

宋文谠《新刊经进详补注昌黎先生文集》四十卷、《外集》十卷、《遗文》三卷、《韩文公志》三卷，为南宋前期单注韩集之一。经清徐乾学、杨绍和收藏，今存中国国家图书馆。

《新刊增广百注音辨唐柳先生文》四十五卷，辑者不详，刊于南宋中期，保存注柳各家姓氏，为柳集之较好刊本。今人吴文治校点《柳宗元集》，即据此为底本。

张籍《张文昌文集》五卷，《直斋书录解题》著录。今中国国家图书馆藏本仅存前四卷，末卷缺。清初归刘体仁，清末归朱翼盦，张元济曾借而影印入《续古逸丛书》，流布渐广。后归陈澄中，携至香港，20世纪50年代购归。

刘禹锡《刘梦得文集》残四卷，仅存赋与碑文部分，当原集十分之一。此本曾经黄丕烈、陈揆收藏。

皇甫湜《皇甫持正文集》六卷，存文三十九篇，目录仅录三十八篇。此本历经刘体仁、袁克文、潘宗周所藏，影印本甚多，以《续古逸丛书》本为较早。

元稹《新刊元微之文集》六十卷，存二十四卷，即卷一至卷十四，卷五十一至卷六十，全书目录均存。曾为刘体仁、于瑞臣、袁克文、蒋汝藻、张元济所得，今存中国国家图书馆。此本编次与通行本元集迥异，民初曾有多位名家鉴定为光宗后建阳刊本，后人比勘各集，方得论定为蜀本。

姚合《姚少监诗集》十卷，仅存前五卷。此本清前期流出，曾经陆西屏、周香岩、黄丕烈、陈揆、瞿镛等所藏，今存中国国家图书馆。姚合墓志已出，官至秘书监，世传其仅任少监，且据以名集。

李贺《李长吉文集》四卷，无《外集》，为南宋中期蜀中刊本，曾经刘体仁、陈澄中收藏。《续古逸丛书》据以影印。

许浑《许用晦文集》二卷、《遗篇》一卷、《拾遗》一卷，曾经刘体仁、朱翼菴、陈澄中所藏，亦20世纪50年代自香港购归。

张祜《张承吉文集》十卷，亦南宋中期刊本。清初归刘体仁，民国间归陈澄中。携至香港，20世纪50年代购归。

孙樵《孙可之文集》十卷，今中国国家图书馆存两部，其一有汪士钟、顾千里、杨以增等藏印，有黄丕烈、顾千里跋；另一部有"翰林国史院官印"与刘体仁、陈澄中藏印。今人以为前者为初刻，后者有修订，二本均已影印。

司空图《司空表圣文集》十卷，清初由刘体仁收藏，今存中国国家图书馆。

《杜荀鹤文集》十卷，历经明黄子羽、毛晋，清季振宜、徐乃昌、朱学勤所藏，今归上海图书馆。

郑谷《郑守愚文集》三卷，明存内府，清初归刘体仁，民国间归周暹，今存中国国家图书馆。

以上简略介绍宋蜀刻唐各集之基本情况。如果稍作归纳，可以认为南宋蜀刻《唐六十家集》虽然无法完整恢复全部目录，就传世各集言，其刊刻时间经历了从南渡到光宗、宁宗时期的近百年，非短期所能完成。其中所收既包括单纯的诗集，也包括单纯的文集，更多则是诗文兼收的一般文集。有些文集多达五六十卷，精心刊刻流布，取径与书棚本以小型诗集为主有所不同。其刊刻字体，虽以颜体为主，也兼取柳体与欧体的变化。其中有韩、柳二家注本，与浙、闽所刊几种有较强烈商业目的之集注本不同，选择也很独特。其行款除个别为十行本，以十一行与十二行本为主，今人仍为后者多刊于南宋中期，可以成立。

宋蜀刻唐各集虽在明清私人藏书志中很少被提及，原因大约还是因为珍贵而为藏家所珍秘。上述就各本藏印及题跋分析，各本流传有绪，多经名家鉴别。其中十二种有元代"翰林国史院官书"之藏印，相信明代一直藏在内府，至明清之际方陆续流出，其中刘体仁所得独多。后之藏家，如徐乾学、黄丕烈、陈揆、杨绍和、瞿镛、陆心源皆最称名家。其后虽天各一方，分藏各处，以今日天下大同，异本纷呈，影印流布，为海内外学人所共享，实在是难得的盛事。

笔者最近四十年间，肆力于唐诗的辑佚与考证，中途更发愿重新校录唐一代诗歌于一编，凡典籍之引及唐诗者皆得入校备考，于唐集有保存唐诗第一手价值者无不逐次披检，逐字参校。上述宋蜀刻唐集最称珍贵，何敢疏忽，皆曾反复校考，所获独多。试述所知如下。

前述二十四种蜀刻唐集中，李白、柳宗元二集无疑是传世各本中最好的版本，今人校点或新注，皆选择蜀本为底本，诚属有识。韩愈文集今存宋元本数量较多，蜀本两种亦是位列前茅的佳本。

孟浩然、欧阳詹、皇甫湜、孙樵、杜荀鹤、司空图、郑谷七家集之蜀本，为诸人存世唯一宋本，对后代各集之传本，有重要参考价值。今人整理诸集，当以蜀本为底本。其中有很特别文本者，如孟浩然名篇"春眠不觉晓"，后世皆以"春晓"为题，似据首句所拟，蜀本独题"春晚绝句"，此春晚非春日之晚，乃春季之晚，得此题则诗之伤春惜时意，方能显豁。是否孟诗原题如此，学人自可讨论，蜀本之独存义献，可见一斑。司空图宋时存二集，一为三十卷本之《一鸣集》，诗文兼收；二为十卷本之《司空表圣文集》，以文为主。前者失传，影响司空图之诗史地位，后者赖蜀本传世，意义重大。

存世宋本稍多之诸家中，蜀本皆具特殊价值。《李长吉文集》四卷，不收《外集》，可据知《外集》成编稍晚，宋人尚持疑问。王维存二宋本，除蜀本外，日本另存麻沙本十卷，二者编次不同，两相对校，蜀本略胜一筹。《孟东野诗集》十卷，为北宋宋敏求会聚诸本而成，因鉴别偶疏，误收较多，但后世孟集，皆出一源，蜀本亦不能外。孟集别有二宋足本存，其一且怀疑为北宋本，蜀本常被忽略，并不妥当。

张祜集，元以后传本有二卷、五卷、六卷之别，其主体其实仅是十卷本之前五卷，五卷本以外则据《文苑英华》《唐百家诗选》《万首唐人绝句》《天台集》之引录，得有部分保存。《张承吉文集》蜀刻十卷本长期深藏不宣，诗家多据存诗认为张祜长于绝句与五言律诗。十卷本出，新补张祜佚诗达一百五十多首，七言律诗所占比重颇大，且有大量五言长律，足以改变今人对张祜诗歌成就之看法。如《大唐圣功诗》言唐之致治原因，《元和直言诗》纵论时政得失，《戊午年感事书怀二百韵谨寄献太原裴令公淮南李相公汉南李仆射宣武李尚书》表达对甘露事变后朝政之忧虑，且寄达四大镇节帅，可见他处士横议的本色。而《叙诗》一篇，可当诗史读，如说陶渊明到中唐诗风之变化："飘飘彭泽翁，于在务脱遗。陈隋后诸子，往往沙可披。拾遗昔陈公，强立制颓萎。英华自沈宋，律唱互相维。其间岂无长，声病为深宜。江宁王昌龄，名贵人可垂。波澜到李杜，碧海东弥弥。曲江兼在才，善奏珠累累。四面近刘复，远与何相追。趁来韦苏州，气韵甚怡怡。"确实是大议论，且与今日之一般看法差异很大，是可珍视。

许浑晚年曾自写诗卷，即所谓乌丝栏诗写卷，凡五百首，至南宋仅存三之一，岳珂全抄入《宝晋斋法书赞》。珂书后亦亡，幸明初《永乐大典》抄入，清四库馆臣据以辑出，微有讳改，尚存许浑自写面貌，惜仅一百七十多首。其次即许集之宋元本，今存三种，尤以蜀刻《许用晦文集》存诗最多，校刻精良，于许诗保存最为有功。更难得者，该集附著名词人贺铸所撰附记，称浑自叙五百篇未见，当时通行二卷本仅三百七十六篇，搜访二十年，据括苍叶氏本增十七篇、白沙沈氏本增三十七篇、京口沈氏本增五篇、华亭曾氏本增六篇、《拟玄集》增十一篇、《天竺集》与《本事集》各增一篇。宋人编订唐集而详细注明依据者，唯见此集与宋敏求编《柳宾客外集》，另有晚刻之《天壤阁丛书》本黄滔集，皆弥可珍贵。宋词人而专治文献且卓有成就者，前有晏殊，中有贺铸，晚有周密，是可铭记。

二十四种蜀本中，残本多达八种，各具特殊之价值，亦不可忽略。

张籍诗集自唐以来数度编次，后世传本颇多歧互。其集有二宋本存，皆残，蜀本存前四卷而缺末卷，台湾"国家图书馆"藏宋临安府陈宅书籍铺刻本三卷本《张司业诗集》，则仅存后二卷，缺上卷。两相比校，从蜀本卷二《送蜀客》以下，收诗及次第与书棚本几乎完全相同。蜀本止于卷四《废宅行》，书棚本卷下在此诗后尚存七十首，相信蜀本所缺卷五，应同于此。二本拼合，适可恢复宋时张集主体的面貌，实在是幸事。

　　陆贽集存世宋本之习见者，以《四部丛刊》影印宋刊《翰苑集》与郎晔《经进陆宣公奏议》为著名。贽当建中危难之际，身系天下安危，宋人尤重视其人其文，是可宝惜。刘禹锡集存宋刊二足本，以绍兴八年（1138）董棻刻本为最善，日藏蜀刻十行大字本次之（可能为六十家以外之蜀本）。上古影本残甚，文字亦颇有足胜者。蜀本权德舆集存二十七卷，过全书之半，因世变而分藏海峡两岸，总望有合璧之机缘。权集足本出世较晚，故四库本亦仅存诗而不收文，诗之部分亦有脱页。嘉道后足本出而数次刊行，其前当因有宋刊足本可以凭依。以宋残本校清刊本，编次全同，异文较少，知清刊之渊源有自，文献足征。

　　元稹集六十卷，虽非唐时原编，应出宋人裁定。宋本存二残本，除蜀本外，日本存宋乾道浙本八卷，分存于静嘉堂文库、金泽文库及东大图书馆，为卷四十至卷四六、卷四八，及卷三七残页。蜀本特别处，其古诗后接乐府，与元明后各本以乐府殿后不同，原因有待斟酌。

　　骆宾王、刘长卿、姚合三家蜀本，虽为残本，却是传世唯一之宋本。其中刘、姚二集与元明后通行之别集编次与文本皆差异很大，值得特别关注。

宋代刻书，虽有学者参与，印制精美，用纸讲究，字大悦目，为后人所珍惜，然因书坊主事，刻工出身底层，其偶然疏误，仍所在多有，可不必讳言。就蜀本言，如《王摩诘文集》之误收王涯诗，尚属沿前人之误，而郑谷《投时相》，蜀本仅存四韵，席刻《云台编》乃存十韵，恐属刊漏。《张承吉文集》后五卷为孤本，前引长诗题称二百韵，实际所存为九十八韵；《献太原裴相公三十韵》，实存二十韵；《忆江东旧游四十韵寄宣武李尚书》，实存三十八韵；《庚子岁寓游扬州赠崔荆四十韵》，实存四十二韵。今人尹占华《张祜诗集校注》疑二首或有二韵为挪移致误，可备一说。张祜《游天台山》，全诗三百字，显见误字超过十字，所幸《嘉定赤城志》卷二一、《天台前集》卷中亦录此诗，可据校改。虽有此类疏误，宋刻之讹误多为手民水准不够或校对偶疏所致，与明人之妄改古书有本质不同，读者宜分别对待。

国家图书馆出版社拟高清仿真影印宋蜀刻唐人集，使此批珍贵善本化身千百，造福学人与藏家，自是难得盛事。受邀撰序，述所知如上，希望有益于读者对此珍贵文本之认识。河南大学齐文榜教授积二十年之辛苦，撰成百万余言之《唐别集考》，刊布前先期示我，得以参酌利用，谨此致谢。

辛丑（2022）秋日于沪上寓所

齐文榜《唐别集考》序

　　我于本书，期待甚殷，盖缘欲重新编订全部唐诗，务必摸清今存与唐诗有关之全部家当，其间重中之重，则是摸清全部唐诗选本与别集的存世文本及其相互关联。四十多年前，当我起步关心唐诗相关文献之时，对宋、元、明、清以来学人所做工作，充满敬畏，真以为天地间唐人遗文，已经搜罗殆尽，所涉考证，无不尽善尽美，今人研究唐诗，只要购备基本文本，稍作阅读，参酌前人议论，即能写出合格论文。然从局部契入，则颇滋疑惑，越加深入，疑问越多。于是发愤依凭唐宋书志，广求唐诗善本，逐次披阅，逐诗对校，因怀疑而证伪，因读僻书而渐有辑佚，积累稍多，稍得成编。适逢时代风会，学风遽变，得缘蹒跚学林，渐悟门径，稍有创获，亦一乐也。而印象最强烈者，则为初涉学苑之际曾专心阅读之一些学人著作，万曼先生《唐集叙录》为其一也。

　　1979年夏间，因欲完成导师交代的学年考题《大历元年后之杜甫》而遍读杜集各通行本，追究杜甫永泰元年（765）初离开成都草堂之原因，斟酌前人各家注本对杜甫相关诗歌之系年及依据，追溯源头而对杜集祖本即王洙编《杜工部集》二十卷之文献依凭产生兴趣。这时可以参考的前人论著，一是洪业（煨莲）先生之《杜诗引得序》，二是收在为纪念杜甫诞辰1250年所编《杜甫研究论文集》

中的万曼《杜集叙录》，再利用《古典文学研究资料·杜甫卷》网罗唐宋人所见杜甫文本的零星记载，披检从《续古逸丛书》本《宋本杜工部集》所见杜甫自编文集之残碎痕迹，从此本及宋各家注本与钱注杜诗中追查王洙所据从樊晃《杜工部小集》到晋开运官本杜集之部分面貌，写成《杜诗早期流传考》一文。此文刊出稍晚，初稿写成则在读研期间，且希望弥补前引洪、万二文忽略的早期结集部分，当然首先仍然得力于二文对宋以后杜甫各集之充分考察。

稍后方知道《杜集叙录》是万氏《唐集叙录》之一部分，全书在 1980 年 11 月由中华书局出版，我则于次年 4 月购于上海古籍书店，很快通读一过，眼界大开，受益良深。那时已经完成学位论文，因为国务院学位工作会议即将召开，答辩被无限期推迟，于是据万书指示的线索，频繁地在学校图书馆借阅唐人别集与历代总集，与手边的中华书局本《全唐诗》逐篇对读记录，别集当然仅是能出借的通行文本，总集则包括从《文苑英华》到《唐音戊签》之类规模浩大的总集。此为我治《全唐诗》之起步，虽略显笨拙，因此而积累文献，稍窥门径，不能说全无意义。

万曼（1903—1971），是作家曹禺的兄弟，新文学的重要作者，曾主编各种新文学刊物，1951 年起任教开封师院中文系后，以教授现代文艺为主。《唐集叙录》是他晚年转型之著作，身后方得出版。此书对一百又八家唐别集之著者、书名、卷数、成书过程、历代刊刻、编辑注释及善本收藏，作了充分详尽的考察与记录，为今人研究唐人别集之存逸完残、文本变化，提供了极其丰富的资料。中华书局编辑部的《出版说明》称此书"对于研治唐代文学史、目录版本学以及从事文学古籍整理的读者来说，是一部资料丰富、使用方便的参考书"，是很客观公正的评价。我在问学之初因此书指示而得充分阅读唐集，梳理唐代诗文文献，至今记忆犹新。

《唐集叙录》出版后，各方评价都给以高度肯定，在特殊时期能完成这样高水平的著作，尤属难能可贵。当然不同意见也有，比方我曾听到黄永年先生的评价，认为谈唐集版本之专著，主要依靠历代公私书志的记载，未能目验手校存世各本，因此而谈版本源流，毕竟尚隔一层。黄先生治中古史，于版本书志尤其谙熟，其说当然足备一家言。

齐文榜先生比我略长几岁，就从学经历来说，还可以说是一代人。从1989年开始，因为与河南大学合作编纂《全唐五代诗》的缘故，认识熟悉，来往渐多。他是秉性淳厚、执着不移的学者，所著《贾岛诗校注》《贾岛研究》早已蜚声学林，广获好评。他之待人真诚，为学踏实，在多次交谈中尤让我感动。最近三四十年唐代文学研究在基本文献建设方面成就卓著，编纂《唐人著述考》《唐集考》等重大选题，友朋间曾多次提出，但彼此达到一定学术层级，都深知此类选题简单编排文献，罗列面上资料，似乎成书不难，但要在每一点上穷究文献，追根刨底，又谈何容易！我本人也曾有虑及此，仅作几篇铺排文献的文章，如《唐人编选诗歌总集叙录》《〈新唐书·艺文志〉补——集部别集类》之类，就畏难放弃了。此后独自新定全部唐诗，经手唐集版本很多，且逐诗同异皆有所记录，要写版本或流传考，则自感学力和精力都无法达到。

文榜先生很早就与我谈过他欲从事此一工作的设想。那时因项目合作多次到开封，说到前辈的成就，说到现在的工作条件与完成可能，大约也说到入门，要求达到今日学界期待之学术目标，则诚属不易。那时的期待是《全唐五代诗》可以合作完成，其他相关话题也没很留心。四五年前，他来电告此一工作已经完成三分之二，其他部分可以陆续完成，寄来打印稿两厚册。稍翻，即感到极大的震撼，这是何等的毅力，二十年来为此南北奔走，付出多大代价，乃能臻此巨编。他嘱我书出时为序，以彰成就，以告未睹门径者，我自不能推托，更感义不容辞。上月寄下最后一校校样，多达一千四百多页，皇皇一百五十万言，诚为当代不可多得之力作。

与万曼《唐集叙录》作比较，本书有哪些不同和创获呢？有幸先期读到，可以略作介绍。

齐考最显著的学术追求，是特别重视对百余家唐集之手检目验，与通行本部分对校后揭示其特点与优劣，在充分参考前贤今哲研究所见后揭示文本价值。他在前言中，特别说明，他的工作围绕四个主要方面进行：一是版本特征考，二是版本优劣考，三是版本源流考，四是四库唐集底本考。这四方面都很重要，齐先生倾注精力与热情，皆完成得极其出色。所谓版本特征，即含行格版式、文字结体、卷题标目、卷前序目及卷后附录，涉及编辑、校订、刊刻者之相关信息。明清私家藏书志也多关注及此，惜把握分寸不一，学识体会更有差距，齐先生坚持始终，凡所经手皆自审定，故于各本特征有可靠准确的记录。所谓版本优劣，则必于一集之各本分别对校后，方得区分评骘。盖优劣不仅在行格之疏朗，字体之悦目，更在于内容之完缺、文字之正讹、承前之赓续、新校之精审。就我所知，历代刊刻唐集，承续多于创新，学者与书坊各有贡献，然成书上版则端赖刻工之劳作，其间任何一点疏漏都会灾及梨枣，贻误学人。今人喜称宋本，鄙视明刊，仅就大端说，具体鉴别，则宋刊也有讹误满纸者，明刻亦有庄重不苟者，善读者自能分别高下。齐先生经目唐集文本很多，他所作评价一般来说是可以信任的。所谓版本源流，今人有专治此一端学问者，且多喜以图表表示，以清眉目。对此我时有疑问，殆同一版刻，常存版数百年，后世不断修版，一版而前后刷即有所不同。已逸之祖本或善本，久已难见，凭一二片断之记载，即欲推断其全貌，总有以偏概全之嫌。后之刊刻者，对所据文本有故意狡猾其辞者，若戴叔伦集之掺入元明伪诗而号称源出宋刻，近代灵鹣阁印五十家唐集而号称皆据棚本，学者如何据信？而若云间朱氏、汲古毛氏、洞庭席氏之尊重古本，不妄改前贤，久已传为佳话。此就其大端言，细节则出入仍多。齐先生重视于此，努力揭橥真相，指明源流，又时时把握分寸，字斟句酌，足为楷范。至于关注四库底本，关注《唐音统签》及季振宜《全唐诗稿本》之底本，殆因诸书影响巨大，直接形成了今日通行唐诗的基本面貌，在此花费更多的气力，都是值得的。

以下试举齐书对几种代表性唐集之研究，展示本书总体成就之一斑。

齐先生所见唐集版本，极其丰富，几乎网罗殆尽。比如骆宾王集，是中宗朝敕命郗云卿编纂，后世或刊足本，或以诗行，或作笺注，基本面貌则大同小异。齐书指出其集宋时有两次刊刻，今仅存蜀刊五卷残本。残本经毛晋配补，似恢复原貌，齐考则指出其悖缪者三，以为此本虽影响甚大，未堪称善本。他所见骆集元明刊本，则有南京存十卷元刻本，两相比对，他认为宋蜀刻即江藩所云宋俗本，元本与之并不同源。对明铜活字本，他认为是"明代刊行较早且舛误较少的本子"。对明刊无注本，所见有朱警本、张明本、张逊业本、杨一统本、《唐诗纪》本、许自昌本、郑能刻本、《唐音统签》本、《唐四杰集》本等，可称完足，他也各有评价。骆集注本，明清两代较多，殆因骆氏反抗武氏而不惜亡命，有砥砺士节之意义，齐先生所见明注评本有陈魁士注本、虞氏注本、梅之焕注本、颜文选补注本、王衡评本，清注则以陈熙晋注本为代表，对其后出转称精博，作了精当的分析。此外，清刊白文本也罗列了所见之十余种。骆集在唐集中分量居中，历代变化不算太大，齐先生用力如此，其他各集可以想见。

杜甫集在唐集中最称复杂，齐书以此集独占一卷，用 118 页的篇幅来详尽地加以考察。卷末他说明曾参考前引洪业、万曼及拙说，以及今人周采泉、莫砺锋、蔡锦芳说，但披览之下，仍处处可见他对杜集各本及历代笺注之独特见解。如今人信为今存杜集最早刊本之《续古逸丛书》本《宋本杜工部集》，张元济认为王琪苏州本之下传本，与配本五卷吴若本皆刊于南宋初年。澳门曹树铭《杜集丛校》认为配本并非吴若本，而是晚出之宋椠。齐考举内证加以反驳，维护张说，颇为有力。至于张氏据印底本之浙本，他认为刊者可能为王洙孙王宁祖，其说甚新。对于较早之治平本之传抄本，知有明定府刊本，有著录，曾为邓邦述所藏，但下落不明。此本确未见今人征校，邓氏藏书很大一部分今存台湾，或仍有存留。伪王洙

注出邓忠臣，吴若本虽全书不存，但校记赖钱谦益注本而存，钱注
所引则今存钱曾影宋抄本，这些前人已言，揭出来仍很重要。至驳
钱抄不出治平本，举证确凿。对早期注杜诸家成就之评述，不始于
齐考，但评述甚清晰。南宋集注本，齐考对九家注、黄希父子本、
托名王状元《杜陵诗史》本、蔡梦弼《草堂诗笺》本等，皆用力甚
深地展开论列，所涉重要问题都讲到了。至元、明、清三代之无数
治杜著作，本书当然无法全讲，但重要者不曾遗漏，重点书有深入
分析，也让我钦佩作者之取舍眼光。

　　最近几十年新发现的几种唐集足本，本书皆有十分深入全面的
评述。王绩五卷足本《王无功文集》，本书先揭示宋、清两代都有五
卷本刊刻保存的记录，重点介绍上海图书馆藏乾隆时大兴朱筠抄五
卷足本，国家图书馆藏东武李氏研录山房抄五卷本和同治陈文田晚
晴轩抄五卷本，对三本之文本面貌与保存文献价值，都有很充分的
分析。对张说集三十卷足本的介绍，则引清顾广圻《王摩诘集跋》，
揭出宋蜀刻张说之集三十卷，江都汪孟慈曾为之写副本。此书清初
为刘体仁所得，其后转入大兴朱氏椒花吟舫，复影写一部，再后则
有东武李氏研录山房抄本。这两种抄本，齐先生皆得寓目，称前本
之前二十五卷与通行的伍氏龙池草堂本、朱氏结一庐本无异，后五
卷则多存佚文，且引朱玉麒说，将朱本散出后的递藏情况给以交
代。李本则引傅增湘说，揭示其与朱本关系，指出所少诗二首、文
三篇，为李氏所删。且指出此本补辑张说佚文三十四首，傅增湘有
此本"最足最精"的评价，齐考表示赞同。张祜之《张承吉文集》
十卷宋蜀刻本，久不为学人所知，上世纪50年代北京图书馆从香港

购归，方得为学者所用。齐考究明此本之流播始末，对其保存佚诗及所存讹误，则参考了孙望、尹占华之研究，可谓简明得要。

本书有关李白、王维、白居易、韩愈、元稹、柳宗元、李商隐各集之考察，皆精彩披纷，探究全面而深入，在此不能一一介绍，读者可以细心体会。

齐文榜先生长期任教于河南大学。河南大学是一所历史悠久的学校，虽历经沧桑巨变，仍始终能保持中州文史研究之学术精神与朴实传统。其中唐诗研究，是由学术大家李嘉言先生奠定的格局。李先生早年研究贾岛，所著《长江集新校》与《贾岛年谱》，久为学林称道。50年代，李先生更承其师闻一多先生遗说，倡议重新改编《全唐诗》，积极组织唐诗互见索引的编纂。李先生的后辈，自学成才的佟培基教授著《全唐诗重出误收考》，同样经历坎坷的齐文榜先生接续作贾岛研究，皆能将前辈学术发扬光大，提升到新时代的学术层次，诚为学林佳话。文榜先生的这部《唐别集考》，接续了万曼先生的有关工作，以二十多年的努力，大发弘愿，尽最大可能地阅遍所有存世唐集之重要版本，和宋元以来历代注唐集之文本。本书二十卷，篇幅是万书之六倍。考及唐集一百又六种，与万书所收一百八种比较，本书增加了吴筠《宗玄先生文集》和杨巨源《杨少尹集》二种，万书有而本书所无者则有李观、权德舆、李德裕、唐彦谦、罗隐五家，万书以章碣附收于章孝标下，齐书分作二家。两家都不收陆贽集，或因其近于奏议集，也不收徐铉集，或因其一般视为宋集。就主要存世唐集言，本书已堪称大备。本书涉及多少唐集版本，我未作逐一清点，估计总数应在千种以上。如此多的文本，大多分存于国内各公私藏家之手，要求遍阅，已属不易，为纂本书，同一人之文集宜将此本与各本比较，以确定其价值，以版本与书志著录与历代考跋比读，以分析前贤诸说之得失，并揭示各本在传播史上的地位，更非浅尝所可完成。作为当代研究历代唐别集刊刻、编校、笺注、会解及研究史的集大成著作，本书无疑可以在学术史上占据特定的位置，为后人之唐集与唐代文学研究奠定坚实的基础。由于齐先生没有长期在海外研究与工作的经历，于海外所存唐集诸本，凡听闻者都作了记录，未及亲阅亦稍存遗憾，希望有条件的学者可以接续完成有关的工作。

承齐先生委托作序，学力不充，体会未切，谨述所知，向齐先生与本书读者请教。

二〇二一年十一月一日于沪上

三、唐诗总集之个案分析

唐人选地方唐诗集《丹阳集》与《宜阳集》

本文拟介绍两部已经失传的唐人编选的地方类唐诗选集，一部是殷璠编《丹阳集》，另一部是唐末刘松编《宜阳集》。

《新唐书·艺文志四》集部文史类著录殷璠《丹阳集》一卷，为总集。另于同卷《包融诗》一卷下注："润州丹阳人。""融与储光羲皆延陵人。曲阿有余杭尉丁仙芝，缑氏主簿蔡隐丘，监察御史蔡希周，渭南尉蔡希寂，处士张彦雄、张潮，校书郎张晕，吏部常选周瑀，长洲尉谈戭，句容有忠王府仓曹参军殷遥、硖石主簿樊光、横阳主簿沈如筠，江宁有右拾遗孙处玄、处士徐延寿，丹徒有江都主簿马挺、武进尉申堂构，十八人皆有诗名。殷璠汇次其诗为《丹杨集》者。"此段文字记载了《丹阳集》的基本情况，即所收为润州所属延陵、曲阿、句容、江宁、丹徒五县十八位诗人的诗作，所列诸人官职为该集编集时的实际任职。

三十多年前，我在阅读明抄本《吟窗杂录》时，意外发现属于该集的一批佚文，即撰《殷璠〈丹阳集〉辑考》一文，刊《唐代文学论丛》第8辑（陕西人民出版社1986年版）。其中较重要的发明，一是发现了该集序的残文和十八人中十六人的诗评，证实该书体例与殷璠《河岳英灵集》很接近，为研究殷氏诗学思想提供了新资料；二是根据诸人之生平事迹，推知该书编成于开元后期，应为今知殷氏编选的三种盛唐诗选中最早成书的一种；三是为《丹阳集》作者补充了一些佚诗残句。在此前后卞孝萱先生亦撰文介绍此批文献，考订稍简。

先说第一点。《吟窗杂录》卷四一录殷氏语："李都尉没后九百余载，其间词人，不可胜数。建安末气骨弥高，太康中体调尤峻，元嘉筋骨仍在，永明规矩已失，梁、陈、周、隋，厥道全丧。盖时迁推变，俗异风革，信乎人文化成天下。"可以相信是《丹阳集》的序。与《河岳英灵集序》比读，可以见到他此一时期更重视古体诗，更推尊气骨、体调，对永明以来声律说表达极大的不满。虽然有关唐初以来诗风变化的评价没有保存下来，但在具体作者的评价方面，他基本贯彻了这一主张。如肯定储光羲诗"宏赡纵逸，务在直致"，认为蔡隐丘诗"虽乏绵密，殊多骨气"，张潮诗"委曲怨切，颇多悲凉"，批评丁仙芝诗"恨其文多质少"，都与他在《河岳英灵集》中推重诗律、风骨兼备的圆融态度不同，可以看到他前后期诗学立场的变化。

其次，殷璠是润州丹阳人，他对丹阳出身的诗人群体相当熟悉，遴选他们的作品出色当行。所涉十八位诗人中，目前至少知道，徐延寿应作余延寿，有储光羲诗可证。丁仙芝、殷遥为终官，忠王即后来的肃宗李亨，殷遥任忠王府仓曹参军，应该在开元二十六年（738）忠王立为太子前。蔡希寂官至金部员外郎，卒年不早于天宝末。申堂构官至虞部员外郎，卒大历间，为《丹阳集》作者存活最晚者。孙处玄卒开元初，则为最年长者。前文发表后，至少已有蔡彦周、丁仙之、马挺二人墓志出土。蔡希周（688—747），吴房令蔡勛之第四子，官至刑部员外郎，贬咸安郡司马，任监察御史大约为开元二十五年事。该志为其弟蔡希寂撰，他任渭南尉应在开元二十一年后数年间。丁仙之（690—744），旧名作仙芝，误，字冲用，处士丁慎行子。开元十三年（725）以国子生登进士第，六方补武义主簿。官至余杭尉。通过诸人生平事迹及《丹阳集》记录诸人官职，来确定该集成书年代，方法是可取的。马挺墓志有胡可先教授撰文介绍，因不存诗，从略。

《丹阳集》所收诸人，《全唐诗》以外稍有一些佚诗可以补充。具体来说。一、张彦雄，《全唐诗》不收其诗。《吟窗杂录》卷二六载："殷璠曰：彦雄诗但责潇洒，不尚绮密，至如'云壑凝寒阴，岩泉激幽响'，亦非凡俗之所能至也。"据此可补其诗二句。二、丁仙之，可据《千载佳句》卷上《早秋》补《陪岐王宅宴》二句："雨鸣鸳瓦收炎气，风卷珠帘送晓凉。"三、蔡隐丘，可据《吟窗杂录》卷二六补诗二句："草径不闻金马诏，松门唯见石人看。"四、蔡希寂，可据《吟窗杂录》卷二六补"象筵列虚白，幽偈清心胸"二句，另敦煌遗书伯三六一九存《扬子江夜宴》："楚水夜潮平，仙舟烬烛明。美人歌一曲，坐客不胜情。罗幕香风倦，纱巾舞袖轻。遨游正得意，云雨莫来迎。"虽不能肯定此诗曾收入《丹阳集》，但诗是可信的。五、殷遥，可据《千载佳句》下《旅情》补《夏晚怀归》二句："归心静对萤飞月，远梦长惊角满楼。"六、沈如筠，可据《杜诗赵次公先后解辑校》甲帙卷三、《九家集注杜诗》卷一《醉时歌》注补《杂怨》二句："檐花生蒙幂，孤帐日愁寂。"当然，也有审查甄别的问题。如樊光、樊晃，《全唐诗》视为一人，我倾向认为是二人，樊光仅存"巧裁蝉鬓畏风吹，画作蛾眉恐人妒"二句。元人伊世珍《琅嬛记》卷上引《谢氏诗源》，录沈如筠诗"好因秦吉了，一为寄深情"，该书为伪书，久有定论，难以佚诗视之。《吟窗杂录》卷三五王安石《胡笳十八拍集句》有署孙处的两句"两处音尘从此绝""憔悴看成两鬓霜"，是否孙处玄佚诗，也还难下结论。以上涉及《丹阳集》所收诗人之半数，所涉虽为零残，但吉光片羽，仍应珍惜。

《丹阳集》现在通行有我的辑本，收入傅璇琮先生主编《唐人选唐诗新编（增订本）》，中华书局 2014 年出版。

唐人编选地方诗总集，还有黄滔《泉山秀句集》三十卷，"编闽人诗，自武德至天佑末"（《新唐书·艺文志》），以及《崇文总目》所载僧应物《九华山录》一卷，《通志·艺文略》所载《雁荡山诗》一卷、《麻姑山诗》一卷等，但都没有留下太多可资研究的线索，唯刘松《宜阳集》汇聚零星记载，尚可作些梳理。

《新唐书·艺文志四》载刘松《宜阳集》六卷，注云："松字稚美，袁州人。集其州天宝以后诗四百七十篇。"这是有关刘松生平以及《宜阳集》存诗情况的最重要记录。

袁州地处江西、湖南之间，到隋唐之间方设州，因州有袁水而得名，州治宜春，故亦称宜春郡。宜阳则为西晋时宜春县避讳所用过的别名。安史乱后，中原士人纷纷南奔，带动南方文化的迅速发展。清谢旻《康熙江西通志》卷七二载："袁州旧有宋嘉定间志，载唐人宋迪以下，或有诗见于《宜阳集》及登第年甲，互见于题名记者，凡五十有七人。"即在贞元以后的百年间，袁州至少有五十七人登进士第。拙撰《唐诗人占籍考》(收入《唐代文学丛考》,中国社会科学出版社 1997 年版) 曾记录唐代袁州诗人三十三人 (本书收增订本增至三十七人),以贞元间登第的彭伉、湛贲为最早。《太平寰宇记》卷一〇九云:"宜春山水秀丽,钟于词人。自唐有举场,登科者实繁,江南诸郡俱不及之。有《宜阳集》以载其名。"也指出这一点。《宜阳集》"集其州天宝以后诗",即缘于这一变化。

刘松生平,除前述外,仅在唐末李咸用《披沙集》有两三首诗述及,一是卷三《送进士刘松》:"滔滔皆鲁客,难得是心知。到寺多同步,游山未失期。云低春雨后,风细暮钟时。忽别垂杨岸,遥遥望所之。"二是卷五《春日喜逢乡人刘松》:"故人不见五春风,异地相逢岳影中。旧业久抛耕钓侣,新闻多说战争功。生民有恨将谁诉? 花木无情只自红。莫把少年愁过日,一尊须对夕阳空。"另卷六《题刘处士居》:"压破岚光半亩余,竹轩兰砌共清虚。泉经小槛声长急,月过修篁影旋疏。溪鸟时时窥户牖,山云往往宿庭除。干戈漫道因天意,渭水高人自钓鱼。"处士可能即刘松。《披沙集》虽有六卷宋本留存,但却没能完整记录李咸用本人的生平轨迹,仅能知他是袁州人,习儒业,久不第,曾应辟为推官。因世乱离,遂寓居庐山等地,与来鹏、修睦为诗友。主要生活年代在唐末最后三五十年间。据他涉刘松的诗推测,两人交往多年,刘松年辈可能较他稍后,也久不得志,故能引为同调。从《宜阳集》收诗已含乾宁间登第之唐禀,故推测刘松后梁时仍在世。《同治萍乡县志》卷六存刘松佚诗《题九疑山》:"灵山登暂歇,欲别忍携筇。却上云房后,翻思尘世慵。坛铺秋月静,竹挂晓烟浓。稽首壶中客,仙方愿指踪。"

知他曾游湘南，且有浓厚的出世崇道思绪。那时湖南马氏重视文士，幕下颇得人，刘松是否曾依马氏，无从推测。

先说贞元间袁州三位诗人。一是彭伉，玄宗时征士彭构云之孙。德宗贞元七年（791）登进士第。官大理评事。曾入浙西幕，官岳州录事参军，仕途不太得意。他太太张氏比他更有诗才，存诗《寄夫二绝》："久无音信到罗帏，路远迢迢遣问谁？问君折得东堂桂，折罢那能不暂归？""驿使今朝过五湖，殷勤为我报狂夫。从来夸有龙泉剑，试割相思得断无？"我在 2016 年《文史知识》第十一期已有所介绍。彭伉存诗三首，二首是省试诗，另一首是回答他那调皮的夫人的："莫讶相如献赋迟，锦书谁道泪沾衣？不须化作山头石，待我东堂折桂枝。"相信我有才，你要看到希望。二是湛贲，他与彭伉间还有段故事。《唐摭言》卷八载："彭伉、湛贲俱袁州宜春人，伉妻即湛姨也。伉举进士擢第，湛犹为县吏，妻族为置贺宴，皆官人名士。伉居客之右，一座尽倾。湛至，命饭于后阁，湛无难色。其妻忿然责之曰：'男子不能自励，窘辱如此，复何为容？'湛感其言，孜孜学业，未数载，一举登第。伉尝侮之。时伉方跨长耳，纵游于郊，忽有童驰报湛郎及第，伉失声而坠。故袁人谑曰：'湛郎及第，彭伉落驴。'"两人登第时间相差五年，似乎与此故事吻合，从元《无锡县志》卷四所存湛贲三诗来说，他自称是刘宋长史湛茂之十三世孙，本家毗陵（今江苏常州）。贞元十九年（803），以江阴县主簿权知无锡县事，得以重修祖宅，并邀约多位诗人作诗唱和。嘉靖《袁州府志》卷八载："伉所著诗及柳祚判语二篇，见《宜阳集》中。"三人诗可能皆收该集。

《豫章丛书》本卢肇《文标集》收南宋童宗说《文标集序》，云"得古律诗二十六首于刘松《宜阳集》"。《文标集》存卢诗三十三首，虽然无法确认哪些为《宜阳集》所不收，但可确知卢肇是《宜阳集》录诗全部存留至今的唯一作者。卢肇大约是袁州最早的状元，这一年是会昌三年（843），知举者是年已八十的老诗人王起，而且是他时隔二十年后再度知举，同时登第的还有袁州人黄颇。大唐天下三百州，一榜仅取二十三人，偏僻的袁州竟有两人入选（《全唐诗》小传称该榜李潜亦袁州人，潜墓志已出，知为扬州人），实在是破天荒事件。

卢肇存诗也记录了他登第前后心理的巨大变化。《别宜春赴举》云："秋天草木正凋疏，西望秦关别旧居。筵上清尊今日酒，箧中黄卷古人书。辞乡且伴衔芦雁，入海终为戴角鱼。长短九霄飞直上，不教毛羽落空虚。"虽有自信，更多的是顾盼犹疑，毕竟应试是自己无法把握命运的事。《射策后作》："射策明时愧不才，敢期青律变寒灰。晴怜断雁侵云去，暖见酰鸡傍酒来。箭发尚忧杨叶远，愁生只恐杏花开。曲江春浅人游少，尽日看山醉独回。"仍是如此，交卷了，虽然自信有百步穿杨的功力，但事情不到揭榜，谁也不知把握有多大，不妨曲江独游，看山寻醉，以此掩饰自己内心的不安。真的高中榜首，卢肇的狂喜心情在几首诗中有不同层面的表达。一是王起二十年前的门生周墀时方守华州，驰诗祝贺，卢肇与全榜进士一道奉和。这次全榜唱和诗，因为李潜著《师门盛事述》，《唐摭言》复全部收入，得以完整保存。卢肇诗题作"奉和主司王仆射答周侍郎贺放榜作"："嵩高降德为时生，洪笔三题造化名。凤诏仁归尊北极，骊珠搜得尽东瀛。褒衣已换金章贵，禁掖曾随玉树荣。明日定知同相印，青衿新列柳间营。"主要为座主颂德，诗写得庄重而自抑，当然感到荣幸，但很有分寸。二是同来应试的朋友失意而归，作《及第后送潘图归宜春》："三载皇都恨食贫，北溟今日化穷鳞。青云乍喜逢知己，白社犹悲送故人。对酒共惊千里别，看花自感一枝春。君归为说龙门事，雷雨初生电绕身。"真是悲欣交集。三年京师食贫，一举高中，如同困涸穷鳞忽然得以抟扶摇直上青云，当然高兴，然而朋友又作远行，对酒惊别，也为他感到悲伤。但他意外高中的狂喜心情，很快得到了宣泄的机会。唐代各州解送举人，袁州也如此，据说因为同榜黄颇家境富有，州刺史为他们送行时，冷落了卢肇。卢肇状元归乡，刺史给他接风，更邀请他观看龙舟竞渡，卢肇即兴作诗，此诗有两个文本。一见《唐诗纪事》卷五五："石溪久住思端午，馆驿楼前看发机。鞞鼓动时雷隐隐，兽头凌处雪微微。冲波突出人齐眓，跃浪争先鸟退飞。向道是龙君不信，果然夺得锦标归。"另一见《太平寰宇记》卷一〇九："扁舟鼓浪去如飞，鳞鬣峥嵘各斗机。向道是龙刚不信，果然夺得锦标归。"《唐音统签》六一四引此诗题作"及第后江陵观竞渡寄袁州刺史成应元"，可能源自《宜阳集》。他书所述看竞渡地点也有作江宁者。虽然传说与文本有差异，但卢肇借观渡夺标的吟咏，表达自己一跃龙门、勇夺锦标的大喜心情，并借此回击以前地方官和乡人对自己的轻蔑和不屑。卢肇毕竟还是书生，喜怒如此坦率，似乎对官场生涯还不太适应。《文标集》有《全唐诗》不收的四首佚诗，这里不一一罗列。

　　唐末的最后五十年，袁州最有成就的诗人是有郑鹧鸪、郑都官之称的郑谷。宋人书志载郑谷在别集《云台编》以外又有《宜阳集》三卷，后者不传，因此无法判断郑谷另有同名别集，还是刘松书的传误。但可以确认的是，刘松《宜阳集》收有谷父郑史的十二首诗，见《嘉靖袁州府志》卷八、《万姓统谱》卷一〇七，也收有谷兄郑启的诗，见《唐音统签》卷八五七引《宜阳集》。父兄三人中以郑谷名气最大，传世作品也最多，艺术成就最高，没有理由不收他的诗。

　　《唐音统签》卷八五七在崔江下注："以下十一人并见刘松《宜阳集》。江及（李）伉并官宜春郡，未详何秩。"据此知《宜阳集》既收宜春籍人士诗，也收旅宦袁州者之作品。所举十一人，其次为郑启、刘望、彭蟾、易思、赵防、刘廓、姚偓，末为宋迪，注云："名在《宜阳集》中，而无其诗，当亦郑启同时人。"前述各人每人存诗一首至三四首不等。

　　此外，清章履仁《姓史人物考》卷一四载："唐廪，萍乡人。乾宁元年进士，官至秘书正字。集贞观以前文章为《贞观新书》三十卷。廪有诗十四卷，在《宜阳集》。""诗十四卷"疑十四首之误。按《万姓统谱》卷四八、《全唐诗》卷六九四皆作唐廪，然据齐己《寄萍乡唐禀正字》等诗及《宋高僧传》卷三〇《梁四明山无作传》所载，其名当作唐禀。《全唐诗》存其诗《杨岐山》："逗竹穿花越几村，还从旧路入云门。翠微不闭楼台出，清吹频回水石喧。天外鹤归松自老，岩间僧逝塔空存。重来白首良堪喜，朝露浮生不足言。"在唐末七律中，是很有特色的一首，颈联尤堪讽诵。清末文廷式

《纯常子枝语》卷四〇更据《萍乡县志》补其诗三首，更早的来源可能是《永乐大典》，至少《冬日书黎少府山斋》一首今见该书卷二五三九。

那么，上述多书引及《宜阳集》，《唐音统签》所引尤多，这些作者和《统签》编者胡震亨有没有见到《宜阳集》呢？可以肯定没有。如果见到，他肯定会将那四百七十首诗全部保存下来。既然没有见过原集，他所录诗又从何而来呢？可以大体推定，来自宜春宋元方志。

晁公武《郡斋读书志》卷五上载《宜春志》十卷，集八卷，续修志四卷，集六卷："右嘉定中守滕强恕修，郡人张嗣古序。续志、集，则嘉熙初守郭正己也。"《直斋书录解题》卷八载《宜春志》十卷，"袁州教授南城童宗说修，太守，李观民也"。王象之《舆地碑记目》二载，"旧《宜春志》，童宗说编，《宜春新志》，郡守滕强恕序"。另有《续修宜春志》十卷，陈哲夫编，见《宋史·艺文志四》。也就是说，南宋时期至少曾四次编纂《宜春志》。地方志编修有一个特点，即层累地删存文献。唐代规定，各地方之举措变化，必须每三年报职方司，虽未必能做到，但宋以后每隔二三十年修一次方志的习惯，则得到长久坚持，南宋坚守尤好。估计胡氏见到了某种较多引录《宜阳集》的旧志，得以转引诸诗。

明了以上原因，我从明清袁州州县方志中辑得众多唐人佚诗，多数应属可靠，但也有传误之作。如传为唐末易赟的《世乱有感》："封豕长蛇夜绕关，满城兵火照湖山。生灵化作玄黄血，群盗争探赤白丸。整整堂堂离复合，累累落落去无还。捐躯锋镝樊参政，千载风声史册间。"经查为元人吴景奎《秋兴三首》之三，见《药房樵唱》卷三、《元诗选二集》卷一八。樊参政为樊执敬，为江浙行省参知政事。至正十二年讨贼海上，战死。诗即咏其事。

地方诗文选本为地方文学的重要载体，但因其不具辐射全国的重大影响，常不受重视。加上其编集、流传又不免受地方水平不高学者之影响，文本来源或多取资家谱私牒，伪托严重，难免影响其声誉。但能仔细鉴别，慎加引用，其中包含之富矿，仍值得学人高度重视。谨以《丹阳集》《宜阳集》二集为例，来加以说明。至其诗未必皆经典，据以辑佚所得又不免零碎，与一般读者之理解不同，则请谅解。

2017 年 9 月 18 日

跋上海图书馆藏汲古阁影宋写本《极玄集》

　　唐姚合编选《极玄集》，是今存唐人选唐诗中极重要的一种。不仅因编选者姚合是中晚唐之际的重要诗人，且因此书有强烈的标举诗派的倾向。

　　姚合，吴兴（今浙江湖州）人。《旧唐书》卷九六及《新唐书》卷一二四《姚崇传》附有其传，甚简略，仅知他是玄宗朝名相姚崇的曾侄孙。经学者反复考证，知他于元和十一年（816）登进士第，曾任武功主簿。中年后官稍显，曾任金州及杭州刺史。至其终官，则有给事中或秘书少监之说。他的存世诗集称《姚少监诗集》，即采信了后一说。《书法丛刊》2009 年第 1 期发表洛阳所出姚合及其妻卢绮墓志，提供了他生平的完整记录，许多内容以前不知道，如他字大凝，父亲是临河令姚闿，早年曾寄家邺城（今河南安阳），又曾隐居嵩山。他卒于会昌二年十二月，年六十六，公历算来已到了次年，因此他生卒年的公元表达为 777—843 年。他的最后官职为秘书监，也与李频诗《夏日宿秘书姚监宅》契合，旧作少监误。贾岛卒于姚合后八个月，今存姚诗有《哭贾岛二首》，足令人生疑。此皆可见墓志记载之珍贵。

　　《极玄集》篇幅不大，自序很简单："此皆诗家射雕手也。合于众集中更选其极玄者，庶免后来之非。凡二十一人，诗百首。"所收以王维为首，包括祖咏、李端、耿沣、卢纶、司空曙、钱起、郎士元、韩翃、畅当、皇甫曾、李嘉佑、皇甫冉、朱放、严维、刘长卿、灵一、法振、皎然、清江、戴叔伦等，主体是天宝至贞元间追随王维诗风的一批诗人。所谓极玄，近似严羽所谓妙悟，王士禛所谓神韵，是对这派诗歌群体追求兴象禅味风格的概括，也构成了安史之乱到元和中兴之间唐诗的主脉。

《极玄集》旧传以明末汲古阁刊《唐人选唐诗八种》所收二卷本为常见。此本存诗九十九首，署"唐谏议大夫姚合纂，宋白石先生姜夔点"，卷首除合自题外，又有姜夔几句议论，及元至元五年建阳蒋易题记。蒋题云"武功去取之法严，故其选精，故所选仅若此"，他自述存"唐人诗几千家，万有余首"，"欲并锓诸梓而力有未逮，姑先此集，与言诗者共之"，说明刊刻始末。经傅增湘《藏园群书题记》卷一九、傅璇琮《唐人选唐诗新编·极玄集前记》所考，存世几种明代刻本、抄本，皆出蒋本，蒋本元刊本已不存，仅清初何焯曾见过，且留下校记。

汲古阁刊《极玄集》，每位作者下均附有简略小传，以往一般均认为出自唐人手笔，特别重视。傅璇琮著《唐代诗人丛考》，确定大历十才子具体人员时，认为最重要的记录即该书李端下所载："与卢纶、吉中孚、韩翃、钱起、司空曙、苗发、崔峒、耿沣、夏侯审唱和，号十才子。"既为唐人所述，最为可靠。与友人编《唐五代人物传记资料综合索引》，亦将《极玄集》列为一种。

上海图书馆藏明末毛晋影宋写本《极玄集》，不分卷，每页十行，每行十八字，傅璇琮根据"凡朗、玄、桓等字皆缺笔"，据行款判断，"当仍出自南宋临安陈宅书籍铺本"。此本书首有"汲古主人""子晋""毛晋私印"，为源出汲古阁之确证。书首收藏印有"三十五峰园主人""汪士钟印""徐乃昌读"，书末有"结一庐藏书印"，知嘉道间曾为苏州汪士钟（1786—?）所藏，稍后归杭州仁和朱学勤（1823—1875），清季或民初归南陵徐乃昌（1869—1943），可谓渊源有自。

以此影宋抄本与源出蒋本的明刊本对校，有很多不同。其一是收诗数，二本皆九十九首，但在戴叔伦名下，影宋写本有《送谢夷甫宰郧县》一首，明刊本无，明刊本有《赠李山人》一首，影宋抄本无。兼取二本，恰符百首之数。其二是明刊本各诗人下小传，影宋抄本全都没有，这就引起对《极玄集》小传来源与价值的讨论。就所有书证分析，《极玄集》小传中的所有内容，皆可以从唐宋典籍中找到出处。如前引李端下所录大历十才子之名，即据《新唐书·卢简辞传》。各传也颇多与史实出入处，如云钱起"终尚书郎、太清宫史"，即沿宋人撰《诗史》（《诗话总龟》卷一〇引）之误，另云李嘉祐"大历中泉州刺史"，也羌无故实。《极玄集》原本为一卷，唐末韦庄《又玄集序》曾提到，宋人著录如《崇文总目》卷五、《新唐书·艺文志四》、《直斋书录解题》卷一五，以及《宋史·艺文志八》，所载皆为一卷。可以判定明刊二卷本为后人拆分，《极玄集》所附小传也为后人增补。其人很可能即蒋易，当然也可能他当时所见本就是如此，改补的时间当不早于宋末。

我最初知道影宋抄本《极玄集》有存，大约是在1994年，傅璇琮先生因编校《唐人选唐诗新编》，嘱我替他到上海图书馆代校此本。一直听闻毛氏影写本之美名，初见之下，真赞叹全书一笔不苟，与宋刊几无不同。逐篇逐字校勘下来，不能不引起对明刊本的怀疑。将校勘记录转交傅先生时，我在附信中表达了所见。第二年与湖南陶敏先生应傅先生所约补订《唐才子传校笺》时，即将所见写出。虽似细节，其实涉及傅先生成名著《唐代诗人丛考》中一半诗人的考订，在《唐才子传校笺》中，也有近二十位诗人生平之考订曾引及。此部分内容后来作为《唐才子传校笺》第五册《补笺》出版，傅先生通读全稿，予以采纳，在新版《唐人选唐诗新编·极玄集前记》中，更特别引及拙说。

以上所述，足见此影宋抄本《极玄集》之重要价值。也因此书，使我回想起当年对此本初读时的往事，特别是傅先生鼓励学术讨论，支持对他已刊著作予以纠订、鼓励发表的学术胸怀。应该说，最近几十年唐代文学研究各方面的繁荣，是与傅先生这样的许多前辈倡导学术多元、充分讨论分不开的。

影宋抄本《极玄集》，2013 年收入《中华再造善本》，由国家图书馆出版社影印行世，一般读者也可以较方便地阅读利用。傅先生去世也已近三年，行文至此，更增追思与怅惘。

2018 年 12 月

洪迈《万首唐人绝句》考

南宋洪迈纂《万首唐人绝句》一百一卷，全书具存，于其成书经过，门生凌郁之撰《洪迈年谱》（上海古籍出版社 2006 年版）也基本弄清楚了。就钩沉索引为主要目标之考证来说，该书似乎并没有太多考求的余地。然从南宋陈振孙对此书之误收提出批评以后，历代都相沿指责，似乎很少见到披阅全书、比读文献后的全面分析。而对全书之成书过程、文献取资、学术价值、误收类型与原因，实在都还有重新检讨的必要。

一、 洪迈编纂《万首唐人绝句》的过程

嘉靖本《万首唐人绝句》（文学古籍刊行社 1955 年影印本。本文后文或简称《绝句》。据该书引录文献时或仅注五言或七言及卷次）卷首有洪迈自序：

> 淳熙庚子秋，迈解建安郡印归，时年五十八矣。身入老境，眼意倦罢，不复观书，惟时时教稚儿诵唐人绝句，则取诸家遗集，一切整汇，凡五七言五千四百篇，手书为六秩。起家守婺，赍以自随。逾年再还朝，侍寿皇帝清燕，偶及官中书扇事。圣语云："比使人集录唐诗，得数百首。"迈因以昔所编具

奏，天旨惊其多，且令以元本进入，蒙置诸复古殿书院。又四年，来守会稽间，公事余分，又讨理向所未尽者。唐去今四百岁，考《艺文志》所载以集著录者，几五百家，今仅及半，而或失真。如王涯在翰林，同学士令狐楚、张仲素所赋宫词诸章，乃误入于王维集。金华所刊杜牧之《续别集》，皆许浑诗也。李益"返照入闾巷，愁来与谁语"一篇，又以为耿沣。崔鲁"白首成何事，无欢可替愁"一篇，又以为张□。以薛能"邵平瓜地入吾庐"一篇为曹邺，以狄归昌"马嵬城下柳依依"一篇为罗隐，如是者不可胜计。今之所编，固亦不能自免，然不暇正。又取郭茂倩《乐府》与稗官小说所载仙鬼诸诗，撮其可读者，合为百卷，刻板蓬莱阁中，而识其本末于首。绍熙元年十一月戊午，焕章阁学士、宣奉大夫、知绍兴军府事、两浙东路安抚使魏郡公洪迈序。

序末录其次年十一月题记：

> 越府所刻，七言至二十六卷，五言至二十卷，而奉祠归鄱阳。惟书不可以不成，乃雇婺匠续之于容斋，旬月而毕。二年十一月戊辰，迈题。

复次录《重华宫投进札子》，称"去年守越，尝于公库镂板，未及了毕，奉祠西归。家居无事，又复搜讨文集，傍及传记小说，遂得满万首，分为百卷。辄以私钱雇工，接续雕刻，今已成书"。所进为"目录一册，七言十五册，五言五册，共二十一册"。所附贴黄更云"七言二十六卷以前，五言二十卷以前，系绍兴府所刻"。"后点检得有错误处，只用雌黄涂改，今来无由别行修换。"去年日本东京一诚堂为纪念开业一百一十周年拍卖宋本《万首唐人绝句》，据鉴定即绍熙刻，嘉定间修版本，应即嘉靖本目录后附吴格、汪纲二跋所称嘉定辛巳、癸未在越州之拼合本。因宋本至今尚未影刊，无由讨论。不过嘉靖本除七言卷五九卷末稍有残缺外，基本忠实于宋本的面貌，仍不妨可以作为讨论的依据。

就上举洪迈本人的叙述可知，此书初编于淳熙七年庚子（1180）秋，五十八岁的他觉得渐入老境，不能如早年那么广泛地读书，于是课儿读唐人绝句，从诸家遗集整理出五千四百篇，这是他的第一次结纂。至淳熙十一年（1184）春出守婺州，乃携以自随。至次年召还入对，《容斋三笔》卷一四载孝宗问及会子（纸币）兑钱事。洪迈此次在朝约三年，君臣间多有诗歌来往，洪迈也屡得恩宠，如《玉海》卷三四有该年九月十三日孝宗赐其御书白居易诗事，并随即进任翰林学士。有关编录唐人绝句事，应为某次在朝侍宴时闲聊所及。皇上一赞赏，洪迈就认真了，先是将初编奏进，藏复古殿书院，其后更着意加以网罗。至十五年（1188）五月出守镇江府，旋改知太平州，光宗绍熙元年（1190）出知绍兴府，方加整理定稿。他在绍兴仅一年有奇，当年十一月即序刊，应该是积累十年到此时方定稿。到次年三月他为《华阳集》撰序时已自署"提举隆兴府玉隆万寿宫"，即在绍兴开雕后仅两三个月即去职归乡。前此是越府公库开雕，去职后连带已刊板携带回家，复出私钱雇婺州刻工完成全书。《重华宫投进札子》云居家"复搜讨文集，傍及传记小说，遂得满万首，分为百卷"，与前年序所述不合，或序有后改，或札子有所掩饰。因为有这样长达十年之屡次编次、进奏且两次分地刊刻，故全书保存了逐次编录的痕迹，有些诗人如元稹、张祜标明四见，陆龟蒙、李涉、张蠙、刘言史等标明三见，显得编次无序，但也记录了全书陆续编成的过程。

现在可以确定绍熙初版的"七言二十六卷以前，五言二十卷以前"为绍兴所刻，其与归鄱阳后所刻有何不同，要以后见到宋版方知。他在淳熙七年初编得五千四百首之文本，已难以确认。我比较倾向的看法，是在七言卷五三以前，五言在卷一九以前，是他的首次结集的文本，因为在此二卷以后，方出现一诗人之诗大量"再见"之记录。但这两部分加起来，已经达到七千二百首，应该是第二次递修后的结果。五七言此二卷以后，复有大量陆续增补所得、随见随录的记录。

洪迈自序所云录诗传讹之鉴别，容下文再讨论。

二、《万首唐人绝句》的文献取资及保存绝句之价值

洪迈自序所云《艺文志》所载唐集"著录者，几五百家"，指《新唐书·艺文志》所著录之唐集。我多年前曾逐书清点，知此志著录别集 736 家，其中唐集 505 家 537 部，与洪迈所言合。我网罗文献，补录 406 家 446 部（见《〈新唐书·艺文志〉补——集部别集类》，刊《唐研究》第一卷，北京大学出版社 1995 年版），加上近年新知 30 多种，唐别集可知总数大约 1 000 种以上。洪迈所见 200 多种，与今所存约 200 种，不是一个等同的概念。其中部分他曾见者

得以原书保存至今，更多的部分则是他所曾见者，今或不传，或仅存残本，或原集无传而明以后再辑。讨论该书保存已佚唐集中绝句之价值，应在此一立场上展开。

　　洪迈当年所见唐人文集，与今存本面貌大体相同者，有李白、杜甫、韦应物、孟郊、白居易、韩愈、刘禹锡诸家文集，我曾据洪书以校诸集，见其录诗顺序也大体同今见诸集宋本次第，偶有遗漏，则后或补出，殆曾复检。于各家诗之自注，多予删除，而于原题较繁者，亦有所节略。也有补足之例，如白居易《重到城七绝句》中《见元九》一首，《绝句》题作"重见元九"，其实意思有所不同。白集《初著刺史绯答友人见赠》七律后录七绝《又答贺客》，《绝句》题作"初著刺史绯答贺客"，较为妥当。白诗《有双鹤留在洛中忽见刘郎中依然鸣顾刘因为鹤叹二篇寄予予以二绝句答之》，《绝句》题作"和刘郎中鹤叹二首"；《宅西有流水墙下构小楼临玩之时颇有幽趣因命歌酒聊以自娱独醉独吟偶题五绝》，《绝句》题作"宅西流水墙下构小楼五绝"。盖《绝句》志在存诗而不泥于保存原题，体例上可以理解。因其所见毕竟为宋本，且与传本系统或异，故皆有校勘之价值。

　　由于今存之大量唐集皆出于明人重辑，不免使人忽略了《绝句》保存唐人诗什的价值。其实只要通校存世唐宋元典籍，对明刊唐集哪些是唐宋以来流传下来，哪些是明人拼凑而成，并不难判断。如《唐才子传》卷八云曹唐有《大游仙诗》五十篇，但明刊《曹从事集》中仅有唐宋人曾选取的十多篇，知该集为明人重新辑录。各集情况当然各有流传本末，难以一概而论，但秉此原则，我以为洪迈曾加采集绝句之唐集而今不存者，洪书具有第一手保存文献价值者，可以列表如次。作为参照，特附《直斋书录解题》卷一九所著录唐集为参考。

姓　名	七言		五言		所据唐集情况（据《直斋书录解题》卷一九者不注所出，其他用简称）
	卷次	首数	卷次	首数	
贾　至	3	19			贾至集十卷，右唐贾至幼几也，洛阳人，天宝十年明经擢第（《晁志》）
戴叔伦	8、55	43	9、21	40	戴叔伦《述藁》十卷，外诗一卷（《晁志》）
杨巨源	8	24			《杨少尹集》五卷，唐河南少尹杨巨源景山撰
王昌龄	17、67	70	11	12	王昌龄诗六卷，右唐王昌龄少伯也。江宁人，开元十五年进士（《晁志》）
雍　陶	19	76			雍陶诗五卷，右唐雍陶国钧，大和八年进士。大中六年，自国子毛诗博士出刺简州。唐志集十卷，今亡其半（《晁志》）
高　蟾	19	21	19	19	高蟾集一卷，唐御史中丞高蟾撰，乾符三年进士
熊孺登	20	23			熊孺登集一卷，唐西川从事熊孺登撰。元和中人，执易其从侄也
陈　羽	20	29			陈羽集一卷，唐东宫卫佐陈羽撰。贞元八年陆贽下第二人
李　涉	21	81			李涉集一卷，唐国子太学博士李涉撰
孟　迟	22	11	19	4	孟迟诗一卷。右唐孟迟字叔之，平昌人。会昌五年陈商下及第（《晁志》）
褚　载	28	7			褚载集一卷，唐褚载厚之撰
殷尧藩	28	7			殷尧藩集一卷，唐侍御史殷尧藩撰。元和元年进士
陆　畅	29	31	14	3	陆畅集（《遂初堂书目》）
李　绅	32	21			不详
施肩吾	33、34	151	10	31	《西山集》一卷（《晁志》五卷），唐施肩吾撰。元和十五年进士

姓　名	七言		五言		所据唐集情况（据《直斋书录解题》卷一九者不注所出，其他用简称）
	卷次	首数	卷次	首数	
陈　陶	35	60	11	29	陈陶集二卷。右唐陈陶嵩伯也，鄱阳人。大中时隐洪州西山，自号三教布衣云（《晁志》）
李　郢	36	18			《李端公集》一卷，唐侍御史李郢楚望撰。大中十年进士
赵　嘏	37、38	117			赵嘏《渭南诗》三卷。右唐赵嘏承祐也，会昌四年进士，终渭南尉（《晁志》）
裴夷直	38	36	15	12	裴夷直诗二卷（《宋志》）
徐　凝	39、67	76	14	14	徐凝集（《遂初堂书目》）
汪　遵	42、74	60			汪遵《咏史诗》一卷（《崇文目》）
郑　畋	47	12			郑畋集五卷。右唐郑畋台文也。荥阳人，会昌二年进士（《晁志》）
崔道融	47	38	13	40	《东浮集》九卷，唐荆南崔道融撰，自称东瓯散人。乾宁乙卯，永嘉山斋编成，盖避地于此。今缺第十卷
高　骈	47	37	19	4	高骈集一卷，唐淮南节度使高骈撰
来　鹄	49	18			来鹏集一卷，唐豫章来鹏撰。咸通中举进士不第
司空图	56、57、58、71	242	18	75	司空表圣集十卷，唐兵部侍郎司空图表圣撰咸通十年进士，别有全集，此集皆诗也
唐彦谦	59	37	19	4	唐彦谦集一卷，唐河中节度副使襄阳唐彦谦茂业撰，号鹿门先生
孙元晏	60	75			孙元晏《六朝咏史诗》一卷（《宋志》）
曹　唐	61	98			曹唐集一卷，唐桂林曹唐尧宾撰。有大小游仙诗
薛　涛	65	51	20	10	薛涛《锦江集》五卷。右唐薛涛洪度也。西川乐妓，工为诗（《晁志》）

续表

姓　名	七言		五言		所据唐集情况（据《直斋书录解题》卷一九者不注所出，其他用简称）
	卷次	首数	卷次	首数	
雍裕之	67	9	23	20	雍裕之集一卷，唐雍裕之撰，未详何时人
成文幹	72	23			成文幹《梅岭集》五卷（《崇文目》）
李九龄	72	23			李九龄集一卷，洛阳李九龄撰。乾德二年进士第三人
刘言史	75	47			刘言史诗十卷（《宋志》）
王　勃			8、23	32	王勃集二十卷，右唐王勃子安也。（略）有刘元济序（《晁志》）
薛　莹			19	6	薛莹集一卷，唐薛莹撰。号《洞庭集》，文宗时人，集中多蜀诗
周　濆	73	4			周濆集一卷
蒋　吉	74	11	25	4	蒋吉集（略），未详何人
吴仁璧	39	10			吴仁璧诗一卷（《宋志》）

以上 39 家所存诗共 2 122 首，是赖洪迈收录而得以保存至今的，总数占了全书的五分之一还多。需要说明的是，有些诗人今尚有诗集保存，甚至有号称源出宋本者，如王勃、赵嘏、雍陶诸家皆是，其今集中绝句是明人复据《绝句》拼凑而成编的。前录李绅诸诗皆为其《追昔游》以外诗，当别有所据，未见著录。另陆龟蒙诗在《笠泽丛书》《松陵集》和《甫里集》之间，应还有别的文集，未检出，故未列入。其他录自总集、小说诗话者，就本书具第一手文献意义讲，大约还有 200 余首。

《绝句》录自总集者，书中偶有说明。如七言卷五八录无名氏《杂诗》十五首，注"见《才调集》"。《才调集》为五代后蜀韦縠纂，十卷，收诗千首，今存南宋书棚本，再造善本已影印。又如七言卷三八收芦中《江雨望花》等八首，名下注："八首，集名《芦中》，不载姓名。"《宋史·艺文志》著录："《芦中诗》二卷，不知作者。"其中《读庾信集》一首："四朝十帝尽风流，建业长安两醉游。唯有一篇杨柳曲，江南江北为君愁。"《崔涂诗集》、《才调集》卷七收作崔涂诗，《全唐诗》卷六七九即以其中另七首皆收为崔涂诗，证据尚不足，因不能排除《芦中集》为总集之可能。五言卷二〇、卷二一、卷二五据《乐府诗集》录诸乐府诗，皆是唐时乐工据才士诗篇裁截而成的五言四句短诗，部分作者可考，但经剪裁后已非原貌。

其他所引，可以通过比读确认者，七言卷五五据《国秀集》录王乔、张谓、楼颖、豆卢复、褚朝阳、沈颂、樊晃等诗；卷四七据《松陵集》录李縠、张贲、郑璧、严恽等诗；七言卷一八、五言卷一二据《元和三舍人集》录王涯、令狐楚、张仲素诗。

特别要指出的是经过比读今已失传的唐诗总集。七言卷四四收温庭筠诗四十一首，段成式诗四十三首、元繇诗二首，其中部分肯定录自段成式所编收录他与温庭筠、元繇等大中末在襄阳幕府唱和诗的总集《汉上题襟集》十卷。上述诸诗，温庭筠收入该集者可能只有小部分，段则占大部分。《绝句》五言卷二二收《状江南十二月景》下录鲍防等十一人诗，可确定出自收录鲍防、吕渭、严维等人唱和诗歌的《大历年浙东联唱集》。七言卷七一沈佺期以下十余人诗，则出自玄宗时武平一所编《景龙文馆记》（也称《景龙文馆集》，是一部专录中宗景龙二至四年[708—710]文馆学士应制唱和活动的兼具笔记与总集特点的书)。以上三集,今人贾晋华均有辑本,收入氏著《唐代集会总集与诗人群研究》(北京大学出版社 2001年版),唯多据《全唐诗》编录,未全据唐宋较早文本,是微憾耳。

据唐宋小说采录绝句,在洪迈是极其辛苦的工作,但就现在考察的结果,除了七言卷六八录自《宾仙传》的四十五首多不知本末外,其余大多能找到更早或更完整的文献来源。其中笔记类相信有《云溪友议》《本事诗》《异闻集》《丽情集》等,但采据最多的应该是《太平广记》。此类诗多淹没在卷帙繁复的志怪传奇中,往往都有曲折离奇的叙事情节,而洪迈不录本事,仅取诗篇,拟存诗题与所托作者,都不容易。如《本事诗》载崔护郊游遇女诗事,洪迈拟题为"题都城南庄",沿引至今。《太平广记》卷四五四引《会昌解颐录》录诗:"危冠广袖楚宫妆,独步闲庭逐夜凉。自把玉簪敲砌竹,清歌一曲月如霜。"为草场官张立本女为妖物所魅后吟诗,妖物自称高侍郎。《绝句》七言卷六六以高侍郎为作者,名下注"狐"字,拟诗题为"凭张立本女吟一首",较为妥当,比后世或以张立本女为作者,甚至因高侍郎附会为高适,都更为稳妥。类似例子很多,足见洪迈之文献处理能力。

据小说录诗而本事不甚清楚者,除《宾仙传》外,今知尚有一些,如五言卷二三胡曾《戏妻族语不正》:"呼十却为石,唤针将作真。忽然云雨至,总道是天因。"即不详始末。另如七言卷六九刘氏妇《题明月堂二首》,亦复如此。

宋末刘克庄《后村集》卷九四《唐五七言绝句》谓:"野处洪公编《唐人绝句》仅万首,有一家数百首,并取而不遗者,亦有复出者，宜其但取唐人文集杂说，今人抄类而成书，非必有所去取也。"
没有体会洪迈存一代文献而不加删除之意义，对其于文献之仔细斟
酌亦乏深切同情，不是公允的评价。

三、《万首唐人绝句》所存特殊价值文献举例

《万首唐人绝句》录诗大体忠实于文献，虽然一般都不注明所
据文献来源，但偶有一些记录，也留下极其珍贵的记录。

《绝句》从笔记小说中所录鬼怪绝句，均不录本事，只有诗题和
被依托者之名。除出自《太平广记》诸书而今可考知者外，仍有一
些故事原委不太清楚。以后《全唐诗》据以收录时，也都没有事
迹。晚清发现了五代中后期人所作志怪小说集《灯下笔谈》（有《适
园丛书》本和《宋人小说》本），方弄清了部分事实。《绝句》录自
该书的诗有七言卷六九录桂林青萝帐女子《赠穆郎》《褰帐》《题碧
花笺》、庐山女子《赠朱朴》、新林驿女子《击盘歌送欧阳训酒》、
尤启中（今本作光启中，似非人名）《题二妃庙》《湘妃席上》、崔渥
《题二妃庙》《湘妃席上》、湘妃《席间赋》（二首），及西施、桃源
仙子、洞庭龙女同赋、素娥《别主人》、韦洵美《答素娥》《假僧榻
闷吟》，凡十七首；五言卷二三录庐山女子《赠朱朴》、水心寺僧
《赠贾松先辈》、新林驿女子《吟示欧阳训》，凡三首。二者合计共
二十首，与传本相合，知当时渊源有自。七言卷六八录何光远《伤
春吟》下注："四首。以下并《宾仙传》。"《宾仙传》，《崇文总目》
作一卷，不言作者；《通志·艺文略》作三卷，署"何光远撰"；《宋

史·艺文志》作"晞晹子《宾仙传》三卷"，南宋洪遵《泉志》卷一四引及"晞阳子《宾仙传》"，可知该书即后蜀何光远著，与《鉴诚录》作者为同一人。从其自号晞晹子或晞阳子，知其对神仙道教颇崇奉。《绝句》此下录诗四十六首，内容皆涉人神之恋或与玄士、女仙交往，包括十三个故事，即何光远与明月潭龙女的相恋故事、刘道昌与邻场道人的货丹故事、《群仙降蜀宫六首》、杨损临刑赋诗、许学士货丹升仙复回故事、聂通志与已故宫女幽会故事、孙玄照与王仙山相恋故事、群仙酒宴故事、李舜弦故事、李太玄诗事、卓英英及眉娘与太白山玄士故事、潘雍与葛氏女故事、桃花夫人故事。我曾撰文《何光远的生平和著作——以〈宾仙传〉为中心》(刊《江西师大学报》2010 年第 5 期) 对有关事实加以追究，可略知者刘道昌为唐末天复初术士；杨损即前蜀杨廷郎叔杨勋，曾自号仆射；《蜀中广记》卷四云李舜弦为词人李珣妹，曾为前蜀王衍昭仪，但诸诗则涉仙事，未必即其本人作；李太玄为天复中灵山道士；唐末苏鹗《杜阳杂编》卷中虽载卢眉娘事，但与卓英英有涉之眉娘显属二事。虽然大多诗事已经无可考镜，但因洪迈之摘存而得保存这部仙传中的绝句，也属难得。

　　《绝句》七言卷七一录景龙文馆学士《长宁公主宅流杯》三首，五言卷二四录景龙文馆学士《长宁公主宅流杯》九首，这十二首诗，《唐诗纪事》卷三都录作上官婉儿作，且另有三言二首，四言五首，五律六首。从《唐诗纪事》所录源出《景龙文馆记》的各诗来说，在几十次群臣唱和中，每次每人均仅作一首，为何这次上官婉儿一次就作了二十五首呢?《全唐诗》的编者显然没有虑及于此，因此全部收在上官名下。《绝句》的记录则显示，应为诸学士分撰，但在武平一编次《景龙文馆记》时，似乎没有逐一记下作者姓名。《唐诗纪事》不加甄别，概归上官婉儿，洪迈的记录，应该更为准确。

《绝句》七言卷四四录元繇《酬段柯古不赴夜宴》《看牡丹》二首，又在段成式诗下保存了《嘲元中丞》的诗题。而在《唐诗纪事》卷五四载大中末在襄阳与温庭筠、段成式唱和者为诗人周繇。已故唐诗学者陶敏相信就是受到《绝句》上引二例的启发，撰写《晚唐诗人周繇及其作品考辨》（刊《唐代文学研究》第五辑，广西师范大学出版社 1994 年版），认为在襄阳预游者为元繇，字为宪，河南人，淄王傅元锡子。武宗会昌间，为殿中侍御史。宣宗大中末，以检校御史中丞参襄阳徐商幕府。得以从周繇名下分离出元繇所作诗五首又一句，并认为温、段与他唱和的诗题均应改订。此组诗皆源出段成式所编记录此次唱和的专集《汉上题襟集》十卷，不知是否因为洪迈与《唐诗纪事》著者计有功所见文本有异，至少在此点上，洪迈之校录是很谨慎的。

再举一例。《绝句》七言卷三六录后朝光《越溪怨》，敦煌遗书伯二五五五不署名，北宋孔延之《会稽掇英总集》卷一三署侯朝光，明末吴琯编《唐诗纪·盛唐》卷一〇七引《玉台后集》作冷朝光，《全唐诗》卷七七三亦作冷朝光。诸证分析，我倾向认为以作后朝光最为近是。《古今姓氏书辨证》宋本卷三四有后姓。

另如柳公权进贺春衣诗，自《旧唐书》卷一六五本传以下所记，皆仅作"去岁虽无战，今年未得归。皇恩何以报？春日得春衣"四句，唯《绝句》五言卷二三有第二首："挟纩非真纩，分衣是假衣。从今貔武士，不惮戍金微。"前二句不易解，不知其别有所据，还是后人蛇足之附。

四、《万首唐人绝句》对收录诗歌的鉴别

洪迈自序述他所见文献之复杂多讹及具体鉴别情况："如王涯在翰林，同学士令狐楚、张仲素所赋宫词诸章，乃误入于王维集。金华所刊杜牧之续别集，皆许浑诗也。李益'返照入闾巷，愁来与谁语'一篇，又以为耿沣。崔鲁'白首成何事，无欢可替愁'一篇，又以为张蟾。以薛能'邵平瓜地入吾庐'一篇为曹邺，以狄归昌'马嵬城下柳依依'一篇为罗隐，如是者不可胜计。今之所编，固亦不能自免，然不暇正。"确是心得之言。他所举六例，其一是王涯、令狐楚、张仲素元和间所纂《翰林歌词》，后传为《元和三舍人集》，其中王涯诸篇在《乐府诗集》和蜀刻《王摩诘文集》中都错成了王维诗（详拙撰《元和三舍人集》整理解题，见《唐人选唐诗新编》，中华书局 2014 年版）。其二是金华即婺州刊署名杜牧撰之《樊川续别集》，今无传本，但《全唐诗》卷五二六收杜牧下之一卷，即源自该集，今人岑仲勉、吴企明、佟培基、吴在庆、罗时进、胡可先已举出大量内外证据，确认皆许浑诗。洪迈在淳熙十一年（1184）曾知婺州，故得此本而考订精确。其三"返照"一篇，作李益诗除洪迈所言外别无表见，而就目前所见书证言，作耿沣以姚合《极玄集》所收最早，作李端则以韦庄《又玄集》卷上为最早，是唐时已经传歧，尽管宋代多数书证皆作耿沣，洪迈可能将李端误记

为李益。其四崔鲁或作崔橹"白首"一篇,《万首唐人绝句》卷一八收崔下,但北宋王安石《唐百家诗选》卷一九作张蠙诗,很难作出决断。其五"邵平"一首题作"老圃堂",在洪迈以前的书证中,《又玄集》卷中、《唐诗纪事》卷六〇作曹邺诗,《才调集》卷七、《文苑英华》卷三一四作薛能诗,大体旗鼓相当。《万首唐人绝句》卷四八收作薛能,是洪迈的判断。然诗云:"邵平瓜地接吾庐,谷雨干时偶自锄。昨日春风欺不在,就床吹落读残书。"是退官闲适生活的叙述。佟培基《全唐诗重出误收考》认为薛能一生未曾罢官归居,与诗所述不合。曹邺中岁辞官归里。《又玄集》此诗前接薛能诗,或因此致误。《广西日报》1962 年 4 月 7 日载《阳朔诗人曹邺》谓阳朔读书岩石壁刻有此诗,也不知是何时所刻。似为曹作可能更大。其六狄归昌一篇,见《太平广记》卷二〇〇引《抒情诗》:"唐僖宗幸蜀,有词人于马嵬驿题诗云:'马嵬烟柳正依依,重见銮舆幸蜀归。泉下阿蛮应有语,这回休更泥杨妃!'不出名氏,人仰奇才。(注:此即侍郎狄归昌诗也)"《万首唐人绝句》卷五九拟题"题马嵬驿",作狄诗。《抒情诗》为五代前期卢瓌著的一部笔记,距离僖宗幸蜀大约二三十年内成书,但作狄诗也只是传说。后蜀何光远著《鉴诫录》卷八则作罗隐《驾还京》诗,宋书棚本《甲乙集》卷一〇也收,题作"帝幸蜀",注:"乾符岁。"微误。就诗意看,应以咏大驾归京为是。狄为朝中显宦,罗为落魄举子,且以讽刺尖刻著名,似更近为作者,何况其本人宋刊文集也有此诗。

以上几点,仅就洪序所及加以讨论,无论赞同与否,只是要说明唐诗文献之复杂,定说不易。

五、《万首唐人绝句》误收唐初以前和入宋后诗歌情况

对于此书的批评，最早见于陈振孙《直斋书录解题》卷一五："《唐人绝句诗集》一百卷，洪迈景卢编。七言七十五卷，五言六言二十五卷，各百首，凡万。上之重华宫，可谓博矣。而多有本朝人诗在其中，如李九龄、郭震、滕白、王嵒、王初之属，其尤不深考者，梁何仲言也。"所批评的都是事实。就我所知，实际情况还远不止此，以下分类述之（凡拙文《〈全唐诗〉误收诗考》已考及者，仅略述结论。该文刊《文史》第24辑，中华书局1985年版。又收入拙注《唐代文学丛考》时稍有增订）。

1.误收唐前诗歌。今见六例，凡二十八首

何仲言（五言卷二五），即南朝梁诗人何逊，洪迈所收十四首，多数见《何水部集》，逯钦立编《先秦汉魏晋南北朝诗·梁诗》亦收。唯《送司马长沙》一首："独留信南浦，望别乃西浮。以今笑为别，复使夏成秋。"逯氏失收，可补入。洪迈见本与今本不同故。

范静妻沈氏（五言卷二〇），录六首。为南朝梁女子。《玉台新咏》卷一〇录《映水曲》《王昭君叹》，《乐府诗集》卷六三录《当垆曲》，卷七七收《登楼曲》《越城曲》，皆作梁人，《古诗纪》卷一〇四皆收入。《隋书·经籍志》所载"梁征西记室范靖妻沈满愿集三卷"，即其人。

郭恭（五言卷二四），收《秋池一株莲》一首。《诗式》卷四、《文苑英华》卷三二二作隋弘执恭诗。作郭恭误。

唐怡（五言卷二四），收《述怀》："万事皆零落，平生不可思。惟余酒中趣，不减少年时。"明末吴琯《唐诗纪·初唐》第五九收此诗和另一首《咏破扇》，注出《玉台后集》，《全唐诗》卷七七三据以收入。其实唐李康成《玉台后集》收梁陈至盛唐诗，唐怡不见唐文献，《北史》卷六七《唐永传》、《新唐书》卷七四《宰相世系表》、《续高僧传》卷二三载其字君长，北海平寿人。周宣帝时为内史次大夫，封汉阳公。入隋，废于家，卒。

侯夫人（五言卷二四），收五首。皆出《迷楼记》，传为隋炀帝幸扬州时之宫人，录诗八首，其中绝句皆录于此。今知隋炀帝时并没有迷楼之说，其事皆中唐以后人附会，诗则出于唐末至宋初人托写。

元氏犬（五言卷二四），录《咏元嘉中兄弟》，元嘉为南朝宋文帝年号。诗则见《汉魏丛书》本梁任昉《述异记》卷下和《艺文类聚》卷八六引《述异记》。

2. 陈振孙指出误收宋诗，凡涉五人，诗五十首

陈振孙所举五人，具体情况如下。

李九龄，七言卷七三存诗二十三首。九龄，洛阳人。宋太祖乾德二年（964）进士第三人登第。曾为蓬州某知县。开宝六年（973），预修《五代史》。有集一卷，不传。其可知事迹均在入宋后，但出生确在五代后期。存诗在洪迈所录外仅有二首和一些残句，虽误录，也恰借此而存遗篇。

郭震，唐有二人，一为武后至玄宗初名臣，字符振；二为玄宗时御史。宋初蜀人郭震字希声，成都处士，淳化四年（993）曾诣阙

献书。《直斋书录解题》卷一六著录其《渔舟集》一卷，不存。洪迈因二人同姓名而误采七首。

滕白，七言卷七二录二首。今知其宋太祖乾德元年（963）以户部判官为南面军前水陆转运使。开宝二年（969），自刑部员外郎知河东诸州转运使。官至工部。有《滕工部集》一卷，不存。情况与李九龄类似。《全宋诗》二〇卷收其诗六首。

王邑，七言卷七四录其六首。今知其字隐夫，蜀人。宋太宗亲征河东，曾上诗称颂。李顺乱蜀时"欲下荆南"。后居武都山。真宗咸平三年（1000），遇益州王均兵乱，以名大被胁从，坐是流于荒服。

王初，七言卷七三录诗十二首，有《送陈校勘入宿》，校勘为宋时官名。《直斋书录解题》卷二〇著录《王初歌诗集》一卷，云"未详何人。有《延平天庆观》诗，当是祥符后人也"。其集不存。另《唐诗鼓吹》卷六也收其七律八首，《延平天庆观》赫然在列，另有《送王秀才谒池州吴都官》，吴为吴中复，《宋史》卷三二二有传，尝以都官郎中知池州，嘉靖《池州府志》六云"至和中任"。嘉靖《建宁府志》卷一五载瓯宁人王初，为天圣二年（1024）进士。应即其人。《全唐诗》卷四九一收王初诸诗，以作者为名臣王仲舒子，显然牵附。洪迈若据原集采诗，应不难判断其时代。而王初诸诗均借唐诗总集而存世，也属奇观。

3. 洪迈误取其他宋人诗，尚有五人九首

甲、刘兼，七言卷三九录诗四首。其集今存，南宋人多认其为唐人，洪迈当凭一般印象收录。明胡震亨《唐音统签》云："云间朱氏得宋刻唐百家诗，兼集中有《长春节》诗，为宋太祖诞节，其人盖五代人而入宋者。"话是不错，但还不够具体。今知他是长安（今陕西西安）人。宋太祖乾德三年（965）五月，自起居舍人通判泗州兼兵马都监。开宝六年（973），参与修纂《五代史》。七年，为盐铁判官。太宗太平兴国三年（978），与张洎等同知贡举。又曾官知荣州。事迹见《事物纪原》卷六引《宋朝会要》、《宋史》卷二六六《郭贽传》、《续资治通鉴长编》卷一五、《渑水燕谈录》卷六。虽生于五代后期，然可知事迹均在入宋后，存诗亦皆知荣州期间所作。

乙、令狐挺，七言卷五一录其诗一首。挺（992—1058）字宪周，山阴人。宋仁宗天圣五年（1027）进士。历任吉州军事推官、延安通判，知彭州，官至司封员外郎。事迹见毕仲游《西台集》卷一二《令狐公墓志铭》。

丙、李谨言，七言卷六九存诗二首。其名当作李慎言，《绝句》避孝宗讳改。沈括《梦溪笔谈》卷五称其为海州士人，录诗二首，即洪迈所取者；赵令畤《侯鲭录》卷二称"余少从李慎言希古学"，录诗三首。大约为北宋中后期人。

丁、韩浦，七言卷七〇录诗一首《寄弟洎蜀笺》："十样蛮笺出益州，寄来新自浣溪头。老兄得此全无用，助尔添修五凤楼。"诗见《宋朝事实类苑》卷六三引《杨文公谈苑》："韩浦、韩洎，晋公滉之后，咸有辞学。浦善声律，洎为古文，意常轻浦，语人曰：'吾兄为文，譬如绳枢草舍，聊庇风雨。予之为文，是造五凤楼手。'浦性滑稽，窃闻其言，因有亲知遗蜀笺，浦题作一篇，以其笺贻洎曰（诗略）。"这是宋初太宗、真宗间事，估计洪迈误认"晋公滉之后"即为唐人，未知此处杨亿仅说当时事。

戊、任生，五言卷二五存诗一首，此人为张君房《丽情集》载书仙曹文姬之情郎，尽管《丽情集》多载唐时诗事，唯此节则为北宋传说。

此外，七言卷七三收周濆诗四首，《粤诗搜逸》卷一引《连州志》云五代至宋初昭州（今广西恭城）人周渭弟名濆，记载晚出，难以确定。《全宋诗》卷一一据以收入，并无别证。

七言卷六九收张仲谋诗一首，其人为唐为宋难以确定。

4. 以唐前与入宋后诗误作唐人诗，至少有以下二例

五言卷二四录裴延诗，其人为玄宗开元间宰相裴耀卿第五子，官至通事舍人。所录二诗，皆见皎然《诗式》，也作唐人。但其中《隔壁闻妓奏乐》一首，为陈萧琳诗，见《艺文类聚》卷四二、《古诗纪》卷一〇七、《先秦汉魏晋南北朝诗·陈诗》第九皆收。此为洪迈沿袭了皎然的错误。

七言卷七二收张颠即张旭三诗，《文学遗产》2001 年第 5 期莫砺锋《唐诗三百首中有宋诗吗？》以为三诗皆北宋蔡襄作，即《桃花几》："隐隐飞桥隔墅烟，石几西畔问渔船。桃花尽日随流水，洞在清溪何处边。"见宋刻蔡襄《莆阳居士蔡公文集》卷七，题作"度南涧"；《山行留客》："山光物态弄春辉，莫为轻阴便拟归。纵使晴明无雨色，入云深处亦沾衣。"见蔡集同卷，题作"入天竺山留客"；《春游值雨》："欲寻轩槛列清尊，江上烟云向晚昏。须倩东风吹散雨，明朝却待入华园。"见蔡集同卷，题作"十二日晚"。三诗很有名，也有人提出商榷，我是赞同莫说的。

六、 洪迈割裂诗篇及重收互见之考察

　　《绝句》在作者姓名、作者归属方面，有一些技术性的错误。如五言卷二五录李季华《题季子庙》："季子让社稷，又能听国风。宁知千载后，苹藻满祠宫。"《全唐诗》卷七七八收李季华下，然唐并无其人。其实是古文家李华的诗，《舆地纪胜》卷七所载不误。《咸淳毗陵志》卷一四载："永泰中，李守栖筠郡境十二咏，以此（季子庙）居首。其族子华和云：'季子让社稷，又能听国风。'"可知姓名中的"季"字是将"季子"之"季"误入作者名。另如五言卷一九收刘采春《啰唝曲六首》，源出《云溪友议》卷下《艳阳词》，为元稹出镇浙东时，越州俳优刘采春所歌，"所唱一百二十首，皆当代才子所作"。仅知一首七言为于鹄作，另六篇作者不详，刘为歌者而非作者。但此一错误，宋以后唐诗编选皆多作刘诗，不独洪迈，似也不必深究。

　　后世对洪迈较严厉的指控，是他多割裂唐人诗篇，以古诗、律诗中的几句为绝句。这当然是很严重的学术造假。经核检，这些问题确也存在。一是割取联句中的某人诗为绝句，今见有五言卷一四收李绅《和晋公三首》："凤仪常欲附，蚊力自知微。愿假樽罍末，膺门自此依。""貂蝉公独步，鸳鹭我同群。插羽先飞酒，交锋便著文。""穷阴初莽苍，离思渐氛氲。残雪午桥岸，斜阳伊水滨。"为绅与裴度、刘禹锡、白居易合作《喜遇刘二十八偶书两韵联句》中句，见《刘宾客外集》卷四、《全唐诗》卷七九〇。前引同卷收裴度

《喜遇刘二十八》《送刘》《再送》，则是此组联句中裴度的几段。但就今见刘禹锡、白居易文集中前后联句约有七八篇，洪迈仅此处有误辑，则似乎不是他直接据联句节取，或别有所据。若为贪多而节取，则其他联句皆未采据。二是以一首古诗分成多篇绝句，如《绝句》五言卷二一收萧颖士《重阳日陪元鲁山登北城留别七首》，然《古今岁时杂咏》卷三四、《唐诗纪事》卷二一皆作古诗一首，前者题作"重阳日陪元鲁山德秀登北城瞩对新霁因以赠别时元兄屡有挂冠之意"，后者题作"重阳陪鲁山登北城赠别时元有挂冠之意"。由于古诗可以随机换韵，如果恰好四句一换韵，很容易给人以多首绝句的感觉。上举三书皆宋人编，我倾向认为以作古诗一首为是。在阅读一些宋本后，我推测很可能洪迈所见为每行二十字的刊本，很容易产生为一组绝句的错觉。三是割取律诗和古诗中的四句为绝句，全书所见约二十多例，部分是沿袭了前代的记载，如高适《哭单父梁九少府》仅存开始四句："开箧泪沾襦，见君前日书。夜台何寂寞，犹见紫云车。"相信是沿袭了《集异记》、《乐府诗集》卷七九等书，为乐人割截歌唱的显例，怪不得洪迈。就如同畅诸《登观雀楼》四句，《绝句》五言卷一六延续了司马光《温公续诗话》、沈括《梦溪笔谈》卷一五的记载，如果不是敦煌遗书伯三六一九的发现，我们至今还不知原诗为五言八句的律诗。类似的情况还有一些，有的能够找到致误的源头，如五言卷二四收钱起《言怀》四句："夜月霁未好，云泉堪梦归。如何建章漏，催着早朝衣。"活字本《钱考功集》卷四载全诗为五言八句，前四句为"性拙偶从宦，心闲多掩扉。虽看北堂草，不望旧山薇"，题作"平昌里言怀"。洪迈的误截，相信是根据《诗式》卷三，误将后书之摘句示例视为全篇了。其他找不到来源的仍有一些。也有几组怀疑有割裂，但尚难下断论，如五言卷二一收戴叔伦《赴抚州对酬崔法曹晓灯离暗室五首》《又酬夜雨滴空阶五首》，《全唐诗》卷二七四前五首为一首，题作"晓灯暗离室"，后五首为《夜雨滴空阶》，由于明刊本戴集误乱严重，还较难说孰是孰非。

同一首诗分别见两位作者名下，是为互见诗。就我所知，洪迈全书类似情况大约有二十多首。如七言卷三二收李绅《宿昭应》"武帝祈灵太一坛"，同书卷二九又收顾况下，今人考证应为顾况诗；七言卷六收刘长卿《舟中送李十八》，卷二二又作皇甫冉诗，题作"晚望南岳寺怀普门上人"，诗意与刘诗题不合，宋本《皇甫冉诗集》卷下收入，应为皇甫冉诗；七言卷二九收顾况《宫词五首》之二："玉楼天半起笙歌，风送宫嫔笑语和。月殿影开闻夜漏，水精帘卷近银河。"之五："金吾持戟护新檐，天乐声传万姓瞻。楼上美人相倚看，红妆透出水精帘。"与卷三六马逢《宫词二首》全同，因马逢二首均收入元和间令狐楚编《御览诗》，作顾况误。再如五言卷二〇收皎然《浣纱女》："清浅白沙滩，绿蒲尚堪把。家住水东西，浣纱明月下。"卷四又作王维《白石滩》，由于此诗别见宋蜀刻本《王摩诘文集》卷六和《唐诗纪事》卷一六，可断定为王维作。上举这些互见诗，是明以后唐诗作者互见歧出的源头之一，有些能鉴别，有些难以鉴别，这是由于洪迈广采文献，未能仔细审读所致。

有时《绝句》之作者记录与他书皆不同。如五言卷二一徐行先下收《九日进茱萸山五首》，徐行先应是阴行先之误记，而《张说之文集》卷九载此组诗为张说作,《绝句》也没有提供行先代作的记录,只能视其所载有误。

七、 洪迈没有采集的唐人绝句

南宋三大私人藏书目录,记录了南宋前中期私家藏书的具体书目;南宋前期编撰的《秘书省续编到四库阙书目》,记录了南宋前期秘书省在全国范围内征集图书的书目。以此三部书目与洪迈已用书目比较,会发现洪迈缺采书目数量很大。其中《郡斋读书志》曾著录而洪迈未曾采集者,有陈蛻、柳郑、张登、刘绮庄、符载、程晏、王德舆等集,《遂初堂书目》曾著录而洪迈未及采录者有杨炎、程晏、李程、牛僧孺、陈黯、符载、蒋防、王贞白、任希古、孙郃、林藻、丁稜、李甘、顾云、黄璞、李琪、李公武、王毂、李殷、王藻、林嵩、李峴、冷朝阳、窦华、徐鸿、顾在镕、沈彬、严郾、僧修睦等集,《直斋书录解题》曾著录而洪迈未曾采集者,有毛钦一、林藻、林蕴、张南史、翾信陵、长孙佐辅、李廓、朱景玄、潘咸、袁不约、庄南杰、喻坦之、张碧、窦叔向、陈光、王毂等集;见于《秘书省续编到四库阙书目》而未及采编者更多,具体详见前引拙文《〈新唐书·艺文志〉补——集部别集类》。有些偶存一二首,当自其他途径所得,不是录自文集。大量缺录之原因,当然不排除这些文集中或没有绝句,甚至没有诗歌,但更重要的原因,大约因为《绝句》主体是编次于洪迈几次守外期间,既没有能够充分利用秘省藏书,也未必能广泛向私家所藏征集图书。此外,他似乎也有意识地故意不取一些体式的诗歌。前述洪迈曾采据《云溪友议》，但没有录该书中的王梵志诗。当时寒山诗很通行，全书也没有涉及，看来他对此类谕俗释理诗似乎并没有太多兴趣。此外，较大宗的缺收有周昙《咏史诗》约三百首，不知当时未及见，还是因其时代未定，或鄙夷其诗而不取。更大宗的部分则是他没有按照明以后以五代为唐余闰的习惯，将五代十国诗歌概行采揽。其中偶采及如成文乾之类，是属特例，大体下限似只到由唐入五代之初者如贯休、罗隐、卢延让等，故较大宗的五代绝句集，如和凝与花蕊夫人宫词，一概未取，连带地李煜、徐铉诗也未采，当因这些人在五代十国名气较大，一般不视为唐人故。

胡曾《咏史诗》，今传本皆为一百五十首，洪迈仅录一百首（七言卷五三），不知何故。七言卷七四录汪遵《览古诗三十九首》，注云："本一百首，有前卷已见，并删去者。"然检前卷即卷四二仅录遵诗二十首，合计五十九首，不知何故不全录，未录者或疑非绝句故。

在《万首唐人绝句》编成后，洪迈又看到一些新的唐别集。庆元二年（1196）十月，洪迈为唐末黄滔《黄御史集》作序，是应滔九世孙黄沃所请。今存黄集有《天壤阁丛书》本，存留所据文本的来源，另《四部丛刊》影明本则已重新编定。黄集有绝句五言五首，七言三十三首。《郡斋读书志》卷五下载："《灵溪集》七卷。右唐王贞白之文也。""庆元中，洪文敏公迈为之序。"这时距《绝句》编成已近十年。《永乐大典》屡引《灵溪集》，知明初尚存。存世王诗有绝句十首。这些为洪迈编《绝句》时未及见。

明人赵宧光、黄习远对《万首唐人绝句》重作订正，将一人之诗统归于一起，删去误收 219 首，增补作者 101 人、诗 659 首，重编为四十卷。有明万历刻本。我将此本所补诗与洪书对读，所补大约有二十多首原书已见，误采者大约亦有数十首。于前人之书稍作订补就声称足以取代旧集，这是明代书坊商业行为的特点。

就今所知，洪书以外之唐人绝句诗大约至少有三千首左右，其中仅敦煌所出即近千首，皆为洪迈当年所不及见。

八、结语

《万首唐人绝句》在古籍编纂史上，开创了全部收录一代某体诗歌而不加选录的总集体例。虽然他的最初动机可能因为对宋孝宗提出唐绝句之多而以编录万首为目标，但事实上开始了断代绝句全集编纂的工作。稍晚于他的赵孟奎搜及一代诗歌，录诗达 1 353 家，40 791 首，成《分门纂类唐歌诗》一书（前人一般认为该书一百卷，我推测当不少于三百卷，详《文献》2011 年第 4 期刊拙文《述国家图书馆藏〈分门纂类唐歌诗〉善本三种》）。后世全录文献的全集总汇类著作如《古诗纪》《全唐诗》《全唐文》，未始不以本书为嚆矢。

唐诗文本流传是极其复杂的事情。既有完整而较接近作者原著面貌的作品通过别集、总集一类著作保存，这些著作也都有各自聚散分合的过程，在这些聚散分合中不免有作品散佚，也会有伪作掺入。而抄本时代传讹多有，民间流传没有明确的作者和保存作品全貌的认识，好事者编录小说或记载名人轶事时，又常不可避免地附会夸饰，以讹传讹。这些都为一代文献编纂增添了无穷的难处，何况是涉及作者千人、作品逾万的大书编纂。批评者就一点提出批评，当然容易深入而准确，但编纂者横跨一代，有时真有些力不从心。于此，对洪迈应有理解的同情。

本文分析了洪迈全书的文献来源与价值，以及收录错误的致误类型，可以认为其书汇聚绝句、保存文献的意义非常重大，各类错误当然应指出，但估计所有涉及诗大约 100 多首，在全书中所占比例并不大。而且据分析，他可以见到的五代显而易见的大宗绝句许多都没有采录，应该也不存在故意地采据唐前与入宋后诗歌以滥充唐诗的恶意作伪。有一些误采，主要还是鉴别未精、据书未善、依凭前说、考订疏忽所致。从现代学术来评估，是治学欠严谨，考订未精密，而非学术不端，故意造伪。

2014 年 9 月 24 日于复旦大学光华楼

述国家图书馆藏《分门纂类唐歌诗》善本三种

宋末赵孟奎编《分门纂类唐歌诗》是宋编唐诗集中规模最大的一部。编者将该书目标定位为"聚一代之诗而成集",全书得"一千三百五十三家,四万七百九十一首"(引文均见书首自序),已经接近清编《全唐诗》的格局。该书当时虽曾刊刻,可惜到明末清初仅存十卷左右。康熙间编《全唐诗》时,可能是依据曹寅家藏影宋抄本,在该书卷八八二至卷八八八补遗七卷中,据以补诗一百七十九首①,此书价值始逐渐为世人所知。《四库全书》未收该书。阮元辑《宛委别藏》始收录,并在《四库未收书目提要》中作了介绍。20世纪30年代上海商务印书馆《选印宛委别藏》已收入是书,80年代台湾商务印书馆又印《宛委别藏》整套丛书,该书渐为学者所了解。只是至今为止,研究该书的论文,仅见张倩《赵孟奎〈分门纂类唐歌诗〉版本源流考》②一篇,未免有些遗憾。笔者近日因到北京开会的机缘,到中国国家图书馆查阅了馆藏该书的三种善本,即宋刊残本十一卷、汲古阁影宋抄本七卷和清抄本十卷,略就所见,

---

① 《全唐诗》各卷均不注文献来源。此数字为笔者追溯全书出处时,就该数卷逐一统计所得。具体各卷据《分门纂类唐歌诗》录诗的数量是:卷八八二录十五首,卷八八三录十四首,卷八八四录四十首,卷八八五录三十首,卷八八六录四十八首,卷八八七录十四首,卷八八八录十八首。

② 刊《中国诗歌研究》第六辑,赵敏俐主编,中华书局2010年版,第117页。

撰为本文。凡前引张倩文已述者则从简。

一、 国图三种善本的简况

宋刊本存十一卷（检索号三七三七），存十一卷，每面十行，每行十八字，白口左右双边。首有严元照嘉庆八年（1803）五月十六日题诗、题记，又五月廿六日题记，天地山川类山卷后又其题记二则，末有毛扆跋、顾广圻嘉庆壬戌跋、倪稻孙辛未跋。又附王善长致毛十相公启和唐孔明致于子荆札原件，二札所谈皆为毛扆委托寻访该书事宜。

汲古阁影宋抄本七卷（检索号八五九〇），存天地山川类晓类、川类两卷和草木虫鱼类三、五至八各卷。版式同宋本。末有毛扆跋。

以上二本所附各跋，均已收入《铁琴铜剑楼藏书题跋集录》卷四。

清抄本（检索号四七一九），存天地山川类四卷、草木虫鱼类六卷，凡十卷。末有吴骞四跋（分别写于乾隆丁未、己酉、甲寅、庚午）和唐翰己巳跋。

吴骞第一跋收入其《愚谷文集》卷四，题作"书宋赵孟奎分类唐歌诗残本后"。另骞所著《拜经楼诗集》卷七有《宋椠分类唐歌诗为严久能茂才作》，《拜经楼诗话》卷一亦有二则述此书故实。

以上三本具体内容后文再述。一般认为影宋抄本和清抄本都从宋本出，但在具体文字上稍有出入。清抄本较另二本多出一页，详后。文字之出入，试举萧颖士《□□□赵载同游焦湖夜归作》末数句，宋本作"兰□□□里，延绿蒲稗间。势随风潮远，心□□□□。□见出浦月，雄光射东关。悠然蓬壶□，□□□□颜"。但缺文处残留一些笔画痕迹。清抄本作"兰□□霭里，延绿蒲稗间。势随风潮远，心与□□□。回见出浦月，雄光射东关。悠然蓬壶事，□□□□颜"。较宋本多四字。《全唐诗》卷八八二所据可能为曹寅所藏明抄本，"霭"上一字作"烟"，"颜"上一字作"衰"。估计传抄之时缺字笔画保存尚多，故能据以写定。

二、《分门纂类唐歌诗》传本概述

前引张倩文略有述及，尚可稍作补充。

《分门纂类唐歌诗》一书，宋末虽曾刊刻，但流传很少，在《永乐大典》和《诗渊》二书中均不见引用痕迹。《宛委别藏》本附录有毛扆所引明叶盛《泾东稿》卷一《书唐歌诗后》一文："《唐歌诗》残书十册，录于雷景阳侍郎。此书赵孟奎编，分门纂类，其用志勤矣。旧凡百卷，今存此三十一卷，内三十一、三十二卷见名类，诗逸；三十九、四十仅有首末二纸，所存实二十七卷，盖三不及一也。景阳云尚有一册，寻未得。"叶盛（1420—1474），昆山人，正统进士，明宪宗时官至吏部左侍郎。雷景阳，当作雷景旸，名复（？—1474），宁远人，亦正统进士，成化间曾以右副都御史巡抚山西。二人传记分别见《献征录》卷二六、卷六〇。二人皆明前期人，较毛扆约早近二百年。今仅知当时所见该书已经残损，所存仅

二十七卷，且内容上与清以后传本并无交集，可能为另一部分
残本。

　　《分门纂类唐歌诗》今存本除国图所藏三本外，《唐诗书录》著
录山东藏明抄十三卷本，有曹寅跋。今见《中国古籍善本书目·集
部》，此本今藏山东省博物馆，仅存七卷，即天地山川类三十二、草
木虫鱼类三至八。没有超出今知传本的范围。十三卷本当属误传。
《全唐诗》实编成于曹寅任江宁织造期间，当时所据本，应该就是曹
寅所藏本。《中国古籍善本书目·集部》又著录中国科学院图书馆藏
清抄本，存十卷，细目为十八、二十至二十二、九十一至九十六。

三、《宛委别藏》本删削部分的说明

　　因为《分门纂类唐歌诗》在明清之间已仅存残本，阮元奏进时
显然颇存顾虑，因此对原本作了较大幅度的改动。对此，傅增湘根
据所见曹寅家影写宋刊本，已经对各卷被删削内容作了说明①。 原
文较长，张倩文已全引，在此不重录。傅说尚有未尽，且对被删削
文本未作具体引录和考释，今试述如次。

　　天地山川类之一卷末，《宛委别藏》本最后一首为白居易《暮
立》，宋本尚存三行，内容为：

　　　　黄州暮愁

　　　　项斯

<hr>

① 　收入《藏园群书经眼录》卷一八，中华书局1983年版，第1513页。

凌澌冲泪眼，重叠自西来。即夜寒应合，非春暖。

按此诗全诗见《全唐诗》卷五五四，后缺部分为："不开。岂无登陆计，宜弃济川材。愿寄浮天外，高风万里回。"

天地山川类之一卷首，尚存六行：

脑圆。衔来多野鹤，落处半灵泉。必共玄都柰，花
开不记年。

鞠侯

堪羡鞠侯国，碧岩千万重。烟萝为印绶，云壑是
隈封。泉遣狙公护，果教犬浑子供。尔徒如不死，
应得蹑玄踪。

按此为皮日休《奉和四明山九题》末二首，前一首题作"青棍子"，前缺文字为"山风熟异果，应是供真仙。味似云腴美，形如玉"。全诗见《松陵集》卷五、《全唐诗》卷六一二。《宛委别藏》本该卷既删去六行，而以张子容《巫山》为卷首，又新加目录，每页内容皆较宋本向右移动了三行。

天地山川类之三卷首，宋本尚存三行：

皮日休

七相三公尽白须，腰金印重不胜趋。问来总道
扁舟去，只见渔人在五湖。

《全唐诗》不载此诗，为皮日休的佚诗，题目不存，从本卷内容和诗意来看，大致是以"五湖"为题。

同卷卷末,《宛委别藏》本为张九龄《经江宁览旧迹至元武湖》①,宋本下尚有李白《泛沔州城南郎官湖并序》近二页,序完整,未录诗。序见《李太白文集》卷一七、《全唐诗》卷一七九,较长不录。清抄本此卷末注:"以下元本阙一十三页。"

卷二二为"天地山川类"之"山",《宛委别藏》本卷首为郭密之《永嘉经谢公石门山作》。宋本此前尚存六行:

> 前趣奇,嵌岑转相逼。升峦初亭午,入涧迳景迫。
> 丹壁烂霞晖,苍烟混松色。飞流霄间落,绝顶云
> 外匿。沓踏森易分,重溪杳难测。鲁峰昔延望,灵
> 境今已即。振策探仙都,解襟嬉逸域。五芝生碧
> 洞,晔晔正堪食。岂惟耽幽栖,实冀化羽翼。何必
> 阴马君,独览九丹力。

《全唐诗》不收此诗,为唐人佚诗,诗题与作者皆不详。从"振策探仙都"一句看,所游者为仙都山一带与道教有关之名山。

同卷杜甫《望岳》其二下,缺一页,其后太宗《望终南山》前有诗三行:

> 霜雪。唯惜许让王,遁时颖川滋。千乘不回虑,万金宁易
> 节。美物忌芳坚,达人讳明哲。孤高霞月

----

① 《分门纂类唐歌诗》录九龄诗,以《曲江集》卷四对校,可知实为《经江宁览旧迹至玄武湖》和《南还以诗代书赠京都旧寮》二诗拼接而成,因其中脱漏"水淀还相阅菱歌亦故道雄图不足问唯想事风流南还以诗代书赠京都旧寮"三十一字,遂误为一首。各本皆如此,为赵孟奎编纂时之失误。

上，杳与氛埃绝。"《宛委别藏》本与宋本同。此为唐无名氏佚诗，拙辑《全唐诗补编》卷五六据以收录，但缺录"颍川"二字，断句有误，又轻信《宛委别藏》本卷首目录，因拟题为"望岳"。今知《宛委别藏》本卷首目录为据残本内容补加，中有缺页，必非望岳诗，从内容看，应是与许由或夷齐有关之某山之题咏诗。

同卷末，宋本尚存三行：

题从生假山

薛涛

宅相多能好自持，爱山攒石倚庭陲。铜梁公阜。

《宛委别藏》本皆删去。此为薛涛佚诗。拙辑《全唐诗续拾》卷二五当时未见宋本，仅据张篷舟《薛涛诗笺·后记》收录，并据张说认为该诗为绝句，于残句末加十个方框。今按此诗亦可能为律诗，仍以不补缺文为是。

清抄本紧接薛涛残诗之后，存二页，内容如下：

（前缺）横空怪石危，山花斗日禽争水。有时带月归扣船，身闲自是渔家仙。

山上揭来采新茗，新花乱发前山顶。琼英动摇钟乳碧，丛丛高下随崖岭。未必蓬莱有仙药，能向鼎中云漠漠。越瓯遥见裂鼻香，欲觉身轻骑白鹤。

采药揭来药苗盛，药生只傍行人径。世人重耳不重目，指似药苗心不足。野客住山三十载，妻儿共寄浮云外。小男学语便分别，已辨君臣知匹配。都市广场开大铺，疾来求者多相误。见说□康旧姓名，识之不识先相怒。

　　秋山

　　　张籍

秋山无云复无风，溪

石床静，叶间坠露

　　秋山

　　　白居易

文病旷心赏，今朝一登山。山秋云物冷，称我清羸颜。白
石卧可枕，青萝行可攀。意中如有得，尽□不欲还。人生
无几何，如寄天地间。心有千载忧，身无一日闲。何时解
尘网，此地来掩关。

以上内容不见于宋刊本、影宋抄本和《宛委别藏》本，应该是该卷
的一页残页，前后不连属。第一则缺题三诗为李涉《春山三朅
来》，全诗见《唐百家诗选》卷一四、《全唐诗》卷四七七，清抄
本倒数第二句"□康"应作"韩康"，其他文字差别不校。其二张
籍诗，《张司业诗集》卷七存全篇云："秋山无云复无风，溪头看月
出深松。草堂不闭石床静，叶间坠露声重重。"其三白居易诗见
《白氏长庆集》卷五，清抄本首句"文病"当作"久病"，"尽□"
应作"尽日"。

　　卷九一为"草木虫鱼类卷第三"。其第三页 A 面存来鹏《牡
丹》前半："中国名花异国香，花开得地更芬芳。才呈冶态当春昼，
却敛妖姿向夕阳。雨过阿娇慵粉黛，风（下缺）。"《全唐诗》未收此
诗，孙望《全唐诗补逸》卷一三据本书收录，判断原诗为七律，补

出二十个方框，近是。B面各本皆缺失。第四页起首一诗仅存"蕊尘"二字。今检此二字即《全唐诗》卷六七二唐彦谦《牡丹》诗之末二字，全诗云："真宰多情巧思新，固将能事送残春。为云为雨徒虚语，倾国倾城不在人。开日绮霞应失色，落时青帝合伤神。嫦娥婺女曾相送，留下鸦黄作蕊尘。"因明清各本《鹿门集》颇混入元明人伪诗，此二字对唐彦谦诗之甄别仍具价值。

卷九二卷首《木兰》诗"二月二十二"一首，各本皆缺作者。按此为李商隐诗，见《李义山诗集》卷下。

卷九四为"草木虫鱼类卷第六"。宋本、影宋抄本、清抄本均于于邺《路傍草》后，有二行：

　　除草
　　杜甫

下缺一页二面，后接唐彦谦缺题"移从杜城曲"一首。《宛委别藏》本删去杜诗之二行和缺页，将唐彦谦诗右移一行，并补题"移□"。今检《文苑英华》卷三二七，唐彦谦此诗题作"移莎"，知《宛委别藏》本曾据其他文献校补。

此卷末，《宛委别藏》本终于王周《金盘草诗》。宋本和清抄本末均有张说《冬日见牧牛人担青草归》一首："塞上绵应折，江南草可结。欲持梅岭花，远竞榆关雪。日月无他照，山川何顿别。苟齐两地心，天问将安设。"此诗《唐文粹》卷一八、《张燕公集》卷八、《全唐诗》卷八六皆收张说作，仅末句各书作"问天"，稍有不同。

卷九六为"草木虫鱼类卷第八"，卷末《宛委别藏》本止于顾况《琼公洞庭孤橘歌》，宋本、影宋抄本、清抄本末均有杜甫《病橘》前半："群橘少生意，虽多亦奚为。惜哉结实小，酸涩如棠梨。剖之尽蠹虫，采掇爽其宜。纷然不适口，岂只存其皮。萧萧半死叶，未忍别故枝。玄冬霜雪（下缺）。"此诗各本杜集皆收。《宛委别藏》本删去的目的，似乎是欲将残卷伪造成完卷。

四、《宛委别藏》本对宋本的改动

虽然相比四库所收各书对善本的随意改动来说，阮元《宛委别藏》本大体尚能保存宋本的文本面貌，但也有一些随意的改动。

因避讳而改动。《宛委别藏》本多避清讳而改宋本，如"玄武湖"改"元武湖"，"虎丘"改"虎邱"，"罗弘信"改"罗宏信"，均较易理解。

因不识文字或不明文义而删改。卷九一宋本在白居易《元家花》后，紧接着录吕温《衡州岁前游合江亭见山樱蕊未拆因赋含彩斋惊春》。《宛委别藏》本似乎没有体会"含彩斋惊春"的意思，却采取了将吕温诗题左移一格，删去末五字，却在《元家花》诗后加上十个方框，以补全该页。其实，吕诗见《吕衡州文集》卷二，诗题原有"含彩斋惊春"五字，《元家花》见《白氏长庆集》卷一九，原诗就是五言六句的古体诗。此处添改纯属蛇足类的妄改。卷九三唐彦谦《紫薇花》第五句第二字，宋本作"䕺"，阮氏标作□，可能因此字较少见。卷九三薛涛《朱槿花》，宋本作"红开露脸误文君，司蒡芙蓉草绿云。造化大都排比巧，衣裳色泽总薰薰"。阮氏可能觉得"司蒡"二字有误，皆以方框标出。卷九四鲍溶《见袁德师侍御说江南有仙坛花因以戏赠》末句"衣花岁岁香"，阮氏"衣"字作□，或疑有误而存疑。

　　因涉民族忌讳而删缺。旧籍中涉及民族问题的所谓敏感语句，在《四库全书》中作了大量肆无忌惮的随意改写，这应是阮元熟悉的故事，因此他在奏进四库未收书时，对此亦作了适当的改动。以宋本与《宛委别藏》本对读，可以发现几处改动：宋本卷三二李益《盐州过胡儿饮马泉》，《宛委别藏》本作《盐州过□□饮马泉》，诗中"绿杨著水草如烟，旧是胡儿饮马泉"二句，"胡儿"二字也标作"□□"。宋本卷九二白居易《感白莲花》，有"埋殁汉父祖，孳生胡子孙"二句，《宛委别藏》本二句均用方框标为阙文。宋本卷九四王贞白《小芦》中"穿花思钓叟，吹叶小羌雏"二句，《宛委别藏》本"小羌"作"□□"。上举三例，其实并不涉及民族情绪，其中李益、白居易二篇，《全唐诗》均存原文，但阮元仍小心地加以讳避，可见清廷在四库开馆后文网已更趋深密。

　　傅增湘《藏园群书题记》分析阮元改动原本的原因时说："（阮氏）意以书经奏御，断简残编，不便观览，于是篇章之缺失者则径删之，目录之不完者以意补之，甚者弥缝残失，俾充完卷，增损行幅，使接后文；其难于改饰者，则易其行格，别录成帙，徒取整齐画一之观，而不惜轻改古本以就之。设非余亲见旧本，又乌知其卤莽灭裂至于如此耶？"比对国图三本与《宛委别藏》本，可以加深对清代学人改订旧本的认识。

五、《分门纂类唐歌诗》的原书规模和残本卷次

　　《分门纂类唐歌诗》影宋本和《宛委别藏》本卷首均有赵孟奎之自序和全书总目。自序称"旁收佚坠，募致平生所未见者，得一千三百五十三家，四万七百九十一首，大略备矣，列为若干卷"。没有说明全书总分多少卷。由于该书不见宋元书志著录，总卷数也没有其他记载。一般学者都据总目认作一百卷。但就今存各卷收诗数来说显然颇有疑问。以下是今本各卷之存诗数（据前引三种善本补，残诗作一首统计）：

卷次	内容	存诗数
	天地山川类·晓	186
	天地山川类·山	61
	天地山川类·川	49
二二	天地山川类·山	179
三二	天地山川类·泉石	147
九一	草木虫鱼类三·花三	136
九二	草木虫鱼类四·花四	122
九三	草木虫鱼类五·花五	135
九四	草木虫鱼类六·花六	105
九五	草木虫鱼类七·木一	126
九六	草木虫鱼类八·木二	164

　　其中每卷收诗不足百首的两卷，相信只是残卷。但其余各卷，也没有一卷收诗数超过两百首。但如果以一百卷而收诗四万首来统

计，每卷收诗数都应该在四百首左右。换言之，若全书收诗超过四万首，其全书卷数则绝不止百卷。以上引各卷存诗数来推测，全书总卷数应以三百卷为合适。

残本目录显示，天地山川类占卷一至卷三二，凡三十二卷；朝会宫阙类占卷三三至卷四十，凡八卷；经史诗集类占卷四一至卷四三，凡三卷；城郭园庐类占卷四四至六三，凡二十卷；仙释道观类占卷六四至七五，凡十二卷；服食器用类占卷七六至卷八六，凡十一卷；兵师边塞类占卷八七至八八，凡二卷；草木虫鱼类占卷八九至卷一百，凡十二卷。但编者在自序中云："是集之编，搜罗包括，靡所不备。凡唐人所作，上自圣制，下及俚歌、郊庙军旅、宴飨道涂、感事送行、伤时吊古、庆贺哀挽、迁谪隐沦、宫怨闺情、闲居边思、风月雨雪、草木禽鱼，莫不类聚而旷分之。"虽然不是分类的具体说明，但较完整地表达了他对唐诗总类的基本看法。与存本目录比较，军旅边思有部分可能存于兵师边塞类（仅二卷无法包含所有作品），宴飨道涂有部分可能包含在天地山川类和朝会宫阙类，草木禽鱼与草木虫鱼类虽仅一字之别，但应该另外还有鸟兽类方妥当，风月雨雪可能包含在天地山川类，但如"感事送行、伤时吊古、庆贺哀挽、迁谪隐沦、宫怨闺情、闲居边思"中的绝大部分，以及郊庙、道涂等，毕竟还都没有着落。有关部分应该收录在百卷以后的部分。这些内容，毕竟是构成唐诗主体的最重要部分，不容或缺。

严元照嘉庆八年（1803）跋宋本《分门纂类唐歌诗》云："宋刻残宋本，往往为书估割去卷数，甚则去其首尾两页。此书存者于全书仅十之二，犹思作伪，割去首尾，几及半部。古书经劫，良可叹也。"虽然宋本已经有所改易，所幸尚存部分原貌，以之对核《宛委别藏》本，可知改动之剧烈。

一是今存残本的次第。其中草木虫鱼类自三至八，凡六卷，为原书卷九一至卷九六，此诸本一致，可以确定。天地山川类五卷，可以确定卷次的只有卷二二山（卷首为郭密之《永嘉经谢公石门山作》）、卷三二泉石两卷。其他三卷，《宛委别藏》本以晓类为第一，以山类（卷首为张子容《巫山》）为第二，以川类（卷首为皮日休《太湖诗》）为第三。傅增湘认为："以山水门类次序论之，则巫山、石门为山类，自应列前，太湖为水，应次之，泉、石宜又次之。"今检毛氏汲古阁影宋抄本以晓类一卷为卷十八，中国科学院图书馆藏清抄本同，是该卷应补出卷次。川类一卷，毛氏汲古阁影宋抄本作二十□卷，从内容说，应在卷二十二以后。中国科学院图书馆藏清抄本著录为二十至二十二卷，恐不确。张子容《巫山》一卷在卷二十二前后位置较难确定。据上述诸证，大致可以认为天地山川类五卷之顺序应为：卷十八晓，卷二十二山，其次为张子容《巫山》一卷，再次为皮日休《太湖诗》一卷，卷三二泉石卷殿之。

二是宋本仅存草木虫鱼类数卷目录，天地山川类各卷目录皆为阮元根据残卷内容补编，不能反映原书的面貌。其中晓类一卷宋本目录仅存《晚步》以下六题，卷末残，但已近结束，故虽然前二页目录为阮氏臆补，大致还能反映原卷面目。张子容《巫山》和皮日休《太湖诗》二卷，首尾皆残缺颇甚，距离原卷内容相去甚远，阮氏则前为补出目录，前后皆补出书名门类，颇不足取。卷二二首尾皆有残诗，阮氏割去残诗，目录和书名名类皆其所补。唯卷三十二宋本首尾完整，阮氏没有增补。卷九四、卷九六皆首存尾残，但从卷首目录来看，大约各仅残一二页，阮氏割去卷末残诗，补录尾题，似成完卷。

六、《分门纂类唐歌诗》之辑佚和校勘价值

如前所述，《全唐诗》曾据《分门纂类唐歌诗》辑诗一百七十九首。《全唐诗补编》据该书录佚诗十八首，除前引来鹏及佚名二首外，另录王绩《春旦直疏》（见《全唐诗补逸》卷一），裴度《厅事之西因依墉壑为山数仞有悬水焉予理戎之暇聊以息谶此相国张公之所作也缅怀高致时濯尘缨即事寄言而赋斯什》（同书卷六），李涉《杪春再游庐山》①、薛涛《朱槿花》《浣花亭陪川主王播相公暨寮同赋早菊》（同书卷七），刘得仁《泾川野居春望》（同书卷一二），皮日休《题包山》、司空图《晚思》（同书卷一三），罗弘信《白菊》《柳》、卢士衡《望山》（同书卷一四），栖白《看南山》、贯休《咏红芙蓉上宋使》②《苔藓》二首、修睦《长安柳》（同书卷一八）等十五首。本文前节已述及在《宛委别藏》本删削掉的残文中，至少还有两首佚诗。若能依靠现代的检索手段，将该书所存唐诗逐篇检索一遍，还会有新的发现。

---

① 《唐才子传校笺》卷五吴汝煜、胡可先认为此诗为涉兄李渤作。
② 此诗《全唐诗补编》修订本曾加按语："'宋使'二字下当脱'君'字。"今检清抄本下已补"君"字。

　　另卷九四收王贞白《小芦》："高致想江湖，当庭植小芦。清风时自至，绿竹兴何殊。嫩喜日高薄，疏忧雨点粗。惊蛙跳得过，斗雀袅无余。未识笆篱护，几抬笋竹扶。惹烟轻弱柳，蘸水软青蒲。溉灌情偏重，琴尊赏不孤。穿花思钓叟，吹叶小羌雏。寒色暮天映，秋声远籁俱。朗吟应有趣，潇洒十余株。"《全唐诗》卷七〇一收此诗，与此有十二字不同，亦可知本书之校勘价值。四库本宋王质《雪山集》卷一三有《咏芦》一篇云："高致想江湖，当庭植小芦。清风时自至，绿竹兴何殊。溉灌情偏重，琴尊赏不孤。朗吟应有趣，潇洒十余株。"即王贞白诗的节写本。《雪山集》为四库馆臣从《永乐大典》中辑出，估计是因王贞白之名脱误而错成王质。

　　　　　　　　　　　　2010 年 10 月 6 日于复旦大学光华楼

明铜活字本《唐五十家诗集》印行者考

明铜活字本唐人诗集，今存五十种，1981 年上海古籍出版社汇集影印出版，题作"唐五十家诗集"，受到学术研究者的普遍欢迎。由于这批诗集没有印行者姓名和印书牌记，历代藏书家多以"明铜活字本"著录，未能确定其印行年代，有的还误以为宋代印本。《中国版刻图录》根据其字体和纸墨，推测为弘治、正德年间苏州地区的印本，比前人进了一步。徐鹏先生为《唐五十家诗集》影印本所作《前言》中，根据诸集的版式、编排形式及明人汇刻唐集的风气，推测"这部大型丛书的产生年代似不应早于弘治以前，而可能印行于稍后的正德年间"。并从"此书采用的字体、版式等各种特征"考察，认为应产生于"现在江苏南部的无锡、苏州、常州、南京一带"，比前说更为细密，但可惜仍未能考定印行者为何人。

今检明人何良俊《四友斋丛说》卷二四引杨慎（升庵）语云：

李端《古别离》诗云："水国叶黄时，洞庭霜落夜。行舟问商贾，宿在枫林下。此地送君还，茫茫似梦间。后期知几日，前路转多山。巫峡通湘浦，迢迢隔云雨。天晴见海峤，月落闻津鼓。人老自多愁，水深滩急流。清宵歌一曲，白首对汀洲。与君桂阳别，今君岳阳待。后事忽差池，前期日空在。木落雁嗷嗷，洞庭波浪高。远山云似盖，极浦树如毫。朝发能几里，暮来风又起。如何两处愁，皆在孤舟里。昨夜天月明，长川寒且清。菊花开欲尽，荇菜拍来生。下江帆势速，五两遥相逐。欲问去时人，知投何处宿？空令猿啸时，泣对湘潭竹。"杨升庵云：此诗端集不载，《古乐府》有之，但题曰二首，非也。其诗真景实情，婉转惆怅，求之徐、庾之间且罕，况晚唐乎？大历已后，五言古诗可选，唯端此篇与刘禹锡《捣衣曲》、陆龟蒙"茱萸匣中镜"、温飞卿"悠悠复悠悠"耳。

所录出《升庵诗话》卷五《李端古别离诗》。紧接其后，何良俊云：

> 今徐崦西家印五十家唐诗活字本《李端集》，亦有此诗，但仍分作二首耳。

杨慎据诗意推测李端《古别离》二首应为一首，可成一说，但追溯宋代记载，《唐文粹》卷一三、《唐诗纪事》卷三〇均仅录"白首对汀洲"以上为一首，《乐府诗集》卷七一、江标《唐五十家诗小集》影宋书棚本《李端诗集》卷上均收作二首，杨说似尚可存疑。此为另一问题，在此不拟讨论。值得注意的是何良俊所云"徐崦西家印五十家唐诗活字本"一语，为确定明铜活字本《唐五十家诗集》的印行者提供了重要的线索。

今存明铜活字本《李端集》，编次卷数均不同于影宋书棚本，其卷一收《古别离》二首，分别列第三、第五首，与何良俊所言相合。就今所知，明代以活字印唐人诗集者，除无锡华坚兰雪堂正德八年（1513）印《白氏文集》《元氏长庆集》及《颜鲁公集》、仁和卓明卿万历十四年（1586）印《唐诗类苑》等外，大规模汇印则仅一次，即今存之五十种（参《史学史资料》1980 年第 1 期刊张秀民《明代的活字印刷》一文）。何良俊所云"五十家"，亦与今存集数相合。因此，可以确定徐崦西所印之"五十家唐诗活字本"，即今存之明铜活字本《唐五十家诗集》。

徐崦西是谁？检明皇甫汸《皇甫司勋集》（复旦大学古籍所藏胶卷）卷四七《徐文敏公祠碑》云：

> 公讳缙，字子容，吴洞庭西山人也，故号崦西。

可知徐崦西即徐缙，因其所居在苏州吴县洞庭西山崦里之西，故自号崦西。

徐缙，《明史》无传。《徐文敏公祠碑》云"登乙丑上第"，乙丑为弘治十八年（1505），《明清进士题名碑录》载为此年二甲十六名。其终官，《徐文敏公祠碑》载为"吏部左侍郎兼翰林学士"，并云世宗嗣位后，曾以少宰摄铨衡，不久权相使人诬告之而被劾，罢官东归。其被劾事，《明史》卷一八六《许进传》附《许赞传》载之甚详，为嘉靖八年（1529）间事，因被诬行贿而除名。徐缙卒年，据《徐文敏公集》（复旦大学古籍所藏胶卷）卷首载皇甫汸隆庆二年（1568）序云为其卒后二十三年左右作，逆推约为嘉靖二十四年（1545）。

徐缙印行铜活字本的时间难以确考，就其生平言，当不会早于登第之年，即应在正德至嘉靖前期，而以晚年退归后的可能性为大。《徐文敏公祠碑》云："公在史馆……与何景明、徐祯卿定交。"

何、徐皆列名前七子，力倡唐音，徐缙印唐集，显然受到他们的影响，而所印仅初、盛唐及中唐前期人诗集，也与前七子"诗必盛唐"的主张相合。此外，还可以举出两条旁证。其一，《四部丛刊续编》收有明刊本《宋之问集》二卷，其版心题"崦西精舍"四字，张元济跋谓"不知何人所刻"，《明代版刻综录》卷四云为正德四年（1509）刻，刻者疑为朱良育，所举证实不足为据。今考此集应亦徐缙所刻。铜活字本收初唐人诗集颇为周备，独缺《宋之问集》，似乎并非缺漏，而是先已刻有此集，故活字本不复重收。其二，据徐鹏先生说，明铜活字本《曹子建集》行款版式与《唐五十家诗集》十分接近，《中国版刻图录》据正德五年（1510）舒贞刻《陈思王集》田澜序，疑该书为长洲徐氏印本。此长洲徐氏很可能即是徐缙或其亲属。

综上所考，明铜活字本《唐五十家诗集》应为正德、嘉靖间苏州吴县人徐缙所印行。当时所印之总数即为五十家，与上海古籍出版社影印时从全国各大图书馆搜集所得的总集数相合，并无佚失。这一结论，与《中国版刻图录》及徐鹏先生《前言》推定的意见，是比较接近的。

1989 年 3 月

四、唐代诗人之生平研究

《客堂》:杜甫生命至暗时刻的心声

2018 年初,中国社会科学院文学研究所王学泰先生去世,微信上读到王先生 2012 年应某刊邀请所拟给杜甫的一封信。信末,王先生特别请求杜甫,晚年为何离开成都草堂,可否提供一个明确的说法。如果不能起老杜于地下,这点似乎已经成为不解之谜。但如果仔细研读杜甫诗歌,不难发现杜甫对此早有交代。我对此研读的新说,1979 年曾写成文字,初稿直到 2011 年复旦大学出版社出版拙著三十年集《敬畏传统》时方刊出。这是我平生写的第一篇学术文字,当然很不成熟。修改增补后,分为《杜甫为郎离蜀考》(刊《复旦学报》1984 年第 1 期)和《杜甫离蜀后的行止原因新探》(刊《草堂》1985 年第 1 期)发表,中外学者对此看法不一。流传不广,大约王先生并未看到。其中关键证据,则为杜甫永泰元年(765)秋客居云安之初所作《客堂》一诗。本文拟结合前述拙文,对该诗给以剖析解读。

先录《客堂》全诗如下:

> 忆昔离少城,而今异楚蜀。舍舟复深山,窅窕一林麓。栖泊云安县,消中内相毒。旧疾廿载来,衰年得无足。死为殊方鬼,头白免短促。老马终望云,南雁意在北。别家长儿女,欲起惭筋力。客堂叙节改,具物对羁束。石暄蕨芽紫,渚秀芦笋

绿。巴莺纷未稀，徼麦早向熟。悠悠日动江，漠漠春辞木。台郎选才俊，自顾亦已极。前辈声名人，埋没何所得。居然绾章绂，受性本幽独。平生憩息地，必种数竿竹。事业只浊醪，营葺但草屋。上公有记者，累奏资薄禄。主忧岂济时，身远弥旷职。循文庙算正，献可天衢直。尚想趋朝廷，毫发裨社稷。形骸今若是，进退委行色。

各本校勘有不少细节的出入，重要的是第七句"旧疾廿载来"，"廿"，《续古逸丛书》影宋本《杜工部集》卷六作"甘"，"甘载"不词，据九家本、百家本、蔡本、分门本、黄本、赵本改。从诗中所叙物候来说，如"徼麦早向熟""漠漠春辞木"等句，应在春末夏初，肯定未入秋。地点则因有"栖泊云安县，消中内相毒"二句，肯定在居云安以后，是因病而栖泊于此。云安为夔州属县，去夔州仅百里。杜甫在云安住到次年初春方移居夔州，居云安逾半年，其地可以肯定不是他出行的目的地，属于临时泊居，此历来讨论已多，早作定论，在此不展开。王嗣奭《杜臆》以为居夔后作，仇兆鳌以后多从之，也属可能，在此也不讨论。

按照宋以来的主流说法，杜甫是以检校工部员外郎的身份，在严武再次为剑南西川节度使期间，入参幕府，任节度参谋。次年严武卒于任，杜甫在蜀无所依靠，又见蜀乱在即，乃匆忙买舟东下。其间有许多无法解释得通的地方。其一，严武卒于四月末，已近仲夏，杜甫可以肯定在春间已准备离蜀，四月末已在江行途中。杜甫与严武交谊密切，然其集中绝无临丧吊哭之辞，仅有《哭严仆射归榇》，末云"一哀三峡暮，遗后见君情"，时已寄居峡中。其二，杜甫初离成都的目的地何在？论者多以为《去蜀》是初离蜀时所作。诗云："五载客蜀郡，一年居梓州。如何关塞阻，转作潇湘游。"难道他离开成都之初就准备入湖南吗？研读杜甫居峡及出峡入湘诸诗，显然不是。直到入湘之初的《登岳阳楼》，他所表达的还是"亲朋无一字，老病有孤舟"的无奈，也就是说，如果江东亲朋有一信送达，他更愿意东下就食。"如何关塞阻，转作潇湘游。"应是入湘后作。其三，杜甫三峡诗多次说到离蜀与为郎之关系，如"两京犹薄产，四海绝随肩。幕府初交辟，郎官幸备员。瓜时犹旅寓，萍泛苦蔂缘"，"瓜时"指职务交接之时，此职务必不指幕府，而指郎官，即因入京为郎时间已过，自己还困居旅途，只能漂泊为生。再如《夜雨》"通籍恨多病，为郎忝薄游"、《寄岑嘉州》"伏枕青枫限玉除"、《秋兴八首》"画省香炉违伏枕"，所述都是同样意思。难道杜甫不明当时官制，给你个虚衔就真以为可以入京为郎了？他陷入了幻觉，不断在做个人的迷梦吗？他会将个人与全家的生命和前途都交给这一幻想吗？显然不能作如此判断。也就是说，宋以来占据主流说法的解释根本无法成立。

前引拙文作了以下几点考释。其一，入幕与为郎不是一回事情。杜甫再入严幕在广德二年（764）秋冬间，诗中所述着衣以戎服为主，不涉绯袍银鱼之类与郎官有关的服饰。严武奏为检校工部员外郎，朝廷恩准并颁下服饰，在永泰元年（765）春初，有《春日江村五首》纪其事。如云："赤管随王命，银章付老翁。岂知牙齿落，名玷荐贤中。""扶病垂朱绂，归休步紫苔。郊扉存晚计，幕府愧群材。"是说自己已经准备在草堂度过余生，身体也一直不好，然而朝命下达，荐贤得准，且先于幕府群材，心情是荣幸，惭愧，感激。更直接的表达是这一首："群盗哀王粲，中年召贾生。登楼初有作，前席竟为荣。宅入《先贤传》，才高处士名。异时怀二子，春日复含情。"以王粲、贾谊自比，王是遇乱漂泊他乡，贾是中年被召，文帝前席叩问，自己得兼二人命运，当然更以被召为荣。其二，唐代检校官制，前后期有很大不同。玄宗时期主要指未实授的官职，中唐后都是虚衔，没有实际的意义。这一转变的时间，可能在代、德之间。从《文苑英华》所存贾至、常衮所撰除官制词看，代宗初期应该还维持着未实授的本意，但在仆射、尚书一级高层检校官中，所指已经有所变化，中层文官则未变。因此，杜甫在蜀中接受的是检校郎官，必须在限定时间到京就职后，方能真除郎官。其三，从蜀中入京有北出剑阁、褒斜道一途，但路途艰难，不合适老年人。沿江东下经江陵北上，路途虽远，舟车皆较方便。《闻官军收河南河北》"即从巴峡穿巫峡，便下襄阳向洛阳"，所选择的就是这一道路。

杜甫离蜀，初行经戎州、泸州，心情颇好。到渝州，有《渝州候严六侍御不到先下峡》："闻道乘骢发，沙边待至今。不知云雨散，虚费短长吟。山带乌蛮阔，江连白帝深。船经一柱观，留眼共登临。"是说我已等你很久，你还不到，是观景吟诗耽搁了吗？峡中气候恶劣，江行艰难，对不起，我先走了，但会在江陵一柱观等你。渝州即今重庆，距离云安、夔州已经不远，杜甫至此仍无在峡中滞留居住的考虑。他在忠州有几首诗，从《题忠州龙兴寺所居院壁》"淹泊仍愁虎，深居赖独园"看，大约已经发病。勉强到云安，再无法坚持，只能住下养病。

经过以上铺叙与解释，再来读《客堂》，就能完全理解他的生存状态与真实心声。

《客堂》是一首古体诗，押入声韵，凡四十二句，在杜诗中，属于中篇。开始四句写离开成都以后的经历。少城，即小城，是成都西南的一处地名。草堂亦在成都西南浣花溪畔，故借指草堂。"忆昨离少城，而今异楚蜀"二句，写出出行近一年来的经历。夔州、云安其地在巴蜀、荆鄂之间，非楚非蜀，隐约说明自己处身之地的尴尬。"舍舟复深山，窅窕一林麓"二句，写弃舟暂居峡中，其地多山，林莽森密，暂居山麓，周遭环境与成都大异其趣，也是"异楚蜀"之具体描述。其后六句，交代居泊峡中的原因。消，即指消渴，今称糖尿病，是因代谢功能衰退引起血糖偏高造成的疾病，其症状多体现为口渴、尿频、视力衰退、浑身乏力，甚者会导致器官病变而死亡。杜甫深于医学，有此病已逾二十年，深知危害与处置之方。兴冲冲地准备出峡赴京，但病情危殆之时，果断选择留峡休养将息，希望稍得痊愈后再成行。与《客堂》同时所作《客居》一诗中，写到"我在路中央，生理不得论。卧愁病脚废，徐步视小园"，病脚也是消渴疾所引起。杜诗中还多次提到风痹，即今所谓风湿性关节炎，颇严重。

"旧疾廿载来，衰年得无足。死为殊方鬼，头白免短促。老马终望云，南雁意在北。别家长儿女，欲起惭筋力。"这一段写病重后的心情，既有衰惫之感，也有强自宽慰，最体现杜诗的情怀。"旧疾"句较易理解，杜甫早年得病，绵历二十年而得保全，自己当然一直深自惕厉，凡事小心，一旦复发，也深明事态之严重。"衰年"句，前人评说较多。张溍说："二句言抱病更历多年，似乎年数已足，不敢奢望寿考也。"李植云："衰年只得旧疾，此亦足矣。"汪灝曰："久而未危，此心亦足。"虽有差别，大旨近似。"死为"二句，后句如卢元昌解为"头白而死不为夭年"，杨伦云"言年已衰，非为不寿"，仍为老杜之宽解与自慰，然提出"死为殊方鬼"句，足见他已有客死异地的巨大不安感笼罩心头，感到了生命所受到的威胁，乃至为了生存放弃入京为官的机会。这是现实，这是杜甫在人生至暗时刻的理性选择，也是困顿中的无奈安排。接下两句，赵次公认为是对古诗"胡马嘶北风，越鸟巢南枝"的改写，伪王洙注认为二句"以所居非故国，皆自喻也"，都很精当，我还愿意指出前句更见杜之壮心未已。"别家"二句，延续上句思归情思。杜甫最后一次省家是在乾元二年（759）初，至此已近八年，孩子们渐渐成长，当然可喜，也借说自己别无成就。"欲起惭筋力"句，最见消渴病人浑身乏力、精神不振之状态。

　　此后八句，方回到诗题，写居处周围的景致与物候变化，这些对栖泊客居中的诗人有些许的安慰，但时光之流逝，更让作者感到人生机缘之稍纵即逝，然久困病中，又有什么办法呢？由此引起对自己命运之关切。

　　"台郎选才俊，自顾亦已极。前辈声名人，埋没何所得。居然绾章绂，受性本幽独。平生憩息地，必种数竿竹。事业只浊醪，营茸但草屋。"此节叙述自己被选郎官之幸运。唐尚书省是朝廷政令之执行部门，分吏、礼、兵、刑、户、工六部，每部下设四司，工部员外郎是此司之副职，从六品上，职守为辅助郎中"掌经营兴造之众务"。唐人重郎官，以其为清要官，但在六部中，又有具体区别。如《南部新书》卷丁云："省中司门、都官、屯田、虞部、主客，皆闲简无事。时谚曰：'屯田水部，入省不数。'"大约工部也差不多。但杜甫对此则看得很重，即凡膺选为郎官者，例皆为才俊之士，所以他自我省视，已感荣庆至极。所谓"前辈声名人"，若指诗名曾声震一时者，如王绩、骆宾王、卢照邻、王勃、杨炯、孟浩然、李白等，皆曾名重天下，都未能得及此位。"居然"六句，重复了他在初授郎官时所作《春日江村五首》中的意思，自己本性还是喜欢幽静孤独，已经有独守草堂、终老浣花溪头的考虑。离开草堂前数月，他有《营屋》《除草》《长吟》诸诗，所述恰是种竹除草、营葺草屋的情景。这时他五十四岁，在唐人确已近暮年，再要追求大的事功，机会已经很渺茫。杜甫是很理性的诗人，他对人生处境始终看得很清楚。然而严武奏授郎官，银章、朱绂之颁下，完全改变了他的初衷。这毕竟是他回归中原、回归朝廷的难得机缘，他似乎毫不犹豫地选择了离开成都、离开草堂。这一选择，改变了他晚年的命运。

　　在表述久怀退隐之意后，杜甫笔锋急转，强烈表达仍愿意归朝为朝廷出力的愿望："上公有记者，累奏资薄禄。主忧岂济时，身远弥旷职。循文庙算正，献可天衢直。尚想趋朝廷，毫发裨社稷。"这里的上公，应该包含严武，但亦不止严武一人，即严武以剑南西川节度使的身份为杜甫请官，如果是幕职，多只要节帅奏请即可，而朝廷郎官，则要有朝中显官出力。很怀疑其人是贾至，广德二年（764）任礼部侍郎，且长期与杜甫有诗书联系。所谓"累奏"，是说多次努力而有结果，并非一奏即有郎官之授。薄禄，是诗人的谦辞。唐代京官薪俸不及州郡官，杜牧文集中有记录。但对于杜甫来说，家园在他于乾元二年初从华州东归故土时，那里已经历战事，不复旧貌。他在西南漂泊多年，并无经济来源，多靠友人接济。入京为官，至少可有一份体面的收入，维持全家的温饱，对他还是重要的。当然更多地来说，在世乱未靖、朝野多事之际，为君王分忧，为国家出力，杜甫更感觉是身为人臣必须承担的责任。然而自己远在峡中，距朝廷如隔霄壤。朝廷给了职位，自己则因染病而久旷职守，确实是不愿意看到的。"循文"二句，既称赞朝政举措得宜，大政有节，也设想自己有幸入朝，可以对朝事之得失表达所见。"尚想趋朝廷，毫发裨社稷。"以此两句作一结，强烈表达入朝的愿望，虽然个人力量是如此轻微，对朝政的匡补可能毫不足道，然而他早年不就说过吗："生逢尧舜君，不忍便永诀。当今廊庙具，构厦岂云缺。葵藿倾太阳，物性固莫夺。"（《自京赴奉先县咏怀五百字》）为国家为社稷出力，是自己的天职所在，一息尚存，自当奔竞裨补，何计得失？何况自己已有官职在身，更有不可推卸的使命。

"形骸今若是，进退委行色。"最后两句，总括全诗，应该作单独的解读。形骸，应该读作病后的躯体。消渴病人因为消化代谢功能的衰减，浑身乏力，食欲退减，急速消瘦，容颜憔悴，往往形于外表。杜甫至此居峡中已逾半年，体力不济，身形剧变，这是他时时可以感觉到的。下一步怎么办？让他很为难。进，当然是立即出峡，赶赴朝廷，但衰弱如此，再加上道途艰辛，他深知病体无法受此劳顿，强求北上，很可能身殁中道。退，当然是归蜀，然而成都还回得去吗？从杜甫云安、夔州诗中，可以见他时时与蜀中朋友保持联系，更关心蜀中的治乱。事实是，他出行不久，蜀中严武旧部就发生内讧，战事频起，浣花草堂其后也被崔宁妾任氏所占。也就是说，退路早已不存在。唯一的办法，只有在夔州继续静养。

《客堂》之写成，距离杜甫获得郎官之任命，大约一年时间，诗中反复叙述的去留不决的犹豫困惑，应该是就职时限已到的缘故。重病而有生命之虞时，他对放弃一生追求的为国效力的机会深感可惜，但人生有时真的无法做出别的选择。我们可以理解杜甫的痛苦，这一段至暗时刻，他的胸中激荡着高亢的家国情怀，也不能不面对艰窘的眼前困难。选择很痛苦，最后理智战胜了激情，他选择在峡中继续居住。

杜甫在夔州居留两年，存留四百多首诗歌，达到一生诗歌艺术的巅峰。如果我们能够体会这些作品是他在身患重病、生计艰困的情况下写出，对这位伟大诗人必然更增敬意。前人曾有质疑，峡中景物瑰玮如此，杜甫为何时时咒骂，心生愁苦，如果理解他的处境，自不难作出合理解释。

杜甫在大历三年（768）春放舟出峡，暂住江陵，一是有弟弟援接，二是旧友李之芳时任荆南司马，可以接待。入秋李之芳病故，他在江陵幕中也频遭歧视冷遇，《秋日荆南述怀三十韵》一首有一节云："苦摇求食尾，常曝报恩鳃。结舌防谗柄，深肠有祸胎。苍茫步兵哭，展转仲宣哀。饥借家家米，愁征处处杯。休为贫士叹，任受众人咍。得丧初难识，荣枯划易该。"最见他处境之艰难。从公安到岳阳，他已走投无路，"亲朋无一字"，哪里有消息，他愿意往哪里

去。因为旧友韦之晋出任湖南观察使，他选择了溯湘南下。后来的
这些经历是他写《客堂》一诗时所无法逆料的，但也是当时的选择
所带来的必然结果。

回到本文的开头，本文就杜诗原文，代杜甫所作离蜀原因的
解答，不知能否解释王学泰先生当年的困惑，烦请读者诸君给以
裁断。

2018 年 8 月 31 日

诗人王鲁复的进取与落寞

　　王鲁复是唐后期一位不起眼的小诗人。《全唐诗》卷四七〇收其诗四首，小传云："王鲁复，字梦周，连江人。从事邕府。"四诗追溯来源，均见《万首唐人绝句》，其中《故白岩禅师院》一首，原署王梦周，《全唐诗》卷七七〇又收入世次无考作者内，属于重收。另日本选句集《千载佳句》存他的一诗又二句，《全唐诗逸》卷上已补出。《隋唐五代墓志汇编》陕西卷第二册收他撰文的《唐故吉州司法参军黄府君墓志铭并序》，署"将仕郎前守河南府新安县尉王鲁复撰"。仅此而已。其事迹，今知最早见明陈道弘治《八闽通志》卷六二："王鲁复，字梦周，连江人。文史足用，尤长于诗词，多讽刺。贞元、大历间，尝献所为诗于朝，得从事邕府。鲁复意气高迈，尝谒郎中皇甫湜，久未获见，移书责之曰：'韩文公接贤乐善，孳孳不倦，公师文公之文，安可后文公之道？自此当携酒吊公之墓，不及门矣。'湜大惭，复书谢之。又尝草衣骑牛，相国王涯、李固言俱赏识焉。在京师，闻台省有疑狱，久不决，白时相，请鞫之，不数日得其情。"所叙偶有疏失，如大历在贞元前，王最早生于贞元后期，那时不可能已经献诗，但大多应属可信，如名字、从事邕府、谒皇甫湜等，详后。在这段纪事里，看到他的傲兀不平，看到他的意气高迈，看到他的智决疑狱，不过，这些都是传闻。其人事迹较少，作品不多，显然不够作专题分析。

两三年前，中华书局徐俊兄在微信中，给我发了王鲁复自撰墓志拓本的照片，我当即作了录文，惊叹其为唐代小诗人难得的自述传记，可惜忙于庶事，一直没有介绍。其间两度换手机，图片已经无从寻觅，问徐俊，他也没存底，甚至来源也记不清了。而近年刊布的几批墓志，都无此篇，目前著录唐墓志最完备的日本气贺泽保规教授编《新编唐代墓志所在总合目录》（明治大学东亚石刻文物研究所出版，2017 年 3 月）也未著录，似乎仍有介绍的意义。墓志原题"大唐故亳州城父县令王府君墓志未终前一年自号知道先生撰遗志文"，全文云：

> 先生大中二年五月廿三日卒城父县官舍。名鲁复，字梦周。周灵王太子子晋卅六代孙，晋司徒导十九枝子。源始会稽，自右将军羲之十八叶后，详家谍。开元中，上祖九思衔命诛海夷不利，隐南越。时天下将泰，家丰稼穑，筑室退耕，耻言官禄。第三叔祖翁信，大历八年售艺京师，名震宦簿。其先讳华，娶下邳夫人，有二子，先生次也。三岁偏罚，九岁继忧，无学可入，无家可安，飘梗飞蓬，至十三自求衣食，游而兼学，味群籍，识兴亡道理；吟古诗，知风格轻重。数粒析薪，饭藜食蘬，殆不堪忧。骨肉无助，廿五有讳，阒服无衫，以短褐行焉。宝历中，由江西迁客尉迟司业汾、成庶子杭，皆赐器重，酬唱不一。尝推引于刘京兆，未行去世。及壮，勇于道义。大和四年，肩书夷门，访张权舆。由郑侯李翶，入洛诣皇甫湜，昭应问郑还古，挈文见靖安相，优游儒墨之苑。裴兵

部漼也后三年，以外秘正寄名邕州，将渐用焉。靖安出，舍
邕，又转黔，不食，辞免，南谢所知。自潮阳毕，经封川，遇
旧御史李甘，既宿且话及婚嫁事，云桂府陈监察越石女德具，
因娶之。五年无子。授新安尉，又一年，夫人逝，尉失意，寻
谷穷恸，即请告。会昌三年冬，客许州，侯从事固说于卢留后
简求，留滞一季，因□□□□陕太师孙，其先河南丞弘早孤，
又贫，在出家姑所真与相尚□□□□□□春成礼。又明年，育
一子，日孙师，耀其宗□。其秋夫人又去世。天雨绝食，居不
耻下，穷不言乞，债奴而葬，抉菜而粥，吾无违天，天姑耗
我。切闻男子衰俗不震爵位，地下必以直用，两梦阴间召我将
任。有兄且病，弟异外氏，各专其善。所惜志业，所念孙师，
吾之道必舒无闷。著诗二千七百首，文二百卅篇，后必有叹韩
非者。临卒，告家人以吾尸尽所蓄，雇四夫一函，送陈夫人茔
之东北旧卜地。以小男访良期，以某月日葬，具礼而已。坟高
三尺，深七尺，置纸墨于玄堂。吾官于新安，有爱于民，必有
祝我者云。百年孤梦，梦内若醉。尽化北邙，何贱何贵。一。
文不尽志，志不尽意。天黯恨色，海封愁泪。大道茫茫，斯文
若坠。二。以十月五日葬于新安县东界围阳村。

篇幅虽然不长，但内容极其丰富，容我逐节分说。

王鲁复字梦周，与传世文献一致，但全文没有说他是福州连江
人，但从事邕府、谒皇甫湜二点，均见墓志，非方志所能虚构，方
志载他占籍，应可相信。

唐时王姓称源出王子晋后，是习惯，不必深究。自称"晋司徒

导十九枝子，源始会稽，自右将军羲之十八叶后，详家谍"，也大体不误，以王导祖王览为羲之曾祖，至于是否真有血缘关系，不好说。

其近代家事，则有"开元中，上祖九思衔命诛海夷不利，隐南越"。土九思事迹无考。唐之江南粮货转输，入关中者走运河入渭，入河北者或从浙东走海路至沧景，所谓"海夷"即劫掠漕船者。估计王九思兵败，遂潜遁南方。南越是广大地域，连江也可计入。当然，也可能是南人自夸家世之说辞。

墓志云："第三叔祖翁信，大历八年售艺京师，名震宦簿。"王翁信确有其人。皇甫冉有《送王翁信还剡中旧居》："海岸耕残雪，溪沙钓夕阳。家中何所有？春草渐看长。"皇甫冉卒于大历六年（771），因而可以相信此次归剡，即越中，是落第而归。戴叔伦《送王翁信及第后归江东旧隐》："南行无俗侣，秋雁与寒云。野趣自多惬，名香日总闻。吴山中路断，浙水半江分。此地登临惯，含情一送君。"应即大历八年（773）所作。及第后归乡，稍后再赴吏部铨选求官，这是唐人的习惯。这是王鲁复最值得夸耀的家族盛事，尽管王翁信之仕履全无可称，也已足够。

王鲁复的父亲王华，应该没有做过官。他三岁和九岁时，父母先后去世，遂成了孤儿。据墓志，他逝世于大中二年（848），生年不详。仅知他宝历前已逾25岁。如果是实指，宝历前一年为长庆四年（824），这一年韩愈去世，他存世诗有《吊韩侍郎》："星落少微宫，高人入古风。几多才子泪，并写五言中。"似乎是临哭凭吊之作，似乎还没能叩见求谒，韩即逝去。若此年他二十五岁，当生于贞元十六年（800），享年得四十九岁。这一推测，可以得到以下

"及壮"一语之旁证。

王鲁复自述早年经历，因父母早亡，"无学可入，无家可安"，艰难备尝。到十三岁，必须自求衣食，在游历中进学，居然"味群籍，识兴亡道理；吟古诗，知风格轻重"，阅读群书知古今兴亡，读古诗得区分诗歌作法和流派。虽然生计仍然艰困，又没有骨肉至亲之扶掖，一切只能靠自己去叩求。二十五岁以后，有了自己的名号，也开始四处晋谒。

他首先找到从国子司业贬官在江西的尉迟汾。尉迟汾贞元间应进士试时，承韩愈作《答尉迟生书》告以为文之道，又致书祠部员外陆傪，荐其有"出群之才"，乃登第。此后二十多年，骨鲠敢言事，仕途并不顺畅，行事与韩愈相近。此时方贬官，自难相助，此宝历元年（825）事。再找成杭。成杭事迹仅见《册府元龟》卷九八〇载，宝历元年十月，以岳王傅为右庶子，充入吐蕃答贺正使。可能此后即贬官江西，王鲁复与他交往恰在此时。二人对他"皆赐器重，酬唱不一"，即略有夸奖，且和了他的投诗，当然令他高兴。从刘禹锡南贬时与众多僧人的赠行送别诗来看，得名家赠诗，也可自增时誉。

"尝推引于刘京兆，未行去世。"刘指刘栖楚，墓志见《芒洛冢墓遗文》，旧相李逢吉撰文，称他宝历间为敬宗特命授京兆尹，在任勇于有为，到大和元年（827）授桂管节度使，到任不久就亡故了。估计王鲁复是欲往桂林求见，未见而刘死，此文宗初年事。

墓志续云："及壮，勇于道义。大和四年，肩书夷门，访张权舆。"《礼记·曲礼》云"三十曰壮"，即大和四年（830）或稍早，王鲁复已年满三十，与前考合。这一年，他到汴州拜访张权舆。张是权相李逢吉的门生，所谓八关十六子的核心成员，敬宗时本欲用裴度再相，权舆秉李逢吉之旨，编造"非衣小儿坦其腹，天上有口被驱逐"的童谣，诬陷裴度，为清流不齿。王鲁复肩书往访，似乎访非其人。

　　墓志再云："由郑侯李翱，入洛诣皇甫湜，昭应问郑还古，挈文见靖安相，优游儒墨之苑。"文字不甚清晰，不知是先后见了四人，还是因李翱之荐而往见后三人，但这一行，他确实见到了代表当时文坛成就的几位大家。李翱与韩愈关系在师友间，韩愈卒后，文章最负时名。李翱大和四年（830）坐谬举，出为郑州刺史，称郑侯指此时。王鲁复自汴赴郑，道途不远。翱与皇甫湜，今人以为得韩文之真传，但皇甫性忄亢急，数忤同僚，为文切直，宦途艰阻，到大和前期先后随李逢吉为山南和宣武从事，此时随李返洛阳。墓志没有说到细节，《八闽通志》说到他移书责皇甫事，似乎有些狂悖，与墓志津津乐道于叙述平生交往，态度很不一样，可以存疑。其次则到"昭应问郑还古"，昭应与临潼相近，已近长安。郑还古是小说集《博异记》作者，多记神怪之事，叙事雅赡，多引诡异诗事，以逞其诗才。其间他自河中从事，遭同院诽谤，贬吉州掾。居昭应始末不详。"挈文见靖安相"，靖安相指李宗闵，牛党之魁首，大和三年（829）至七年（833）在相位，王鲁复向他献文，可能得到前此所见某人的推荐。他的此行，是沿着今陇海线位置之大道，从汴、郑、华诸州一路西行，最后到京见到当朝宰相，欣喜之情，溢于言表。

　　《八闽通志》说王鲁复曾"草衣骑牛"，得到相国王涯、李固言的赏识，并代为理狱，墓志未述及。按王涯自大和七年入相，两年后在甘露事变中被杀，被诬以大逆罪名，到昭宗时方平反。王鲁复自撰墓志写于宣宗初，不写王涯很正常。李固言立朝清节，与两党均保持距离，不言似难解释。鲁复存诗有《诣李侍郎》："文字元无底，功夫转到难。苦心三百首，暂请侍郎看。"很可能即投谒李固言的。

墓志继云："裴兵部潾也后三年，以外秘正寄名邕州，将见用焉。靖安出，舍邕，又转黔，不食，辞免，南谢所知。"裴潾是李德裕之好友，于开成元年（836）为兵部侍郎，次年出为河南尹，未几复还旧官，逾年卒。此处似指因裴之推荐而赴邕管幕府。李宗闵从大和九年贬居潮州，其间王鲁复似乎先在邕幕，其地在今南宁，又转入黔南幕府，不久复辞去，终到潮州随李宗闵，所谓"南谢所知"者指此。

墓志继云："自潮阳毕，经封川，遇旧御史李甘，既宿且话及婚嫁事，云桂府陈监察越石女德具，因娶之。"李宗闵于开成元年量移衢州，王鲁复则仍在岭南，在封州遇到李甘。李甘大和九年为侍御史，因激烈反对郑注为相而贬封州司马，杜牧于四年后为御史，作《李甘诗》咏其事，感叹其"如何干斗气，竟作炎荒土"，即死于贬所，未获昭雪。王鲁复的记载，保存李甘在贬所的情况。鲁复寄宿，与李甘说到婚嫁事，李甘介绍桂府幕下监察御史陈越石之女可为德配。陈越石，事迹见《太平广记》卷三五七引《宣室志》，初名黄石，居王屋山下。元和间遇赤发夜叉作怪，乃改名迁居以避。登元和十五年（820）进士第，会昌二年（842）卒于蓝田令。《唐文粹》卷三六收陈越石撰《太甲论》，知亦才学之士。此时王鲁复已年近四十，方娶妻。

此后王鲁复命运仍然不济。他与陈氏成婚若在开成元年（836），其后"五年无子"，已经到武宗会昌初了，他虽获"授新安尉"，品阶虽不高，但地近洛阳，尚属善处。但仅一年，妻亡，他也觉失意无聊，遂请告去职。到"会昌三年（843）冬，客许州，侯从事固说于卢留后简求，留滞一季"。侯固，《淳熙三山志》卷二六有传，载他字子重，闽县人，大和九年登进士第，历官鄜坊、灵武、易定节度使，那都是后来的事。估计因皆为闽人，侯固那时为许州从事，于是介绍给许州留后卢简求，在许幕暂居。简求是诗人卢纶的幼子，对落魄诗人稍给关照，自可理解。

墓志此后文字稍有残缺，但大体可读知王鲁复得机缘又曾有一段婚姻，且得一子，取名孙师，希望能光耀其宗，但不久，续配夫人又去世。这时，他也更觉凄凉落寞。大中元年（847）三月，他为吉州司法参军黄弘远撰墓志，署官为前新安尉，说"生死齐梦，有始有终"，"与能与善，或分或通，庚午丁卯，数极道穷"，是悼黄，也自悲。在此同时，他为自己写了墓志，虽然感到自己一生很失败，但他仍寄望"地下必以直用，两梦阴间召我将任"。他自述一生"著诗二千七百首，文二百卅篇，后必有叹韩非者"，可传后世，也有读而为之感叹者。他曾在新安任官，爱妻卒后即葬新安域内，遗嘱与妻同葬，也相信自己为官有遗爱，其民必有能为己祷祝者。

最后一年，他得授亳州城父令，赴职不久就死在任上，得年不及五十岁。

　　叙述完王鲁复的一生，他说得津津有味，我写来却觉得琐碎零乱，甚至感到他有些卑微猥琐。但若以同情的立场来看他，生在南方，家境本来就不好，加上父母早亡，宗无强援，自学有才，自谋前途，除了辛苦奔竞，他又能做什么？去世前一年，为自己写墓志，他想到的还是他曾请谒或曾给他一些帮助的名人。这些人物如前所考，半数正史有传，多数史籍有载，层级还不低。但这些人物显然属于各种不同的政治派别或文人圈，他与他们的关系似乎也始终在若即若离之间，并没有得到太多的奥援。就文人圈来说，存世唐诗中，目下仍未见与他酬唱赠答的作品；他似乎也没有卷入任何政治风潮，既无建树，也无风险。他自述曾写下2300多首诗，已经接近白居易了，但存留至今的仅五首又二句，以及两篇他执笔的墓志，一篇为他人，一篇为自己。就文章来说，是沿韩愈、皇甫湜这一派的风格，大体清通，有意造句，涩体的味道也很明显。他的诗都是近体，较好的是《故白岩禅师院》一首："能师还世名还在，空闭禅堂满院苔。花树不随人寂寞，数枝犹自出墙来。"以六祖慧能喻白岩禅师，寻其故院，有人亡神存的感悟。他看到了禅堂之寂寞，但也看到新的生机。后二句尤可讽读，其实就是南宋叶绍翁名句"满园春色关不住，一枝红杏出墙来"的先声。如果仔细比读，则王作更佳，因叶写访人不遇，仅在园外见红杏出墙，王则寻访旧禅院，诗中包含禅机，说禅师虽远行，花树仍旧灿烂，生命依旧常新。《吊灵均》："万古汨罗深，骚人道不沉。明明唐日月，应见楚臣心。"凭吊屈原，伤古怀今，也感慨自己之不遇。由此他更感喟如韩愈主持风雅，不遗余力为寒素拔擢提携之可贵，那首诗已见前引。

10 世纪中叶的日本诗选家大江惟时编选《千载佳句》二卷，在卷下
《赠僧门》录王鲁复《赠僧惟绩》二句："清泉绕屋澄心远，曙月衔
山出定迟。"观察细致，对偶也很亲切。同卷《水楼门》录《水楼》
"山衔落日溪光动，岸转回风槛影浮。座内数声来远鹤，烟中一派辨
孤舟。"很可能是七律中的中间两联，写景如画，对仗稳妥，末句衍
谢朓诗意而自有风味。据此可知，他的诗集在唐末即已东渡扶桑，
留下印记。在晚唐诸家中，他还算是合格的作者，只是所存太少，
辜负了他的一生心血。

　　今人好谈文学史，文学史所谈的都是大家。而历史之真实场
景，则有无数之大小作者，共同在挣扎奋进。他们的成就有大有
小，他们的命运有幸有不幸，他们的作品有存有不存，但不能否认
的是每一个人都以他的方式，写下一生的轨迹。王鲁复在唐诗史
上，大约连三流作者还达不到，但他的自作墓志，则让我们看到他
的不幸与奋斗，他的进取与奔竞，他的交往和落寞，他的无奈与痛
苦。今人谈晚唐诗之得失，其实晚唐诗就是像王鲁复这样无数的基
层诗人在衰世动荡中写出的，我们是不是可以寄予更多一些的同情
和理解呢？

2017 年 10 月 25 日

五个韩某都是一个韩琮

——晚唐诗人韩琮文学遭际的幸与不幸

晚唐诗人韩琮，在唐末五代颇有名气。据说前蜀后主时曾在宫中夜宴，亲唱韩琮的《杨柳枝》词。高丽前期编唐诗选本《十抄诗》，选中晚唐最有名诗人三十家，每家选七言律诗十首，韩琮也在其中。宋元以后，很少选家注意他的作品，其间原因不一，大约与风气变化、作品零落都有关系。更特别的则是，他存世作品呈纷乱无序状态，不经整理，学者很难利用。换一立场说，他的作品之保存、分歧和清理，也是古今唐诗流传之缩影。愿述所知，让读者理解唐诗文本研究和鉴别的重要性。

一、韩琮生平梗概

《全唐诗》卷五六五收韩琮诗一卷，录诗二十四首，小传很简单："韩琮，字成（一作代）封。初为陈许节度判官。后历中书舍人、湖南观察使。"此前则《唐音统签》卷六二八仅云："韩琮，字成封。官湖南观察使。"注云：

> 唐宋《志》同。琮初为陈许节度王茂元判官。有荐状云："早中殊科，荣世雅度，弦柔以直，济伏而清。"《东观奏记》：

大中中琮尝为中书舍人。《纪事》云："琮为观察，待将士不以
礼，为都将石载顺所逐。"杨用修以为孟蜀时人，误。

　　《全唐诗》小传即据此稍作删节而成。以上所述过于简略，后人
续有考证，《唐才子传校笺》卷六之考察为较完整。韩琮，字成封，
《唐诗纪事》卷五八作代封，为字形之误。《唐才子传》卷六说他是
穆宗长庆四年（824）登进士第，应属可信。据此前推二十到三十
年，知其生年大约在贞元（785—805）中后期。所谓荐状，见《文苑
英华》卷六三九李商隐《为濮阳公陈许奏韩琮等四人充判官状》：
"韩琮：右件官早中殊科，荣世雅度，弦柔以直，济伏而清。顷佐宪
台，且丁家难，当丧而齿，未尝见既祥；而琴不成声，逮此变除，
未蒙抽擢。臣顷居镇守，琮已列宾僚。谋之既臧，刚亦不吐。愿稽
中选，荣借外藩。伏请依资赐授宪官，充臣节度判官。"虽属奏官
状，可以解读的内容很多。濮阳公为王茂元，任陈许节度使在开成
五年（840）至会昌三年（843）间，即便初到陈许即奏，也在韩琮及
第后第十六年。他曾在御史台任职，其间遭遇家难，因而耽误了宦
途。王茂元陈许前一镇，指他大和（827—835）间任岭南节度使，韩
琮那时已经入他幕下。奏状肯定他的学识、人品与能力，奏请他以
宪官任节度判官，这时韩琮约四十岁。

　　此后韩琮曾任司封员外郎、户部郎中。《文苑英华》卷六五七李
商隐《为举人献韩郎中琮启》，称韩琮"与先辈贤弟价重两刘，誉高
二陆"，文学声望颇隆。自述云："任重道远，方怀骥阪之长鸣；一
日三秋，空咏马鬼之清什。"今人认为这是代柳璧向韩琮进言，当
可信。柳璧是柳仲郢次子，仲郢时镇东川，商隐为其书记。柳璧后

于大中九年（855）登进士第，韩琮的推荐有一些作用。

大中八年，韩琮任中书舍人。《东观奏记》卷中载：

> 广州节度使纥干臮以贪猥闻，贬庆王府长史，分司东都。制曰："钟陵问俗，澄清之化靡闻；南海抚封，贪渎之声何甚！而又交通诡遇，沟壑无厌。迹固异于澹台，道殊乖于吴隐。"舍人韩琮之词也。

纥干臮罢岭南节度使在这一年，韩琮草制措辞激烈，因而为当时所称。

大中十二年初，韩琮已为湖南观察使，得领大镇，当然是高官了，但似乎韩琮的治军理政很快就遇到了麻烦。《新唐书》卷八《宣宗纪》谓五月庚辰，"湖南军乱，逐其观察使韩琮"。《资治通鉴》卷二四九则作五月辛巳事，差一日，叙事稍详："湖南军乱，都将石载顺等逐观察使韩悰（琮之误），杀都押牙王桂直。悰待将士不以礼，故及于难。"石载顺，《东观奏记》卷下作石再顺，细节不甚清楚。军乱，韩琮当然有责任，但乱军仅将其驱逐，并未杀害，朝廷对他之处分也不甚清楚，但据本文以下所考，他在咸通五年（864）后曾任右散骑常侍，大约得到善终。

二、《全唐诗》所收韩琮诗的来源

《全唐诗》卷五六五收韩琮诗二十四首，其中十三首来自《文苑英华》，这是宋初编的梁陈到唐代的大型诗文总集，所据多是当时内府所存各家别集，内容最为可靠。

　　在《文苑英华》以前，韦庄《又玄集》卷上录《春愁》《公子行》《骆谷晚望》《暮春送客》四首，韦縠《才调集》卷八存《春愁》《暮春浐水送别》《骆谷晚望》《公子行》《二月二日游洛源》《题商山店》六首，《云溪友议》存《杨柳枝》二首，《鉴诫录》存《咏柳》一首，这些都是唐末五代的书证。《唐诗纪事》卷五八另引《咏马》。到现在为止，仅《颍亭》一首未找到唐宋书证。

　　《全唐诗》此部分诗歌，大多可靠，无窜乱。

三、 韩溉与韩喜皆韩琮之传误

　　《全唐诗》卷七六八收韩溉诗七首又二句，传云："韩溉，江南人。诗一卷。"所谓"诗一卷"，见《宋史·艺文志》。江南人，大约据诗推知。其中《浔阳观水》《水》《灯》三首，皆注"一作韩喜诗"。

　　无论韩溉或韩喜，存世唐宋文献中都找不到二人生平的可靠记录。肯定有读者用全文检索找到唐彦谦有《逢韩喜》："相逢浑不觉，只似茂陵贫。袅袅花骄客，潇潇雨净春。借书消茗困，索句写梅真。此去青云上，知君有几人。"（《鹿门诗集》上、《全唐诗》卷六七一）唐彦谦是僖宗、昭宗间人，年辈稍晚于韩琮。我在许多年前校订童养年编《全唐诗续补遗》，因其立韩喜名补《水》一首，加了一则校记："《全唐诗》卷六七一唐彦谦有《逢韩喜》诗，知韩喜为唐末人。"当年所知未广，有此疏失。

　　然而此诗不是唐诗，是宋末元初戴表元所作，原题"逢翁舜

咨"，见《剡源戴先生文集》卷二九、《全宋诗》卷三六四三，仅
"茂陵"作"宛陵"，其他全同。《全唐诗》存唐彦谦诗，多为戴表
元诗，为明人伪造唐彦谦文集时改头换面编入。最早发现此一问题
的是清末朱绪曾，见《开有益斋读书志》卷五《剡源集逸稿》，此后
郑骞《有关唐彦谦之札记六则》（《东吴文史学报》第一辑，1967 年
3 月，又收入《龙渊述学》，台北大安出版社 1992 年版）和王兆鹏
《唐彦谦四十首赝诗辨伪》（《中华文史论丛》第 52 辑，1993 年）
续有考订，可参看。

《全唐诗》所收韩溉诗七首又二句，其中《浔阳观水》一首为误
收李群玉诗，因《文苑英华》卷一六三收韩喜《水》诗后，失署名
而致误。《水》，《文苑英华》卷一六三、《诗话总龟》卷二一引《续
本事诗》、《唐诗品汇》九〇皆署韩喜，《文苑英华》卷三二九署韩
喜，校引《类诗》作韩溉。《松》《柳》，《文苑英华》卷三二三、卷三
二四皆署韩喜，有校："《类诗》作韩溉。"《竹》，《文苑英华》卷三
二五署韩溉。《鹊》，《事文类聚后集》卷四四、《锦绣万花谷别集》
卷二八署韩溉。《灯》，《事文类聚续集》卷一八、《合璧事类外集》
卷五四皆署韩喜。句下收《愁诗》二句："门掩落花人别后，窗含残
月酒醒时。"《吟窗杂录》卷一四署韩喜。以上所举皆为宋人书证，
从明末到《全唐诗》编成时，显然认为韩溉、韩喜为同一诗人，遂
将诸诗编在一起。

十多年前，韩国所存高丽前期佚名编《十抄诗》为中国学人所
知，其中收韩琮诗七律十首，皆为单字命题的所谓单题诗。在此十
首中，五首为新见佚诗，即《霜》、《烟》、《别》、《愁》（《全唐诗》

仅存二句)、《恨》,另五首《露》《水》《松》《柳》《泪》,《全唐诗》
虽收,但归属不一,其中《露》收韩琮下,《水》《松》《柳》收韩溉
下,《泪》收徐寅下。怎样理解这一新文献之价值?金程宇博士撰
《韩琮单题诗考辨》(《谁是诗中疏凿手——中国诗学研讨会论文
集》,凤凰出版社 2007 年版),认为存世的韩溉、韩喜诗,皆为韩琮
诗的传误。徐寅诗集中有《咏灯》《泪》二首,为误收韩琮诗。考订
过程复杂,在此难以尽言,读者可参看。金文中有一重要论说,即
徐寅集中有近四十首单题诗,其中除二首与韩诗重出,其中还有十
多首与韩琮诗韵字多同,是很明显的次韵诗,认为徐曾以韩诗为依
傍对象而加以和作。我更想补充的是,徐集中颇多伪诗,如《潘丞
相旧宅》一首,陶敏《全唐诗人名汇考》谓潘丞相为潘承佑,闽王
延彬建州称帝时为相,卒于建隆三年 (962)。若然,则为入宋后人
作,非徐寅诗。很怀疑徐诗中韩琮诗必不止二首,但目前还欠
书证。

四、 韩常侍也是韩琮

《全唐诗》卷七八三在"无世次爵里"作者后,收韩常侍诗三
首又二句,无小传介绍作者生平。这组诗源自《诗话总龟》卷一五
引《古今诗话》:

> 韩常侍为郎吏日,宣宗问曰:"卿有好诗,如何得见?"韩
> 稽首曰:"容至私第录进。"乃选八十首进。后以眼疾,辞拜珥
> 貂,为御史,衔命出关谳狱,道中看华山,有诗曰:"野麋蒙

象暂如犀，心不惊鸥角骇鸡。一路好山无伴看，断肠烟景寄猿啼。"（自注：御史出使，不得与人同行，故云无伴）时补衮谢病归山，更寄《织锦篇》与薛郎中云："锦字龙梭《织锦篇》，凤凰文采间非烟。并他时世新花样，虚费工夫不直钱。"《和人忆鹤》云："拂拂云衣冠紫烟，已为丁令一千年。留君且伴居山客，幸有松梢明月天。"又《和忆山泉》云："情多不似家山水，夜夜声声旁枕流。"

《古今诗话》是北宋后期人李颀采集前人诗歌故事编成的诗话，多数可以找到文本来源。上引这节不知来自何书，应该根据唐末某种笔记文字改写。唐人称呼同时或稍早人物，心怀崇敬，常称官职、字号或别称，尽量不显斥尊者之名，这点不难理解。入宋后，这样的文字一般人就读不懂了，如《太平广记》引唐笔记小说，为让宋人看懂，多改原文，偶有改误者。保留唐人原文，则给后人带来很大麻烦。如这位韩常侍，当时很有名，称官也能理解，时过境迁，宋人不甚了然，《全唐诗》编者更无从鉴别，称韩常侍而存诗，是最慎重的办法。认真阅读《古今诗话》的这段记载，可以知道常侍是他晚年的官称，宣宗时为郎官，颇有好诗，宣宗特意问他要好诗，遂录诗八十首以进。其后因患眼疾，辞拜高官，曾以御史出关谳狱。《古今诗话》提供的线索非常有限。

偶然见一则记载，可知韩常侍为韩琮。《宝刻丛编》卷六引《集古录目》云，韩琮咸通八年（867）书《唐太子太师裴休神道碑》时，官为右散骑常侍。裴休卒于咸通五年，韩琮任常侍在五年至八年间。唐人碑志撰书与刊立，未必在同一年，但可肯定咸通五年裴休去世时，韩琮尚健在，得以为裴立碑书丹。如前所述，韩琮在宣宗大中前期曾为司封员外郎、户部郎中，与韩常侍宣宗时为郎合契。虽然还有一些细节有待落实，大端应可认定。

五、 前后蜀时有韩琮其人吗

清初吴任臣《十国春秋》卷五六后蜀部分收《鹿虔扆传》云："不知何地人。历官至检校太尉。与欧阳炯、韩琮、阎选、毛文锡等，俱以工小词供奉。后主时，人忌之者号为五鬼。"依据大约是明蒋一葵《尧山堂外纪》卷四〇欧阳炯下的一条原注。明杨慎《升庵诗话》卷二解李白诗，引"孟蜀韩琮"诗为证。清王琦注李白诗，也引以为据。

那么，前后蜀间有无韩琮其人呢？检宋张唐英《蜀梼杌》卷上，仅有一处提到韩琮：

　　（乾德五年［923］）四月，游浣花溪。龙舟彩舫，十里绵亘，自百花潭至万里桥，游人士女，珠翠夹岸。日正午，暴风起，须臾雷电冥晦，有白鱼自江心跃起，变为蛟形，腾空而去。是日，溺者数千人。衍惧，即时还宫。重阳，宴群臣于宣华苑，夜分未罢。衍自唱韩琮《柳枝词》曰："梁苑隋堤事已空，万条犹带旧春风。何须思想千年事，谁见杨花入汉宫？"内侍宋光溥咏胡曾诗曰："吴王恃霸弃雄才，贪向姑苏醉绿醅。不觉钱塘江上月，一宵西送越兵来。"衍闻之不乐，于是罢宴。

这是前蜀亡前二年的事。后主王衍君臣夜游宣华苑，衍自唱韩琮诗，宦官宋光溥唱胡曾《咏史诗》中的一首。如果仔细体会，韩诗是可以解为汉隋往事都已不可追踪，何妨尽情享受当前呢！胡诗则很明确讥讽吴王贪图享乐，全不提防越人已经兵至宫前。韩琮之诒佞，或因此而起吧。其实两人都是大中（874—859）、咸通（860—873）间在世，不可能前蜀时还在。

最好的反驳《十国春秋》五鬼之说的证据，是鹿虔扆、毛文锡与欧阳炯、阎选根本不是一个时代的人。四人词皆收入《花间集》，但毛文锡是前蜀人，僧贯休有《和毛学士舍人早春》诗，贯休卒于前蜀永平二年（912）末。毛可靠事迹仅到王衍即位前一年，未必得见前蜀之亡。鹿虔扆则可信事迹仅一桩，即天复间事王建为永泰军节度使，见《茅亭客话》卷三，时距王建称帝还有五六年，更遑论后蜀。阎选一般认为是后蜀人，欧阳炯则确曾经历前后蜀，归宋后又活了六年（《花间词人事辑》，收入拙著《唐诗求是》）。以上四人，似乎没有机会在后蜀后主时聚齐，更何谈互相勾结，并称五鬼。

前后蜀另无韩琮其人，可无疑义。

六、 韩琮诗歌的文学成就

通过以上梳理考证，今知韩琮存诗凡四十一首（三首残）又三句，较《全唐诗》大为丰富。由此谈他的成就，也可看得更清晰一些。

范摅《云溪友议》卷下《温裴黜》，言崔岂言"初为越副戎"，席中有刘采春女周德华，善歌《杨柳词》，所唱七八篇，皆"近日名

流之咏"，含滕迈、贺知章、杨巨源、刘禹锡各一首，而"韩琮舍人
二首：枝斗芳腰叶斗眉，春来无处不如丝。灞陵原上多离别，少有
长条拂地垂。又曰：梁苑隋堤事已空，万条犹舞旧春风。那堪更想
千年后，谁见杨花入汉宫"。同书《艳阳词》篇，则说元稹在浙东
时，"俳优周季南、季崇及妻刘采春"曾到越州唱《望夫歌》，亦称
《啰唝曲》。周德华乃此俳优夫妇之女，其生活时代，以晚于元稹镇
越三十年计，即在宣宗大中中期，此时韩琮尚在世，他的作品传唱
于歌女之口，名气已经不逊于前述诸名家。

　　就此二首《杨柳词》来说，遣词构思都很独特。前一首写灞陵
原上分别之处的柳枝，芳腰、纤眉属于年轻女子，柳枝婀娜与柳叶
如眉，是前人用烂的典故，韩琮则说柳枝柳叶与美人之身姿弯眉争
奇斗艳，分不清彼此。接着说春天来了，柳丝轻扬，到处给人传递
春的气息。折柳为别是前人反复用的故实，韩琮也这样写，但"少
有长条拂地垂"一句，说人间分别如此之多，乃至柳条虽多，罕有
不被折断者，很少能长到长条拂地。把人间别多聚少的哀怨，借柳
枝被折而难以生长，淡淡地传出，其意要读者仔细体会。后一首，
也就是前引王衍曾传唱的那一首，文字稍有差异，可能在流传中有
所改动。此首写汴堤的柳枝，这里曾经是梁孝王的故地，梁苑的繁
盛即便遥隔千年，仍然让人追想，然而现在已经什么痕迹都没有
了。这里也曾是隋炀帝开运河、楼船下江南的起点，却也往事衰
瑟，旧痕全无。物是人非，繁盛不再，唯春风有约，柳袅依然，当
年之自然景象并没有改变，只令人对往事追念而又无奈。最后两
句，作者更从当前景象，想到千年后，如今的眼前景象也不可得，

将诗意推到一个新的境界，回到珍惜当下的主题。

这些咏物写景书怀的诗，韩琮应写过许多，存下来另有几首也不错。《暮春浐水送别》："绿暗红稀出凤城，暮云楼阁古今情。行人莫听宫前水，流尽年光是此声。"灞水、浐水都在长安郊外，是出长安远行必经的地方。暮春远行，正是绿肥红瘦、季节轮换的时候。凤城指长安，将要离去，再回头看一眼宫城，多少思古之情涌上心头。后两句，劝行者不要在此流连徘徊，人生的青春岁月、美好年华，就在这宦途奔波、道路跋涉中耗尽。不必再怀古纷扰，珍惜当下才是最重要的，这是作者要传达的想法。再看一首《柳》："折柳歌中得翠条，远移金殿种青霄。上阳宫女吞声送，不忿先归学舞腰。"这里写一位宫中女子的情感经历。因为一段送别，折柳分别的歌声中带回一枝柳条，珍惜那段情感，把它栽在宫中，渐渐长成，这段情感让此女子始终不忘，哪怕学舞时扭动腰肢，都会因其如柳枝般摇动而触景伤怀。不忿，疑当作不分，唐人口语也。

韩琮也偶有艳情诗。如《题商山店》："商山驿路几经过，未到仙娥见谢娥。红锦机头抛皓腕，绿云鬟下送横波。佯嗔阿母留宾客，暗为王孙换绮罗。碧涧门前一条水，岂知平地有天河。"从长安东南行，走的是商洛大道，"仙娥"指仙娥驿——商州一个有故事的驿站。作者见到的这位谢娥，大约是旧相识，颔联两句写她的服饰与美貌多情。颈联写谢娥假装指责老板娘怎么又留客人了，同时又与客人暗通款曲，情意绵绵。最后两句，让作者有喜出望外的感受，平常的山店前的一条小河，居然如同为多情男女在银河上架起了鹊桥。具体事实不太清楚，其中必包含一段风情故事。当然，韩琼最重要的作品还是他的单题诗，即用一字为题写的七律咏物诗。他到底写过多少首，至今不甚清楚。经过前面的整合，今存韩琼此类诗约有二十二首，可以分为几组。一为写情感者，有《别》《愁》《泪》《恨》四首，加上《春愁》一首，也可说有五首。二是写自然物候，有《风》《露》《云》《霞》《雨》《霜》《水》《烟》八首。三是写禽鸟，有《鹊》《燕》二首，残句有咏鹤二句："王孙若问归飞处，万里秋风是故乡。"此外有咏蝉二句："凉夜偏栖桐叶露，曙天静噪柳枝风。"古人或以禽虫并称，则此组宜有四首。四是咏兽类，仅知有《咏马》一首。五是咏草木，今知有《竹》《松》《柳》三首。六是咏器具，仅存《咏灯》一首。以上凡涉六组诗。

　　分析韩琼到底写过多少首，有两个重要的参照系。一是李峤《杂咏》，这是唐人单题诗的典范之作，也是保存完好的唯一一部。二是徐寅的存诗，如前所述应为仿韩琼诗所写。李峤诗在日本传本众多，且分白文本与有注本，中土传本稍残，敦煌文书中有几个残片。李峤诗分乾象、坤仪、芳草、嘉树、灵禽、祥兽、居处、服玩、文物、武器、音乐、玉帛十二组，每组各十首，共一百二十首。韩琼写情感各诗，李峤没有，知韩琼没有遵循李峤的知识谱系来写作。按照李峤的分类，韩诗存乾象部七首，坤仪部一首，嘉树部三首，灵禽部三首，祥兽部一首，服玩部一首，居处、芳草、文物、武器、音乐、玉帛各部没有，咏蝉者没有计入。徐寅所存单题诗有三十多首，写乾象有月、雨、霜、风、云、露、霞、烟、晓、夜，坤仪有泉、水，嘉树有柳，灵禽有鸿、鹤、鹊、燕、鹰五首，芳草有草、苔、萍、蒲四首，虫类写到萤、蝉。情感除误收韩诗，尚有愁、别、恨、闲、梦、忙诸题，另写帆，可能属于服玩，方位写到东、西、南、北，则韩琮诗没有对应作品。据此分析，韩琮必然受过李峤之影响，但所构建的是另一层的知识谱系。前举徐寅诗，与韩琮同题者有十多首，其他部分，韩琮也应有写作。此外，徐寅还有《剪刀》《纸被》《纸帐》《蜀鞭》《咏帘》《咏扇》《咏笔二首》《咏钱》一类诗，还有咏朝代的单题诗。这里之所以特别提到徐寅，因为其存诗中很可能即有为其编集之宋人，取韩琮诗充数之可能。

李峤的单题诗都是五言律诗，艺术造诣并不太高，但后世流传极广，主要原因是他每首诗均选取六到八个关于此一主题的常见典故，略作构思铺排，学诗者可据以掌握这些常见典故，起到诗学初阶的作用。韩琮所作都是七律，他所处时代，写诗靠堆积典故语辞的风气已经过去，他之所作虽也有写诗教科书的目的，却不太讨喜。如《燕》："对语春风翠满衣，碧江迢递往来稀。远空尽日和烟去，深院无人带雨飞。珠箔下时犹脉脉，画堂深处正依依。王孙尽许营巢稳，惯听笙歌夜不归。"如果读者读过南宋史达祖的名篇《双双燕》，就会惊叹早于史氏四百年，韩琮已经用这一技法写燕了，全篇用拟人化的手法，写燕的生活姿态，每一句都写燕，每一句都写人，能说不是好诗吗？再如《愁》："来何容易去何迟，半结衷肠半在眉。门掩落花人别后，窗含残月酒醒时。浓于万顷连天草，长却千寻绕地丝。除却五侯歌舞外，世间何处不相期。"人生失意，亲友分别，无端愁绪，颃洞万端，对一般人来说，愁苦多而欢乐少，但如何写好，委实不易。韩琮此诗写得很用心，首两句破题，愁绪无故涌来，要排遣则很困难，在眉头是别人看得见的，郁结衷肠只有自己能够体会。中间两联连写四个令人愁恼的特定场景的具象，每句都很有画面感，可以看到写愁高手韦庄、秦观、贺铸名篇的雏形。虽不长，确是一篇《愁赋》之含量。此诗宋元间多次被他人冒名，到《十抄诗》出，方得止名归主。

七、余说

在唐一代，韩琮没有达到一流诗人的成就。生前身后有一些时名，但始终没有成为主流。他早逢家难，凭才学入仕，做到了节帅，似乎行政能力有欠缺，甫上任就被驱逐，所幸得享天年。他的作品涉及时事很少，个人的文学圈也很狭窄，活到六七十岁，没有什么曲折的故事流传，诗中也很少可发掘的秘闻或史料。他最好的是写杨柳的一批通俗小词，用当时兴起的乐府新声，写怀古伤今的情愫，流行了近百年。他写的数量很大的应该是单题诗，用当时最流行的七律诗体，写特定情感，写人间百物，达到很高成就。风气转变，他的作品逐渐沉寂，始终没有大热，这很遗憾。更不幸的是，他的诗集没有得到完整保存，至迟到宋初，有不少已经归在他者名下流传，甚至被编入别人文集。他的存诗文献之混乱，是唐诗文献亟待系统考订的一个样本。好在今日秘本纷出，检索手段多样，加上科学鉴别、精密考证，有机会较近距离地逐渐还原真相，看到他生命的轨迹，以及诗歌的成就。这是韩琮的幸运，也是今日读者的幸运。

2020 年 2 月

《三英诗》发覆与品读

五代末至宋初，有三位女诗人，本人的姓名都没有保存记录，仅知是某人的母亲或妻子。据说到北宋仁宗初，名臣孙冕编三人诗为《三英诗》，礼赞有加。这部《三英诗》久已失传，仅靠辗转称引，三女各得一诗存世。《宋诗纪事》全录三女诗，《全唐诗》则仅录刘元载妻一首。十多年前，我撰《唐女诗人甄辨》，认为《全唐诗》属误收。近日通盘考虑文献，看法有些改变。谨写出来供学人参考。

一、《三英诗》之子存记录

宋阮阅《诗话总龟》卷一〇引《金华瀛洲集》：

天圣中，礼部郎中孙冕记《三英诗》：刘元载妻、詹茂光妻、赵晟之母《早梅》、《寄远》、《惜别》三诗。刘妻哀子无立，詹妻留夫侍母病，赵母惧子远游，孙公爱其才以取之。《早梅》诗云："南枝向暖北枝寒，一种春风有两般。凭仗高楼莫吹笛，大家留取倚阑干。"《寄远》诗云："锦江江上探春回，消尽寒冰落尽梅。争得儿夫似春色，一年一度一归来？"《惜别》诗云："暖有花枝冷有冰，惟人没后却无凭。预愁离别苦相对，挑尽渔阳一夜灯。"

　　引文后有一则补说："《摭遗》记《梅花诗》是女仙题蜀州江梅阁。"《摭遗》是北宋末喜欢编录唐宋人怪奇故事者刘斧编的小说集，已佚，今存遗文约四十余则。《全唐诗》卷八六三收此诗作者为观梅女仙，即承此，在此不展开。此后如《吟窗杂录》卷三一、《竹庄诗话》卷二二引《倦游录》、《名媛诗归》卷一二等，皆承此说。

　　《金华瀛洲集》，见《宋史》卷二〇九《艺文志》著录，署幼昉著，有三十卷之多，宋人罕见称引。仅《高丽史》卷一三称及，知道在北宋中后期已经传至高丽。

　　《吟窗杂录》卷三一引《历代吟谱》还录有孙冕《三英集序》中的一节文字：

　　　　三英者，三哲妇之辞也。世有男子，大夸篇咏而意随语尽者，滔滔皆然。三英妇德天赋若此，忍不序而揭之乎？

看来孙冕特别赞赏三女之"妇德天赋"。所谓"妇德"当然是指女子之遵守礼教，相夫教子，品行无失。而"天赋"则指文学才华。他批评世间一般男子之"大夸篇咏而意随语尽"，即喜写诗谈诗而直露无含蕴，此三女则不但工于篇咏，且立意高远，意味无尽，他愿意向世人作特别的介绍。

　　以上两节文字，是现在可以找到有关三女诗与孙冕结集《三英诗》的全部记录。如果此集得以保存，肯定可以在中国女性文学史上占据一席之地。

二、《三英诗》编者孙冕之生平经历

《宋史》无孙冕传。在此先录两段宋代名家之称述。南宋初程俱《麟台故事》卷一上载："咸平初，有秘书丞、监三白渠孙冕上书言事，召赐绯鱼，且令知制诰王禹偁试文，除直史馆。后为名臣。"径称他为名臣。而北宋宰相苏颂《苏魏公集》卷五七《龙图阁待制知扬州杨公（景略）墓志铭》云："至苏未数月，狱无系者，议者以为自孙冕在镇日尝狱空，逮今八十年，复见杨公矣。"这里说杨景略知苏州之德政，唯八十年前孙冕可以比况。孙冕时名之盛，可以想见。

归纳明清地方文献之记载，可以知道孙冕字伯淳，临江军新淦（今江西樟树）人。雍熙二年（985）登进士第。他的仕履，可以据宋代可靠文献作一勾勒。

宋太宗至道元年（995），为著作郎，总监三白渠（《皇朝编年备要》卷五）。三年（997），以秘书丞仍勾当京兆府三白渠，上疏言九事，一择贤才，二询谠议，三远邪佞，四务节俭，五明赏罚，六慎号令，七重使介，八审荐举，九推恩信。赐诏奖之，寻召试，授直史馆（《续资治通鉴长编》卷四二）。真宗咸平四年（1001）五月，同知枢密院事冯拯、陈尧叟举常参官干敏者，与三司使议减冗事及参决滞务，冯拯请孙冕同领其事。其年末，冕两度奏事，言州郡献物及茶盐利害（同前书卷四八、五〇）。五年（1002）五月，与冯拯等言省三司积滞文帐（同前卷五一）。八月，为左正言、度支判官（《麟台故事补遗》）。这一阶段，是孙冕有机会进入朝廷核心，得到重用的时期。大中祥符四年（1011）六月，出知温州（《续资治通鉴长编》卷四二）。这是要增加地方历练。不久他被召回，任度支副使、刑部员外郎、直史馆。七年（1014）九月，坐前接伴契丹使被酒不谨，贬知寿州（同前卷八三）。辗转地方后，他的最后一任官是知苏州，也就是前引苏颂极度称赞的政绩，有关记载也很多。除前云理狱一空外，他还曾重修白居易所建之白头桥，又将酿酒技术引入苏州，后世盛称之洞庭春、白云泉，即肇始于他。《正德姑苏志》卷三九具体记载，说他"治狱不滥，断讼如神，弛张在己，无所吐茹，吏畏而民爱之"。他曾病痛，"州人争为诣佛寺祈福，复立生祠于万寿寺"，都很生动。

其间他年满七十，立即请去职辞归，并留诗一首于厅事之壁曰：

> 人生七十鬼为邻，已觉风光属别人。
>
> 莫待朝廷差致仕，早谋泉石养闲身。
>
> 去年河北曾逢李，今日淮西又见陈。
>
> 寄语苏州孙刺史，也须抖擞老精神。（《舆地纪胜》卷五）

这是孙冕唯一一首存世完整的诗歌，可以看到他人生态度之通达，作诗之个性张扬。虽然颈联所述二事之本事有待确认，他写诗之不随时风，精神抖擞，都可以想见。据说朝廷重其风节，许留再任，他坚决不留。致仕后，先居九华山附近，最后归老庐山，葬在白鹿洞附近。

前节说孙冕编《三英诗》在天圣（1023—1032）间，他知苏州，如《绍定吴郡志》卷一一、卷一七，《洪武苏州府志》卷六皆云在天圣间，似乎与编《三英诗》是同时之事。后出之《正德姑苏志》卷三九、《嘉靖浙江通志》卷二六皆改作天禧（1017—1021）中，《洪武苏州府志》卷一九还特别加以考辨云："按天禧三年，王钦若罢相，判杭州，道过苏，时冕知州事。题名云天圣中，误也。"这里的题名，特指南宋范成大所著《绍定吴郡志》之牧守题名，因其权威，特要订正。

这里特别说明孙冕知苏州的时间，因为据此可以大体推定他的出生是在后周初年（约951），《三英诗》编定之天圣间，很可能也当在天禧间知苏州时。这时距离南唐之亡，吴越纳土，仅四十多年。他所编诗之三女，至少二人应为五代和南唐时期人。

三、 刘元载与刘元载妻

刘元载生平，依据南唐人诗文集与宋以后方志，可以勾勒出形象。

《全唐文》卷八八八《仙鹅池祈真观记》所记为崇仁（江西今县）县令时的一段有趣故事。此地古有祈真观，曾有仙鹅七只，飞下门外池中，因名曰仙鹅池。至南唐中主保大初，道士刘道肱重修道宫，但仙鹅不来。其下叙云：

> 乾德元年岁终癸亥四月，彭城刘司直元载，字简能，好奇之名士也。制锦是邑，询故事得仙鹅之实。翌日焚香，觊灵禽

之来。愿言之抱，如影随形。是月十八日，有仙鹅二百余只，萃于观之松篁。一鹅殊伟，若蜂蚁之有王。皆玉袊绛趾，丹嘴霜翎，不饮不啄，宿而后飞。二之年四月二十三日，三之年四月二十八日，有百余只而至。于时五月初二，忽群飞于县邑，盘旋久之，如留恋焉。是岁刘君自南宫承制，经于旧邑，税驾祈真东之佛舍。明日，有仙鹅五十只于池南。自兹一去，又隔三年。迨开宝三载，岁在庚午四月十九日，有仙鹅三十只现于池北。于当月二十五日，又百余只过于郊郭。时扶风马司空宪弦歌此邑。马君湘潭玉叶，好事之君子也。亦尝命驾祈真，祈祷真迹，果一月中仙禽两现。余家于邑中，熟谙本末，已曾为简能撰《仙鹅记》，甚得详悉。今请告南归，道肱又以观记见请，不可不重道仙鹅之来去矣。

原文前后皆较长，这里仅节录与刘元载有关的部分，即他自乾德元年（963）出任崇仁县令，听到仙鹅的故事，于是焚香祈祷，效果如影随形，当年就飞来二百余只，且连续三年都准时飞临县邑。到第三年，刘已改任南宫官职，偶然经过此邑，又有五十多只仙鹅现身池北。到开宝三年（970），仙鹅分两批再次飞来。此文作者乐史，一般说是抚州宜黄人，与崇仁为邻县。刘元载在县时，已经请他写过《仙鹅记》。至此因撰道观之记，详述其亲见之异事。现代科学对此很容易解释，即候鸟之迁徙，在栖息环境改善后，候鸟可以每年定期到此栖息觅食。此篇记录了连续多年仙鹅来憩的日期，十分珍贵。当然，也可以知道刘元载在南唐归宋前十多年，已经出任崇仁令。

　　南唐著名学者、诗人徐铉，在刘元载出守时，有《送刘司直出宰》一诗相送："之子有雄文，风标秀不群。低飞从墨绶，逸志在青云。柳色临流动，春光到县分。贤人多静理，未爽醉醺醺。"（《徐公文集》卷四）这里，看到刘之卓荦文辞，秀逸风采，也希望他胜任县职，静理而有成效。

　　见于方志者，《正德建昌府志》卷一一云邑人刘元载建南丰县江楼，在安禅寺前，后曾纡、曾巩皆有诗文赞之。《同治建昌府志》卷八云，刘元载，字景德，为南唐节度仁瞻之孙。"生长富贵，而端厚力学，手钞古书千百卷，与曾致尧为文章交，同赴举选，不利，遂抗节高隐。"此与前徐铉、乐史所述刘元载，年辈稍晚，似非一人。

　　由于孙冕没有提供刘元载妻之更多线索，就与赵晟母之年辈相近，且其诗流传于南唐来说，大约以崇仁令刘元载妻之可能会更大一些。从徐铉、乐史记载来说，能诗文、有风采的男子，与才女绝对般配。而仙鹅池的美丽传说，乐史仅记载了刘元载的祈祷有应，在这样美好的故事中，有一位才德俱佳、文采蕴藉之女子参与其间，画面也就更为完满了。

　　前引《诗话总龟》说"刘妻哀子无立"，即所生子皆未成年而早夭，这当然是家庭之不幸。估计此句仍源出孙冕《三英集序》，刘妻诗中容有较多涉及。

四、詹茂光妻

　　三英中，詹茂光妻实在没有任何线索可以寻觅。从其存诗《寄远》分析："锦江江上探春回，消尽寒冰落尽梅。争得儿夫似春色，一年一度一归来？"锦江在成都，作者很可能是一位蜀中的弃妇。称詹为"儿夫"，"儿"是自称，其身份很可能仅是侍儿，即下等的妾，男子是他的主夫。若然，则其身份比较卑微。《诗话总龟》说："詹妻留夫侍母病。"前已述可能源自孙冕《三英集序》。如留夫侍母病而夫妻长期分离，从"消尽寒冰落尽梅"中更能读懂她的绝望与无助。毕竟婆母有病，是可以夫妻共同照顾的，何以如此无望呢？是有不可解者。

五、赵晟与赵晟母

赵晟生平，较完备之记载见柳开《河东先生集》卷八《与起居舍人赵晟书》，其称"再拜奉书于为光足下"，知晟字为光。又云："开年十八，从列考御史来京师，始与为光相遇。当此时，为光承顺于先尚书公左右，亦迨余冠岁矣。一见甚相得，各自谓古人直不及我也。而后为光中进士第，历濠、襄两郡幕下，登朝迁拾遗、补阙，适广、桂诸部，得转运副使，连知虔、徐二州，任起居舍人，开亦窃进士科名，选授宋州右司寇，稍迁录事参军，为太子右赞善大夫、殿中丞，两为监察御史，知常、润二州军州事。"柳开生于后晋开运三年（946），自称年十八时赵晟"迨余冠岁"，即约年长于柳开三至五岁，生于晋高祖天福七年（942）前后。"先尚书公"指赵晟之父亲，应该有较高之地位，暂不能确定为谁。二人在宋京初识之时，当在宋太祖建隆（960—963）间，其后赵晟历任濠州、襄州两郡幕职，入朝后迁拾遗、补阙，然后南放到岭南之广、桂诸部，得任转运副使，又接连选知虔、徐二州，再入任起居舍人。从信写于柳开知润州之后一任来看，时间约在太平兴国末至雍熙初年间，原因是赵晟被派接任柳开之职务，可能即接任知润州。

此外，《舆地纪胜》卷三二云赵晟以开宝八年（975）自拾遗出知刚从南唐攻取的昭信军，即知虔州。《宋会要辑稿》食货之四九太平兴国二年（977）正月，赵晟以右拾遗为广南诸州转运副使。此外，《崇文总目》卷一二、《宋史·艺文志八》载赵晟有《金山诗》一卷，金山在润州，也可确认赵晟确实接柳开润州之职。

赵晟诗仅存一首。人民文学出版社出版周本淳整理本《诗话总龟》卷二八引《雅言系述》载：

> 孟宾于归隐，赵晟赠诗曰："上国登科建业游，鼎分踪迹便淹留。江干旅梦三千里，海内诗名四十秋。华表柱边人不识，烂柯山下水空流。自从叔宝朝天后，赢得安闲养白头。"

《诗话总龟》通行之明月窗道人本前集均缺卷二七、二八两卷，故此诗不为世人所知。周本淳先生所据为五十卷完整的明抄本，此诗尚存。孟宾于为南唐著名诗人，连州（广东今市）人。他入中朝，于晋末帝天福九年（944）登进士第，归仕马楚，复仕南唐。南唐亡时，他任水部郎中、分司南都，年已过八十，南唐亡即归连州。诗应作于赵晟知昭信军时，即为孟宾于自南都即洪州（今江西南昌）归乡必经之地。诗中"叔宝"指南唐后主李煜，对孟之科第、诗名及人生遭际，充满尊敬与同情，可以看到他的家学传统。

　　梳理清楚赵晟之生平经历，可以大约看清他母亲的基本情况。即她所嫁为五代至宋初官至尚书之显宦，她大约出生于后梁至后唐之间，如果入宋尚存，年龄大约四十岁左右。《诗话总龟》说"赵母惧子远游"，当自赵晟从宦经历言。前述赵晟之仕历遍及南北，母亲之担心当然可以理解。

六、《三英诗》品读

　　孙冕编《三英诗》，作序以传，当然不会一人仅录一首。各人有多少诗入集，真无法估计，约莫说，每人总该有十来首吧。可惜三女各仅存诗一首。且如前文所考，其中至少二人搭上了五代十国的末班车，她们的诗作，因此也可以视为唐诗。

　　刘元载妻《早梅》："南枝向暖北枝寒，一种春风有两般。凭仗高楼莫吹笛，大家留取倚阑干。"此诗所咏早梅，指冬末春初，乍暖还寒时节初开的梅花。作者身处南方，大约大寒至立春之间，得春光之先达，早梅即可开放。这里南枝、北枝，指梅树所在之位置，无论屋前向阳处，还是屋后背阴处，或者在山间，山南山北之植物接受阳光，更有巨大的落差。面对南方的梅花，更早地接受春阳之拂煦，凌寒先开，姿态娇美。而背阴处的梅花，就没有这样的幸运，还在寒风中等待。作者看到这种差异，同样的春风，为何处地之不同，遭遇就有如此大的不同。这里因咏早梅，而寄意对社会人生的感慨，意思清淡，但可体会。不过作者只是扣紧早梅的意思，并无意转入社会话题，因此后两句还是说早梅已开，应该及时观赏，珍惜其美好清香。这里的"莫吹笛"，因为最著名的笛曲《梅花三弄》，不免包含惋惜落梅的内容。梅花已经开了，应该及时观赏，更不可吹笛落梅。结句"大家留取倚阑干"，是希望梅花常开常新，彼此珍惜，共同观赏。诗意很简淡，确实给人以回味无穷的感受。

詹茂光妻《寄远》："锦江江上探春回，消尽寒冰落尽梅。争得儿夫似春色，一年一度一归来？"这首诗仍然写春天，仍然写梅花，但作者的心情与前一首有很大的不同。所谓"锦江江上探春回"，是说作者沿着锦江寻访春色，又回到居处。去了多少次，春色如何美好，走的是哪条路，有没有特别的所见所感，作者都没有说。但第二句极其强烈地说尽了每次探春的失望心情："消尽寒冰落尽梅。"可以设想，作者是在江水还在结冰的时候，已经多次观看春光何时可以来到。大地回春，万物昭回，作者和所有人都感受到了。层冰从开裂到渐次融化，梅花从凌寒独开，到迎春盛开，最后零落殆尽。这一切，作者都曾一一观察，看在眼中，记在心上。也就是她沿着锦江边的小路，已经走过无数遍，感寒冬之终逝，沐春光之和暖，看草木之丰茂，叹梅花之落尽。这句说的是自然风物，其实伤感的是自己韶华将逝，青春孤寂，人生无奈，感惜伤怀。后面两句是希冀，更是怨愤：我等待的那个人，难道就不能像春色有信，一年一归吗？你到底还要让我等待多久，能给我一个准信吗？所谓怨而不怒，作者是把握了尺度，很失望，但依旧在等待，在祈祷，希冀有所转圜。

赵晟母《惜别》："暖有花枝冷有冰，惟人没后却无凭。预愁离别苦相对，挑尽渔阳一夜灯。"此首诉离别之情，应该是夫妻分别时候的惜别之感。其中"惟人没后"四字，一般"没后"指人去世，与后二句的意思难以相接。如果"没"字改为"别"字，一切就晓畅了，可惜没有文本依据。《吟窗杂录》卷三一、《竹庄诗话》卷二二引《倦游录》作"佳人后会却无凭"，意思是通了，但如果是结婚多年的夫妻，孩子也渐渐大了，称"佳人"总有些装嫩，很可能为他人所改，只是唯如此，诗方能讲通。首句"暖有花枝冷有冰"，是说四季自有规律，春天花开，寒冬结冰，都可以预料。但人事却难以预料，分别后真不知何时可以再见。后两句是作者说别后的相思，但设想是男子别后而彻夜相思。渔阳在今北京与河北涿州一带，是唐或五代中原王朝与北族经常发生战争的地方。作者如果身在南方，则在渔阳的一定是从军的男子。前考赵晟之父宋初为尚书，不知为文官还是武职。如果说写实，则作者与丈夫别后，丈夫正在北方前线。女子怀人，偏说分别之际我已经想到别后的刻骨相思，你在渔阳军帐中，彻夜难免，挑尽寒灯。你知道我也一样在想着你吗？这让我们可以联想到柳永的名篇《八声甘州》："争知我，凭栏干处，正恁凝愁。"此诗作者的时代要早得多，当然柳永也未必读过她的诗。《诗话总龟》说"惧子远游"，当然母亲之念想也可以理解。但就此诗言，并非为儿子所写。

2022 年 11 月

五、唐诗文本的歧互变动

李白怎样修改自己的诗作

李白是天才诗人，古今皆无异辞。既然是天才，写诗当然可以随手拈来，皆成妙章，连脑子也不必转一下。一般学者似乎忽略了李白早年曾三拟《文选》的记载，也不太注意李白文集中保存的《拟恨赋》，就是三拟的孑存。什么叫三拟《文选》？就是他曾花费超过常人想象的气力，仔细揣摩过《文选》保存的梁以前数以百计的诗文，模仿各家风格，写作同样题目，由此揣摩艺术特色与风格差异。有此努力，他方能取得惊骇世人的成就。李白本人诗文，也曾反复修改，方得定稿。对此，我以往并没有明确的体会。在校定全部唐诗后，发现李白诗歌存世文本中存在大量异文，有许多类型是别家文集中少见或未见者。这些文本歧义当然有后世流传的因素，更多的可能则是李白本人反复修改定稿的结果。文献和学术层面的说明，已在拙文《李白诗歌文本多歧状态分析》（刊《学术月刊》2016 年 5 期），作了充分论列。本文拟作稍微通俗一些的阐说。

一、 李白存诗保存他自己改诗的证据

李白平生作诗数量巨大，到晚年方将存稿分两次交给友人结

集，一次是托魏颢编《李翰林集》二卷，时间可能在天宝末，另一次是临终托当涂令李阳冰编《草堂集》十卷。二集皆不存。宋初乐史编《李翰林集》二十卷、《别集》十卷，原本不传，世传有较晚出的《别集》，是否即出乐编，尚难确定。北宋宋敏求据上述诸集，复广求文献，编成《李太白文集》三十卷，元丰三年（1080）晏知止刻于苏州，为李集最早刻本。今存宋蜀刻本两种（简称蜀本），均源出晏本，分别藏日本静嘉堂文库和中国国家图书馆。另清康熙五十六年（1717）缪曰芑刻本，称据晏本翻刻，所据即今静嘉堂文库本，后《四库全书》本等均据缪本。另有宋咸淳刻《李翰林集》三十卷本（简称咸淳本），源出乐史编本，凡诗二十卷、文十卷。后出之各种注本，在此可以忽略。

　　蜀本与咸淳本为今存李白诗的两种最早刊本，世有共识。二集有较大差异，也有不少共同点。其中重要的共同点是，都记录了李白诗存在大量一诗有差异较大的两种或更多文本的现象，宋人结集刊刻时，对此作了适度处理，即他们认为有文本差异但可断为一首诗者，异文或别本仍记录于原诗下；在不同诗题或组诗下，内容相近的诗歌，或有所删并，或记录差异，或加按语说明，留下大量珍贵的记录。

　　二本有一重要的不同点，是咸淳本保留了参校的"一本"所存诗，较底本缺少二句或更多诗句的具体记录。校记如果出自乐史本人，则所揭"一本"当为南唐或更早之古本。所记凡三十四例，涉及二十五首诗，所涉皆古诗或乐府，没有句式多少之规定，故此类增删必与声律无关。各篇缺少诗句之位置，除一例在首四句，三例为末二句，其他二十九例均在诗的中间，每例少则二句，多则四或六句。

那么这些文本差异是怎么造成的呢？是李白本人删改或增补，还是后人流传中造成的呢？我在校完全部唐诗后，发现其他诗集中虽也有缺漏增衍，但绝没有这样大规模之增删。恰好有一重要旁证，即敦煌所出伯二五六七存李白诗四十三首，可以推测是源自李白诗歌的早期传本。该卷抄诸家诗，仅有王昌龄、丘为、陶翰、李白、高适五家题名，今知至少尚有吏部李昂、孟浩然、荆冬倩、常建四人诗，李白名署在诸诗中间，体例特殊。近人发现该卷与伯二五五二为一卷之前、后部分，伯二五五二另存高适诗四十八首，末二残诗则为另一诗人仓部李昂所作。二卷所收十家诗，最迟为高适《同吕员外范司直贺大夫再破黄河九曲之作》，作于天宝十二载（753）哥舒翰破吐蕃尽收九曲部落时。原卷不避顺宗讳，卷背有贞元九年（793）题记，大约最晚写于德宗前期，很可能为敦煌陷蕃前所写。

伯二五六七所存李白诗，可以认为出自李白的初稿，重要证据是诸诗诗题提供了各诗写作不为人知的细节。一是蜀本收李白《送贺宾客归越》："镜湖流水漾清波，狂客归舟逸兴多。山阴道士如相见，应写黄庭换白鹅。"天宝三载（744）初贺知章请自度为道士，辞官归乡，玄宗亲作诗为送，诏百官钱送于长乐坡，李白时已赐金还山，没有参与此会，诗题稍有疑问。唯伯二五六七题作"阴盘驿送贺监归越"，其地在长安、洛阳之间，是李白与贺在中道相遇，他书不载，最近真相。二是蜀本《酬中都小吏携斗酒双鱼于逆旅见

赠》，《河岳英灵集》题作"酬东都小吏以斗酒双鳞见赠"，稍简。伯
二五六七此诗题作"鲁中都有小吏逢七朗以斗酒双鱼赠余于逆旅因
鲙鱼饮酒留诗而去"，叙及小吏姓名，叙事亦较详。所作之地在鲁
中都，是蜀本稍简，《河岳英灵集》有误。这些细节非后人可以虚
构，应为写诗时的最初文本。三为伯二五六七录《赠赵四》，蜀本作
《赠友人三首》之二，即初写时有具体对象，结集时统称为友人。
此诗二本差异较大，在此不一一解说。

　　确认伯二五六七所录李白诗为一早期传本，恰好也可证明咸淳
本所录一本异文源出唐本。在伯二五六七所存四十三首诗中，可以
发现增删一句以上之例多达八例。蜀本《效古二首》其一，伯二五
六七题作"古意"，多"佳人出绣户，含笑娇铅红"二句；蜀本录
《月下独酌四首》前二首，伯二五六七则二首并为一首，题作"月
下对饮独酌"，缺"已闻清比圣，复道浊如贤。贤圣既已饮，何必求
神仙"四句。《太平广记》卷二一引《本事诗》引后一首题作"醉
吟"，恰好也没有这四句；蜀本录《酬中都小吏携斗酒双鱼于逆旅
见赠》："鲁酒若琥珀，汶鱼紫锦鳞。山东豪吏有俊气，手携此物赠
远人。意气相倾两相顾，斗酒双鱼表情素。酒来我饮之，鲙作别离
处。双鳃呀呷鳍鬣张，跋剌银盘欲飞去。呼儿拂几霜刃挥，红肥花
落白雪霏。为君下箸一餐饱，醉着金鞍上马归。"凡十四句。伯二五
六七没有"意气"二句，咸淳本、《分类补注李太白诗》及《河岳英
灵集》则皆无"酒来"二句。蜀本录《临江王节士歌》十二句，伯二
五六七无"白日当天心照之，可以事明主"二句。蜀本录《前有樽
酒行二首》之一，伯二五六七无"美人欲醉朱颜酡"句。蜀本录

《陌上桑》十八句，伯二五六七无"寒螀爱碧草，鸣凤栖青梧"二
句。蜀本收《胡无人》二十句，伯二五六七诗末无"胡无人，汉道
昌。陛下之寿三千霜，但歌大风云飞扬，安用猛士兮守四方"五
句。《蜀道难》，伯二五六七较传世文本少"锦城虽云乐，不如早还
家"二句。以上八例，在四十三首中所占比例很高，足证咸淳本校
记保存古校渊源有自，且可证明这些文本差异不是流传中缺失，应
是作者本人有意识的增删。

二、《古风五十九首》之形成

《古风五十九首》在各本李白集中，皆居诗之首卷，可以认为
是李白一生最用力写作、也最为重视的代表作。但疑问也多。

首先，蜀本作《古风五十九首》，咸淳本作《古风六十一首》。
后者增出的两首，一是其八："咸阳二三月，宫柳黄金枝。绿帻谁家
子？卖珠轻薄儿。日暮醉酒归，白马骄且驰。意气人所仰，冶游方
及时。子云不晓事，晚献《长杨辞》。赋达身已老，草《玄》鬓若
丝。投阁良可叹，但为此辈嗤。"二是其十六："宝剑双蛟龙，雪花
照芙蓉。精光射天地，雷腾不可冲。一去别金匣，飞沉失相从。风
胡灭已久，所以潜其锋。吴水深万丈，楚山邈千重。雌雄终不隔，
神物会当逢。"蜀本收入另卷，题作"感寓二首"。二诗在宋初所编
《唐文粹》卷一四上所收，皆题作"古风"。究竟《古风五十九首》
是李白自定，还是宋敏求为贴近《古诗十九首》而改动，目前还难
下定论。

《古风五十九首》所附校记，至少四首有较大幅度的修改。

一是其三十九："登高望四海，天地何漫漫！霜被群物秋，风飘大荒寒。荣华东流水，万事皆波澜。白日掩徂辉，浮云无定端。梧桐巢燕雀，枳棘栖鸳鸾。且复归去来，剑歌《行路难》。"此诗深受阮籍《咏怀诗》影响，写登高望远的岁末衰瑟之感。别本作："登高望四海，天地何漫漫！霜被群物秋，风飘大荒寒。杀气落乔木，浮云蔽层峦。孤凤鸣天霓，遗声何辛酸。游人悲旧国，抚心亦盘桓。倚剑歌所思，曲终涕洄澜。"前四句全同，其后差别很大。别本在写出岁末万物凋零之感后，写寒杀之气使乔木凋零，浮云蔽淹层峦，孤凤独鸣，声调辛酸。其后引出游子思乡悲旧国之情，以倚剑悲歌、曲终泪落作结。将伤时与思乡两个主题交叉表达，情感表达显得并不集中强烈。正本则写时光与荣华如同逝水般一去不还，更增万事无望之感。接写白日辉黯，浮云不定，梧桐本为凤凰所居，现在为燕雀所占，高洁玉食的鸳鸾只能栖处枳棘之中，寓时之小人得志，英杰沉沦，更增忧时之感。最后以归来悲歌作结。正本集中表达人生漂泊不定、岁暮伤时之感，显然较别本为优。

二是其四十六："一百四十年，国容何赫然！隐隐五凤楼，峨峨横三川。王侯象星月，宾客如云烟。斗鸡金宫里，蹴鞠瑶台边。举动摇白日，指挥回青天。当途何翕忽，失路长弃捐。独有扬执戟，闭关草《太玄》。"别本作："帝京信佳丽，国容何赫然。剑戟拥九关，歌钟沸三川。蓬莱象天构，珠翠夸云仙。斗鸡金城里，走马兰台边。举动摇白日，指挥回青天。当途何翕忽，失路长弃捐。独有扬执戟，闭关草《太玄》。"此诗述帝京今古盛衰之感，"当途"二句是中心，末二句概括卢照邻《长安古意》"寂寂寥寥杨子居，年年岁岁一床书。独有南山桂华发，飞来飞去袭人裾"之意，写有才学之士之寂寞不得志。末六句全同，差别在前八句。正本首句改为"一百四十年"，写出自唐开国后之盛况，也点明作于安史乱后，由盛剧衰之原因。中间长安、洛阳城的景象有所改变，诗旨则更为强烈。

三是其五十四："倚剑登高台，悠悠送春目。苍榛蔽层丘，琼草隐深谷。凤皇鸣西海，欲集无珍木。鸒斯得匹居，蒿下盈万族。晋风日已颓，穷途方恸哭。"别本作："倚剑登高台，悠悠送春目。苍榛蔽层丘，琼草隐深谷。翩翩众鸟飞，翱翔在珍木。群花亦便娟，荣耀非一族。归来怆途穷，日暮还恸哭。"诗咏登高伤春，亦仿阮籍《咏怀》，感慨世俗奔竞，贤人不受时重，自感途穷而恸哭。别本中间出现"众鸟""群花"之不同物象，正本则改为凤凰与鸒斯之雅俗之比和命运之分，更集中表述贤人途穷之无奈运命。

四是其七，似有三本。一为蜀本正文："客有鹤上仙，飞飞凌太清。扬言碧云里，自道安期名。两两白玉童，双吹紫鸾笙。去影忽不见，回风送天声。举首远望之，飘然若流星。愿餐金光草，寿与天齐倾。"二为蜀本校记之别本："五鹤西北来，飞飞凌太清。仙人绿云上，自道安期名。两两白玉童，双吹紫鸾笙。飘然下倒景，倏忽无留行。遗我金光草，服之四体轻。将随赤松去，对博坐蓬瀛。"三为《李诗通》《全唐诗》校记所引："客有鹤上仙，飞飞凌太清。扬言碧云里，自道安期名。两两白玉童，双吹紫鸾笙。飘然下倒景，倏忽无留形。遗我金光草，服之四体轻。将随赤松去，对博坐蓬瀛。"其三为拼合前二本而成，即前六句同蜀本正文，后六句与蜀本校引别本仅一字不同，故不足为据。诗述对游仙之向往，别本到正本的改动较大，即别本首句写五鹤飞来，有鹤而无人，正本改为客即骑鹤之仙人，与次句相接，是仙人凌空，游邀天地间。三句原写仙人身居云上，因首句之改，顺改为"扬言碧云里"，是就仙人之发声。末之六句，正本"去影忽不见，回风送天声"两句，是对别本"飘然下倒景，倏忽无留行。遗我金光草，服之四体轻"四句的改写，写仙人临去时候的情景，仔细体会，正本更见仙人之若有若无，即临去之际的仙味。"回风送天声"是诗中得意之句。别本末句写我遇仙后之誓愿，在正本中则衍为四句："举首远望之，飘然若流星。愿餐金光草，寿与天齐倾。"都写我之遇仙与誓愿，举首远望极见对仙人之倾慕之忱，而仙人留下之金光草，从仙人之遗留，改为我接受后愿饮服。别本写到古仙赤松，写到蓬瀛博戏，只是要传达升仙长寿之境界，正本改为"寿与天齐倾"，直截了当地写出求仙食草之结果。

《古风五十九首》与《感兴八首》重合者三首，也可以视为定本与初稿之关系。

其一，《感兴八首》之四："芙蓉娇绿波，桃李夸白日。偶蒙东春荣，生此艳阳质。岂无佳人色，但恐花不实。宛转龙火飞，零落互相失。讵知凌寒松，千载长守一。"《古风》其四十七："桃花开东园，含笑夸白日。偶蒙东春荣，生此艳阳质。岂无佳人色，但恐花不实。宛转龙火飞，零落早相失。讵知南山松，独立自萧飈。"萧士赟曰："观者试以首句比并而论，美恶显然，识者自见之矣。"二首除细节区别外，重要区分在首尾各二句。《古风》直接写桃花绽开时的得意诩夸，《感兴》则先写芙蓉，再写桃李，虽然众花纷纷，意象显然并不统一。末二句皆写松之对比，《古风》显然更为形象，也更为独立不移，与桃花之零落适成强烈对比。《感兴》末二句稍显抽象，所谓千载守一也无法在对比中展示。

其二，《感兴八首》其六：“西国有美女，结楼青云端。蛾眉艳晓月，一笑倾城欢。高节夺明主，炯心如凝丹。常恐彩色晚，不为人所观。安得配君子，共成双飞鸾？”《古风》其二十七：“燕赵有秀色，绮楼青云端。眉目艳皎月，一笑倾城欢。常恐碧草晚，坐泣秋风寒。纤手怨玉琴，清晨起长叹。焉得偶君子，共乘双飞鸾。”二诗前半相似，“常恐”二句及末二句诗意亦大约相同。王琦云：“此篇与二卷中古诗之二十七首互有同异，想亦是其初稿，编诗者不审，遂重列于此耳。注已见前者，不复重出。”差别在一写西国美女，一写燕赵秀色，《感兴》写美女之高节，内心明亮如凝丹；《古风》则写岁暮之际美人之悲哀。相比较言，《古风》似更胜，为定稿。

其三，《感兴八首》之七：“竭来荆山客，谁为珉玉分？良宝绝见弃，虚持三献君。直木忌先伐，芬兰哀自焚。盈满天所损，沉冥道所群。东海有碧水，西山多白云。鲁连及夷齐，可以蹑清芬。”《古风》其三十六：“抱玉入楚国，见疑古所闻。良宝终见弃，徒劳三献君。直木忌先伐，芳兰哀自焚。盈满天所损，沉冥道为群。东海泛碧水，西关乘紫云。鲁连及柱史，可以蹑清芬。”两篇的差异仅在一些细节方面，都从卞和荆山得玉起兴，差别仅在因三度献玉不售且遭祸的命运，比较高蹈避祸的态度，认为后者更显得高尚。《感兴》连用鲁仲连和伯夷、叔齐的典故，《古风》则似乎觉得以老子西行出关典故与鲁连放在一起，比伯夷、叔齐采薇西山更为恰当，因而有改动。《分类补注李太白诗》卷二四萧士赟曰："按此篇已见二卷《古风》三十六首，但有数语之异，编诗者不忍弃，故两存之。"大致符合实情，二诗确为一诗之前后稿。

《古风五十九首》是一大组诗，今人认为非李白一时一地之作，甚是。上述七首诗的两种文本，大多应以《古风》为佳胜，足见李白对此组诗之反复修改。其他五十多首，也很可能经过这样的再三增改删订，只是不似此七首诗，留下具体的文本差异，可供分析斟酌。

三、北门之厄的两度叙述

《叙旧赠江阳宰陆调》是李白赠旧友陆调的长诗，其中回忆早年参加长安城中斗鸡徒群殴一节，常为学者引及，许多年前有人谑称李白为古惑仔，所据也主要是此诗。蜀本正文录此诗为：

> 泰伯让天下，仲雍扬波涛。清风荡万古，迹与星辰高。开吴食东溟，陆氏世英髦。多君秉古节，岳立冠人曹。风流少年时，京洛事游遨。腰间延陵剑，玉带明珠袍。我昔斗鸡徒，连延五陵豪。邀遮相组织，呵吓来煎熬。君开万丛人，鞍马皆辟易。告急清宪台，脱余北门厄。间宰江阳邑，蔺棘树兰芳。城门何肃穆，五月飞秋霜。好鸟集珍木，高才列华堂。时从府中归，丝管俨成行。但苦隔远道，无由共衔觞。江北荷花开，江

南杨梅熟。正好饮酒时，怀贤在心目。挂席候海色，当风下长川。多酤新丰酿，满载剡溪船。中途不遇人，直到尔门前。大笑同一醉，取乐平生年。

诗可能作于天宝六载（747）李白居金陵时。江阳为扬州郭县，时陆调为令在江北，李白欲往访，先作此诗为赠。诗从东吴开国，陆氏远德说起。泰伯、仲雍传为周太王二子，太王欲立幼子季历（周文王之父），泰伯、仲雍逃奔东南，后为吴越之祖。陆调先世为吴郡陆氏，世沐泰伯仁风，多英杰之士。说到陆调，则称赞他秉承古风，卓立人群，年轻时已经在长安游历，结交了许多朋友。"腰间延陵剑，玉带明珠袍"二句，写陆之仪态服饰。延陵剑用季札故事，既契陆之南人身份，又见其尚武而重友情。自己与陆之特殊友谊，诗中用八句讲到彼此遭遇："我昔斗鸡徒，连延五陵豪。邀遮相组织，呵吓来煎熬。君开万丛人，鞍马皆辟易。告急清宪台，脱余北门厄。"五陵为汉五帝陵墓所在地，为汉唐以来贵族子弟聚会游乐处。斗鸡为开元间纨绔子弟热衷的活动，李白初游长安，年约三十岁，似也参与其间。中间似乎出现了重大的群体冲突，参与之恶徒人数多，且不择手段来为难李白，李白处境非常艰窘。这时陆调出手相援，在万人丛中将李白救出。其中北门为长安北门，为皇家私兵屯聚之处，清宪台一般指御史台，为弹劾官员之机构，疑李白此处借指得到地方管理衙门的援手方得脱险。"间宰江阳邑"以下回到眼前，写陆调为官得政，地方肃穆，门下也多人才，"丝管"句尤称其治成而得亲音乐。诗的后半说相隔久远，未获同饮。"江北荷花开"述己之所在，"江南杨梅熟"述陆所居。"正好饮酒时，怀贤在心目"二句，说你就是我心目中的酒友。接着说风色恰当，自己立即出发。"多酤新丰醿，满载剡溪船"二句，是说自己会载酒而来，也嘱咐陆调宜早备佳酿。最后说我不找别人，直接就到你家门前，大笑同醉，必是平生快事。

但在蜀本、咸淳本此诗下，皆注明此诗之另一文本，且较前本增加很大篇幅，于北门之厄叙述尤详，具录如下：

> 泰伯让天下，仲雍扬波涛。清风荡万古，迹与星辰高。开吴食东溟，陆氏世英髦。夫子时峻秀，岳立冠人曹。风流少年时，京洛事游遨。骖骥红阳燕，玉剑明珠袍。一诺许他人，千金双错刀。满堂青云士，望美期丹霄。我昔北门厄，摧如一枝蒿。有虎挟鸡徒，连延五陵豪。邀遮来组织，呵吓相煎熬。君披万人丛，脱我如貔牢。此耻竟未刷，且食绥山桃。非天雨文章，所祖记风骚。苍蓬老壮发，长策未逢遭。别君几何时，君无相思否？鸣琴坐高楼，渌水净窗牖。政成闻雅颂，人吏皆拱手。投刃有余地，回车摄江阳。错杂非易理，先威挫豪强。城门何肃穆，五月飞秋霜。好鸟集珍木，高才列华堂。时从府中归，丝管俨成行。但苦隔远道，无由共衔觞。江北荷花开，江南杨梅熟。正好饮酒时，怀贤在心目。挂席拾海月，乘风下长川。多沽新丰醿，满载剡溪船。中途不遇人，直到尔门前。大笑同一醉，取乐平生年。

诗的前十句与末十八句几乎全同，中间部分差别很大。其一，于陆调在京城中交游与形貌，此作"骖骥红阳燕，玉剑明珠袍。一诺许他人，千金双错刀。满堂青云士，望美期丹霄"。说他骑马身形矫捷，"玉带"换成了"玉剑"，可能与陆调当时是否授官有关。写他重然诺，则强调友人间即有价值千金之"双错刀"，也轻掷而不顾惜。接写友朋间对陆调的期待，"丹霄"是指在朝中任高官。估计这一段捧陆之声誉，与别后陆之处境，实在相差很大，因而删改。关于北门厄，则差别太大。照正本所述，李白为斗鸡徒中的一员，参与其事而遭困。蒿是一种河边生长、细弱而随风即倒之植物。照别本，则李白混迹群殴，完全不堪一击。"有虎挟鸡徒"一句，虎应指虎贲，唐避讳或作武贲，是有军人与鸡徒勾结，使李白深陷其间而难以脱身。"君披万人丛，脱我如貔牢"，陆调当然英雄如前，李白的处境似乎是从群凶的困厄中脱出，但"脱我如貔牢"可以有二解，一是说帮助自己解脱如貔牢般的困境，似也可理解为遭到清宪台所拘押，即虽被陆调救出，仍难免"貔牢"之祸。何者为是呢？我更倾向于后一说。即若逃出，当作"出貔牢"。正本改作"告急清宪台，脱余北门厄"，事件肯定惊动了有司，陆调不是个人的行为，既然有司出动，李白没有受困死伤，当属幸事，但他必然也会遭到有司之盘诘与讯问，关押一段时间也是可能的。李白当然以此为奇耻大辱，引出下句"此耻竟未刷，且食绥山桃"，这样的耻辱竟久而未得刷洗，只能转而求修仙之路。绥山桃事见《列仙传》。其后则写自己转治文学，年岁渐增，治国有策但一直没有得到机会。是先说与陆调别后自己的遭际，再恭维陆调的政绩。转折处是说与你分别许久了，你曾想过我吗？其实是两人北门别后，再无过从。与正本相比较，知道陆调在任江阳令前，还曾有一段相当成功的宦绩，不仅居处高洁，且人吏拱手，政成有诵。有前一段的成功，回车转摄江阳，疑陆以淮南幕职而摄江阳令。对陆调之江阳为政，此称"错杂非易理，先威挫豪强"，与正本之"翦棘树兰芳"意同，但更为强烈。

《叙旧赠江阳宰陆调》如此大幅度之删改，显示李白对最初文本中过于渲染自己之狼狈不堪，且涉及陆调之早年声誉与后来为政，都感到不满，因此有以改作。是否还涉及某些忌讳，还可再酌。

李白集中自我修改之例极多，不胜枚举，本文仅试举二例，以揭诗仙之努力勤奋。俗人呆读，难以揣度上仙之真意，疏忽之处，读者谅之。

2021 年 12 月

大梅法常二偈之流传轨迹

大梅法常是中唐的一位禅宗僧人，平生存世仅二禅偈。《全唐诗》收入二偈，但都不在他本人名下，再仔细斟酌，其偈居然为僧、道二家皆乐于引申发挥。幸亏日本尚存其语录，可以据而恢复真相。在唐诗流布史上，是很特殊的案例。请述其始末。

一

释法常（752—839），俗姓郑，襄阳（今属湖北）人。幼出家于荆州玉泉寺。年二十，于龙兴寺受具足戒。后师马祖道一，得嗣禅法。德宗贞元十二年，自天台移居余姚南七十里之大梅山，其地即汉梅子真旧隐处。世称大梅和尚，习称大梅法常。文宗开成初建成寺院，四方僧侣请学者达六七百人。开成四年（839）九月卒，年八十八。事迹见《祖堂集》卷一五、《宋高僧传》卷一一、《景德传灯录》卷七本传。

法常谈禅语录，门下辑为《明州大梅山常禅师语录》，中国不传，日本金泽文库藏有旧抄本，今存称名寺，日本学者日置孝彦撰《明州大梅山常禅师语录之相关考察》有校录本，刊《金泽文库研究纪要》第十号（临川书店1989年版）；贾晋华《传世洪州禅文献考辨》(刊《文史》2010 年第 2 辑) 也有考及。

《明州大梅山常禅师语录》存法常偈二首。其一有写作始末之叙述：

> 唐贞元中，盐官会下有僧因采拄杖迷路，偶到庵所，遂问云："和尚住此山多少时?"师云："只见四山青又黄。"僧云："出山路向什么处去?"师云："随流去。"僧归，举似盐官。官云："我在江西时，曾见一僧，自后不知消息，莫是此僧不?"遂令僧去招之，师答以偈云："摧残枯木倚寒林，几度逢春不变心。樵客遇之犹不顾，郢人那得苦追寻?"

盐官和尚姓李，法名齐安，也是马祖弟子，与法常算是前后同学，他振锡传法之地在杭州盐官镇海昌院。他的门下有僧人迷路，偶然涉足法常所在之地，于是询问："和尚住此山多少时?"法常不作正面回答，仅云四季循环，四山春则见青，秋则转黄，周而复始。也就是说自己已经记不得经过了多少岁月，同时也包含远离世俗，不记岁月多少之态度，因为计算年月仍是不忘俗世之事。僧进而问具体之问题，即从你所住寺院，如何出得山去，这是迷路者希望给以指点道途。法常答曰"随流去"，也就是随着溪流下山，自然可以找到下山的道路，同时也包含随顺自然、不作刻意矫行的态度。僧人回到盐官，将此段经历说给齐安禅师，齐安马上认准这位高僧应该就是他在江西马祖席上的同学法常，于是再令僧到大梅山礼请法常，法常作此偈为答。

偈是一种僧人所作的韵文，早期翻译佛经中也多有之，但多不押韵，文采也不甚讲究。唐代僧人则以说偈来传达佛理，所作也多采取古今体诗歌的格式，法常此偈就属于这类作品，已经是很成熟，且严格讲究押韵和平仄协调的一首七言绝句了。前二句说自己在山间看到四季的变化，但始终没有放弃远离尘俗的信念。冬天来了，北风峭冷，摧残群芳，万树凋零，自己独倚寒林，坚守寂寞。春暖花开，万物昭始，自己的内心也没有任何变化。偶然遇到山间打柴的樵夫，自己仍旧修法，从来没有受外物的影响。郢人用《庄子》里运斤成风的郢客，来比喻关心自己的齐安法师，是说齐安当然是比樵夫更具才能的高人，但是你坐你的庙，我修我的禅，我不麻烦你，可否请你也不要苦苦相逼。言下之意，我坚持自己的修道，请你不必影响于我。

第二首，《明州大梅山常禅师语录》殿于卷末，仅题"迁居颂"，其文云："一池荷叶衣无尽，数树松花食有余。刚被世人知住处，更移茅舍入深居。"仅就文意说，与前偈似有连续性，即前偈说自己坚持自己的选择，不愿意随人左右，此偈则说既然已经被世人找到了自己的居处，只能将茅舍迁入更远的山间居住。偈仍然是很讲究平仄变化的七言绝句。前二句说虽然山居生活艰苦，但有满池荷花，即便以荷叶为衣，自己也一生穿用不匮，而数树松花，也足以饱啖为生。衣食无忧，自是修禅的好居处，又何必踏足红尘呢？《语录》没有叙述此偈的本事，但南宋人撰《宝庆四明志》卷一三则叙述甚详：

> 大寂闻法常住山，乃令一僧到问云："和尚见马师得个什么，便住此山？"法常云："马师向我道即心是佛，我便向这里

住。"僧云："马师近日佛法又别。"法常云："作么生别？"僧
云："近日又道非心非佛。"法常云："这老汉惑乱人，未有了
日。任汝非心非佛，我只管即心即佛。"其僧回举似马祖，祖
云："大众，梅子熟也。"法常又有诗云（诗略）。

引偈此称诗，文字仅"更"作"又"，故此处从略。大寂即马祖
道一，是法常的授法师，可能齐安在追问未果后，更将所知告马
祖，马祖乃更遣僧去询问，这回法常不能不见了。马祖所问是：你
在我这里得到了什么禅法，以至远避尘世，住此山以修禅？ 法常的
回答是：老师要我"即心是佛"，即通过自己的内省而修法，于是就
到山间居住。来僧说，马师近日佛法已经大变，不讲即心是佛了，
转而讲非心非佛了。这应该是一代宗师马祖禅法前后的重要变化，
也可知法常应是马祖早期的弟子。法常闻僧说如此，情绪有些激
动，大呼"这老汉惑乱人"，你怎么可以一会儿变一套禅法，简直是
在糊弄人。但我只相信以往所得到的即心是佛的禅法，你去说你的
非心非佛，我还是相信当年听闻的那一套。马祖听闻后，不以为
非，乃对僧众宣布："梅子熟也。"即认为由于法常的坚持，他的修
法已经获得了正果，给以高度礼赞。

法常虽仅存此二偈，但此二偈不同于一般僧人偈颂之喜谈佛
理，过于抽象，而是用很具体生动的形象来表达自己执拗的追求，
绝不随波逐流。二偈文辞讲究，声韵谐和，连二三句间的粘连也很
规范，可以见到作者驾驭文辞的娴熟能力。如果他平日坚持写作，
应该有许多作品。

二

　　以上二偈，《全唐诗》收了，却全部在他人名下。前一首，《全唐诗》卷八二三误收于耽章（即曹山本寂）名下。南唐静、筠二僧撰《祖堂集》卷八《曹山和尚》云：

　　　　钟陵大王向仰德高，再三降使迎请，师乃托疾而不从命。第三遣使去时，王曰："此度若不得曹山大师来，更不要相见。"使奉旨到山，泣而告曰："和尚大慈大悲，救度一切。和尚此度若也不赴王旨，弟子一门便见灰粉。"师云："专使保无忧虑。去时贫道附一首古人偈上大王，必保无事。"偈曰："摧残枯木倚青林，几度逢春不变心。樵客见之犹不顾，郢人那更苦追寻?"使回通偈，王遥望山顶礼曰："弟子今生决定不得见曹山大师也。"

曹山和尚本寂，是洞山良价的弟子，禅宗五宗之一曹洞宗的建立者。曹山之地在临川，即今抚州。钟陵大王指唐末割据江西的军阀钟传，其人礼敬文士，重视佛法，有许多轶事为人称道。他听闻曹山本寂之名，心向往之，因而有些霸王硬上弓般地再三派使者去邀请。曹山巧妙应对，引法常偈作为自己不受邀约的原因。在使节认为和尚若不赴请，可能会殃及自己生命时，曹山引此也说明不赴约完全是因为自己修禅的缘故。曹山法名本寂，俗姓黄，出生于法常去世之次年，但他似乎仅知此为僧界流传之古人偈，也不一定能确切了解作者及本事。所引偈有几字不同，这是正常的现象。

《祖堂集》既说曹山所引为古人偈，则显然非其本人作。但以后辗转流传的著作，如《禅林僧宝传》卷一即作曹山诗，忽略了引他人诗的事实。而《莆阳比事》卷七、《莲堂诗话》卷上、《八闽通志》卷八六、《唐音统签》卷九〇八则取曹山别名耽章以传。《全唐诗》编修于清康熙间，那时的学者多数对僧史很生疏，于是不加鉴别地收在耽章名下。《明州大梅山常禅师语录》当然是可靠的最早记载，其实在《祖堂集》卷八、《景德传灯录》卷八、《五灯会元》卷三、《苕溪渔隐丛话后集》卷三七引《传灯录》等记载中，皆作法常不误，可惜当时未作深究。

《迁居颂》的传误情况更复杂。《全唐诗》卷八六〇收于许宣平下，题作"见李白诗又吟"，诗云："一池荷叶衣无尽，两亩黄精食有余。又被人来寻讨着，移庵不免更深居。"较早记录见《云笈七签》卷一一三：

> 天宝中，李白自翰林出，东游经传舍，览诗吟之，叹曰："此仙人诗也。"诘之于人，得宣平之实。白于是游及新安，涉溪登山，累访之不得，乃题诗于庵壁曰："我吟传舍诗，来访仙人居。烟岭迷高迹，云林隔太虚。窥庭但萧索，倚杖空踟蹰。应化辽天鹤，归当千载余。"宣平归庵，见壁诗，又吟曰："一池荷叶衣无尽，两亩黄精食有余。又被人来寻讨着，移庵不免更深居。"其庵后为野火烧之，莫知宣平踪迹。

更早且较完整记载许宣平故事者为南唐沈汾《续仙传》卷中，记许为新安歙人，睿宗景云中，隐于城阳山南坞，结庵以居。时或负薪以卖，常挂一花瓢及曲竹杖，每醉则吟诗。历三十余年，或济人艰危，或救人疾苦，人访之则不见。李白曾累访之不遇，乃于其庵壁题诗，许见而作此诗。从目前所知说，李白、许宣平诗事大体为唐末人附会成篇。现既知"一池荷叶"篇本为大梅法常所作，而被神仙家编派为许诗。本来，法常此偈即颇有道风，如荷荼丈人本为古仙，以松花为食更近道家行为，因而稍加改动而成神仙事迹，也就不奇怪了。

到南宋初董棻编《严陵集》卷二，更收此篇为罗万象《白云亭》，诗云："一池荷叶衣无尽，数树松花食有余。刚被世人知住处，不如依旧再移居。"前三句全同，末句文字几全异，但意思则同。沈汾《续仙传》卷中云："罗万象，不知何所人。有文学，明天文，洞深于《易》，节操奇特。惟布衣游天下，居王屋山。久之，游罗浮山，遂结庵以居。"《舆地纪胜》卷八引晏殊《类要》云："唐罗万象者，分水县人也。隐于紫逻山。节度使李德裕使人召之，闻之，更移入深山，依白云而居，终身不出。"看来至少在宋初，法常偈已经附会到罗身上去了。《全唐诗续补遗》卷六据以补为罗佚诗，看来也有问题。今人曹汛撰《全唐诗续补遗订补剩稿下编》（刊《文史》第 34 辑）谓《五灯会元》卷三收大梅法常偈，与此多同。虽引书证稍晚，但结论是对的。

此外，清邓嗣禹编《沅湘耆旧集》卷一○引此颂作隐山和尚偈，亦误。据《祖堂集》卷二○《隐山和尚》载"洞山行脚时，迷路入山，恰到师处"。估计因故事相近而传误。所出较晚，不详辨。

三

以上略述大梅法常禅师二偈之流传始末，足为唐代文学作品流传的特殊个案。若非日本金泽文库本《明州大梅山常禅师语录》的完整保存，可能二偈到底为谁所作，还会有许多的争议。清编《全唐诗》虽称皇家工程，且能接续明末清初多位学者的工作，但疏于考订，鉴别不精，又迫于皇命，仓促成编，虽流传甚广，其可信程度实在很值得怀疑。禅僧偈颂，再三被误传为道教神仙家的故事，也确属难得的个案。今人喜谈写本时代的文本形态，我仅能作部分的赞同。其实，从法常二偈的个案故事来说，我则认为写本、刊本以及谈论之类口耳相传的民间流播，都会造成作品的传误与变形，特别是后者，几乎每一时代都有许多变讹或再创作的例子。若不究根寻源，区分信值和主次，区分可靠文本与传说文本，去伪存真，还原真相，总难让读者充分信任。这项工作，正是负责任的唐诗研究者应该担负的责任。

2016 年 12 月 12 日

晚唐诗人李郢及其自书诗卷

就文本流通来说，唐代仍属于写本为主的时代。诗人要作品流布，要投卷晋谒，要诗简酬和，要大众阅读，主要还是靠抄写。唐诗人善书者甚多，唐时诗卷也应该有很大数量。然而就今日可见之诗人自书诗真迹，似只有杜牧《张好好诗》孤篇巍然保存。而诗人之自书诗卷，南宋后似仅有许浑《乌丝栏诗真迹》与李郢自书诗卷留存。前者有许浑本人大中四年（850）三月十九日自序，称"编集新旧五百篇"，自写以存。至南宋岳珂所见，仅存前半一百七十一首，约占全卷三分之一。原卷早已不知所踪，幸亏岳珂将其全文抄入所著《宝真斋法书赞》。后者原书亦亡，但《永乐大典》大多抄录，清开四库馆时复辑出，得以保存文本。

李郢自书诗卷似乎要幸运得多。其大中十年（856）自书七言诗真迹一卷，清内府藏于淳化轩，《秘殿珠林石渠宝笈续编》全录，存诗凡四十一首，有宋乐全居士张确和元柯九思、陈绎曾、周仁荣、张翥五人题跋，录前三人跋如次：

> 李公尝出守房陵、商州，有善政，以能诗闻诸公间，有文集行于世。此诗翰墨豪健，自成一家。宣和六年（1124）季夏一日，乐全居士书。（《秘殿珠林石渠宝笈续编》原注：张密学讳确，字子固。《壮陶阁帖》跋：旁有项叔子印，不知何人注也）

右唐李郢字楚望书七言诗真迹，后有张乐全跋，曾入绍兴
内府，合缝小玺具存。诗法清丽，笔意飘撇，自有一种风气。
仆仅见宣和所收许浑诗稿，精致亦如之，足以见唐人所尚，流
风余韵，令人兴起。至治初，以佳本定武《兰亭》易得之，爱
玩不能去手。丹丘柯九思识。

唐李楚望端公大中十年七言诗一卷。楚望以是岁登进士
第，其上主司诗云："闭户偶多乡老誉，读书精得圣人言。"视
"一日看尽长安花"，殆有间矣。宜其疏于驰竞，以藩镇从事终
也。此纸乌丝栏，绝精致，字画有欧、柳意。楚望居余杭，岂
出于故家遗俗之所传者欤？泰定元年（1324）十月十三日，吴
兴陈绎曾书。

另《秘殿珠林石渠宝笈合编》六册第三一六四页有张翥《题李郢自
书诗稿》："楚望风流及第初，当年吟稿尚遗余。名齐商隐工诗律，
字逼诚悬善楷书。玉篆龙章朱尚湿，乌丝茧纸雪难如。昔贤真迹今
人赏，时向风檐一卷舒。"就以上诸家跋，知李郢此卷写于大中十
年，也即他进士登第的一年，字迹应为行书，故称其"翰墨豪健"
"笔意飘撇"，"有欧、柳意"。张确跋称其"尝出守房陵、商州，有
善政"，在唐人记载和李郢本人存诗中，找不到对应痕迹，不知是
否有误记。南宋初入绍兴内府，至治初归柯九思，何时入清宫，未
见记录。清亡后流出，初归裴景福，其著《壮陶阁书画录》卷二有
录文，较《秘殿珠林石渠宝笈续编》稍异。近年上海书画出版社刊
张珩著《木雁斋书画鉴赏笔记》，张氏题记云："二十年前曾观于抡
贝子家"，约为1941年事。抡贝子为庆亲王奕劻第五子，清亡后居

天津，殁于1950年。其所藏，今不知何在。张氏对此卷有校记，附注谓《墨缘汇观法书》有此卷，有学生查到此书，仅加著录，无全引或影印。应尚存天壤间也，不知在何藏家手中。此为唐知名诗人唯一存世诗卷，亟当珍惜为颂。

李郢为晚唐著名诗人，唐人笔记多载其轶事，如《金华子杂编》卷下（据《唐语林》二校改）载："李郢诗调美丽，亦有子弟标格，郑尚书颢门生也。居于杭州，疏于驰竞，终于员外郎。初将赴举，闻邻氏女有容德，求娶之。遇同人争娶之，女家无以为辞，乃曰：'备一千缗，先到即许之。'两家具钱，同日皆往。复曰：'请各赋一篇，以定胜负，负者乃甘退。'女竟适郢。初及第回江南，经苏州，遇亲知方作牧，邀同赴茶山。郢辞以决意春归，为妻作生日，亲知不放，与之胡琴、焦桐、方物等，令且寄代归意。郢为《寄内》曰：'谢家生日好风烟，柳暖花香二月天。金凤对翘双翡翠，蜀琴新上七丝弦。鸳鸯交颈期千载，琴瑟谐和愿百年。应恨客程归未得，绿窗红泪冷涓涓。'"《全唐诗》卷五九〇拟题作"为妻作生日寄意"，反不如原题"寄内"为妥帖。同卷又载："兄子咸通初来牧余杭，郢时入访犹子，留宿虚白堂云：'秋月斜明虚白堂，寒蛩唧唧树苍苍。江风彻曙不成睡，二十五声秋点长。'"此诗最为传诵，但其大中十年已书此诗，写作不得迟至咸通初也。他与诗人贾岛、杜牧、李商隐、方干、鱼玄机皆有过往，颇得时誉。《全唐诗》卷五九〇存其诗六十二首，其中《酬王舍人雪中见寄》为韩愈诗，《钱塘青山题李隐居西斋》为许浑诗，《七夕》为赵璜诗，《阳羡春歌》为宋人陈克诗，凡四首为误收。另《全唐诗》卷八八四补录其诗十首。

《正德姑苏志》卷二六存其诗《平望驿感先辈李从实处士周锇二故人》一首，《王荆文公诗笺注》卷二二《题雺祠堂》注存佚句"方池含水思，芳树结风哀"。其自书诗卷所录四十一首诗，仅《坠蝉》《晓井》《秋夜宿杭州虚白堂》二首七绝和《紫极宫上元斋日呈诸道流》《伤贾岛无可》《送僧游天台》三首七律，《全唐诗》卷五九〇李郢下收存，《寄友人乞菊栽》，《全唐诗》卷八八四录入补遗。另《骊山怀古五首》其一，《全唐诗》卷七八五收为无名氏诗，据此知为李郢作。诗卷录诗可校正文本之讹误，考订作者归属，如《紫极宫上元斋日呈诸道流》，《诗话总龟》卷四七引《雅言杂载》录其中"五龙金角向星斗，三洞玉音愁鬼神"二句为吴仁璧《赠道士》，《全唐诗》卷六九〇据收，《千载佳句》卷下以"风拂乱灯山磬曙，露沾仙杏石坛春"二句为杜荀鹤句，《全唐诗逸》卷上据收，均可据此得到改正。据此卷可以补充李郢佚诗三十四首，而且恰好写成于其登进士第的当年，甚或即为行卷之原件，十分珍贵。

总括以上分析，李郢存诗达到一百又三首二句，确实很丰富。本文仅能据新见诗略作介绍。

佚诗保存有李郢与著名诗人李商隐的交往记录。如《送李商隐侍御奉使入关》："梁园相遇管弦中，君踏仙梯我转蓬。白雪咏歌人似玉，青云头角马生风。相逢几日虚怀待，宾幕连期醉蝶同。如有扁舟棹歌思，题诗时寄五湖东。"大约作于大中三年（849）或稍晚李商隐从武宁幕府西行之际，地点在汴州，诗中写出两人共同的文学好尚和相知之情。《赠李商隐赠佳人》："金珠约臂近笄年，秋月嫦娥汉浦仙。云发腻垂香揉妥，黛眉愁入翠连娟。花庭避客鸣环佩，凤阁持杯泥管弦。闻道彩鸾三十六，一双双映碧池莲。"述及李商隐的私情，诗风也与李诗相近。

因为写成于登第那年，佚诗中颇多通关节、谢知己的作品。如《阙下献杨侍郎》："沧洲垂钓本无名，十月风霜偶到京。羸马未曾谙道路，片文谁为达公卿？ 听残晓漏愁终在，画尽寒灰计不成。心苦篇章头早白，十年江汉忆先生。"胡可先教授《新出石刻与唐代文学家族研究》（北京大学出版社 2017 年版）考此杨侍郎为杨汉公，大中六年（852）自户部侍郎出为荆南节度使，从末句看，诗即作于此时。李郢说自己久困科场，无计投文于公卿，苦心篇章，鬓发早白，因而特别感忆杨曾经对自己的提携。另《试日上主司侍郎》二首："十年多病到京迟，到日风霜逼试期。线不因针何处入？水难投石古来知。青烟幂幂寒更恨，白发星星晓镜悲。可惜龙门好风水，何人一为整鳞鬐？""石帆山下有灵源，修竹茅堂寄此村。闭户偶多乡老誉，读书精得圣人言。来时已作青云意，试夜忧生白发根。十五年余诗弟子，名成岂合在他门？"不知是否登第那年的作品。就大中间以礼部侍郎知贡举且以诗知名者来说，元年魏扶，二年封敖，三年李褒（李商隐从叔），四年裴休，八年郑薰，十年郑颢，皆有诗名，具体所指不知为谁。自称"十五年余诗弟子，名成岂合在他门"，可知交谊很深。而"线不因针何处入？ 水难投石古来知"，更是说出地位卑寒者企望有力者汲引的心声。唐人多有临试上诗主司的习惯，李郢二诗是用心之作。他的及第是否因此而获得，难以确认。在进士及第后，李郢有一诗曾以匿名方式流行。《唐摭言》卷三载："大中十年，郑颢都尉放榜，请假往东洛觐省。生徒饯于长乐驿。俄有纪于屋壁曰:'三十骅骝一烘尘,来时不锁杏园春。杨花满地如飞雪,应有偷游曲水人。'"不云作者,《全唐诗》卷七八六收无名氏下,但《万首唐人绝句》卷三六载此为李郢作,题目作"春晚与诸同舍出城迎座主侍郎",则为郑颢自洛阳省亲归长安时事。"三十骅骝"当然是说登第之同年,内容则颇有调侃之意,用意值得玩味。

　　晚唐各名家,多以怀古诗见称,李郢似也擅长此类作品。他写《骊山怀古》,感慨唐玄宗、杨贵妃遗事,居然一气作了五首,都达到较好之水平,录其一、其五两首,以存一斑:"武帝寻仙驾海游,禁门高闭水空流。深宫带日年年静,翠柏凝烟夜夜愁。鸾凤影沉归万古,歌钟声断梦千秋。晚来惆怅无人会,云水犹飞傍玉楼。""当时事事笑秦皇,今日追思倍可伤。珠玉影摇千树冷,绮罗风动满川香。虽名金殿长生字,误说茅山不死方。独向逝波无问处,古槐花落路茫茫。"玄宗生前尤其崇奉道教,但到李郢到来时,往日繁盛已不复可见,他在诗中渲染眼前的寂寞,以与往事对比。"独向逝波无问处,古槐花落路茫茫"二句,与曹唐名句"洞里有天春寂寂,人间无路月茫茫"可比读,唯不知孰先孰后。《读汉武内传》也是一首有寄意的好诗:"云锦囊开得画图,岳神森耸耀灵躯。青真小童捧诀录,紫府道士携琼苏。金鼎未成悲浊世,玉缄时捧望青都。一辞仙姥长昏醉,方朔留言尽记无?"前几句极力渲染汉武好道之庄严,末二句斥其终无所成,尚能记得贤臣之劝谏否。

　　李郢是一位道教的追随者,因而他的诗中多有这方面的内容,但其中也颇有一些冷静之认识。如《赠罗道士》:"子训成仙色似花，每人思见礼烟霞。气呵云液变白发，爪入水精尝绿瓜。五岳真官随起坐，百年风烛笑荣华。明朝又跨青骡去，三十三家到几家？"诗为道士送行，当然不能讥讽，但"五岳真官随起坐，百年风烛笑荣华"两句，确实是很清醒的态度。末二句很形象地写出一位游方道士的神貌。当然更值得讽读的是《紫极宫上元斋日呈诸道流》："碧简朝天章奏频，清宫髣髴降虚真。五龙金角向星斗，三洞玉清愁鬼神。风拂乱灯山磬曙，露沾仙杏石坛春。明朝醮罢羽客散，尘土满城空世人。"紫极宫为长安名观，据说李白曾在此受箓，上元斋醮更是道门重大的活动。诗写得很庄重，特别是"五龙金角向星斗，三洞玉清愁鬼神"，将道门驱使星斗、感动鬼神之气象写出。最后以"明朝醮罢羽客散，尘土满城空世人"一结，虽是斋醮结束、道士星散的实况，也将惊天地、愁鬼神之虚妄，作了冷静的隔断，不寓讥讽，但余味无穷。

李郢自书诗卷，是唐代一位著名诗人的自写诗集，存诗曾经他自己遴择，数量多，品味亦好，值得推荐介绍。还想补说一句，这份 1941 年还有人见到真迹的唐人诗卷，希望还在人间，且期盼能早日问世。

2017 年 4 月 16 日

六、唐诗之流传、辨伪与辑佚

唐人牡丹诗的绝唱

又到 4 月中旬,恰好是洛阳牡丹盛开的季节。1986 年 4 月,中国唐代文学学会第三届年会在洛阳举办,主办方特意安排到王城公园观赏牡丹,满园朱紫,至今倾想。

牡丹栽培史很早,但惊动朝野、举世为之疯狂,还是在盛唐以后。唐人写了许多诗来赞誉牡丹,其中最佳名句,无可争议是李正封"国色朝酣酒,天香夜染衣"二句。《松窗杂录》载:

> 大和、开成中,有程修己者,以善画得进谒。修己始以孝廉召入籍,故上不甚礼,以画者流视之。会春暮,内殿赏牡丹花,上颇好诗,因问修己曰:"今京邑传唱牡丹花诗,谁为首出?"修己对曰:"臣尝闻公卿间多吟赏中书舍人李正封诗曰:'国色朝酣酒,天香夜染衣。'"上闻之,嗟赏移时。杨妃方恃恩宠,上笑谓贤妃曰:"妆镜台前宜饮以一紫金盏酒,则正封之诗见矣。"

这是成语国色天香的来源。上指唐文宗,程修己是宫廷画师,尤善花卉,他转达的应是京城公议。文宗调侃爱妃的话,对此二句作了即景解读。可惜此诗全篇不存。李正封是韩愈的好友,韩集附有二人联句诗,功力悉敌。

　　唐人最早牡丹诗出于谁手，已很难理清。卢照邻《元日述怀》"花舞大唐春"一句，虽肯定非写牡丹，但很好地揭示了名花与大唐的关系。王维存诗讲到牡丹者，日本人编《千载佳句》卷下有其《牡丹花绽》二句："自恨开迟还落早，纵横只是怨春风。"另有《红牡丹》："绿艳闲且静，红衣浅复深。花心愁欲断，春色岂知心。"很一般。盛传一时的李白《清平调》三首，据最早载录该组诗的唐末笔记《松窗杂录》记："开元中，禁中初重木芍药，即今牡丹也。"似牡丹为后出名。禁中植于"兴庆池东沉香亭前"，玄宗喜不自胜，乃感慨"赏名花，对妃子，焉用旧乐词为"，召李白进新词，因有此三诗："云想衣裳花想容，春风拂槛露华浓。若非群玉山头见，会向瑶台月下逢。""一枝红艳露凝香，云雨巫山枉断肠。借问汉宫谁得似？可怜飞燕倚新妆。""名花倾国两相欢，长得君王带笑看。解释春风无限恨，沉香亭北倚栏杆。"每一句都写牡丹，每一句也写妃子，风华肉艳，遂得流传千古。今人多有怀疑，是从贵妃册封与李白侍从时间上论证，我则觉得如"云雨巫山""飞燕倚新妆""倾国"等辞语，在这里确实都不太合适。民间自多高人，假托又如何，诗好就行。杜甫没有写到牡丹。其《少年行二首》其二云："巢燕养雏浑去尽，红花结子已无多。黄衫年少来宜数，不见堂前东逝波。"南宋姚宽《西溪丛语》卷下认为是写三月牡丹花开时霍小玉事，恐怕是想多了。

　　唐人写牡丹的好诗，要到中唐方大量出现。白居易写得很多，早期是关心牡丹引起的社会问题，如《买花》之"一束深色花，十户中人赋"，《牡丹芳》之"三代以还文胜质，人心重华不重实"，主张"我愿暂求造化力,减却牡丹妖艳色",归结到牡丹之妖艳惑世。难怪他虽写得多,却难有好诗。稍可讽诵者仅此首《惜牡丹花二首》之一:"惆怅阶前红牡丹,晚来唯有两枝残。明朝风起应吹尽,夜惜衰红把火看。"刘禹锡在比较众花品格后,给牡丹以充分礼赞:"庭前芍药妖无格,池上芙蕖净少情。惟有牡丹真国色,花开时节动京城。"(《赏牡丹》)后两句简明而直截了当,真是好诗。就是他忽略了牡丹原本就是芍药的升级版,回过来说芍药没品,不厚道。

晚唐写牡丹诗尤多,但最好者应该是下面这两首。罗邺《牡丹》云:"落尽春红始见花,花时比屋事豪奢。买栽池馆恐无地,看到子孙能几家。门倚长衢攒绣毂,幄笼轻日护香霞。歌钟满座争欢赏,肯信流年鬓有华。"写豪家竞栽牡丹以炫耀,但"看到子孙能几家"一句,写出繁华之难以持续,并感叹在此欢赏奢华中,流年渐逝的悲哀。还有罗隐的《牡丹花》:"似共东风别有因,绛罗高卷不胜春。若教解语应倾国,任是无情亦动人。芍药与君为近侍,芙蓉何处避芳尘?可怜韩令功成后,辜负秾华过此身。"颔联两句,实在是妙对,在唐人写牡丹名句中可入前三,在晚唐流布尤广。

其实牡丹是不易写好的。将花比美女,开始是创想,多写就成俗格了;因花而写世尚奢华,虽然深刻,但毕竟是偏锋,是世人的错,牡丹不应该承此罪责。大约因为如此,中晚唐几位心气很高的诗人,如韩愈、杜牧干脆就不写,李商隐是写了一些,但因语意艰深,用典稍多,影响了流布。

那么有没有一首诗,既能跳出以美人喻花的窠臼,又能兼顾花与社会之联系呢？　还真有那么一首好诗。这首诗就是卢纶的《裴给事宅白牡丹》："长安豪贵惜春残，争玩街西紫牡丹。别有玉盘承露冷，无人起就月中看。"诗的解读并不难。前二句说到了春暮时节，长安的豪富之家更珍惜时光匆促，争相趋赏街西的紫牡丹。这里的街，我觉得是指长安中轴的朱雀大街，街西也就是城西。每年牡丹花期之全盛时间，也就半个月左右，追逐时尚的人们显然很珍惜这短暂的赏花时节。魏紫姚黄作为牡丹极品之出现，可能还要再晚许久，但紫牡丹确实是难得的珍品，争趋赏玩也就可以理解了。诗人的笔锋于此陡转："别有玉盘承露冷，无人起就月中看。"玉盘是用汉武帝造金铜仙人承露盘的故事。纯玉制作的承露盘，晶莹剔透，纯洁无瑕，用以形容白牡丹之高雅。玉盘承露，更见其寒夜独开，餐露饮霞，高冷孤傲，不趋俗艳。诗人说，在月光下，最是欣赏白牡丹的好时间，月华如铅，月光如银，倾泻在白洁晶莹的白牡丹花上，更成为独特的风景。但他的笔触偏要说没有人愿意深夜起行，来到园中观看此绝品牡丹，因而失去真正领略其风神的绝佳机会。与前二句比较，就特别强烈地表达了对世俗俗艳情趣的不满，也更强烈地渲染了白牡丹不愿与世浮沉、孤傲独守的高贵品质。这里是写花，更是写人，不写它如美女般之妖丽，而是写它高冷的出世情怀。白居易也写过一首《牡丹》："白花冷淡无人爱，亦占芳名道牡丹。应似东宫白赞善，被人还唤作朝官。"他当然因自己姓白，借以宣泄不受世重的失落感，但"白花冷淡无人爱"，恰巧可作前诗的注解。

　　这首《裴给事宅白牡丹》是有故事的，其作者也有许多的异说。最早见晚唐博物学者段成式著《酉阳杂俎前集》卷一九："牡丹，前史中无说处，唯《谢康乐集》中言，竹间水际多牡丹。成式检隋朝《种植法》七十卷中，初不记说牡丹，则知隋朝花药中所无也。开元末，裴士淹为郎官，奉使幽、冀，回至汾州众香寺，得白牡丹一窠，植于长安私第。天宝中，为都下奇赏，当时名公有《裴给事宅看牡丹》诗，时寻访未获。（一本有诗云：'长安年少惜春残，争认慈恩紫牡丹。别有玉盘承露冷，无人起就月中看。'）太常博士张乘尝见裴通祭酒说。"稍晚则有宋初钱易《南部新书》卷丁所载："长安三月十五日，两街看牡丹，奔走车马。慈恩寺玄果院牡丹先于诸牡丹半月开，太真院牡丹后诸牡丹半月开。故裴兵部潾《白牡丹》诗，自题于佛殿东颊唇壁之上。大和中，车驾自夹城出芙蓉园，路幸此寺，见所题诗，吟玩久之，因令宫嫔讽念。及暮归大内，即此诗满六宫矣。其诗曰：'长安豪贵惜春残，争赏先开紫牡丹。别有玉杯承露冷，无人起就月中看。'兵部时任给事。"两书所载不同如此，并因此引起以后文本的分歧，作者居然有四人之多，以下作分别的讨论。

明张之象著《唐诗类苑》卷一二四作裴士淹诗，《全唐诗》卷一二四采信了此说，收作裴诗，题作"白牡丹"。裴士淹（？—约774），南和令裴知节孙，裴倩子。玄宗天宝间，历仕司封员外郎、司勋郎中。十四载（755），以给事中巡抚河南、河北、淮南诸道。十五载，随玄宗幸蜀，此后经肃代二朝，官颇通显，今人傅璇琮《唐翰林学士传论》考其生平颇详。前引《酉阳杂俎》成书于咸通初，距天宝末已经一百多年，细节有些出入，即他为郎官奉使幽冀应是天宝初事，他将白牡丹引进长安，栽培成功成为都下奇赏，已是他天宝末任给事中时之事。名公题他宅中花，当然不是他本人所作。明人编书，往往粗疏，于此可见。此说可不讨论。

《南部新书》则提供了另一位裴给事的故事，事情也改在文宗大和中，较前约晚了八十多年。裴潾（？—838），秘书监裴清子。贞元初以门荫入仕。敬宗宝历初，累官拜给事中。文宗间仕途大起大跌，至开成元年（836）转兵部侍郎，《南部新书》所述应为这时事情。但段成式说他的依据得自太常博士张乘，张乘复得自裴通，通即裴士淹之子，似乎更为有据。裴通，字文玄，也是贞元初入仕，较著名的活动是宪宗元和二年（807）游越中，作《金庭观晋右军书楼墨池记》。至文宗大和四年（830）任国子祭酒，官至太子詹事，与裴潾为同时人。若裴潾为故事中的裴给事，则裴通似乎缺乏基本的说谎能力。两相比证，我宁愿相信裴通。《古籍研究》2002 年第4期刊路成文《〈裴给事宅白牡丹〉诗作者考辨》以为非裴潾作，基本也是这一思路，他更认为士淹天宝十四载任给事中，奉使河南河北见《旧唐书》卷九《玄宗纪》记录。他还辨析裴潾与裴通为同时人，拜给事中在宝历间，较晚七十年，任兵部则在开成初，显与裴通所述不合。陶敏《全唐诗人名汇考》亦谓作者为裴士淹、裴潾皆误。宋人载为裴潾作的书证很多，所知有《唐诗纪事》卷五二、《苕溪渔隐丛话前集》卷三二、《类说》卷六引《秦中岁时记》、《能改斋漫录》卷七、《锦绣万花谷前集》卷七、《全芳备祖前集》卷二、《合璧事类备要别集》卷二四、《竹庄诗话》卷一三引《秦中岁时记》等，其来源可以追溯到唐末李绰著《秦中岁时记》。若少数服从多数，裴潾肯定胜出，但追源析疑，我觉得原因仅是将裴给事其人张冠李戴的结果。

当然还有一种表述，即循《酉阳杂俎》的表达，将作者定名为开元名公，如《类说》卷四二、《万首唐人绝句》卷六九、《唐诗品汇》卷五五皆是。《分门纂类唐宋时贤千家诗选》卷九署开元明公，意思相同。但如前述，为天宝间事，非开元间，段成式所记稍误。

认为卢纶所作者，只有一个较早书证，即《文苑英华》卷三二一。此后《诗渊》第四册第二三八〇页、季振宜《全唐诗稿本》、《全唐诗》卷二八〇所收，都依据《文苑英华》。《文苑英华》是一部大书，错讹很多，但它所据主要是唐人文集，一般不采信传说，因而与笔记诗话一类取资前书、疑似传信的书有很大不同。它的很多错误是在编纂中疏失、传刻时脱漏造成的。以本诗为卢纶作，虽然是孤证，但该卷在录牡丹诗二十多首后，另收白牡丹诗二首，分别为卢纶与王贞白作，不会有顶冒脱误的可能。传世卢集不收此诗，则因卢原集早佚，后来之搜辑者偶误而已。

前引路成文所考，认为作卢纶亦误，则认为卢纶生于天宝七年，天宝末即裴士淹为给事中时，尚未及成年。我则认为诗未必是当时作，完全可能是卢根据都下之传闻，多年后再补作。《文苑英华》所录文本，与《酉阳杂俎》《南部新书》所录文本都不同，当别有所据。还可以补充的一个旁证是，《文苑英华》校记引及《诗选》即王安石《唐百家诗选》之异文，是该书也收作卢诗，但今存宋、清刊《唐百家诗选》卷八皆无此诗，原因不明。《酉阳杂俎》夹注所录诗，也可能是稍后再补记，甚至未必即出段成式本人之手笔。

　　再回到原诗。裴宅之白牡丹栽植成功，当年曾轰动一时，成为都下奇赏，也就是说前往观赏的人很多。然而这首诗偏说所有人都去看紫牡丹，没有人关心白牡丹。其实，这就是写诗的技巧。写诗不是写新闻报道，更不求史官实录，写诗的人但求充分调度各种文学技能，将诗中要表达的主旨揭出。这首诗既写白牡丹之风神，又以对比写出世人之奔竞，以及名花之寥落独守，二十八个字包含了太多的内容，可以反复回味，因而是好诗。

　　一首曾轰动流传的诗，文本分歧和作者归属如此繁复难解，我本人也是反复琢磨许久方理清头绪。其他所有五万首唐诗，大多也有各自的问题，只不过没有这么复杂罢了。写出来与各位分享，当然更愿意听到赐教。

　　　　　　　　　　　　　　　　　　　　　　2017 年 4 月 17 日

刘禹锡之得妓与失妓

唐代礼教松弛，士人行为放荡，刘禹锡也如此，不必以现代眼光来严格要求古人。题目所言刘之得妓与失妓，皆属传闻，未必有其事，我仅借此题，说明文献与真相之间的距离，指明文史考据之复杂。绮题惑众，愿承罪责。

刘禹锡之得妓，诞生了一个家喻户晓的成语：司空见惯。关于此事，最早的记录有两处。一是孟启《本事诗》：

> 刘尚书禹锡罢和州，为主客郎中、集贤学士。李司空罢镇在京，慕刘名，尝邀至第中，厚设饮馔。酒酣，命妙妓歌以送之。刘于席赋诗曰："鬓鬌梳头宫样妆，春风一曲《杜韦娘》。司空见惯浑闲事，断尽江南刺史肠。"李因以妓赠之。

《太平广记》卷一七七转引时，"李司空"作"李绅"。岑仲勉《唐史余沈》卷三认为"刘自和州追入，约大和元、二年，至六年复出，于时绅方贬降居外，曾未作镇，何云'罢镇在京'"，"同时守司空者乃裴度，此涉于李绅之全误也"。卞孝萱作《李绅年谱》和《刘禹锡年谱》，逐年排比二人事迹，证定以李绅为李司空之不足凭据。然此属《太平广记》之误改李绅，并非《本事诗》原文。

二是范摅《云溪友议》卷中《中山诲》，颇多不同：

　　　　昔赴吴台，扬州大司马杜公鸿渐为余开宴。沉醉归驿亭，稍醒，见二女子在旁，惊非我有也。乃曰："郎中席上与司空诗，特令二乐伎侍寝。"且醉中之作，都不记忆。明旦修状启陈谢，杜公亦优容之，何施面目也。余以郎署州牧，轻忤三司，岂不过哉！诗曰："高髻云鬟宫样妆，春风一曲《杜韦娘》。司空见惯寻常事，断尽苏州刺史肠。"

　　所叙更曲折，但破绽更明显。杜鸿渐是肃、代间名臣，卒于大历四年（769），在刘禹锡出生前三年。宋人刻意加以弥缝，如詹玠《唐宋遗史》即径改作"韦应物赴大司马杜鸿渐宴"，其实韦任苏州于杜去世后近二十年。

　　那么这件事情的真相到底如何呢？我在九年前曾撰文《司空见惯真相之揣测》（刊《新民晚报》2009 年 2 月 15 日），认为《云溪友议》的叙述，很可能来自韦绚的《刘宾客嘉话录》。韦是永贞革新间宰相韦执谊子，长庆间到夔州从刘禹锡问学，刘因其是故人子而无话不谈。三十多年后，韦回忆当年谈话撰成该书。事隔多年，不免有失实处。范摅撰《云溪友议》，更不免添加民间传闻，离事实尤远。至于真相，我推测"扬州大司马"是曾长期担任淮南节度使的名臣杜佑，刘曾担任他的掌书记七年，两人关系昵密，因而发生这样赠妓的非常事件。杜佑曾先后为司空、司徒之职务，为司空见《旧唐书·德宗纪》记载，职衔为"检校司空、同中书门下平章事、太清宫使"，时在他从扬州入相之际，且为时较短即授司徒，其间刘禹锡一直随侍在他身边。当然其间也有难以解释的地方，即《云溪友议》称"昔赴吴台"，又称"以郎署州牧，轻忤三司"，刘

诗也称"断尽苏州刺史肠"或"江南刺史肠",刘任苏州刺史在大和
五年（831），时杜佑去世已经十九年，显然难以契合。我认为在上
举二书叙事中，包含了与刘禹锡生平有关的一系列细节，从招宴人
来说，有扬州大司马杜公和李司空之别；从事发地点来说，有扬州
与京师之不同；从刘禹锡的身份来说，有大和六年二月赴任苏州刺
史和开成元年（836）自和州刺史授太子宾客、分司东都之不同。到
底在哪个节点上传误，皆不可解，至今尚难以得到完美的解释。认
为司空即杜佑，至少可以解释"扬州大司马杜公"曾任司空的身
份，而"以郎署州牧，轻忤三司"，则可以刘贞元末至永贞间，以屯
田员外郎助杜佑判度支盐铁，则郎及三司皆得落实。刘的出生，其
实在当时属于苏州的嘉兴境内，颇怀疑此"昔赴吴台"不是指赴任
苏州刺史，仅指他早年来往苏州、扬州间的一段经历。吴台即吴公
台，在扬州附近，为陈将吴明彻所建，也即隋炀帝之葬地，刘长
卿、白居易皆有诗咏及此台。无论任苏州还是和州刺史，都在韦绚
从学刘禹锡以后，不可能见于二人间的谈话。拙解虽然还有一些疑
问，但较前人自信得进一解。刘禹锡的谈话，经韦绚多年后回忆写
出，再经范摅任意改写，几度变形，与事实不免出入，是可以理
解的。

有得必有失。意外得妓与遇暴失妓，刘禹锡居然都碰到了。《太
平广记》卷二七三引《本事诗》载：

> 李丞相逢吉性强愎而沉猜多忌，好危人，略无怍色。既为
居守，刘禹锡有妓甚丽，为众所知。李恃风望，恣行威福，分
务朝官，取容不暇，一旦阴以计夺之，约曰：某日皇城中堂前

致宴，应朝贤宠嬖，并请早赴境会。稍可观瞩者，如期云集，敕閤吏，先放刘家妓从门入，倾都惊异，无敢言者。刘计无所出，惶惑吞声。又翌日，与相善数人谒之，但相见如常，从容久之，并不言境会之所以然者。座中默然，相目而已。既罢，一揖而退。刘叹咤而归，无可奈何，遂愤懑而作四章，以拟《四愁》云尔。

居然又是李逢吉。《本事诗》存留至今，无人疑其有伪，原文如下：

> 大和初，有为御史分务洛京者，子孙官显，隐其姓名。有妓善歌，时称尤物。时太尉李逢吉留守，闻之，请一见，特说延之，不敢辞，盛妆而往。李见之，命与众姬相面。李妓且四十余人，皆处其下。既入，不复出。顷之，李以疾辞，遂罢坐，信宿绝不复知。怨叹不能已，为诗两篇投献。明日见李，但含笑曰："大好诗。"遂绝。诗曰："三山不见海沉沉，岂有仙踪尚可寻。青鸟去时云路断，嫦娥归处月宫深。纱窗暗想春相忆，书幌谁怜夜独吟？料得此时天上月，只应偏照两人心。"欠一首。

两相比对，可以发现《太平广记》所引根本不是《本事诗》。虽然夺妓者都是李逢吉，且都说在他任东都留守期间，但差异太大，即《太平广记》说是刘禹锡，《本事诗》说子孙官显隐其名，刘的儿子官位、名声都未见超过其父啊！《太平广记》说是在皇城中堂设宴的众目睽睽之下夺妓，《本事诗》则仅为邀到家中相见；《太平广记》说作诗四章，《本事诗》则云"为诗两篇投献"。可以认为，《太平广记》所引书名有误，根据后面要引到的宋敏求的记录，可以确认《太平广记》的根据是另一部书《南楚新闻》。

这一故事之另一文本记录，则作唐末商人刘损事，记载最早见《灯下闲谈》卷上《神仙雪冤》：

> 吕用之在维扬日，佐渤海王专权擅政，害物伤人，具载于《妖乱志》中，此不繁述。中和四年秋，有商人刘损，挈家乘巨船自江夏至扬州。用之凡遇公私往来，悉令侦觇行止。刘妻裴氏有国色，用之以阴事构置，取其裴氏。刘下狱，献金百两免罪。虽即脱于非横，然亦愤惋。因成诗三首曰（诗略）。诗成，吟咏不辍。

此书下还有较详记载，写刘损在绝望之际遇一虬须老叟，仗侠而为刘夺还妻室，文长不录。《灯下闲谈》二卷，无作者名，通行有《适园丛书》本与《宋人小说》本，今人多以为宋人著，但就全书内容看，叙事所涉到后唐明宗时止，没有入宋后的痕迹，即很可能成于五代后期。此节所述渤海王，指乾符六年（879）到光启三年（887）以诸道兵马都统任淮南节度使的高骈，吕用之为其属吏，因蛊惑高骈崇信神仙事而擅权，《灯下闲谈》说时在中和四年（884），大体准确。问题在于《本事诗》有孟启自序，作于光启二年（886），时僖宗幸襄中，孟启本人大约也在京畿一带，从当时情况来说，两年间很难从淮南的刘损故事，流传到关中，成为另一个故事。换句话说，刘损的故事只不过是此组诗敷衍出来的夺妻故事的一个衍生情节，其形成过程大约经历了从光启间高骈、吕用之败亡到五代中期的漫长过程。上引文提到《妖乱志》，今人一般认为作者为诗人罗隐，我则一直有所怀疑，《新唐书·艺文志》著录为"郭廷诲《广陵妖乱志》二卷"，郭廷诲为后唐权臣郭崇韬之子，是刘损故事之完成宜在《妖乱志》成书以后。

　　关键还是要看所拟《四愁》诗的文本。这组诗的保存文本，追根溯源，有几种记载。其一，《本事诗》所载"三山不见海沉沉"一首，作者阙名，记录时间为光启二年（886）。其二，《灯下闲谈》录"宝钗分股合无缘""鸾飞远树栖何处""旧尝行处遍寻看"三首，作者刘损，记录时间当在后唐（923—936）以后。其三，韦縠《才调集》卷一录"折钗破镜两无缘""鸾飞远树游何处"二首，即《灯下闲谈》所录之前二首，但文本有很大不同，作者阙名，记录时间大约在前后蜀之间（936前后）。其四，《太平广记》卷二七三引《本事诗》所录四首，坐实为刘禹锡遭李逢吉夺妓而作，参下节则所引文字全出《南楚新闻》，《太平广记》成书时间在宋太宗太平兴国间（976—984）。其五，《刘宾客外集》卷七收《怀妓四首》，该集今存两种宋本，集则为北宋文献学家宋敏求编。据该集宋敏求跋，可以复原该集前八卷存诗的文本来源，且知此四诗全部录自《南楚新闻》。《新唐书·艺文志》著录"尉迟枢《南楚新闻》三卷"，载作者为"唐末人"，不言作者生平。《通志·艺文略》云"记宝历至天祐时事"，所记当源出今佚之《崇文总目》解题，是翻检原书后的记录。《太平广记》卷四九九引该书佚文有"是时唐季，朝政多邪"语，陶敏主编《全唐五代笔记》认为"为五代人口吻，书当成于五代初"，我则认为更晚，因五代前期人还很少称唐末为"唐季"，至少应在后晋以后。也就是说，这一夺妓或夺妻故事，经过半个世纪以上的流传，终于完全坐实为刘禹锡故事了。其六，北宋时还另有传衍，一是《古今诗话》转录《本事诗》故事，二是刘斧《摭遗》引"青鸟去时云路断"句（《群英草堂诗余前集》卷下李景《浣溪沙》注引），皆晚出不必申述。

将以上记载分析一下，可以认为此组诗很可能原本为两组，即《本事诗》所录一首为一个单元，《灯下闲谈》所录三首为另一个单元，因诗风接近，到《南楚新闻》即捏合为一个故事。四首诗的作者，很可能如《才调集》所载，在唐末至五代前期即已不知作者。四首诗写得深情绵邈，伤怀欲绝，置于刘集自是俗调，民间读来却是难得的佳作，佳作就必须与名人联系，于是刘禹锡出现了。

至于刘禹锡与李逢吉之关系，我更愿意相信瞿蜕园先生《刘禹锡集笺证》附《刘禹锡交游录》之分析，李之登科较刘晚一年，到他元和十一年（816）为相以前，"与刘禹锡同游之日似不多，少有款曲，然亦当无怨隙"。元和后期，李与裴度、李德裕等为敌，刘禹锡于长庆、宝历间之政局，"身无所预"。到大和以后，"逢吉之势已衰"，刘与其来往，仅"虚与委蛇而已"。大和五年（831），李任东都留守，刘赴任苏州，李为其设宴款待，刘有诗《将赴苏州途出洛阳留守李相公累申宴饯宠行话旧形于篇章谨抒下情以申仰谢》，瞿认为"观诗题措语之谦谨，知其交情不深也"。对《怀妓四首》，瞿认为四诗"迥不似刘平日风格。'怀妓'二字亦不合集中制题之例"，而刘损名下诸诗，"所改尤卑俗"。且分析，"禹锡若有家妓，其与白居易唱和诸诗中不应从未涉及，逢吉虽凶暴，亦恐不至举动如此无礼"，更认为附会者当因"知禹锡与逢吉素不相洽，假此以甚言逢吉之恶耳"。分析得体而可为结论。

最后，还是看一下《刘宾客外集》所录《怀妓四首》之原文吧：

> 玉钗重合两无缘，鱼在深潭鹤在天。
> 得意紫鸾休舞镜，能言青鸟罢衔笺。
> 金盆已覆难收水，玉轸长抛不续弦。
> 若向蘼芜山下过，遥将红泪洒穷泉。
>
> 鸾飞远树栖何处，凤得新巢已去心。
> 红壁尚留香漠漠，碧云初断信沉沉。
> 情知点污投泥玉，犹自经营买笑金。
> 从此山头似人石，丈夫形状泪痕深。
>
> 但曾行处遍寻看，虽是生离死一般。
> 买笑树边花已老，画眉窗下月犹残。
> 云藏巫峡音容断，路隔星桥过往难。
> 莫怪诗成无泪滴，尽倾东海也须干。
>
> 三山不见海沉沉，岂有仙踪更可寻。
> 青鸟去时云路断，姮娥归处月宫深。
> 纱窗遥想春相忆，书幌谁怜夜独吟。
> 料得夜来天上镜，只应偏照两人心。

诗中"玉钗重合""蘼芜山下""山头似人石""画眉窗下"等语，皆古人言夫妻分合之常用语，与"怀妓"之题不合。今人高志忠《刘禹锡集编年校注》认为"是诗迥异刘诗，亦不类司空见惯、刺史断肠"，"无足可取，断非禹锡之诗"。陶敏、陶红雨《刘禹锡全集编年校注》认为"词意浅薄，体格卑弱，亦不类禹锡诗"。所言皆是。

2018 年 1 月

唐诗札记四则

一、马冉与冉仁才

《全唐诗》卷七二七收马冉《岑公岩》诗:"南溪有仙洞,咫尺非人间。泠泠松风下,日暮空苍山。"源出《方舆胜览》卷五九:"岑公岩,在大江之南,广六十余丈,深四十余丈。石岩盘结若华盖,左右方池,有泉涌出,岩檐遇盛夏注水如帘,松篁藤萝,蓊蔚葱翠,真神仙窟。唐刺史马冉诗(诗略)。"《唐音统签》卷八五八、《全唐诗》卷七二七称马冉为唐末万州刺史,唐末未见确证。《全五代诗》卷五九录作后蜀卞震诗,大误。

《舆地纪胜》卷一七七收此诗,作"南溪有仙洞,咫尺非人间。龙向葛陂去,鹤从辽海还。泠泠松风下,日暮空苍山"。较多二句,是否完诗,则难以判断。又有跋云:"既曰马冉仁才,故又谓曰马仁才。按《思州图经》,有招慰使冉安昌,则周时有,唐亦有人姓冉,不可谓姓马也。"按此诗作者当为冉仁才,万州人,太宗至高宗初人。《考古学报》1980年第4期刊四川省博物馆《四川万县出土石刻》,残泐颇甚,据《夔州志》,考定志主为永徽三年(652)去世之永州刺史冉仁才。该石拟题"永州刺史冉仁才墓志",大体可据以补传。志载其先人事迹,可以读出"王南郡太守","郡太守、胡州刺史、开府仪同□□□□□随恒州","随渔阳郡丞。皇朝上柱国、蜀□□□□□州□史"等内容，为叙其祖、父事迹。述隋唐间事，有曰"劲草"，"圣亳社，迁岐下"，"阳云积孽，召飞下"，"于白帝。君精穷"，"大夫巫山"等内容，可以读出其家族以地归唐之大致过程。述仁才经历，则有"诏封天水郡公，尚汉南县主"，"八年，起复本任"，"贞观六年，除澧州刺史。十一年，迁袁州刺〔史〕"，"赏溢，因感心疾，逮乎暮齿。服阙，除陵州刺史"，"迁永州刺史"。大体可以考知其经历，可据以拟传："冉仁才(597—652)，万州人。隋渔阳郡丞冉某子。隋末拥众归唐，封天水郡公，尚汉南县主。武德八年(625)起复本任。贞观六年(632)，任澧州刺史。十一年(637)，迁袁州刺史。居忧后，除陵州刺史。永徽二年(651)任永州刺史。次年卒于任，年五十六。"另出一石，应为冉仁才夫人汉南县主志，仅存"州南浦县万辅兰堂有偃"、"徽于景末"、"皇姬"等字。

冉为南方蛮族之显姓。冉仁才世居万州，死亦归葬故土，其诗则为唐诗中罕见之写喀斯特溶洞之作品，凡此均特别珍贵也。

二、 黄巢诗献疑

《全唐诗》卷七三三收黄巢诗三首又二句，其中有绝对可以判伪者，即《自题像》一首："记得当年草上飞，铁衣著尽著僧衣。天津桥上无人识，独倚栏干看落晖。"此诗宋人多次引及。其一是南宋王明清《挥麈后录》卷五引陶谷《五代乱纪》："巢既遁免，祝发为浮屠，有诗云："三十年前草上飞，铁衣着尽着僧衣。天津桥上无人问，独倚危栏看落晖。'"陶谷（903—970），《宋史》卷二六九有传，是唐末诗人唐彦谦之孙，避晋高祖讳改姓陶，入宋官至户部尚书。陶谷出生唐末，距离黄巢时代很近，其说曾有多人相信。邵博《邵氏闻见后录》卷一七载："唐史，中和四年六月，时溥以黄巢首上行在者，伪也。东西二都旧老相传，黄巢实不死，其为尚让所急，陷太山狼虎谷，乃自髡为僧得脱，往投河南尹张全义，故巢党也，各不敢识，但作南禅寺以舍之。予数至南禅，壁间画僧，巢也，其状不逾中人，唯正蛇眼为异耳。老人言，更有故写真绢本尤奇，巢题诗其上云：'犹忆当年草上飞，铁衣脱尽挂僧衣。天津桥上无人识，独凭阑干看落晖。'为李易初取也。"说得更有眉有眼，不仅勾勒出黄巢的逃亡路线，还有出家为僧的寺院，且说前辈老人见过写真绢本上的自题诗。吴曾《能改斋漫录》卷八更据以说明陈与义诗之因袭："陈去非《衡岳道中》诗：'客子山行不觉风，龙吟虎啸满山松。纶巾一幅无人识，胜业门前听午钟。'按唐黄巢既，败为僧，投张全义，舍于南禅寺，有写真绢本，巢题诗其上云：'犹忆当年草上飞，铁衣脱尽挂僧衣。天津桥上无人识，独倚栏干看落晖。'去非诗意同。"他对黄巢作诗的叙述，与邵博所见为同一来源。从陈诗来说，雷同痕迹确很清楚。邵、吴二人时代均早于王明清，明清见到陶谷的记载则早至五代时。王说甫出，赵与时即在《宾退录》卷四指出，传为黄巢的此诗，虽文字颇有不同，"殊不知此乃以元微之《智度师》诗，窜易磔裂，合二为一，元集可考也"。二诗见元稹《元氏长庆集》卷一六（宋蜀本为卷二〇，今不存，清人卢文

弨《群书拾补》曾据录校记）：“四十年前马上飞，功名藏尽拥禅
衣。石榴园下擒生处，独自闲行独自归。”“三陷思明三突围，铁衣
抛尽衲禅衣。天津桥上无人识，闲凭栏干望落晖。”元稹写一位曾
参加平定安史乱的战将，晚年出家为僧，不为世知之景况。天津桥
在洛阳。从元稹《智度师》传讹为黄巢诗的过程，读者不难覆案，
这里不展开了。

黄巢名下还有两首半与菊花有关的诗，今日流行极广，其来源
皆在疑似之间，因文献缺征，至今仍很难得出结论。

一首半之半首为《菊花联句》，存二句：“堪与百花为总首，自
然天赐赭黄衣。”赭黄衣为古代皇帝袍服之颜色。一首为《再赋菊
花》：“飒飒西风满院栽，蕊寒香冷蝶难来。他年我若为青帝，移共
桃花一处开。”青帝为古代所传五方天帝之一，居东方，摄青龙，为
春及百花之神。二诗均源自南宋后期张端义《贵耳集》卷下：“黄巢
五岁，侍翁、父为《菊花联句》。翁思索未至，巢信口应曰（诗
略）。巢之父怪，欲击之，乃翁曰：‘孙能诗，但未知轻重，可令再
赋一篇。’巢应之曰（诗略）。跋扈之意，已见婴孩之时，加以数
年，岂不为神器之大盗耶！”很奇怪的是，此段故事，宋元两代几无
他书称引。当时谈黄巢逸事，并不犯忌，何至如此？ 张端义
（1179—？），字正夫，号荃翁。宝庆元年（1225）任仪真录事参
军。端平间应诏上三书，坐妄言谪贬韶州安置。淳祐六年（1246）
完成《贵耳集》三卷，后终老岭南。此书 280 多则，所记以孝宗以
后四朝逸事为主，他自序称：“余从江湖游，接诸老绪余，半生钻
研，仅得《短长录》一帙。”此书为其妻所焚后，他更“追忆旧

录"，又"随所闻而笔焉"，"粗可备稗官虞初之求"。也就是说，他所记宋事，皆出耳闻传说，并无可靠史料依凭，只能当稗官小说来读。全书很少涉及前朝故事。对黄巢如此生动的叙述，真不知依据为何。

还有一首《不第后赋菊》："待到秋来九月八，我花开后百花杀。冲天香阵透长安，满城尽带黄金甲。"最早记录为南宋末俞文豹《清夜录》，今存《说郛》本无此则，仅见明郭子章《六语·谶语四》所引："黄巢举进士不中第，尝赋《菊诗》曰（诗略）。朝廷不能收拾之，遂聚众为盗，号冲天大将军，卒陷长安，此《菊诗》谶也。"文豹，字文蔚，括苍人，自称"余以文字之缘，漫浪江湖者四十年"。他的著作有《吹剑录》四录，以《清夜录》述及开庆元年（1259）事为最晚。其书多写宋代故实，兼及文坛往事，影响很大。所记黄巢诗，至明初有朱元璋类似一篇："百花发时我不发，我若发时都吓杀。要与西风战一场，遍身穿就黄金甲。"（见《御制文集》卷二〇）《七修类稿》卷三七因此认为二诗"彼此一意，成则为明而败则为黄也"。

此二首半咏菊诗，今日几乎传遍天下，然而不能无疑。一位曾领导席卷南北并建立金统王朝的起义领袖，如此成熟且具开创气象的诗篇，为何经历唐末五代、北宋及南宋前期之三百多年，从未有人道及，到南宋末突然出现，两位叙述者似乎也并未掌握特别的唐末或宋初的秘笈。张端义的叙述涉及细节，乃至黄巢翁、父的反应都细节清楚。就目前来说，我还无法作出准确考定，只能提出一种猜想，即为南宋讲史说书艺人所编造，且因黄姓而连带说菊花，更见其野心跋扈之早有渊源。

南宋讲史，讲五代是比讲三国更热门的话题，讲五代必然要从黄巢之乱说起。今存《五代史平话》中的《梁史平话》卷上所载黄巢，就是一位热衷写诗的落第举子，述及五首诗。说他"见金榜无名，闷闷不乐，拈笔写着四句：'拈起笔来书个字，多应门里又安心。囊箧枵然途路远，恓皇何日返家门。'"前两句用离合字说闷。还说他曾投诗于朱温之父朱九经："百步穿杨箭羽疏，踌躇难返旧山居。鲰生欲立师门雪，乞授黄公一卷书。"黄公书指兵书。说他见尚让诗后，也题诗一首："秋光不见旧亭台，四面荒凉瓦砾堆。火力不能烧尽地，乱生黄菊眼前开。"瓦砾堆用杨凝式诗，后半也出现了黄菊。还说他被唐廷招降后，大喜设宴，赋诗一首："落叶潇潇庭树红，晓杨枝畔带金风。君子位重邦家宠，小人得道琅琊穷。问鼎昔时观楚子，舞鸡夜畔笑刘公。他时端拱麒麟殿，暂借扶桑挂旧弓。"这些诗当然全出南宋讲史艺人之虚构，今人从未据此研究黄巢的诗学思想，是为有识。如果仔细分析，这些书会艺人的写诗能力并不弱，写黄巢的声口有几分近似。认为那二首半黄巢咏菊诗出今已失传的某种讲唐末五代史平话，应是合理的推测，当然也确实没有可靠书证，仅属推测。

三、 唐末帝的游戏诗

后唐末帝李从珂（885—936），本姓王，镇州人。明宗养为己子。长兴四年（933）封潞王。闵帝应顺元年（934）四月，自凤翔举兵，废闵帝自立，改元清泰。两年半后晋高祖入洛，末帝举族自焚。事迹见两《五代史》本纪及《五代会要》卷一。

《南部新书》卷癸载："清泰朝，李专美除北院，甚有舟楫之叹。时韩昭裔已登庸，因赐之诗曰：'昭裔登庸汝未登，凤池鸡树冷如冰。何如且作宣徽使，免被人呼粥饭僧。'"《唐音统签》卷八六一、《全唐诗》卷七三七皆收韩昭裔下。安徽大学童养年先生辑《全唐诗续补遗》初版卷一四改收李从珂。我受委托删订此书，不从童说，引《南部新书》并加按语云："按文意自应是韩昭裔（应作'昭胤'，宋人讳改）诗，'清泰朝'仅指明时间而已。"

南宋吴坰《五总志》云："清泰朝，李专美为北院，甚有舟楫之难。时韩昭裔已登庸矣，因赐之诗曰：'昭裔登庸尔未登，凤池鸡树冷如冰。如今且作宣徽使，免被人呼粥饭僧。'昔唐叔翦桐，周公以谓天子无戏言，当时未相专美则已，何至以谑浪语，形之歌咏，殊乏君臣之体也。"吴坰引诗与《南部新书》稍有不同，当别有所据。从吴坰引诗后所发议论看，所谓"天子无戏言"，"殊乏君臣之体"，知此诗确为唐末帝所作，童先生是而拙删则误。以此诗作者为韩昭胤，属臣僚间戏谑，不得云赐。另《新五代史》卷五三《李愚传》亦载末帝曾谓宰相李愚等无所事曰"粥饭僧"，可为旁证。

1981 年中华书局出版王重民、孙望、童养年三先生所辑唐诗为《全唐诗外编》，因知所采尚有未尽而有新辑之举。1987 年受编辑部委托删订该书，虽力求稳妥，仍不免有疏失，上述为一例也。另童辑原有录自《鉴诫录》卷一《金统事》一首："自从大驾去奔西，贵落深坑贱出泥。邑号尽封元谅母，郡君变作士和妻。扶犁黑手翻持笋，食肉朱唇却吃齑。唯有一般平不得，南山依旧与天齐。"则在文稿拼贴中缺失，书出后方发现。虽一直未见人指出，心中则始终未曾忽忘，述此以为警诫。

四、 偶见杨凝式佚诗

偶检今人水赉佑编《蔡襄书法史料集》（上海书画出版社 1983年版），有录自明宋珏《古香斋宝藏蔡帖》卷一的两首诗："洛阳风景实堪夸，几处楼台处处花。尽是齐王修种得，如今惆怅似无家。""洛阳风景实堪珍，到此今经三纪春。无限欢娱荣乐事，一时回旋（当作'施'）少年人。"没有题目，末署"君谟"。我一见即惊呼，此五代杨凝式诗也。

何以见得？

南宋张世南《游宦纪闻》卷一〇载："晋天福四年己亥三月，有《洛阳风景四绝句》诗，年六十七。据诗云：'到此今经三纪春。'盖自丁卯至己亥，实三十年，则自全忠之篡，凝式即居洛矣。真迹今在西都唐故大圣善寺胜果院东壁，字画尚完，亦有石刻，书侧有画像，亦当时画。"晋天福四年为公元 939 年。张世南此节记载来自黄伯思之子黄诏，诏述其父在建炎庚戌（1130）平江围城中失去杨凝式书一册，及其先人手书杨传，不久在饶州德兴太宁资福寺录得杨氏遗文。世南得其本后，参合杨氏《年谱》《家谱》及传记，详考杨氏生平，为今知杨氏事迹最完整记录。蔡襄所书二诗，恰有"到此今经三纪春"一句。三纪是三十六年，世南读为三十年，从天祐元年昭宗迁洛算起，此偶疏尔。此外，《山谷内集诗注》卷一八《病来十日不举酒二首》其一注引"无限欢娱荣乐事，一时回旋少年人"二句，亦注明为杨凝式诗。此其一。

　　杨凝式传世有"洛阳风景"一诗，也见于《游宦纪闻》卷一〇："凝式诗什亦多，杂以恢谐。少从张全义辟，故作诗纪全义之德云：'洛阳风景实堪哀，昔日曾为瓦子堆。不是我公重葺理，至今犹自一堆灰。'它类若此。"《全唐诗》卷七一五收此诗，题作"赠张全义"，显然误解《游宦纪闻》之意。纪德在张氏生前身后都可，赠诗则必在张生前。蔡襄所录二诗，句式与此诗一样，应都属于《洛阳风景四绝句》，孰先孰后则难以确定。末句"犹自"，《全唐诗》作"犹是"，此微异耳。此其二。

　　最重要的证据是蔡襄所录第一首的"齐王"，其人为唐末至五代前期割据洛阳一带的军阀张全义，与杨凝式一生出处关系最重大人物，容我展开作一些说明。

　　杨氏先人自称出弘农越公房，即隋名相杨素后人，占籍同州冯翊（今陕西大荔）。从凝式曾祖濠州录事参军杨遗直开始，客居讲学于苏州。遗直四子发、假、收、严，唐后期以文学政事名重天下，时号修行杨家。发官至岭南节度使，存诗十多首，辛文房《唐才子传》卷七称其为"当时声韵之伟者"，赞其《宿黄花馆》"浏亮清新，颇惊凡听"。发子乘，张为《诗人主客图》列为广大教化主之上入室者，即白居易继承者，惜仅存诗五首。杨假官至常州刺史。杨收以神童驰誉，咸通间官至宰相，权倾一时，后贬死岭南，墓志已出土。杨严，乾符间官至兵部侍郎判度支，他是凝式祖父。凝式父杨涉,是杨严长子,仕宦显达,哀帝初入相,这时皇室衰微,国势日非,杨涉难有作为,还做了一件被欧阳修骂为人臣最无耻的事,即在朱全忠要做皇帝时,杨涉与几位大臣将唐之传国玉玺从洛阳送到汴州。《新五代史》特立《唐六臣传》加以谴责,认为他们是"庸懦不肖,倾险狯猾,趋利卖国之徒"。当然,在杨涉当时,身命为他人所控,又能如何? 他也读圣贤书,知道立身是非,暴力之下,若不想死,别无选择,内心则很痛苦。他对家人和凝式说:"吾不能脱此网罗,祸将至矣。""今日之命,吾家重不幸矣,必累尔等。"这是杨凝式的宿命。

唐亡那年,杨凝式三十五岁,遇到一位贵人,乃得一生贵盛无忧。贵人是齐王张全义。张全义世为田农,早年做过啬夫,大乱中逐渐坐大,昭宗初年起为河南尹,主洛阳政事近四十年。他出身孤苦,性勤俭,举世大乱中依附朱全忠,为朱做后勤供给,同时劝耕务农,建设地方,维持了洛阳平静。他不仅四时劝农,碰到水旱灾害,也都庄重祭祀,据说每有效应,民间谚语云:"王祷雨,买雨具,无畏之神耶,齐王之洁诚耶!"洛阳久被兵燹,在他主持下修复宫殿,稍存气象。杨凝式久随张全义,一生都以张家家臣自任。清泰三年(936)为全义孙张季澄撰墓志,自署"门吏中大夫尚书兵部侍郎柱国赐紫金鱼袋弘农杨凝式撰",此时全义去世已近十年。天福四年(939)为全义侄张继升撰墓志,仍署"门吏太中大夫守礼部尚书柱国赐紫金鱼袋致仕弘农杨凝式撰"。一生历仕通显,官位弘达,始终没有参与过重大决策,更无事功可言。长居洛阳,与诗、酒、僧为伴,行草更达到出神入化程度。据说洛阳寺院都愿拉他去喝酒，乘便刷白几面墙壁，怂恿他醉后乘兴挥毫。他活到八十二岁，享尽荣华，没有祸灾，一切拜齐王所赐。当然他也谨守分际，心存感恩。蔡襄所书诗中对齐王的感德，正是他的心声。此其三。

天福四年写《洛阳风景四绝句》时，杨凝式已经六十六岁。其间洛阳经历了两次大乱，一次是庄宗同光四年（926）变乱，另一次是清泰三年（936）唐亡晋兴之乱。唐末帝败亡时，本欲焚烧洛阳宫殿，幸其幼子重美劝阻，方得保存。一切都是杨凝式身经亲见。四绝句仅存三首，主旨也有堪哀、堪夸、堪珍之不同，但对"几处楼台处处花"的欣羡，对"无限欢娱荣乐事"的追忆，对齐王的感念，寄望少年人多加珍惜，还是十分真切的。

杨凝式书法为五代第一，存诗不是很多。《全唐诗》卷七一五录其诗三首又三句，同书卷八八七录《雪晴》："春来冰未泮，冬至雪初晴。为报方袍客，丰年瑞已成。"出米芾《书史》。前人及本人辑唐佚诗，稍有增补，但很有限。今知道线索者，如米芾《书史》引有《上大仙》诗，《宝刻丛编》卷四著录《题长寿华严院东壁》，《南宋馆阁续录》卷三录其帖有《崔处士诗》，《游宦纪闻》卷一〇所载还有《奠定智大师诗二首》《看花诗八韵》《寄惠才大师左郎中诗三首》等，期待还有进一步发现。书家喜欢抄前人诗，临前人帖，蔡襄书二诗如此，杨凝式也如此，《宝真斋法书赞》卷八录其书《烟柳诗》"天街小雨润如酥"，是韩愈诗。

分别写于 2018 年至 2019 年

七、唐代女性与诗歌

《瑶池新咏》所见唐代女才子的感情世界

有关《瑶池新咏》，以往我们仅知道两则有关的记载。一是《新唐书》卷六〇《艺文志四》载："蔡省风《瑶池新咏》二卷，集妇人诗。"二是袁本《郡斋读书志》卷四下载："《瑶池新集》一卷。右唐蔡省风集唐世能诗妇人李季兰至程长文二十三人诗什一百十五首，各为小序冠于其前，且总为序。其略云：'世叔之妇，修史属文，皇甫之妻，抱忠善隶，苏氏雅于回文，兰英擅于宫掖，晋纪道蕴之辩，汉尚文姬之辞，况今文明之盛乎！'"二书所载卷数有一卷、二卷之别，仅是分合之不同。蔡省风生平，至今全无所知。难得的是晁公武拥有此书，还认真读过，留下珍贵记录，我们可以知道该书收录"唐世能诗妇人"从李季兰始，到程长文止，共二十三位才女的一百十五首诗。编纂体例，则是人各有小序，与《河岳英灵集》《中兴间气集》体例接近，全书有总序，从晁氏摘录的一段看，列举了古代六位才女的成就，强调"今文明之盛"，应该超过前代，可知成书时天下尚未乱，应该在咸通前。

存世文献没有引据该书诗作的记录，以往我们对蔡书所知实在很少。直到20世纪末，俄藏敦煌文献发表，荣新江、徐俊发现了此集的若干碎片，于1999年首先发表《新见俄藏敦煌唐诗写本三种考证及校录》（《唐研究》第五卷，北京大学出版社1999年版，第

59—79 页)，据 Дx.3861、Дx.3872、Дx.3874 三残卷录出李季兰、元淳诗若干首。继而又发现 Дx.6654、Дx.6722、Дx.11050 诸残片，且有"□大唐女才子所□篇什。著作郎蔡省风纂"题签，乃续撰《唐蔡省风〈瑶池新咏〉重研》(刊《唐研究》第七卷，北京大学出版社 2001 年版，第 125—144 页)，录出李季兰、元淳、张夫人、崔仲容四人诗二十三首，其中颇多佚诗。通行的校订本，则有《唐人选唐诗新编》(中华书局 2014 年版)收徐俊校本。这些残卷的复原和公布，对唐诗研究意义重大。

　　除了残卷保存的卷首四人诗，该书还有没有其他可以探究的线索呢？我特别注意到，残卷所存四人的顺序，与唐末韦庄《又玄集》卷下所录女姓诗人之最初四人相同，所存诗内容也颇一致。《又玄集》从李季兰到程长文，凡二十一人，具体为李季兰、元淳、张夫人、崔仲容、鲍君徽、赵氏、张窈窕、常浩、蒋蕴、刘媛、廉氏、张琰、崔公达、宋若昭、宋若茵、田娥、薛陶、刘云、葛鸦儿、张文姬、程长文。是否可以认为这部分内容即全部来自《瑶池新咏》呢？有可能，但还不能完全确认。巧合的是，还有一部书可以参读，那就是北南宋之交的《吟窗杂录》。该书五十卷，旧传为状元陈应行编，今人或以为蔡襄孙蔡传编。该书卷三〇《古今才妇下》也收了这批女诗人，具体名单与排列顺序为：李季兰、元淳、张夫人、崔仲容、鲍君徽、赵氏、梁琼、张窈窕、常浩、蒋蕴、崔萱、刘媛、廉氏、张琰、崔公达、田娥、薛涛、刘云、葛鸦儿、张文姬、程长文。也是二十一人，但细节有出入，即增加了梁琼、崔萱二人，不取宋氏姐妹，薛陶作薛涛。两相合并，恰巧二十三人，且与晁氏所说从李季兰到程长文的顺序一致，可以认为二书各自取资原书。这样，我们可以列出《瑶池新咏》的完整名单，即李季兰、元淳、张夫人、崔仲容、鲍君徽、赵氏、梁琼、张窈窕、常浩、蒋蕴、崔萱、刘媛、廉氏、张琰、崔公达、宋若昭、宋若茵、田娥、薛涛、刘云、葛鸦儿、张文姬、程长文。

有了这份名单，我们可以进一步探究《瑶池新咏》诸作者的生平与该书的成书年代。就目前所见文献，这群女作者生平经历较清楚者有以下几人。一、李季兰，即李冶，大约出生于天宝间，大历间较活跃，与同时诗人交往甚多，建中末曾上诗颂朱泚，乱平为德宗所杀。二、张夫人，大历十才子之一吉中孚妻，吉曾为道士，贞元间官至侍郎。三、赵氏，为中唐名臣杜羔（？—821）妻，他书或作刘氏。杜羔贞元五年（789）登进士第，主要活动在贞元、元和间。四、蒋蕴，当作薛蕴，是玄宗时大理评事薛彦辅之孙女，大约也是贞元、元和间在世。五、宋若昭、宋若茵，即贞元间入宫的宋氏五女中之二位，若昭墓志已出，见《考古与文物》2014年第5期刊拓本宋申锡《大唐内学士广平宋氏墓志铭》，生卒年为761—825。六、薛涛，今人对其生平探讨甚多，大体结论是大和间卒，年七十余。此外，必须说明的是，旧传鲍君徽字文姬，德宗时入内，贞元中寡居，以母老乞归，其实一是将她与鲍文姬混为一人，二是误采《全唐文》卷九四五所收伪文《乞归疏》，皆不足据。

就已知推未知，大约可以认为入选诗人主要生活时期在大历至大和间，目前没有见到会昌以后的痕迹。就此推测该书的成书年代在大和至大中间，既能照应《郡斋读书志》那句"况今文明之盛乎"，也可合理地解释为何唐三大女诗人中唯有鱼玄机未能入选该集，鱼卒于咸通八年（867），大约大中后期方成年。

进一步说这些女子的身份。可以认为《又玄集》目录标注的身份，即源自《瑶池新咏》。具体区分，一是女道士，可以确定者有李季兰、元淳二人，其他信道者甚多。如张夫人之夫吉中孚曾入道，她可能同其意趣。崔仲容《戏赠》云："暂到昆仑未得归，阮郎何事教人非？如今身佩上清箓，莫遣落花沾羽衣。"则已披服受箓了。葛鸦儿《会仙诗》："彩凤摇摇下翠微，烟花漠漠遍芳枝。玉窗仙会何人见，唯有春风子细知。""烟霞迤逦接蓬莱，宫殿参差晓月开。群玉山前人别处，紫鸾飞起望仙台。"至少也是信道群众。二是官妻，至少有张夫人、赵氏二位。三是娼妓，《又玄集》仅标明常浩一人，薛涛也近似吧。四是女官，有宋氏姐妹。五是女郎，这一称呼大约仅相当今云女性而已，并非专指室女，《又玄集》标此者多达十三人。

《瑶池新咏》首收李季兰诗七首，不仅因她年辈较早，也最具代表性和影响力。旧传《薛涛李冶诗集》存诗仅十四首，残卷所存诗中，有三首以前仅见残句，现在得以补全，具有很高的研究价值。一是旧传《恩命追入留别广陵故人》，残卷题作"有敕追入内留别广陵故夫"，自称"无才多病判龙钟，不料虚名达九重"，是在奉天难前德宗已经招她入内，因而对她后来给朱泚上逆诗特别恼怒。《四库提要》曾疑此诗为伪，至此也可得到澄清。乱平后，德宗指斥她"汝何不学严巨川有诗云：'手持礼器空垂泪，心忆明君不敢言。'"遂令扑杀之。残卷中有《陷贼后寄故夫》一首："日日青山上，何曾见故夫。古诗浑漫语，教妾采蘼芜。鼙鼓喧城下，旌旗拂座隅。苍黄未得死，不是惜微躯。"所述正是她心在故夫，委婉表达身陷乱中、不能自已的态度，与严巨川诗意同，可惜德宗未见或未读懂。《文史知识》2016 年第 5 期已刊拙文《心与浮云去不还，吹向南山更北山——李季兰诗歌赏析》有详尽分析，这里从略。

另一位女道士元淳，存世文献仅见其诗三首，另有一些零句。残卷存诗七首，虽仍有残损，但大体可读。新见诗中尤可关注者为《感兴》一篇："废业无遗迹，仙都寄此身。弟兄俱已尽，松柏问何人？"应该是在安史之乱或奉天之变后，家业毁弃殆尽，兄弟家人也死于战乱，诗人无家可归，只能寄身道观。《寄洛中姊妹》："旧业经年别，关河万里思。题书凭雁足，望月想娥眉。白发愁偏觉，乡心梦独知。谁堪离乱处，掩泪向南枝。"似乎有类似经历者还不在少数。诗题中的姊妹未必是血亲姐妹，很可能仅是道友。另外张窈窕《上成都从事》："昨日卖衣裳，今朝卖衣裳。衣裳浑卖尽，惟剩嫁时箱。有卖愁仍缓，无时心转伤。故园胡虏千里隔，何处事蚕桑？"所写也是乱后远离故乡的艰难生活状况，虽然没有遁入瑶观，但寄居异地，靠卖妆奁为生，难免内心伤苦。当然身为女冠，修道访仙是生活中的日常内容。可以再举元淳的另两首新见诗。一是《闲居寄杨女冠》："仙府寥寥殊未传，白云尽日对纱轩。只将沉静思真理，且喜人间事不喧。青冥鹤唳时闻过，杳蔼瑶台谁与言？闻道武陵山水好，碧溪东去有桃源。"二是《送霍师妹游天台》："暂别万□□□，□□□□入天台。霞城峭壁无人到，丹灶芝田有鹤来。上元金胜何处在，阿母桃花几度开。日暮曲江相望处，翠屏遥指白云隈。"在《全唐诗》中，二诗各存两句，前诗存最后二句，

"武陵"作"茂陵"，后诗存"赤城峭壁无人到，丹灶芝田有鹤来"二句，皆源出《吟窗杂录》，后者"赤城"作"陵城"，诗意无从理解。今得全篇，虽还有一些缺文，诗意已可理解，从中可以体会女冠修行生活的多维面向。在观修行，在寂寞沉静中远离人群，体会道旨，参悟仙理，一鹤飞过，更增加对仙境的无限向往。武陵是湘西胜景，桃源故事在道徒心中更增加许多远离尘嚣的美好。道教从六朝以来最讲居山修行，所谓三十六洞天七十二福地，几乎名山皆为修真妙地。后一首送别道友到天台山访道，在女冠笔下或眼中，佳景胜地无处不是仙迹之所履，鹤唳花开无不让人悟真出世。最后两句写自己身在长安，会一直遥望师妹的东南行处，寓惜别之意。女冠的生活，还是很丰富而有诗意。

张夫人名与家世均不详，但其夫中年后显达，她应生活得很优裕。她的代表作是《拜新月》："拜新月，拜月出堂前。暗魄深笼桂，虚弓未引弦。拜新月，拜月妆楼上。鸾镜未安台，蛾眉已相向。拜新月，拜月不胜情，庭前风露清。月临人自老，望月更长生。东家阿母亦拜月，一拜一悲声断绝。昔年拜月逞容仪，如今拜月双泪垂。回看众女拜新月，却忆红闺少年时。"这是唐代女性诗词中的优秀篇什，从拜月习俗写起，从自己闺中、新婚及中年拜月的感受渐次变化，最后借东家阿母写到老年的失落和悲哀，借一诗写风俗，写心情，更写人生感悟。此诗虽不见于俄藏残卷，但可相信是《瑶池新咏》录其诗之首篇。残卷增加新诗达五首，但多残缺，仅能大概理会寄意。如缺题："□□□□□，□□轻帘开。庭际□□□，□□□入来。"《咏泪》："□□□□□，□流红粉妆。镜中

春色老，枕前秋夜长。"缺题："□□□□□，□鸣候寝宫。自嗟
□□□，□□□年中。"《寄远》："□□□□□，□朝不在家。临风
重回首，掩泪向庭花。"大多写闺中情怀和女性落寞。再如《诮喜鹊
子》："畴昔鸳鸯侣，朱门贺客多。如今无此事，好去莫相过。"可能
是她晚年的感悟了。杜羔妻赵氏是另一种性格的贵妇，我在《文史
知识》2016 年第 11 期刊文《良人的的有奇才　何事年年被放回——
中唐两位谐趣女诗人诗赏析》有特别的介绍。用现在的话说，是一
位作女，当丈夫还在为功名奔波时，她写诗戏谑调侃："良人的的有
奇才，何事年年被放回。如今妾面羞君面，君若来时近夜来。"丈夫
金榜题名后，她居然恶谑了一回："长安此去无多地，郁郁葱葱佳气
浮。良人得意正年少，今夜醉眠何处楼？"你春风得意，早已忘记寒
妻了吧！她送丈夫从宦，坦率直言："人生赋命有厚薄，君但遨游我
寂寞。"作得有些过吧，其实是因为情感太好，另有一诗说得意情
怀："上林园中青青桂，折得一枝好夫婿。杏花如雪柳垂丝，春风荡
扬不同枝。"唐代的才女，就是这样坦率真诚。

　　《瑶池新咏》中称为娼妓的诗人，只有一位常浩。大约在唐朝，
娼妓也是一种职业，不寓褒贬之意。这位女子存诗仅四首，但颇有
豪爽英迈之气，在此录两首。《赠友人》："闻道东山逸兴多，为怜明
月映沧波。不辞红粉随君去，其奈苍生有望何！"《闺情》："门前昨
夜信初来，见说行人卒未回。谁家楼上吹横笛，偏送愁声向妾哀。"
两诗都是我三十多年前编《全唐诗续拾》时，据《吟窗杂录》卷三〇
补出。前诗赠友人，大约其友从隐居出仕，既欣赏他在隐时逸兴风
流，更祝他出仕后苍生有望，且自述愿作红颜知己，洗尽铅华，随你

同去。后诗则说久盼良人，昨终来信，依然没有归信，无限怅惘。此时远处传来横笛之声，曲调哀怨，更戳痛了自己难以排遣的愁怀。

《瑶池新咏》所收作者大多生平经历不太清楚，但凡入选者，其写诗手法和情感表述，又确都是女性的，与男性代拟的妇女生活诗歌有很大不同。以下简略介绍几首优秀的诗歌。崔仲容《赠所思》："所居幸接邻，相见不相亲。一似云间月，何殊镜里人。目成空有恨，肠断不禁春。愿作梁间燕，无由变此身。"有情而难表心声，不由羡慕梁间双双燕。她的《寄赠》说"妾心合君心，一似影追形"，设喻很独特；《感怀》云"不觉红颜去，空嗟白发生"。直白而有悟，可惜全篇皆不存。梁琼《昭君怨》："自古无和亲，贻灾到妾身。朔风嘶去马，汉月出行轮。衣薄狼山雪，妆成虏塞春。回看父母国，生死毕胡尘。"从女性立场同情王昭君的不幸遭际，比那些名家玩技巧感慨的诗，更显真诚。张窈窕《春思》："门前梅柳烂春辉，闭妾深闺绣舞衣。双燕不知肠欲断，衔泥故故傍人飞。"作者写了多首类似诗，都很特别。刘媛《长门怨二首》："雨滴梧桐秋夜长，愁心和雨到昭阳。泪痕不学君恩断，拭却千行更万行。""学画蛾眉独出群，当时人道便承恩。经年不见君王面，花落黄昏空掩门。"这两首即便放在王昌龄集中，也绝不逊色。后首或传为杜牧或罗隐作，皆误。葛鸦儿《怀良人》："蓬鬓荆钗世所稀，布裙犹是嫁时衣。胡麻好种无人种，正是归时底不归？"此诗流传很广，《本事诗》更附会为河北士人代妻作，知道是葛作的人不多。

薛涛已经讲得太多，宋若昭名气很大，但存诗太庄重，这里都不说了。

最后要说到《瑶池新咏》压卷之人程长文。她存诗三首，生平只能从诗中推知。《春闺怨》云"良人何处事功名，十载相思不相见"，是曾长期孤居。又自述家住鄱阳曲，能刺绣，工草隶，心比孤竹，甘于寂寞。然而却遇到意外的横祸。《狱中书情上使君》是文学史上很少见的被凌辱女子的呐喊，全诗稍长，在此仅述大略。她说自己居所寂寞，很少人出入，不料强暴之男却"手持白刃向帘帏"，自己不甘受辱，坚决反抗："一命任从刀下死，千金岂受暗中欺。"估计是在反抗中伤及加害人，县僚不及调查，"即便教人絷囹圄"，被囚禁了较长时间。她自誓"我心匪石情难转，志夺秋霜意不移"，在狱中则"十月寒更堪愁人，一闻击柝一伤神"，她既担心"三尺严章难可越，百年心事向谁说"，又坚信最后终能还自己以清白："但看洗雪出圜扉，始信白珪无玷缺！"此诗是写给刺史的诉冤书，虽然始末不详，但女性对暴力的坚决反抗和坚持抗争，千年后仍能听懂她的不平。她的诗才在另一首怀古诗中有很好的展示。《铜雀台》："君王去后行人绝，箫笙不响歌喉咽。雄剑无威光彩沉，宝琴零落金星灭。玉阶寂寞坠秋露，月照当时歌舞处。当时歌舞人不回，化为今日西陵灰。"真是巾帼不让须眉。

在我印象中，《瑶池新咏》是第一部专收女性作者诗歌的专集，很高兴在亡失千年后，还能有部分残页问世，并能据以部分揭示该集的面貌，让更多作者了解唐代女性诗人独特的个性与不平凡的追求，读到她们的内心情感。这也是我写本文的直接动因。

2017 年 7 月

唐代的夫妻诗人

几年前写过一本小书《唐女诗人甄辨》（海豚出版社 2014 年版），将《全唐诗》内外可知的唐代女性诗人大体理清了。如果有朋友进一步追问，唐代夫妻有诗存世者有多少？ 一时不免语塞。今日实行一夫一妻，古代可不同。那么，将妾也算，有多少？ 估计不足十对，让我选有故事者，逐一说来。

一、 唐太宗李世民与长孙皇后、贤妃徐惠

唐太宗李世民于建立唐朝居功为多，玄武门政变喋血夺位做得有些难看，在位二十三年，虚怀纳谏，政治修明，励精图治，国势渐盛，为历史上一代明君。好作诗，述志抒怀，雄浑刚健，虽未脱齐梁旧习，于唐诗隆盛有开创之绩。又工草隶，好著述，也多可称。

太宗皇后长孙氏（601—636），隋右骁卫将军长孙晟女。年十三，嫔于世民，那年太宗也就十四五岁吧。李渊那时快五十了，先后担任殿内少监和卫尉少卿，为他表弟隋炀帝打打杂，前途完全看不清楚。世民小时也多病，今存有李渊为他求病痊愈的大海寺刻石。世事沧桑，中原逐鹿的结果将这一家推上权力巅峰。长孙皇后性俭约，矜礼法，喜图传，世称贤德，为太宗生三子，是大唐江山

的有力保障。可惜中年早逝，太宗伤悼不已，有《昭陵刻石文》云："皇后节俭，遗言薄葬，以为盗贼之心，止求珍货。既无珍货，复何所求。朕之本志，亦复如此。王者以天下为家，何必物在陵中，乃为己有。"（《资治通鉴》卷一九四）可惜此碑原文没有保存下来。长孙皇后去世，太宗处理三子关系时有重大失误，立长子承乾为太子，又特别喜欢有才气的四子魏王泰，魏王因此有夺嫡之想，太子感到危机而联络朝臣，终于酿成家庭惨剧：太子遭废黜而死，魏王一家远逐郧乡（今湖北十堰），九子李治得立为太子。就对三子的处分来说，太宗对不起长孙皇后，但帝王家社稷为大，也属无可奈何之事。

长孙皇后存世有《游春曲》（《吟窗杂录》题作"春花曲"，《全唐诗》题作"春游曲"）："上苑杏花朝日明，兰闺艳妾动春情。井上新桃偷面色，檐前嫩柳学身轻。花中去来看舞蝶，树上长短听流莺。林下何须远借问，出众风流旧有名。"诗写春日游上苑的感受，自称"兰闺艳妾"，且云"出众风流"，与其身份不尽合。《洛阳师范学院学报》2001 年第 3 期刊郭绍林《长孙皇后〈春游曲〉系伪作——兼论七律的形成史》，认为本诗不见明以前记录，史籍不言其能诗，此首已属拗体七律，指此诗为伪作。然宋人所著《吟窗杂录》卷二九已引及三四两句。此诗不合粘对，亦属唐初体式，六朝以来游春诗，大体如此，未可轻易判伪。当然也难说是好诗，偶一为之吧。

太宗后宫嫔妃众多，历代最称者为才女徐惠。徐惠（627—650），湖州长城（今浙江长兴）人。果州刺史徐孝德之女。自幼聪慧，四岁能诵《论语》《毛诗》，八岁能属文。太宗召为才人，俄拜婕妤，再迁充容。在后宫地位不高，但很有个性。据《大唐传载》记载："太宗曾召妃，久不至，怒之。因进诗曰：'朝来临镜台，妆罢暂徘徊。千金始一笑，一召讵能来？'"皇帝之于嫔妃，关系绝不平等。皇帝召妃，哪可经久不来？ 徐惠进诗，既庄亦谐，为皇帝解怒，也为自己找台阶，更准确说是维护尊严。

徐惠居然还曾上疏论时政。《旧唐书》卷五一载她见太宗晚年"军旅亟动，宫室互兴，百姓颇倦劳役"，希望太宗考虑"千王治乱之踪，百代安危之迹，兴衰祸福之数，得失成败之机"，"抑志裁心，慎终如始，削轻过以添重德，循今是以替前非"。看来贞观纳谏之风，也吹进了太宗后院，徐惠讲得也够直率，以前有错误，要接受教训，始终如一。

其实才女在后宫心情并不愉快。《长门怨》："旧爱柏梁台，新宠昭阳殿。守分辞芳辇，含情泣团扇。一朝歌舞荣，宿昔诗书贱。颓恩诚已矣，覆水难重荐。"这是乐府诗，按题目写汉武帝与陈阿娇故事，当然同情阿娇遭冷落后的不幸命运。旧爱新宠，反衬阿娇之失落，辞辇、泣扇，也是前人所常用。"一朝歌舞荣，宿昔诗书贱"两句，尤写君王情之变化不恒，出自徐惠笔下，更见她以文学入侍后宫之未必愉快。最后两句，更见到失意绝望。这是乐府诗，所写是题中可有之意，又怎能说其中没有一些徐惠自己的感受呢？

在太宗去世后第二年，徐惠据说因"哀慕愈甚，发疾不自医"而逝，年二十四，追谥贤妃。

二、 唐高宗李治与则天武后

第二对夫妻要说高宗李治与其妻武曌。武曌是她晚年自改名，高宗未曾得闻。她的本名，今人研读怀疑是华存，太宗时赐名媚娘，还有各种说法。今人多称武则天，是将姓与尊号连读，古代绝无此说，一查四库检索即可知。

高宗是太宗第九子，本来继位无望，两位兄长恶斗，结果他成了赢家。他当太子六年，最有成就的工作是为母亲追福，在长安城南建了一座宏伟的大慈恩寺：寺名从他自己感恩母德而起，让世人皆沐此慈惠，福泽长存。高宗在父亲病重期间，已经与父亲的才人武氏走得很近，父亲还没断气，即将宰相换成了自己的人。即位时，他二十二岁，更主意多多，既靠舅舅清除了威胁自己的兄弟，又将武氏从感业寺群尼中捞出，不在意父妾之忌讳，一路拔擢到皇后高座，又借她手将父亲留来辅佐自己的老臣打下去。武后也确实争气，为她至少生了四个儿子、一个女儿。高宗在位之中期，太太称天后，自己称大帝，大体是夫妻共理天下。高宗后期多病，权归天后，更严重的问题是天后不仅让大帝靠边，还想到在大帝身后如何掌控儿子，续揽大政。第一个太子李忠是后宫所生，废也就废了。第二个太子李弘（654—675）是高宗与武后的长子，立为太子十八年了，二十二岁时莫名暴死，据说与不得母爱有关。高宗无奈，只能坚持做到给儿子送个孝敬皇帝的名分。下一个太子李贤也是武后所生，主意更大，尤喜欢读史，妈也不喜欢。李贤被废时，留下一首《黄台摘瓜词》："种瓜黄台下，瓜熟子离离。一摘使瓜好，再摘令瓜稀，三摘犹尚可，四摘抱蔓归。"是对没有母子之情的政治动物的控诉。武后的后两个儿子就学乖了，妈说什么都服从，即使自己的老婆、儿女，随时可杀，绝不动气，这才保下小命，保证武周以后大唐之中兴。

高宗诗风与太宗接近，但缺乏英雄气。早年所作有《谒慈恩寺题奘法师房》："停轩观福殿，游目眺皇畿。法轮含日转，花盖接云飞。翠烟香绮阁，丹霞光宝衣。幡虹遥含彩，空水迥分晖。萧然登十地，自得会三归。"诗作于贞观二十二年（648）岁末，还是太子时，到寺祈福，见到在此设译场的玄奘法师。诗写得庄重严肃，表达虔恭佛法、谒寺悟脱的情感。佛语与景语交叠出现，可以看到他在两方面的良好修养。高宗即位后仍喜欢写诗，今存十多首，可惜好的不多。

武后存诗甚多，其中大多为郊庙歌辞，庄重有余，不涉情感。此外，她的诗许多出自群臣或女官代笔，不易区分，但故事很多。如《腊日宣诏游上苑》："明朝游上苑，火急报春知。花须连夜发，莫待晓风吹。"据说在她称帝后的天授二年（691）腊月，群臣耻辅女主，欲有举动，诈称花开，请女皇游上苑。武后有所察觉，乃以此诗宣诏。到次日凌晨，名花瑞草，满苑开放，群臣因服其异。此诗此事，多可怀疑，无论百花开放随节气先后有殊，群臣谋弑，异瑞慑人，皆未必有其事。在女皇称帝时，舆情不稳，自可理解，编此类故事说明有非人力可达到者，且为她之诛杀群臣设立根据。无论真相如何，此诗霸气侧漏，决绝英断，是难得的好诗。敦煌遗书有两个写本，可见流布之广。

录一首武后有人情味的佚诗："依依柳色变，处处春风起。借问向盐池，何如游浐水？"诗见《山右石刻丛编》卷五收河东石刻韦元晨《六绝纪文》内，说长安二年（702）命宰相姚崇考察河东盐池，姚崇将归，武后作此诗问候。前两句写春日景色，杨柳依依，春风处处，诗意很明白晓畅。接下来问，此次远行盐池，与在长安附近的浐水游历，有什么不同的感受？姚崇又是何等聪明之人，马上回答："归来朝帝〔阙〕，忽〔逢〕钧天响。悬知浐水游，绝胜汾川赏。"说我即将归朝，忽得皇上鸿音，知道您与群臣在浐水的盛况，远胜我在汾川所见。淡淡的调侃，谨守分际，君臣相得，于此可见。

三、唐中宗李显与韦皇后、上官婉儿

中宗（656—710）是武后与高宗的第三个儿子，两个哥哥的命运他都见到，知道老妈手段之酷烈，更学会了避让与妥协。父亲去世后，他短暂即位，头脑一热，真想做事了，被老妈一巴掌打到房州（今湖北房县），苦熬了十多年。待到老妈被狡猾的狄仁杰骗得上了套，把他找回来，做了大周朝的皇嗣。他的儿女不懂事，居然议论祖母的男宠，立即被杖杀，他一句不敢吭声。五十岁时，终于借老臣之手将重病的老妈圈禁，他当家作主。他的夫人韦皇后出来要权，小女儿安乐公主也喊着要继承权：这家人遇到恶的就躲，一有机会就什么都要。也许中宗觉得多年对不起老妻，也许他本来就是个没有决断的退让君主，在位五年半，多数时间带领群臣在游山玩水，饮宴作诗，为古诗向近体诗转型作出了重大贡献，史称景龙文馆唱和。

　　中宗早年诗有《夏日游石淙侍游应制》，末二句云："永愿乾坤符睿算，长居膝下属欢情。"那年他四十五岁了，仍做出膝下承欢的幼儿姿态，宣誓效忠老妈，稍显有趣。不过他的诗写得很流动，对辞语把握良好。他即位后诗，可举《幸秦始皇陵》："眷言君失德，骊邑想秦余。政烦方改篆，愚俗乃焚书。阿房久已灭，阁道遂成墟。欲厌东南气，翻伤掩鲍车。"始皇陵在临潼骊山附近，中宗在景龙三年（709）岁末幸陵作此诗。登临怀古，想到秦之为政烦碎、愚民变俗，无论统一文字、焚书坑儒，他都不表赞同。当年修阿房宫，浪费巨大，而今只有遗迹为墟。所谓东南气，是说民间有不平反抗，始皇东西奔走，一无所成，死在半路，尸体发臭，只能以鲍鱼掩饰。诗没有展开议论，但历史上的失德，他有所理解，但也无意加以改变。

　　中宗君臣的柏梁体唱和中，有韦皇后的一句诗："顾惭内政翊陶唐。"以夫为圣君，自称内政做得还不够好，场面上很得体。据说上官婉儿常为她捉笔，也许吧。韦皇后母女皆有野心，能力远逊于武后。中宗死后不久，太平公主与临淄郡王李隆基起兵，韦后母女被杀。史称中宗是被她母女谋害，看不出有此必要啊，也许就是胜利者找出来的谋反理由吧。

　　中宗身边有位大才女，昭容上官婉儿。婉儿是反武后的才士上官仪的孙女，初生即配入内庭，一生都在宫中。新出墓志知她曾是高宗的才人，后来是武后的文胆，再后来是中宗的昭容，这一家真够乱的。

　　婉儿是罪人之女，长期宫中生活并不愉快。据说武后对群臣奏事，让婉儿躲在案裙下记事。一日不知看到什么，武后大怒，随手拿起甲刀就扎她脸上。改朝换代，她依然服从权势者。昭容名列妃嫔，她已经年过四十，主要参与文案之事。唐隆政变，婉儿意外被李隆基所杀，今人解读，她投靠的可能是太平公主。

《全唐诗》存婉儿诗一卷，有二十多首为游长宁公主园林时所作，《万首唐人绝句》以其中十二首署景龙文馆学士作，未必是她一人所作。她虽曾品评沈佺期、宋之问等文士之作，本人传下来的好诗其实只有一首《彩书怨》："叶下洞庭初，思君万里余。露浓香被冷，月落锦屏虚。欲奏江南曲，贪封蓟北书。书中无别意，惟怅久离居。"诗是虚构的，写独居女子的失落怅惘。秋风乍起，木叶纷飞，女子思念远在蓟北的男子。秋露渐浓，独卧孤冷，月升月落，锦屏虚设。欲起奏一曲江南相思曲，封存在寄往蓟北的书信中。书中什么都无法说，只是怅惘彼此分别得太久太久了。这里，可看到她对汉代古诗"馨香盈怀袖，路远莫致之"的礼敬与升华。婉儿名气很大，作品流传有限，很是可惜。

四、 吉中孚与张夫人

中唐前期的一对夫妻，都能诗，当时、后世诗名稍有不同。男子是吉中孚（？—约789），楚州（今江苏淮安）人。早年居于鄱阳（今属江西）。初为道士，代宗大历初还俗，征拜校书郎。与钱起、卢纶等文咏唱和，同游驸马郭暖门下。大历十年（775）或次年书判拔萃科及第。德宗建中元年（780），为万年尉。兴元元年（784）六月，自司封郎中、知制诰充翰林学士。寻改谏议大夫。贞元二年

（786），迁户部侍郎，判度支两税。四年（788），以权判吏部侍郎为中书舍人。未几卒。中孚有诗名，为大历十才子之一，官也做得不小，一时交游甚广。《新唐书·艺文志》著录其诗集一卷，唐以后不传。传世诗作仅《送归中丞使新罗册立吊祭》一首，不算出色。日本存唐写本《新撰类林抄》卷四，有其诗《奉同秘书苗丞菘阳山闲居引》，不常见，抄如下："有山嵯峨兮有水潺湲，王孙独往兮春草经年。溪路独行兮到时何处？　渔父相见兮水上天边。犬吠前村兮极浦，回风入林兮微月映户。白石磷磷兮迸水濡衣，哀猿啾啾兮空山半雨。谷口苍茫兮天阴，人间离别兮年月深。花迷流水不知处，心忆君家难后寻。"（参日本小川环树、栗城顺子校改）是一首骚体诗，因送友人归山，想到山居之闲适美好。作者曾为道士，体会方外生活之舒适，诗也算清通晓畅。

　　吉中孚妻张夫人，名字、家世、生卒皆不详。《全唐诗》卷七九九称她是楚州山阳人，乃其夫之里贯。《又玄集》卷下、《才调集》卷一〇、《唐诗纪事》卷七九皆收其诗，知有诗名。近年在俄藏敦煌文献中见到《瑶池新咏》残卷，她在大名鼎鼎的李季兰后排名第二，所收诗超过八首，可见名气不小。她的诗，以《拜新月》一首最著名："拜新月，拜月出堂前。暗魄深笼桂，虚弓未引弦。拜新月，拜月妆楼上。鸾镜未安台，蛾眉已相向。拜新月，拜月不胜情，庭前风露清。月临人自老，望月更长生。东家阿母亦拜月，一拜一悲声断绝。昔年拜月逞容仪，如今拜月双泪垂。回看众女拜新月，却忆红闺少年时。"诗分四段，写人生不同年龄段拜月的感受。第一段似是少女时，走出闺堂拜月，月初吐牙，月影笼桂，人生刚开始，前景尚不明朗。第二段妆楼拜月，象征男女爱情的鸾镜初安或未安，情愫萌动，岁月静好。第三段，庭前拜月，风露清寒，生活曲折，不胜含情。月色依旧，男女渐老，能不抚今追昔，触事伤怀乎！最后写邻家老妪也出而拜月，声声含悲，愁苦欲绝。这是人生暮年的景象，虽然一身孑存，但亲人都已不在，人生只留下痛苦的回忆。老妪以前或许也是出名的美女，然而现在留下的回忆已经是那么遥远。最后两句，加入作者自己的感慨。刘希夷"此翁白头真可怜，伊昔红颜美少年"，曾引起许多人的感慨。张夫人此诗，可说是女版的《白头吟》，当然更像在一张图画中写出人生的四阶段。

五、 杜羔与赵氏

杜羔（？—821），《新唐书》卷一七二有传。他是唐初中书令杜正伦的五世孙，据杜正伦生平推测他是洹水（今河南内黄）人。他是当时有名的孝子，经历离乱后，寻找失散的母亲，求父遗骨归葬，闻名于世。德宗贞元五年（789）登进士第。宪宗元和四年（809）前后，由郎官授万年令。不久，因与长安令许季同共诉京兆尹元义方责租赋不时，罪及县吏而罢官。寻起复，迁户部郎中。后转刑部郎中，历谏议大夫。元和十四年（819），为振武节度使。旋以工部尚书致仕，卒。杜羔仅存郊庙诗一首。他在万年任上，与著名诗人、中书舍人李益和诗僧广宣联句，今存《红楼下联句》《兰陵僻居联句》两首。李益、广宣在元和前后名气很大，能约杜羔联句，可见他也有诗名，可惜所存太少了一些。

　　杜羔妻，《才调集》卷四作赵氏，《玉泉子》、《南部新书》卷丁、《唐诗纪事》卷七八、《万首唐人绝句》卷六五作刘氏。作刘氏虽记载较多，但都源自她与杜羔调侃的传说。《才调集》是总集，且有宋本，一般说会准确一些，本文即以赵氏称呼。

　　赵氏诗存四首，几乎每首都关乎夫妻情感，内容精彩绝伦，是唐代罕见的多情女子。

　　第一首《杂言》："上林园中青青桂，折得一枝好夫婿。杏花如雪柳垂丝，春风荡扬不同枝。"因《吟窗杂录》卷三〇引录而保存，从诗题与押韵分析，肯定是残诗。上林许多树，品种不一，良莠不齐，人生择偶也如此吧。赵氏得到一位好郎君，毫不掩饰地夸耀，幸福之情溢于言表。

　　第二首《夫下第》："良人端的有奇才，何事年年被放回？如今妾面羞君面，君若来时近夜来。"杜羔赴京应试，赵氏居家。唐代进士虽每年会试礼部，录取比例很低，也就是说屡试不第是常态。杜羔又落魄而归，赵氏以此诗相赠。你不是一直以为自己很有才华吗？怎么每年都铩羽而归？你好意思回来，我脸上可挂不住。真要回来，最好趁着夜色，不要让邻里看到，够丢人的。这是什么意思？如此势利冷漠吗？明白她对"好夫婿"的得意，可以理解是感情昵密的小夫妻间的调侃之作：良人，你可真是一等一的奇才，不是说好一定考取的吗，怎么又下第回家了？你好意思回来，我还真怕被邻家嘲笑，下次还是等天黑后再回家，不要让人家看到。《南部新书》说"羔见诗，即时回去"，今人甚至批评赵氏势利如《范进中举》中的屠户，都不太准确。诗肯定是杜羔到家后才写，两口子情感太好，直率调侃，无伤大雅。

第三首《闻夫杜羔及第》："长安此去无多地，郁郁葱葱佳气浮。良人得意正年少，今夜醉眠何处楼？"终于及第了，太太送来这样的贺词：长安好地方啊，气象万千，到处都是销金窟。良人春风得意，青春年少，今晚酒醉以后，在哪儿欢度春宵啊？瞧这两口子！严肃者会发现这女子也太爱吃醋，太多疑心了吧，懂诗的也会看到诗里的正面内容。南宋一位道学者看到了正能量："羔不第而归，作前诗勉之。羔既登第，复作后诗戒之。可谓贤妇人矣。"也许吧。我更愿理解这仍是两人之间的游戏之作，彼此信任，彼此相爱，因此可以语无忌惮嘛。

就是不知道杜羔如何应对这位喜欢"恶搞"的娇妻。《唐诗品汇》卷五五有《代羔赠人》："潾潾春风花落时，不堪愁坐更相思。无金可买《长门赋》，有恨空吟《团扇》诗。"这是误收唐另一位才女张窈窕的《寄故人》，诗意也不能相接。钟惺《名媛诗归》卷一〇有《杜羔下第至家寄以二绝》，所录另一首是："传闻天子访沉沦，万里怀书西入秦。早知不用无媒客，恨别江南杨柳春。"这是唐无名氏诗，见《唐诗纪事》卷八〇引顾陶《唐诗类选》，也与杜羔无关。

第四首《杂言寄杜羔》："君从淮海游，再过兰杜秋。归来未须臾，又欲向梁州。梁州秦岭西，栈道与云齐。羌虏万余落，矛戟自高低。已念寡俦侣，复虑劳攀跻。丈夫重志气，儿女空悲啼。临邛滞游地，肯顾浊水泥。人生赋命有厚薄，君自遨游我寂寞。"唐代进士及第后，多受军幕邀请，担任一段实际工作。杜羔此行似入山南西道节度使幕府，地方在今陕西汉中，在其传记中没有记录。据诗推测，杜羔春间在长安及第，先在淮海盘游，回家就是秋天。没过多久，估计是梁州聘书寄到，又匆忙远行。梁州地处长安西南，治下有羌人群落，又与藏区邻近，当时称吐蕃，与唐战和频仍。想到丈夫要去那么艰难的地方，不免有许多担心。"已念寡侪侣，复虑劳攀跻。"在那儿没有伴侣，没有朋友，生活一定辛苦，忧虞无限。还是要鼓励一下："丈夫重志气，儿女空悲啼。"男子汉就应该建立功业，不要做儿女悲苦状。不过也要提醒："临邛滞游地，肯顾浊水泥。"临邛就是司马相如遇到卓文君的地方，你也要始终想到家里还有人在等待，不要随便蹚浑水呵。最后是全诗主旨："人生赋命有厚薄，君自遨游我寂寞。"人生有命，男女殊途，你远行，你壮游，你的生活丰富多彩，充满挑战，你可知道我在家为你操心，每日之寂寞无聊吗？ 这首诗回环反复，将一位多情女子在夫君远行之际的复杂内心感受和盘托出，有关切，有鼓励，有提醒，有艾怨，当然也有器识与真情。

　　唐代夫妻诗人还有几例，如韩翃与其妾柳氏，前蜀主王建与其二妃（徐氏姐妹，其妹即花蕊夫人），在此恕不能一一介绍。当然也有文献传误必须纠正的，比方《全唐诗》收有杨贵妃诗，是出于唐小说的依托之作。宋若昭姐妹在后宫是女官，与嫔妃有别。

　　女性、家庭、婚姻研究，国际汉学界关心的很多，国内也渐成气候。唐诗中有关记载极其丰富，石刻墓志更记载完整，希望有更多学者与读者给以关心。

2019 年 8 月

裴铏《传奇》中的女仙诗

请先允许我解释一下题目。裴铏是唐末的一位文人,生平记录很少,至今仅知道他自号谷神子,是一位尊崇道教的中层官员。懿宗咸通间(860—874),为静海军节度使高骈的掌书记,任职的地点在今越南北部,那时一般称为安南。僖宗乾符五年(878),以御史大夫为成都节度副使。他的著作,仅知有三种。一是诗存一首,见《唐诗纪事》卷六七,题作"题石室":"文翁石室有仪形,庠序千秋播德馨。古柏尚留今日翠,高岷犹蔼旧时青。人心未肯抛膻蚁,弟子依前学聚萤。更叹沱江无限水,争流只愿到沧溟。"文翁是汉代倡导教育的前辈,他的榜样使作者心生敬畏,愿意为地方文化做出努力。二是在宋人张君房所编《云笈七签》卷八八存其所著《道生旨》,是一篇阐释道教原理的学术论文。以上一诗一文,影响都很有限。现在一般文学史提到裴铏,是因为他的一本早已散佚的小说集:《传奇》。今人一般称唐人神怪离奇故事为传奇,其实就是源自裴铏的这部小说集。《传奇》原书三卷,估计包含几十篇故事,且大多与神仙道教有关,文采斐然,曲折离奇,宋代各书转引者尚有三十多篇。近人周楞伽有《裴铏传奇》(上海古籍出版社1980年版),辑录、校订、注释都翔实可从。

还要说明什么是女仙。最简单的解释,女仙是道教修行的女性成功者。只要态度认真，读经、斋醮、服丹、食灵芝，都有机会。女仙不仅漂亮，而且身轻袅娜，腾身飞行，环佩叮当，仙裙飘拂，足以引人遐想。李白诗中经常与女仙约会，李贺《梦天》"环佩相逢桂陌间"，也抱有美好的理想。女仙也分资浅资深。最初的修成者，功夫到了，天庭派使节奏着仙乐、带着羽葆来迎接，女道者于是抛弃凡体，冉冉上升。据说道行高深者可以见到，一般人仅能见到遗蜕，就是不再有生命体征的肉身。不管你信不信，你没见到是你修行不够，唐人信道者对此深信不疑。资深女仙则在天庭有各种高贵的身份和职务，当然如果偶然犯错，天上的纪律也很严格，一般是贬黜到人间若干年，这才有了文人偶遇仙女的美好机缘。有关女仙的各种故事和诗歌，大多见于道教传记与文人小说，其中唐代最杰出的作品，就是裴铏《传奇》。

　　以下选择三则，与读者分享。

一、裴航蓝桥遇云英

　　故事见《太平广记》卷五〇引裴铏《传奇》。唐穆宗长庆年间，进士裴航省试落第后，往游鄂渚，也就是今湖北武汉，访问旧友崔相国。崔相国赠给他钱二十万，让他携带归京。唐时没有纸币，二十万枚铜钱，怎么说也得有几百公斤吧，裴航于是雇了巨舟，溯沿汉水入关中。同船有樊夫人，国色美容，言词问答很有礼貌。裴航很想与夫人亲近，无法办到，于是贿赂夫人的侍女袅烟，献诗一章曰：

向为胡越犹怀思，况遇天仙隔锦屏。

倘若玉京朝会去，愿随鸾鹤入青冥。

诗意坦率，希望与夫人有进一步接触。诗说夫人如同天仙，即便两人相隔天南地北，自己也会动心想念。何况同乘一船，仅数重锦屏相隔。后两句说如果你要到天庭参加朝会，我愿意追随你，骑鹤同上青天。唐人追求美色，从不掩饰，表达很直白。

然而诗递过去，久无回音。裴航也无别法，好在船在沿途经常停靠，乃多次买名酒珍果，托袅烟献给夫人。夫人这才召裴航相见，《传奇》写裴航眼中的夫人是这样的："玉莹光寒，花明丽景，云低鬟鬓，月淡修眉，举止烟霞外人，肯与尘俗为偶？"裴航看呆了。夫人说："妾有夫在汉南，将欲弃官而幽栖岩谷，召某一诀耳。深哀草扰，虑不及期，岂更有情留盼他人，的不然耶！但喜与郎君同舟共济，无以谐谑为意耳。"告诉裴航，我是有夫之人，丈夫在汉南，即汉水以南某地，准备弃官修道，召我去见面诀别，哪里有心情与他人谈情说爱。有幸与你同舟共行，还希望你不要想得太多了。不久，夫人让袅烟持诗一章，交给裴航。诗曰：

一饮琼浆百感生，玄霜捣尽见云英。

蓝桥便是神仙窟，何必崎岖上玉京！

这是一首包含仙机的寓言诗。裴航的目的是进京应试考进士，人多而胜出概率很低，诗的末句是劝裴航不必再进京追求功名。蓝桥在今陕西蓝田县的蓝溪一带，是从长安出商洛大道的必经之处。这应该是裴航拿到诗后可以理解的内容。至于前两句，裴航一时很难有头绪。

到了襄阳，樊夫人带上行李随从，不告而别。裴航找不到踪迹，只能继续赶路。从水路改为陆路，快到长安了，恰好经过蓝桥驿。裴航觉得口渴，于是找人家求茶水。路边仅见茅屋三四间，有老姬在编织麻衣。裴航行礼如仪，说明来意，老姬向屋内招呼："云英，擎一瓯浆来，郎君要饮。"裴航闻声惊讶，回想樊夫人赠诗有"云英""蓝桥"之句，会不会应验在这里。很快，草屋里面"出双玉手，捧瓷瓯。航接饮之，真玉液也，但觉异香氤郁，透于户外"。只见到女子一双玉手，捧出瓷瓯，裴航饮下，觉得就是玉露琼浆，异香满屋。他这时似乎理解了樊夫人赠诗"一饮琼浆"的用意，借口还瓯，掀箔进屋，见女子"露裛琼英，春融雪彩，脸欺腻玉，鬓若浓云，娇而掩面蔽身，虽红兰之隐幽谷，不足比其芳丽也"。这是与曹植《洛神赋》对神女美貌的描述可以并美的文句。裴航惊讶驻足，知道这就是理想的佳偶，于是对老姬说，我这一行人又累又饿，可否在此住下？老姬也很爽快："任郎君自便！"饭饱休息后良久，裴航向老姬说明来意，见你家"小娘子艳丽惊人，姿容擢世"，"愿纳厚礼而娶之，可乎？"老姬告之："渠已许嫁一人，但时未就耳。我今老病，只有此女孙。昨有神仙遗灵丹一刀圭，但须玉杵臼捣之，百日方可就吞，当得后天而老。君约取此女者，得玉杵臼，吾当与之也。其余金帛，吾无用处耳。"老姬提出条件，我不在乎有多少钱，看你有多少诚意。有神仙送给我丹药，可治老病，但必须用玉杵臼，捶捣百日后，方有药效。裴航承允："愿以百日为期，必携杵臼而至，更无他许人。"其实内心恨恨，知道老姬是故意刁难。

到了长安，他似乎仍然忘不了云英，再提不起科举的兴趣，全城街坊走遍，到处寻访玉杵臼，见到朋友也不认识，所有人都以为他疯了。百日将满，得一货玉老翁指引，知虢州药铺卞老有玉杵臼出售。卞老开价二百缗，恰好就是崔相国所赠钱二十万之数。裴航已花费不少，乃倾家荡产凑足其数，方捧着玉杵臼，回到蓝桥。老妪大笑说："有如是信士乎，吾岂爱惜女子而不酬其劳哉！"你如此守信用，当然愿意将女子许配给你。现在轮到云英提要求了："虽然，更为吾捣药百日，方议姻好。"男女恋爱，女方的要求不能忽略。老妪解药，裴航即为捣之，白天工作，晚上休息。至夜，老妪收药臼于内室。裴航听到捣药声，偷窥见"玉兔持杵臼，而雪光辉室"，于是更坚信不疑。百日功成，老妪持药吞之，立即宣布：我当入洞告诉亲眷，立即与裴郎举办婚礼。不久，车马仆隶迎航进入一大宅第，豪华如贵戚之家。婚礼毕，引见诸宾，多是神仙中人。后有云英之姊，正是襄汉同舟之樊夫人，夫人名云翘，是仙君刘纲之妻，为玉皇之女吏。裴航也因此成仙，夫妻过上了幸福的生活。

《传奇》中这篇故事，历来流传很广，增写小说和改编戏曲者不计其数。好莱坞电影《滑铁卢桥》翻译过来，取名《魂断蓝桥》，也取意于此。客观地说，裴航见樊夫人而动情，所赠诗不免轻薄。而他的执着不移，感动了樊夫人，愿意给他指一条道路，一看他的悟性，二看他的真诚。裴航对云英的追求，基本已具备了现代爱情小说的桥段，其中包括一见钟情，抛弃俗念，不顾一切地求得信物，以及满足女子让他服勤捣药的考验。在仙家姻缘前定的包装下，其实是一篇诚恳的世俗爱情机缘天合的传奇——只是因为在人群中多看了你一眼。

二、 应得文箫驾彩鸾

　　吴彩鸾的故事，《太平广记》不载，见于南宋人编《类说》卷三二和《岁时广记》卷三二，皆注明出《传奇》，元人编《历世真仙体道通鉴后集》卷五不说明依据，但有百余字不见前二书。稍作拼合，才能完整还原文本。

　　裴铏叙述，文宗大和末年（约835），书生文箫漂泊到洪州（今江西南昌），因无居处，与紫极宫道士柳栖乾友善，遂住其道宫，历三四年之久。洪州西山有道观，据说是东晋道士许逊升仙之地，每到中秋，设斋祈福的人鳞次栉比，数十里不绝。有豪杰出重金，召名姝善歌者，手拉手地唱歌，调清词艳，对答敏捷。文箫挤进观看，见一女"幽兰自芳，美玉不艳，云孤碧落，月淡寒空"，是说不算艳丽，但清新脱俗，所唱歌尤其"脱尘出俗，意谐物外"，有超脱世俗的寄意。文箫仔细听，其词云：

> 若能相伴陟仙坛，应得文箫驾彩鸾。
>
> 自有彩襦并甲帐，琼台不怕雪霜寒。

　　居然听到了自己的名字，且发出相伴同登仙坛的邀约。后二句更说修仙的琼台虽然高耸而寒冷，但有彩襦和甲帐，即御寒的衣物与帐篷，也就不必害怕了。文箫惊叹，这难道是神仙伴侣吗？ 询问旁人，仅知此女为洪井青衣，住在洪崖坛侧。文箫一直守到后半夜四更天，此女独穿松径而去，文箫追随其后，不小心弄出声响，被此女发现。女子得知他就是文箫，告诉"吾与子数未合"，是说还没到结合的时候。其后女子领文箫登上高台，看她与仙娥处理江湖沉溺之事，其间偶有疏失。忽天地黯晦，风雷震怒，女子仓皇伏地待罪。有仙童自天而降，持天判宣曰："吴彩鸾以私欲而泄天机，谪为民妻一纪。"古人以十二年为一纪。按天庭的意思，吴彩鸾为了情爱，故意泄露天机，贬谪到民间为人妻十二年。女子乃与文箫携手下山，竟得成婚而归洪州，文箫方知女子姓名是吴彩鸾。文箫询问彩鸾的家世，彩鸾说其父乃晋代的仙君吴猛，自己亦得为仙，主阴籍已六百年。并告因见人间繁华而动了凡心，遭到贬谪。"然子亦因吾，可出世矣。"即文箫也因这段奇缘，在彩鸾处罚期满后，列名仙籍。文箫担心一直穷寒，不能存活。吴彩鸾说：你去准备纸，我来写孙愐《唐韵》，每部可以卖出五缗，即五千钱。彩鸾运笔如飞，每到钱将用完，即又书之。这样度过了十年。到武宗会昌二年（842），稍为人知，遂与文箫躲避到新吴县越王山侧邹家，夫妻共训童子数十人。又过年许，彩鸾题笔作诗云："一斑与两斑，引入越王山。世数今逃尽，烟萝得再还。箫声宜露滴，鹤翅向云间。一粒仙人药，服之能驻颜。"此夜风雷骤至，二虎咆哮于院外。天明，夫妻二人皆不见了，据说有砍柴者在越王山，见夫妻二人各跨一虎，行步如飞，登上峰峦而去。邹家主人闻之惊骇，于案上见玉盒，打开，有神丹一粒，敬而吞之，白首得返童颜。这时恰巧是吴彩鸾谪居人间的第十二年，期满得以重返天庭，文箫也得以同享清福。

这后一首诗，《全唐诗》不收，仅因载录此诗的《岁时广记》，明及清前期流传罕见，到清末陆心源编《十万卷楼丛书》收入此书，流布方广。诗中"斑"指老虎，诗述罚处人间的世数已尽，只能吹箫跨鹤而升天。感谢主人的收容，留仙丹一粒，以助返老还童。

裴铏最后特别说明："今钟陵人多有吴氏所写《唐韵》在焉。"《唐韵》是玄宗天宝年间学者孙愐的著作，是从隋代陆法言写定《切韵》，区分汉语四声韵部，并逐字说明各字读音与释义，到宋初陈彭年写定《广韵》，相隔四百年间最重要的韵书。原书已无传世。北京故宫博物院保存着明万历间项元汴署"唐女仙吴彩鸾小楷书四声韵"的唐写卷，认为就是吴彩鸾所写《唐韵》。周祖谟编《唐五代韵书辑存》影印此卷，鉴别为唐裴务齐《正字刊谬补缺切韵》，似乎与吴彩鸾并无关系，写成时间则较吴彩鸾还要早一个多世纪。此本正楷大小字书写，多达六七万字，绝非常人一日可书就也。

吴彩鸾故事几乎是一个田螺姑娘故事的唐代版，为了体验人间的爱情，故意犯错而被责罚人间十二年，为了养家更扛起家庭收入的主要责任。至于为何要写《唐韵》，那可是有相当学术难度的部帙不小的著作，或者因为社会需求确实很大，也可能是作者裴铏的特别爱好，今人似乎不太好解释。

三、封陟三拒上元夫人

《太平广记》卷六八引裴铏《传奇》云，敬宗宝历中（825—826），明经封陟居于嵩山之少室山，性格贞端，志在典籍，僻居林薮，孜孜兀兀，日夜不休。

某日夜半，忽闻异香飘于庭际，有仙女乘车，自天而降，侍从
华丽，佩环玎珰，罗裙飘逸，向封陟作揖曰：本人"籍本上仙，谪
居下界，或游人间五岳，或止海面三峰"，阅历极广。所经所历，阅
人无数，仅见"郎君坤仪浚洁，襟量端明，学聚流萤，文含隐豹"，
即品德高尚，襟怀端庄，为学为文，皆称杰出。因此特来自荐，"愿
持箕帚，又不知郎君雅旨如何？"愿意做贤内助，就看阁下能否接
纳。唐人虽说开放，女子找上门来，毕竟还属例外。封陟稍稍整理
一下衣服，拨亮烛光，正色而坐，告曰："某家本贞廉，性惟孤介，
贪古人之糟粕，究前圣之指归。编柳苦辛，燃粕幽暗，布被粝食，
烧蒿茹藜。但自固穷，终不斯滥。必不敢当神仙降顾，断意如此，
幸早回车。"我家虽穷，很有志气，兴趣只在探究古人著作之精神。
君子固穷，终不斯滥。绝对不能接受你的同情，仙女还是早些回去
吧。仙女倒也不为难他，说初次光临，稍微仓促了一些，留诗一
首，七日后再来听你的决断。诗云：

> 谪居蓬岛别瑶池，春媚烟花有所思。
> 为爱君心能洁白，愿操箕帚奉屏帏。

意思是自己从天上仙界谪居人间，对春日美景、烟花雪月，有
特别的感受。考察了人间的各种人等，就觉得唯有阁下最为光明磊
落，纯洁无瑕，我愿意与你结为连理，照料你的日常起居。"操箕
帚"是说为你家清扫房舍，"奉屏帏"是说与你共同生活，都是传统
妇女在婚姻中愿意居于家庭辅佐位置的谦辞。封陟读后，如若不
闻，内心没有任何波澜。

七天后的深夜，女子又来了，仍然有许多随从，"丽容洁服、艳媚巧言"，对封陟说：我为业缘、魔障所困扰，看到蝴蝶舞于芳草，流莺出入花丛，无不成双成对，翩翩鸣舞。自己不耐烦孤独生活，而且知道春花短暂，瞬间就会凋零，因此"激切前时，布露丹恳"，将心里话都告诉你了，"又不知郎君意竟如何？"陟依然正色而言曰："某身居山薮，志已颛蒙，不识铅华，岂知女色。幸垂速去，无相见尤。"我住在山间，决心献身学术，对女色毫无兴趣。你还是快回吧，别给我添麻烦。女子回答，你对我还心存疑虑，我再留诗一首，七天后再来。诗曰：

> 弄玉有夫皆得道，刘纲兼室尽登仙。
>
> 君能仔细窥朝露，须逐云车拜洞天。

弄玉见《列仙传》，是春秋时期秦穆公的女儿，与善吹箫的萧史结为夫妻，后来双双成仙。刘纲就是前文裴航故事里樊夫人的夫君，《神仙传》载他是三国东吴的越州上虞县令，地方有善政，修道亦夫妻皆有所成。女子特别提醒封陟，历史上的名人，夫妻婚配并不妨碍修道为治，你要理解人生短暂，如同早晨的露水，须臾即会变化，趁现在青春年少，相随云车，共拜洞天。这不仅说成婚，更劝他易辙修道。封陟览后，仍然不愿回心转意。

再过七日之夜，女子又至，这次妆扮是"态柔容冶，靓衣明眸"。女子三次出场，容仪皆有不同，是以不同方法引导封陟的关注和改变。这次女子说："逝波难驻，西日易颓，花木不停，薤露非久。"世间万物都会随着时间流逝而改变，只有修道之人，可以青春永驻，韶颜不老。"我有还丹，颇能驻命，许其依托，必写襟怀。"我有还丹妙药，能改变你的生命进程，只要你接纳我，我必真心待你。仙女自降身段，几乎是哭着喊着要封陟接纳自己了。无奈封陟不解风情，不理解女子之真诚善意，居然勃然大怒，痛骂女子云："我居书斋，不欺暗室，下惠为证，叔子为师。是何妖精，苦相凌逼，心如铁石，无更多言。倘若迟回，必当窘辱。"我是君子之人，从来不做占人家便宜的事。我以古代名贤柳下惠、羊叔子为榜样，光明正大，坐怀不乱。你是何方妖精，为何苦苦相逼？我心如铁石，坚不可移，你还不走，就不要怪我动粗了。

女子的侍卫先忍不住了，说小娘子回吧，这是个木头人，哪里配做神仙伴侣？女子长叹一口气，无限遗憾，说我再三恳求，仅在于他是汉代有青牛道士之称的封君达的后人，以为总有些仙缘。哪料他"大是忍人"，居然如此不通人情，不晓世事。再留诗一首而去：

> 萧郎不顾凤楼人，云汉回车泪脸新。
>
> 愁想蓬瀛归去路，难窥旧苑碧桃春。

萧郎还用弄玉、萧史的故事，真没想到他对仙女的求婚如此无动于衷。回去吧，回去吧，女子这回绝望了，哭得稀里糊涂。女子失望的原因，在诗的后两句有更明白的表达：天上人间，相隔渺远，六百年才有一次到人间体会烟火春色的机缘。遭到拒绝，人间失望，还要到蓬瀛仙苑度过漫长而无聊的神仙岁月。真是各有各的难处，人间羡慕神仙，神仙迷恋人间，这里看到作者的立意。

故事还有一个似乎有些不太圆满的结局。三年后，封陟染病而终，为冥府所追，束以大锁，驱入泰山幽府。忽遇神仙大队经过，冥府使者躬立路旁，听到通报："上元夫人游泰山耳。"使者让封陟抬头窥望，夫人正是昔日求偶仙女，彼此都认了出来，不免都发出悲叹之声。夫人毕竟大度，将冥府追状调出，说："不能于此人无情。"遂大笔判曰："封陟性虽执迷，操惟坚洁，实由朴戆，难责风情。宜更延一纪。"虽然不解风情，毕竟是朴实痴戆的正人君子，再为他续命十二年。这样封陟死而复苏，追悔昔日之事，只能"恸哭自咎而已"。

传说中的上元夫人，是西王母的小女儿，在天庭地位很高。难得六百年有一段假期，可以在人间找一份真爱，可惜太讲求人品端庄，不小心踢到了钢板，可谓颜面全无。不过封陟还是真君子，就是不解风情而已，实在没有做错什么，因此仍然可以得到原谅。

四、结语

唐代是一个开放的社会，三教并兴，思想多元，男女之间的情事，也不像后代有那么多礼教的约束。裴铏是一位在官场的道教崇信者，他的小说借道教的外壳，传达人生的道理，歌颂男女之间美好的情感与诗意的生活。小说文笔很好，诗说不上一流，但也符合故事的进程与人物的口吻。以上三个故事中，女性都不是被动的受摆布者，在婚姻选择上有自己更多的主张。樊夫人初遇裴航，感到这位青年的真诚与冲动，愿意为妹妹牵这条线。裴航在蓝桥驿，可以说进入了仙家布好的局，但他为了一见钟情的爱情，愿意舍弃功名、富贵以及尊严，勤求玉杵臼，躬事劳作，终于得到了仙家的认可，成就一段童话般的美好姻缘。文箫与吴彩鸾之间，也是仙女主动，文箫的性格虽然描述得偏弱了一些，但吴彩鸾的十二年人间生活，却是在平凡勤奋中度过的。结局有些仓促，很可能今日拼接而成的文本仍有些不完整。上元夫人似乎太追求男子道德品行的完美，不料却碰到一位完全不解风情的木头人。仔细品味，封陟也完全没有错，女仙太强势了，几乎全无铺垫，就要强委身焉，任何正经人可能都会有些犹豫惊怕。在裴铏，稍有寄讽埋头书本、不解人事的书生，倡导学道求仙并非排斥人间情爱，对封陟也只说他后悔，完全没有说他的虚伪或不堪，仍然尊重他的选择。这是唐代小说与后代道学或反道学小说的根本区别。

回到女仙，日常生活中其实就是女道士。因各种原因出家修行，不受世俗礼教的日常限制。唐代最有名的三位女诗人李季兰、薛涛、鱼玄机，两位是女道士。唐人蔡省风编女诗人诗选，取名《瑶池新咏》，也与道教有关。在这种氛围中，唐代年轻人可以有各种各样的奇思妙想，小说正是这些人生追求的记录。

2023 年 2 月

花蕊夫人的迷宫

　　花蕊夫人有《宫词》百首流传至今，传播很广。百首宫词一体，写宫中日常生活，创体于中唐诗人王建，他是据耳食风闻敷衍成篇。花蕊夫人身居后宫，地位尊显，由她来写宫中细事，意义就完全不同了。围绕花蕊夫人其人其诗，却有许多迷雾笼罩，有些早已解决，但不为一般读者所知，当然待决未定者也有。本文命题，希望讲清三点。其一，谁是花蕊夫人？她留下了哪些作品？此点早已由浦江清先生解决。其二，花蕊夫人《宫词》所见之后宫生活。其三，花蕊夫人的人生迷失与悲剧结局。

一、　谁是花蕊夫人？

　　花蕊夫人是谁？　文献记载紊如乱丝，且多数认为是后蜀主孟昶妃费氏。1946 年，浦江清先生发表《花蕊夫人宫词考证》（收入《开明书店二十周年纪念文集》，1946 年开明书店出版，1985 年中华书局重印时，据《浦江清文录》增加两个附录），以精密的考证和详尽的举证，确定其人为前蜀太祖王建贤妃徐氏，即后主王衍生母，并对其存世作品作了逐条梳理。浦文为民国文史考据的经典论文，流传不广，不为一般学人所知，仍有重新叙述介绍的必要。

　　浦文列举诸多花蕊夫人即孟昶妃费氏记载后，举《宫词》中一首提出疑问。此首云："法云寺里中元节，又是官家诞降辰。满殿香花争供养，内园先占得铺陈。"官家即皇帝，然孟昶生辰，史籍记载明确在天祐十六年（919）十一月十四日，并无异说，也无可怀疑。清俞正燮《癸巳类稿》卷一二《书旧五代史僭伪列传后》提出质疑，认为可能是前蜀先主王建时事。浦江清据宋张唐英《蜀梼杌》卷上记载，知中元节即七月十五日，恰为前蜀后主王衍的生辰，从而证明此组宫词为前蜀作品。又据史籍，知王衍时起宣华苑为宫内游衍之所，诗中所写"五云楼阁凤城间，花木长新日月闲。三十六宫连内苑，太平天子住昆山"，言蜀国都城气象，而"会真广殿约宫墙，楼阁相扶倚太阳"之会真殿，"殿名新立号重光，岛上亭台尽改张"之重光殿，皆宣华苑中建筑，另蓬莱阁、翔鸾阁，也可与史书相参，不见史籍的凌波殿、太虚阁，推测也为前蜀所有。至于《宫词》中叙及之修仪、昭仪、婕妤等后宫人物，与史籍参证，也多见契合，从而证明《宫词》为宋崇文院传出，其作者为前蜀太祖王建妃徐氏。

　　王建妃有二徐姐妹，生王衍及作《宫词》者是姊是妹，记载也颇不一。南宋初蔡絛《铁围山丛谈》卷六载："花蕊夫人，蜀王建妾也，后号小徐妃者。大徐妃生王衍，而小徐妃其女弟。"这是小徐妃亦称花蕊夫人的唯一记载。《新五代史·前蜀世家》与《蜀梼杌》记载，王建称帝后，纳徐耕二女为妃，姊为贤妃，妹为淑妃。贤妃生建幼子王衍，初封郑王，后因贤妃专宠，交结宦官与宰相，得立为太子。王衍嗣位后，尊其母为顺圣皇太后，淑妃为翊圣皇太妃。此

外《资治通鉴》《十国春秋》皆以为大徐妃生王衍。浦江清续加考
证，认为王衍母为小徐妃，其证据有五。其一，《蜀梼杌》云："姊生
彭王，妹生衍。"其二，《鉴诫录》云："长曰翊圣太妃，生彭王；次
曰顺圣太后，生后主。"其三，《鉴诫录》录顺圣皇太后《题青城夫
人观》："早与元妃慕至玄，同跻灵岳访真仙。"《题汉州三学山夜看
圣灯》："虔祷游灵境，元妃夙志同。"称元妃当是长姊而非妹。其
四，宋初黄休复《益州名画记》云："王蜀少主命画师杜龄龟写先主
太妃、太后真于青城山金华宫。"太妃居前，知为姊。其五，《宫
词》有"缘是太妃新进入，座前颁赐小罗箱。"知作者为太后而非太
妃。可知《花蕊夫人宫词》作者是王建小徐妃，即王衍之母，后主
时被封为顺圣太后，诗则皆咏宣华苑中景物情事。浦氏之考证坚实
确凿，可为结论，故知《全唐诗》不同卷次所收之花蕊夫人与蜀太
后徐氏，实为同一人。

　　宋以来流传《花蕊夫人宫词》，有三十二首、八九十首或百首
之说，明刻《三家宫词》已有误收，《全唐诗》所收最多，集讹误之
大成。《花蕊夫人宫词》传本，较早抄出者为宋神宗熙宁五年
（1072）王安国于崇文院故书中发现，赏其文词，录出三十二首，
有《续湘山野录》、《宾退录》卷一〇录《续成都集记》、《成都文
类》卷一五等记载。后之传本则有林志尹《历代宫词》本、毛晋
《三家宫词》本等。《全唐诗》卷七九八所录多达一百五十六首，最
为芜乱。浦江清校核诸本，考定《全唐诗》所录自第二十八首"内
家宣锡生辰宴"以下至第六十三首"东宫降诞挺佳辰"之间凡三十
六首，为北宋王珪作；自"树叶初成鸟护窠"以下二十一首，为唐

王建作；另"锦鳞跃水出浮萍，荇草牵风翠带横。恰似金梭擿碧沼，好题幽恨写闺情"一首，疑伪而未知谁作。此外，在明赵宧光订补《万首唐人绝句》中，有"后宫宫女无多少"、"银烛秋光冷画屏"二首，亦伪，前首为王建作，后首则杜牧诗。毛晋《三家宫词》本有"鸳鸯瓦上瞥然声"和"雨洒瑶阶花尽开"二首，前者别作李舜弦或李玉箫诗，后者未详所出。

至于后蜀孟昶妃费氏，亦有二篇诗词之记载。传为诗人陈师道作《后山诗话》云："费氏，蜀之青城人。以才色入蜀宫，后主嬖之，号花蕊夫人。效王建作《宫词》百首。国亡，入备后宫。太祖闻之，召使陈诗，诵其《国亡诗》云：'君王城上竖降旗，妾在深宫那得知。十四万人齐解甲，更无一个是男儿。'太祖悦，盖蜀兵十四万，而王师数万尔。"南宋初吴曾《能改斋漫录》卷八提出质疑，认为"前蜀王衍降，后唐王承旨作诗云：'蜀朝昏主出降时，衔璧牵羊倒系旗。二十万人齐拱手，更无一个是男儿。'"而"陈无己《诗话》载之，乃知沿袭前作"。王承旨，最早记载见后蜀何光远撰《鉴诫录》卷五《徐后事》，作"故兴圣太子随军王承旨"。《鉴诫录》大体作于后蜀中期，故传为花蕊的这首诗或者是略作改写以应对，甚至是北宋文人编造故实以备轶闻，皆未可知。王承旨，据我考证为五代著名诗人王仁裕，详拙文《更无一个是男儿考辨》，刊《东方早报》2013 年 8 月 25 日。另《能改斋漫录》卷一六载："伪蜀主孟昶，徐匡璋纳女于昶，拜贵妃，别号花蕊夫人。意花不足拟其色，似花蕊翾轻也，又升号慧妃，以号如其性也。王师下蜀，太祖闻其名，命别护送。途中作词自解曰：'初离蜀道心将碎，离恨绵绵，春日如年，马上时时闻杜鹃。　　三千宫女皆花貌，妾最婵娟，此去朝天。只恐君王宠爱偏。'陈无己以夫人姓费，误也。"词调为《采桑子》。明杨慎《词品》云："夫人题词于葭萌驿，仅成半阕，即为车骑促行。'三千宫女'云云，乃妄人所续，言辞鄙俚，真狗尾续貂矣。"《全唐诗》卷八九九收此词前半，即从杨说，以后半片为后人补作不取。浦江清前文云："夫以亡国之臣妾，流丽道路，安忍有'朝天''宠爱'之语，且与他书所传夫人蓄志复仇之人格，益复不类。"故可断为依托。

二、 花蕊夫人《宫词》所见之前蜀后宫生活

百首《宫词》是中唐诗人王建的创举，据说他以同宗的名义得以结识大宦官王守澄，饱悉宫中日常生活之细节，敷写成篇，传诵一时。后继者较多，存者不多，今知敦煌遗书斯六一七一有一组几十首，大约成于中晚唐之际；五代名相和凝有百首留存，稍晚于花蕊。花蕊夫人长期生活在前蜀宫苑中，且几乎是宫中之主，由她来写，自然不同于想象风闻之作。

花蕊《宫词》百首，我认为并非一时之作，其中有一些很可能作于太祖王建在位时期。如："水车踏水上宫城，寝殿檐头滴滴鸣。助得圣人高枕兴，夜凉长作远滩声。""半夜摇船载内家，水门红蜡一行斜。圣人正在宫中饮，宣使池头旋折花。""高烧红蜡点银灯，秋晚花池景色澄。今夜圣人新殿宿，后宫相竞觅祗承。"我比较倾向认为圣人是指王建，可以体会作者笔下对"圣人"怀有敬畏之

情。稍微有些特殊的是这一首："管弦声急满龙池，宫女藏阄夜宴
时。好是圣人亲捉得，便将浓墨扫双眉。"这里对宫人夜宴作弊，圣
人亲自捉将，且有浓墨扫眉的恶作剧惩罚，似更近似年轻的后主王
衍之所为。

　　当然，诗中更多出现的君主就是作者溺爱的宝贝儿子后主王
衍。读些诗吧！"苑东天子爱巡游，御岸花堤枕碧流。新教内人供射
鸭，长将弓箭绕池头。"这是在苑内游玩，以弓箭射鸭，还传习宫人
一起参与。"三月樱桃乍熟时，内人相引看红枝。回头索取黄金弹，
绕树藏身打雀儿。"内人所引即皇帝，看花果之时突见隔树有雀，
急索金弹以逞技。"苑中排比宴秋宵，弦管挣拟各自调。日晚阁门传
圣旨，明朝尽放紫宸朝。"秋宵即中秋，宫中的乐舞准备很充分，到
天黑方想起明日要早朝，那通宵欢乐怎么办，不如放朝。这里见其
毫无章法规矩。"太虚高阁临波殿，背倚城墙面枕池。诸院各分娘子
位，羊车到处不教知。"这里没有写到皇帝，写到诸院娘子有序的
分院生活，借用晋武帝的故事，说天子可以任凭羊车所至地选择住
宿的地点。母亲对儿子的君王生活，充满疼爱之情。"月头支给买花
钱，满殿宫人近数千。遇着唱名多不语，含羞走过御床前。"这里写
月初皇帝亲自颁赐月份钱，次句"近数千"若指人数，实在是巨大
的数量，我更愿意按照《江行杂录》作"近十千"，指所发钱数。皇
上承此辛苦活，似乎更大的兴趣是欣赏少女。母亲观察很细心，这
些含苞待放的少女，遇到春心萌发的少主，只能含羞不语，匆匆
走过。

　　《宫词》也写到其他女眷的生活。"修仪承宠住龙池，扫地焚香

日午时。等候大家来院里，看教鹦鹉念新诗。"新诗是皇帝所作，修仪已获恩宠，但扫地焚香，静候君王，看她训练的鹦鹉念诗给君王听。"才人出入每相随，笔砚将行绕曲池。能向彩笺书大字，忽防御制写新诗。"这位辇前才人善写大字，陪侍君王时要随带全套笔砚，一旦君王有新诗，可以立即书写出来。"昭仪侍宴足精神，玉烛抽看记饮巡。倚赖识书为录事，灯前时复错瞒人。"昭仪的工作似乎是酒录事，即饮酒时记录时间，记录酒量，偶然故意错瞒，皇帝不察，作者则看在眼中。"宫娥小小艳红妆，唱得歌声绕画梁。缘是太妃新进入，座前颁赐小罗箱。"太妃是作者的姐姐，地位尊崇，她新选入的宫女善于歌唱，声绕画梁，特颁罗箱以为奖励。

母亲是才女，儿子又是风流皇帝，母子主使下的宣华苑，充满文艺氛围。读以下几首诗："梨园子弟簇池头，小乐携来俟燕游。试炙银笙先按拍，海棠花下合《梁州》。""御制新翻曲子成，六宫才唱未知名。尽将觱篥来抄谱，先按君王玉笛声。""薄罗衫子透肌肤，夏日初长板阁虚。独自凭阑无一事，水风凉处读文书。"如果不是皇家宫苑，而是教坊翰苑，我们真惊叹彼此对艺术与文学之挚爱与钻研。然而这里仅是乱世中的一隅，危机四伏，不能不为这对母子感到担心。

花蕊《宫词》中给人最特出的感觉，是全诗中浓厚的道教氛围。"会仙观内玉清坛，新点宫人作女冠。每度驾来羞不出，羽衣初着怕人看。"苑内有观，观中设坛，没事就度几个宫女作女冠，皇帝来时宫女就穿羽服接待。"老大初教学道人，鹿皮冠子淡黄裙。后宫歌舞全抛掷，每日焚香事老君。"时间长就习惯了，假女冠成为真道姑了。"金画香台出露盘，黄龙雕刻绕朱阑。焚修每遇三元节，天子亲簪白玉冠。"三元节是宫中最重大的法事，其方式是焚修祈请，连天子也穿道服参与。读这些诗，联系永陵地宫展示的浓郁的道教气氛，前蜀时代的皇家信仰与宗教氛围，应不难理解。

当然，《宫词》也展示了大量后宫习俗与生活状态。如讲服装："明朝腊日宫家出，随驾先须点内人。回鹘衣裳回鹘马，就中偏称小腰身。"此内人穿回鹘衣裳骑回鹘马出行，女配戎装，特别紧身，因有末句。"罗衫玉带最风流，斜插银篦漫裹头。闲向殿前骑御马，掉鞭横过小红楼。"这是宫人着男装出行。再如围棋："日高房里学围棋，等候官家未出时。为赌金钱争路数，专忧女伴怪来迟。"既是女伴消遣小赌的手段，也可因此而得官家认可。还有投壶："撧蒲冷淡学投壶，箭倚腰身约画图。尽对君王称妙手，一人来谢一人输。"不仅要善于投壶，且要注意身形。打球是唐宫的保留节目，入蜀仍如此。"自教宫娥学打球，玉鞍初跨柳腰柔。上棚知是官家认，遍遍长赢第一筹。""自教"是说皇帝亲身传技，宫女上马驰骋更显身段婀娜。当然，谁都知道皇帝所率在上棚，不必与他争，每次都让他赢，本来就是游戏嘛。

还可以举出许多。花蕊夫人以太后之尊，俯瞰着苑中发生的一切，慈爱地看儿子做着各种游戏，看着同为女眷的各种身份的贵妇平和地生活在其间，看着宫女们与太监们陪伴左右，相随起居，相随游乐，她的心情是愉悦而欣慰的。尽管诗中都表达得客观而冷静，但在这种客观冷静后面的从容满足，能读诗者都能体会。

宣华苑就是一个巨大的迷宫，花蕊夫人久居其间，欣乐无他

求。当然，她也喜欢到各处寻访名胜宫观，留下诗篇，影响不及
《宫词》。

三、 花蕊夫人的人生迷失与悲剧结局

花蕊夫人卒于同光四年（926）三月间，其生年不详。就其子王
衍死时年二十八，即生于光化二年（899），若此年花蕊夫人二十
岁，即生于广明元年（880），得年四十七八岁。史籍皆言王建拥有
全蜀后，求美女而得徐氏二女。花蕊夫人生幼子王衍，但前蜀开国
后的太子是次子元膺。到永平三年（913），元膺谋乱死，郑王宗衍
立为太子，花蕊夫人为贤妃，地位方显突出。照《新五代史》之记
载，衍所以得立，是因为"母宠"。到王建晚年，"徐妃专宠，建老
昏耄"，妃复结宦者、宰相，"教相者言衍相最贵"。光天元年
（918），建卒，其正室周氏数日后亦卒。衍即位，尊母为太后。衍
在位八年，花蕊夫人是事实上的六宫之主。

王建出身下层，早年有"贼王八"之目。在唐末大动乱中，他
先后依附藩镇与大珰，在近二十年血战后统一全蜀，其创业之艰
难，花蕊夫人虽未必亲见，但在宫中多年，当得饫闻。成都永陵墓
穴后室有王建石坐像，坐一小几上，头戴幞头，身着常服，是他晚
年的状态，也是王衍母子日常见到的身形。五代十国开创君主多出
草莽，但培养后嗣多以士族为仪型，尤重视文艺才能之养成，王衍
似乎最走极端。《新五代史》说他"方颐大口，垂手过膝，顾目见
耳，颇知学问"，于治国理政并非所长。他的有文学才华的母亲，似

乎也没有常将先皇创业之艰难传达给他，而是不断鼓励他游山涉水，纵乐声色。是不是他真全无感觉呢？ 也不是。从《蜀梼杌》卷上所载他听咏胡曾诗："吴王恃霸弃雄才，贪向姑苏醉绿醅。不觉钱塘江上月，一宵西送越兵来。"王衍"闻之不乐，于是罢宴"，他对自己的责任与危机是有感受的，但既无力强国，又无法抗拒内心的诱惑，当然还有母亲的误导。生长于蜀中的何光远，后蜀时撰《鉴诫录》卷五《徐后事》云："后主性多狂率，不守宗祧，频岁省方，政归国母，多行教令，淫戮重臣。顷者姊妹以巡游圣境为名，恣风月烟花之性，驾辐辇于绿野，拥金翠于青山，倍役生灵，颇销经费。凡经过之所，宴寝之宫，悉有篇章，刊于玉石。自秦、汉以来，妃后省巡，未有富贵如兹之盛者也。"他备载徐氏姐妹游览蜀中诸宫观诗后云："今徐氏逞乎妖志，饰自幸臣，假以风骚，庇其游佚。"认为前蜀之亡，"良由子母盘游，君臣凌替之所致也"。批评堪称严厉。蔡绦《铁围山丛谈》卷六认为："在王衍时，二徐坐游燕淫乱亡其国。"此为宋人之认识。

在说到花蕊夫人结局前，还应说到灭蜀的主谋唐庄宗。虽然也属于皇二代，庄宗比王衍年长十四岁，文学才能也堪称杰出，但他继任于血雨腥风中，凭借卓越的军事才能和过人的战争豪赌，得以灭梁建唐，自开新朝。庄宗善于决战，不会理国，胜利后让他落寞无比，总想寻觅新的战机。他的伐蜀，起端是对蜀中财宝的窥探，而李严使蜀带回王衍治下之种种乱象，让他下决心举大兵伐蜀。战云笼罩，蜀人多已感到危机，而王衍游兴不减。一边是后唐举军出发，一边是王衍君臣远游秦州，行至利州，后唐军已经突破剑阁，仓皇而归，不战而亡。此次北行，随从的王仁裕有详尽记录，认为"蜀师不战，坐取亡灭"。花蕊夫人是否随行，不详。

更富戏剧性的是，蜀亡后不到半年，胜利者与败亡者同时覆亡。庄宗派遣伐蜀之主帅是魏王继岌，实权操于权相郭崇韬。蜀亡，王衍衔璧请降，庄宗允裂土以封，召其君臣数千人入洛。王衍母子逶迤而行，次年春行至长安，庄宗却在取胜后自己崩盘了，先后无端杀权相郭崇韬与名将朱友谦，使得属下人人自危，拥有重兵的河北李嗣源举兵向阙。在纷乱中，庄宗听信内使景进之言，下旨将王衍一行诛杀。枢密使张居翰发现后，改"一行"为"一家"，挽救了数千人生命，而王衍一家十八人，终难逃一死。据说花蕊夫人临刑大呼："吾以一国迎降，反以为戮，信义俱弃，吾知其祸不旋踵矣！"十多天后，庄宗亦死于兵乱，上举花蕊夫人的话居然成真。花蕊夫人死的地点，一说在秦川驿，一说在春明门。前蜀遗臣，以诗为吊者，一是曾上表力谏王衍幸蜀，差一点招致杀身之祸的蒲禹卿，其诗云："我王衔璧远称臣，何事全家并杀身！汉舍子婴名尚在，魏封刘禅事犹新。非干大国浑无识，都是中原未有人。独向长安尽惆怅，力微何路报君亲？"另一位是从幸秦州的王仁裕，他多年后重过春明门，留诗云："九天冥漠信沉沉，重过春明泪满襟。齐女叫时魂已断，杜鹃啼处血尤深。霸图倾覆人全去，寒骨飘零草乱侵。何事不如陈叔宝？朱门流水自相临。"两人都是从行赴洛者，王衍母子死时在现场，感受写来都极其沉痛。

前蜀之亡，花蕊夫人之死，虽然不幸，但一定程度上，拥据一国大权，不思作为，耽心游乐，终至败亡，也是有以自致者，不必因为是才女，就不分是非地同情惋惜。

　　花蕊夫人出身卑微，才华良好，如果没有"一朝选在君王侧"，她大约也就如她同时代的黄崇嘏、徐月英那样，留下几首小诗而已。她得到了机会，也善于施展权术，为儿子争到了前途，也为自己保留多年优裕而闲适的生活。她留下的诗歌多达 108 首，在存世唐五代女性作者中，存诗数排名第一。她以太后之尊而乐于写《宫词》，留下前蜀宣华苑日常生活的珍贵记录，自有其特殊价值，应该珍惜。在她以后，宋徽宗、杨皇后都写过类似作品。

　　　　　　　　　　　　　　　　　　　　　　2018 年 4 月

八、石刻文献与唐诗研究

石刻文献历代研究述要

"人生忽如寄，寿无金石固。"古人感到生命短暂，常将重要的事件、著作和死者的生平铭诸金石，形成丰富的金石文献。一般来说，金银器上的铭文均较简短，铜器铭文盛于商周时期，汉以后可资研究的仅有铜镜铭文等。石刻文献则兴于汉，盛于唐，历宋、元、明、清而不衰，存世文献为数极巨，为研究古代历史文化提供了大量记载，也为研究古典文学者所宝重。

一、古代石刻的分类

古代石刻品类众多，举其大端，可分以下几类。

（一）墓志铭。多为正方形石刻，置于死者墓穴中，记载死者生平事迹。始于汉，盛于北朝和隋唐时期，宋以后仍相沿成习。南朝禁止埋铭，故甚罕见。近代以来，出土尤多。因深埋地下，所存文字多清晰而完整。

（二）墓碑。也称神道碑，是置于墓道前记载死者生平事迹的长方形巨大石碑。旧时王公大臣方得立碑记德，故所载多为历史上有影响的人物。因其突立于地表，历经日晒雨淋，人为破坏，石刻多断裂残坏，磨蚀漫漶，不易卒读。

（三）刻经。可分儒、释两大类。儒家经典的刊刻多由官方主持，为士人提供准确可信的经典文本。历史上有七次大规模的刻经，即东汉熹平间、曹魏正始间、唐开成间、后蜀广政间、北宋嘉祐间、南宋绍兴间、清乾隆间。今仅开成、乾隆石经保存完整，其余仅存残石。佛教刻经又可分为两类。一类是僧人恐遭逢法难，经籍失传，因而刻石收存，以备不虞。最著名的是房山石经，始于隋，历唐、辽、金、元而不衰，现存有一万五千多石。二是刻经以求福佑，如唐代经幢刻《尊胜陀罗尼经》，为一时风气。

（四）造像记。佛教最多，道教稍少。受佛教净土宗佛陀信仰的影响，信佛的士庶僧人多喜造佛像以积功德，大者连山开龛，小者可握于掌间。造像记记载造像缘由，一般均较简短，仅记时间、像主姓名及所求之福佑庇荫，文辞多较程序，可借以了解风俗世情，有文学价值的很少。

（五）题名。即是古人"到此一游"的记录。多存于山川名胜，多出于名臣、文士之手，虽较简短，于考事究文，弥足珍贵。如长安慈恩寺题名："韩愈退之、李翱翔之、孟郊东野、柳宗元子厚、石洪濬川同。"钟山题名："乾道乙酉七月四日，笠泽陆务观，冒大雨，独游定林。"均至简，前者可考知韩、柳交游之始，知李翱另一表字，后者可见诗人陆游之风神。

（六）诗词，唐以前仅一二见，以云峰山郑道昭诗刻最著名。唐代始盛，宋以后尤多。诗词刻石以摩崖和诗碑两种形式为多见。许多重要作家都有石刻诗词留存。

（七）杂刻。指上述六类以外的各种石刻。凡建桥立庙、兴学建祠、劝善颂德、序事记游等，皆可立石以记，所涉范围至广。

此外，还有石刻丛帖，为汇聚名家法书上石，供人观赏临习，其文献价值与上述各种石刻有所不同，兹不赘述。

二、 从石刻到拓本、帖本

石刻为古人当时所刻，所记为当时事，史料价值很高；所录文章亦得存原貌，不似刊本之迭经传刻，多鱼鲁豕亥之误，故前代学者考史论文，尤重石刻。然而石刻或依山摩崖，远处荒山僻野，或形制巨大，散在各地，即便最优秀的金石学家，也不可能全部亲见原石。学者援据，主要是石刻拓本。

拓本是由拓工将宣纸受湿后，蒙于碑刻之上，加以捶拍，使宣纸呈凹凸状，再蘸墨拓成。同一石刻之拓本，因传拓时间之早晚及拓技之精粗，常有很大不同。一般来说，早期拓本因石刻保存完好，文字存留较多，晚近所拓，则因石刻剥蚀，存字较少。如昭陵诸碑，今存碑石存字已无多，远不及《金石萃编》之录文，而罗振玉《昭陵碑录》据早期精拓录文，录文得增多于《金石萃编》。即使同一时期所拓，也常因拓工之拓技与态度而有所不同。如永州浯溪所存唐李谅《湘中纪行》诗，王昶据书贾售拓录入《金石萃编》，有十余处缺文讹误，稍后瞿中溶亲至浯溪，督工精拓，乃精好无损（详《古泉山馆金石文编》卷三）。至于帖贾为牟利而或草率摩拓，或仅拓一部分，甚或窜改文字，以唐宋冒魏晋，则更等而下之了。

拓本均存碑石原状，大者可长丈余，宽数尺，铺展盈屋，不便研习。旧时藏家为便临习，将拓本逐行剪开，重加裱帖，装成册页，成为帖本。帖本经剪接重拼，便于阅读临摹，已不存原碑形貌。在拼帖时，遇原拓空缺或残损处，常剪去不取，以致帖本文字常不可卒读。原石、原拓失传，仅靠拓本保存至今的石刻文献，不是太多，较著名的有唐代崔铉撰文而由柳公权书写的《神策军碑》。唐初著名的《信行禅师碑》，因剪弃较多，通篇难以卒读。

现存最早的石刻拓本，大约是见于敦煌遗书中的唐太宗《温泉铭》和欧阳询《化度寺碑》。宋以后各种善拓、精拓本，因流布不广，传本又少，藏家视同拱璧，书贾索价高昂。近现代影印技术普及，使碑帖得以大批刊布，许多稀见的拓本，得以大批缩印汇编出版，给学者极大方便。影响较大者有《汉魏南北朝墓志集释》（赵万里编，科学出版社 1956 年版）、《千唐志斋藏志》（张钫藏，文物出版社 1984 年版）、《曲石精庐藏唐墓志》（李希泌藏，齐鲁书社 1986年版）、《北京图书馆藏中国历代石刻拓本汇编》（中州古籍出版社1989 年版）、《隋唐五代墓志汇编》（天津古籍出版社 1991 年版）。重要的石刻拓本，在上述诸书中均能找到。

三、　宋代的石刻研究及重要著作

南北朝至唐代，已有学者注意记载碑刻，据以订史证文，但有系统地加以搜集研究，使之成为专学，则始于宋代。首倡者为北宋文学宗匠欧阳修。

欧阳修自宋仁宗庆历五年（1045）开始裒聚金石拓本，历十八年，"集录三代以来遗文一千卷"（《六一居士传》），编为《集古录》，其中秦汉至唐五代的石刻约占全书的十之九五。参政之暇，欧阳修为其中380多篇碑铭写了跋尾，对石刻文献的史料价值作了全面的阐释。其大端为：（一）可见政事之修废。（二）可订史书之阙失。（三）可观书体之妍丑。（四）可见文风之转变。（五）可订诗文传本之讹误。（六）可据以辑录遗文。这些见解，可说为后代金石学的研究奠定了基础。录一则如下：

> 右《德州长寿寺舍利碑》，不著书撰人名氏。碑，武德中建，而所述乃隋事也。其事迹文辞皆无取，独录其书尔。余屡叹文章至陈、隋不胜其弊，而怪唐家能臻致治之盛，而不能遽革文弊，以谓积习成俗，难于骤变。及读斯碑有云："浮云共岭松张盖，明月与岩桂分丛。"乃知王勃云："落霞与孤鹜齐飞，秋水共长天一色。"当时士无贤愚，以为警绝，岂非其余习乎！

《集古录》原书已不传。欧阳修的题跋编为《集古录跋尾》十卷，收入其文集，单行本或题"六一题跋"。其子欧阳棐有《集古录目》，为逐卷撰写提要，原书久佚，今存清人黄本骥和缪荃荪的两种辑本，后者较完备。

北宋末赵明诚辑《金石录》三十卷，沿欧阳修之旧规而有出蓝之色。明诚出身显宦，又得贤妻之助，穷二十年之力，所得达二千卷之富，倍于欧阳修所藏。其书前十卷为目录，逐篇著录二千卷金石拓本之篇题、撰书者姓名及年月，其中唐以前五百余品，其余均

为唐代石刻。后二十卷为明诚所撰题跋，凡五百零二篇。赵跋不同
于欧阳修之好发议论，更注重于考订史实，纠正前贤和典籍中的误
说，录存重要史料，考订也更为细密周详。《金石录》版本很多，以
南宋龙舒本为最佳，中华书局已影印。另有今人金文明校点本。

南宋治石刻学者其众，如《京兆金石录》《复斋碑录》《天下碑
录》《诸道石刻录》等，颇具规模，惜均不存。存世者以下列诸书最
为重要。

洪适《隶释》二十七卷、《隶续》二十一卷，前者录汉魏碑碣一
百八十九种，后者已残，尚存录一百二十余品。二书均全录碑碣文
字，加以考释，保存了大量汉代文献，许多碑文仅赖此二书以存。

陈思《宝刻丛编》二十卷，传本缺三卷。此书汇录两宋十余家
石刻专书，分地域著录石刻，附存题跋，保存史料十分丰富。

佚名《宝刻类编》八卷，清人辑自《永乐大典》。此书以时代为
序，以书篆者立目，记录石刻篇名、作者、年代及所在地，间存他
书不见之石刻。

另郑樵《通志》中有《金石略》一卷，王象之《舆地纪胜》于
每一州府下均有《碑记》一门，也有大量珍贵的记录。后者明人曾
辑出单行，题作"舆地碑记目"。

宋人去唐未远，搜罗又勤，所得汉唐石刻见于上述各书记载的
约有四五千品。欧、赵诸人已有聚之难而散之易之感叹，赵明诚当
南奔之际仍尽携而行，但除汉碑文字因洪适辑录而得保存较多外，
唐人石刻存留到后世的仅约十之二三，十之七八已失传。幸赖上述
诸书的记载，使今人能略知其一二，其中有裨文学研究的记载至为

丰富。如唐末词人温庭筠的卒年，史书不载。《宝刻类编》载有："《唐国子助教温庭筠墓志》，弟庭皓撰，咸通七年。"因可据以论定。再如盛唐文学家李邕，当时极负文名，《全唐文》录其文仅五十余篇。据上述宋人记载，可考知其所撰文三十余篇之篇名及梗概，对研究其一生的文学活动十分重要。

四、 清代的石刻研究及重要著作

元明两代是石刻研究的中衰时期，可称者仅有三五种：陶宗仪辑《古刻丛钞》仅录所见，篇幅不大；都穆《金薤琳琅》，录存汉唐石刻五十多种；赵崡《石墨镌华》存二百五十多种石刻题跋，"多欧、赵所未收者"（《四库提要》）。

清代经史之学发达，石刻研究也盛极一时。清初重要的著作有顾炎武《金石文字记》、叶奕苞《金石录补》、朱彝尊《金石文字跋尾》。三书虽仍沿欧、赵旧规，但所录多前人未经见者，考订亦时有创获。至乾隆间，因朴学之兴，学者日益重视石刻文献，史学大家如钱大昕、阮元、毕沅等均有石刻研究专著。全录石刻文字的专著也日见刊布，自乾隆后期至嘉庆初的十多年间，即有翁方纲《两汉金石记》《粤东金石略》、吴玉搢《金石存》、赵绍祖《金石文钞》《续钞》等十余种专著行世。在这种风气下，王昶于嘉庆十年（1805）编成堪称清代金石学集大成的著作《金石萃编》一百六十卷。

王昶自称有感于洪适、都穆、吴玉搢三书存文太少，"爱博者颇以为憾"，自弱冠之年起，"前后垂五十年"，始得成编。其书兼载

金、石，但录自器铭者仅当全书百之二三，其余均为石刻。所录始
于周宣王时的《石鼓文》，迄于金代，凡一千五百多种。其中汉代十
八卷，魏晋南北朝十五卷，隋代三卷，唐五代八十二卷，宋代三十
卷，辽金七卷。各种石刻无论完残，均照录原文，务求忠实准确。
遇有篆、隶字体，或照录原字形。原石残缺之处，或以方框标识，
或备记所缺字数，遇残字也予保存。又备载"碑制之长短宽博"和
"行字之数"，"使读者一展卷而宛见古物焉"（引文均见《金石萃编
序》）。同时，王昶又广搜宋代以来学者的著录题跋，附载于各石刻
录文之次，其本人也逐篇撰写考按，附于篇末。《金石萃编》搜罗广
博，录文忠实，附存文献丰富，代表了乾嘉时期石刻研究的最高
水平。

　　王昶以个人力量广搜石刻，难免有所遗漏，其录文多据得见之
拓本，未必尽善。其书刊布后，大受学界欢迎，为其续补订正之
著，也陆续行世，较重要的有陆耀遹《金石续编》二十一卷、王言
《金石萃编补略》二卷等。至光绪初年，陆增祥撰成《八琼室金石
补正》一百三十卷，规模与学术质量均堪与王书齐价。陆书体例多
沿王书，凡王书已录之石刻，不复重录。王书录文不全或有误者，
陆氏援据善拓，加以补订，一般仅录补文。这部分分量较大，因陆
氏多见善拓，录文精审，对王书的纠订多可信从。此外，陆书补录
王书未收的石刻也多达二千余通。

　　清代学者肆力于地方石刻的搜录整理，也有可观的成绩。录一
省石刻而为世所称者，有阮元《山左金石志》二十四卷（山东）、《两
浙金石志》十八卷（浙江）、谢启昆《粤西金石略》十五卷（广西）、

胡聘之《山右石刻丛编》四十卷（山西）、刘喜海《金石苑》六卷（四川）等。录一州一县石刻而重要者有武亿《安阳县金石录》十二卷、沈涛《常山贞石志》二十四卷、陆心源《吴兴金石记》十六卷等。

五、 近现代的石刻文献要籍

近代以来，因学术风气的转变，汉唐石刻研究不及清代之盛。由于各地大规模的基建工程和现代科学田野考古的实施，地下出土石刻的总数已大大超越清代以前八百年间发现的石刻数量。大批石刻得以汇集出版，给学者以方便。

端方《匋斋藏石记》四十四卷，是清季最有分量的专著。端方其人虽多有争议，但该书收罗宏富，题跋又多出李详、缪荃荪等名家之手，颇多精见。另一位大节可议的学者罗振玉，于古代文献的搜集刊布尤多建树。其石刻方面的专著多达二十余种，《昭陵碑录》和《冢墓遗文》（包括《芒洛》《广陵》《东都》《山左》《襄阳》等十多种）以录文精确、收罗闳富而为世所称。

20 世纪 30 年代，由于陇海铁路的施工，洛阳北邙一带出土魏、唐墓志尤众。其大宗石刻分别为于右任鸳鸯七志斋、张钫千唐志斋和李根源曲石精庐收存。于氏所收以北魏志石为主，今存西安碑林，张、李以唐代为主。其中张氏所得达一千二百多方，原石存其故里河南新安铁门镇，民国间曾以拓本售于各高校及研究机构，近年已影印行世。其中对唐代文学研究有关系者颇众。曲石所得仅九十多方，但多精品，王之涣墓志最为著名，今存南京博物院。

　　民国间由于各省组织学者编纂省志，也连带完成了一批石刻专著。其中曾单独刊行而流通较广者，有《江苏金石志》二十四卷、《陕西金石志》三十二卷、《安徽通志金石古物考稿》十六卷，颇多可观。

　　50年代，赵万里辑《汉魏南北朝墓志集释》，收汉至隋代墓志六百五十九方，均据善拓影印，又附历代学者对这些墓志的考释文字，编纂方法上较前人所著有很大进步，是研究唐前历史、文学的重要参考书。

　　20世纪最后二十年间，学术研究空前繁荣，前述自宋以降的许多著作都曾影印或整理出版。今人纂辑的著作，以下列几种最为重要。

　　《北京图书馆藏中国历代石刻拓本汇编》，收录了北图20世纪50年代以前入藏的所有石刻拓本，全部影印，甚便读者。不足处是一些大碑拓本缩印后，文字多不易辨识。

　　陈垣《道家金石略》，收录汉至元代与道教有关的石刻文字，于宋元道教研究尤为有用。

　　周绍良主编《唐代墓志汇编》及《续集》，收录1999年以前出土或发表的唐代墓志逾五千方，其中四分之三为《全唐文》等书所失收，可视作唐文的补编。

　　赵超编《汉魏南北朝墓志汇编》，据前述赵万里书录文，但不收隋志，补收了1986年以前的大量新出石刻。

　　《隋唐五代墓志汇编》，据出土地区影印墓志拓本约五千方，以洛阳为最多，约占全书之半，陕西、河南、山西、北京等地次之。

其中包括了大批近四十年间新出土的基志，不见于上述各书者逾一千五百方。

进入 21 世纪，石刻文献研究成为中古文史研究之显学，更多学者关注石刻之当时书写与私人书写之特殊价值，成为敦煌文献研究以后又一学术热点。同时，新见文献尤以墓志为大宗，每年的刊布数也以几百至上千方的数量增长。其中最重要的，一是《新中国出土墓志》，已出版十多辑，为会聚各地文物部门所藏者为主；二是《大唐西市博物馆藏唐墓志》，所收皆馆藏，整理则延请史学界学者；三是《长安高阳原新出土隋唐墓志》，将考古报告与新见墓志结合，最见严谨。其他搜辑石刻或拓本的尚有十多家，所得丰富则可提到赵君平的《秦晋豫新发现墓志蒐佚》三编、毛阳光的《洛阳流散唐代墓志汇编》，以及齐运通与洛阳九朝刻石文字博物馆编的几种专书。还应说到的是，日本学者气贺泽保规编《唐代墓志所在总合目录》，不到二十年已经出版四版，为唐代墓志利用提供极大的方便。陕西社科院古籍所编《全唐文补遗》十册，所据主要是石刻，校点尚属认真。

上海古籍出版社编刊《金石文献丛刊》，主要收录宋、清两代有关金石学的基本著作，本文前所介绍诸书，大多得以收录。如王昶《金石萃编》，将清后期的几种补订专书汇集在一起，陆增祥《八琼石金石补正》之正续编合为一帙，也便于读者全面了解这位杰出金石学家的整体成就。书将付刊，责编胡文波君嘱序于我，是不能辞。然时疫方炽，出行不便，未能通读全编，率尔操觚，总难塞责。乃思此编为汇聚宋、清两代金石学之菁华，为满足当代以中古文史学者为主之石刻文献研究之急需，或可将二十四年前为当时还是江苏古籍出版社的《古典文学知识》所撰小文《石刻文献述要》稍作润饰增补，用为代序，敬请方家谅宥。

初稿于 1996 年,题作"石刻文献述要",2020 年初增写改定

新材料与学术的预流

——李浩《摩石录》序

　　李浩教授结集近年所撰有关唐代石刻研究论文十多篇，题曰"摩石录"，将由联经出版公司出版，嘱我为序，不敢辞，谨述初读感受，与读者分享。

　　近年与李浩教授来往频繁，他主办会议我多曾参加，我这边的事情也不免叨扰于他，有这样的机缘，本书中半数文章，先前就曾阅读，时有所获。比如李百药墓志，即从他这里初见，我恰在编订唐诗，李百药为初唐名家，立即据以增写小传，补充事迹。再如回纥公主墓志与双语之优婆姨墓志，我难以发表所见，而国内外治唐代中外文化交流之学者对此抱有极大兴趣，我有认识的朋友，也曾为之联络绍介。当然，最近的几篇，都是首次见到，内容重要，考释精微，值得作特别的介绍。

　　一是初唐乐律学家祖孝孙墓志，大约是郑译墓志发表后，有关隋唐音乐史最重要的发现。两《唐书》皆有祖孝孙传，稍显简略。有关祖氏家世、生卒及家学传授部分，墓志可以补充史书的内容很丰富。李浩教授研究的重心在于祖氏家学传授的部分，涉及南朝祖冲之家族、北齐祖莹家族，以及南北分治时期祖氏家族的发展梗概。就祖孝孙本人师承来说，则除家学外，还得益于向陈阳山太守毛爽及梁博士沈重学习京房律法。集中这些优势，祖孝孙先后参加开皇乐议与贞观乐议，为唐雅乐完成做出重要贡献，就可以理解了。李文有一节讨论祖孝孙的乐律学贡献，我不完全理解，但说墓志丰富了史籍的记录，应该可以肯定。

　　二是《冯五娘墓志》。此志最重要的价值在于，是初唐四大书家之一褚遂良的早年所撰所书。遂良是南方人，隋时随父漂泊，曾归陇西薛举，降唐后很长时间并不受重用。此志撰于贞观十二年（638），遂良已四十三岁，官起居郎。手边未检得他的年谱，凭印象似乎是他最早的书迹，弥足珍贵。冯五娘是北魏外戚名家冯氏后人，更重要的是隋唐间名将薛世雄的嫡妻，对冯、薛两家之谱系与薛世雄在与窦建德军作战时败亡的隐情，李浩教授已作详尽考释，很是精彩。我更感兴趣的是此墓志对薛世雄死后，冯五娘维持此一家族发展，将薛氏诸子培养成人的记录。李文征引及此一家族已经发表的多方墓志，其中薛万备墓志我先前也曾撰文提到（见《齐运通先生编选〈新志百品〉初阅述感》），而薛万述及其子薛玄育墓志，则前此没有注意（二志似为民间私人收藏），这些墓志放在一起阅读，立体地展现关陇名家一个家庭的真实情况，许多细节都是正史没有载及的。众所周知，薛万彻卷入高阳公主案而遭诛，此事件对这一家族有怎样的影响，本书提供的丰富文献有充分展示。《冯五娘墓志》是一篇孤立的贵妇传记，独立阅读也有其价值，放在历史过程的大背景下阐释，对比相关文献来阅读，孤立的传记就丰富而立体地站了起来。李浩教授做了认真的诠释，使我得到阅读的愉快，更增读史之沧桑之慨。

三是《李偡妻宗氏墓志铭》。仅就志文说，此志是旧相之女嫁给宗室之子的人生记录，并不涉及复杂的史事。李浩教授的研究则发现一特殊的视角，该女与大诗人李白妻宗氏来自同一个家庭。宗氏之父宗楚客，虽也出身北魏以来的世家，本人也曾进士及第，但在武周时期，凭借其母是武后从父姊，从神功到景龙十多年间，三度入相，权重一时。唐隆政变，宗氏兄弟被杀，此一家族迅速衰歇。此墓志及李浩教授的释读中，比较有意思的是，这一家族在漫长的玄宗时代如何度过，他们该如何叙述先人曾经辉煌但在现实政治中又几乎被否定的这段往事。李浩教授仔细还原了这一家族的兴衰史，特别是对墓志中借典故辞章修饰起来的晦涩文本，作了准确解读。其中最精彩的部分，是墓志对家族往事之叙述，居然与李白给妻弟宗璟诗中对宗家中落的评述，有惊人的相似。李浩认为墓志在前，那也可能李白见过此方志文。这一诠读，对释解李白诗也有意义。

四是《邵建和墓志》。志主的身份很特殊，他是内廷御用刻石匠人，且几乎是柳公权书法的专属刻匠。就中国传统的社会尊卑来说，刻工地位很低，但从西方艺术史来说，雕刻匠可以成为伟大艺术家，不久前刚看电影《米开朗基罗》，为西斯廷大教堂做顶棚设计的米氏，就是一位伟大的匠人。邵建和在唐代石工中，无疑处于最顶尖的位置，因此他在身后，留下一行"故中书省镌字官题玉间都勾当刻玉册官游击将军右威卫左郎将上柱国"的官衔，所谓玉册，专指皇家丧葬及封册的文告，他因此而得到崇高认可。墓志说："当敬文之际，郊天祀地，旌善纪功，今少师河东柳公公权，伟夫朝廷重德，文翰高名，凡景钟之铭，丰碑之烈，至于缁黄追述，中外奏记，但树金石者，悉俾刊刻，无处无之。由是声价弥高，劳绩兼著矣。"这是唐代艺术史极其重要的记录，今人知道柳公权，更要知道邵建和。墓志还有一段："自唐来则有朱静藏、史华、徐思忠、卫灵鹤、郑振、陈英、常无怨、杨暄等，皆异代同妙也。"这是唐初以来最著名石刻工匠的名单，应该是当时业内的共识。李浩教授已经就所知对数人加以考释，我相信仍不全，今后还会有新的发现。

唐代墓志研究是最近三十多年国内外唐代文史研究中的显学，其中最突出的特点，一是新发表文献数量巨大，大约数倍于宋以来千年之总和；二是继武传统，重视个案研究，将传统以题跋为主的文本诠释，变为现代学术论文的发表，以石刻与存世文献比读，以求掘发新见石刻之价值；三是方法求新，立场变化，采取系统统计、文本深读、现代诠解乃至社会学研究等诸多新路，开拓学术新域。当然普遍存在的问题也有许多，从文本来源说，则民间盗掘已成公害，从文献发表说，重影印而多有重复，从研究实绩说，则发表多而开掘不深，铺排堆砌，缺乏通贯的考察与问题意识。当然年轻一代的崛起，也展示出全新的气象，值得我们抱持殷切的期待。

至于李浩教授本书的成就，我不拟作特别的拔高，只想作客观中道的介绍。我想特别提出，李浩教授本人是陕北靖边人，在古都西安学习工作超过四十年，于汉唐文化与文学用力甚勤，根底亦好。他在本书所据墓志，完全来源于老友齐志先生主持的榆阳区古代碑刻艺术博物馆，与他书已经发表者几无互见。我于近年对洛阳、西安已发表墓志浏览近于周遍，对此感觉很清晰。榆阳区在陕西最北端，在唐代属于银、绥、夏诸州，接近边地，是民族混居之地。本书中的民族墓志，即与此有关。李浩教授与齐志先生的合作已接近十年，今年初我曾到西安参加以该馆石刻为研究课题的专题讨论会，了解有关收藏之丰富与研究之深入。该馆全部藏石将另刊布，值得期待。就李浩教授本书各文之研究方法言，我特别欣赏他的坚守传统，穷尽文献，拓宽视域，不循一格，因此而能言之成说，多有发明，在唐石研究中可自成家数。

写到这里，我想到以前曾经引用过的陈寅恪先生的一段话："必须对旧材料很熟悉，才能利用新材料。因为新材料是零星发现的，是片断的。旧材料熟，才能把新材料安置于适当的地位。正像一幅已残破的古画，必须知道这幅画的大致轮廓，才能将其一山一树置于适当地位，以复旧观。"（《陈寅恪先生编年事辑》，1935 年谱）我不知道李浩教授是否关注过这段话，但他的工作，与前辈的倡导无疑是精神相通的。就如同绩学如章太炎，始终排斥新见的上古文字，今日拒绝或不重视新见文献学者还不在少数，包括年轻一些的学者。我愿意更借此指出，新晋学者的治学，必须更多地关注新见的文献与前沿的研究，不能臻此，终难预流。

与李浩教授认识超过三十年了吧！最初是治唐的同道，后来他曾来复旦做过一段博士后研究，此后一直对我很客气。从 2008 年开始，我忝任唐代文学学会会长，他则以副会长兼任秘书长，负责学会的日常运转，因此得有更多的合作。我感觉他是踏实而谨守分际的君子，有很强的行政能力，考虑问题周到严密，凡事能从大局出发，不计较个人之得失，承担责任，任劳任怨，学会工作运转正常，他的功劳最大。最近十年，老成凋零，风气遽变，在一个学术共同体中如何存续传统，正常运作，维持风气，追求新变，其实很不容易。我的能力与资源都很有限，但一路顺利，心情愉快，其实我心里明白，是与得到包括李浩教授在内的众多同仁的理解支持分不开的。去年曾得机缘讨论学会今后的发展与人事调整，很难得的是看似复杂的问题，开诚讨论后大家都很愉快。我也借此机会记述这段过程，表达存于心中而难以口述的感谢。

　　时疫方殷，世事不靖，凡百君子，各自珍重。谨此为序。

　　　　　　　　　　　　　2020 年 8 月 9 日于复旦大学光华楼

石刻文献研究的浅尝与深究

——王伟《唐风石韵：唐代碑志与文学研究》序

王伟教授 2009 年以《唐代京兆韦氏家族与文学研究》的博士论文在西北大学获得博士学位。他的导师李浩教授因我曾倡导家族文学研究，对石刻文献也有所关注，乃邀请我参加他的论文答辩。王伟这篇论文的显著特色，是立足古长安城南韦杜的现地（当时西北大学郭杜校区已建成），充分利用传世文献与新见石刻文献，努力还原京兆韦氏家族主要谱系的同时，广泛调查此一家族在有唐近三百年间生存、发展、繁荣的事实，普查韦氏家族的存世文学作品，给以深入的分析和恰当的评价。这样的论文，踏实而富有创见，为唐代家族文学开拓一条新路，当然得到论文评审老师的较高评价。后经充实修改，于 2015 年由北京大学出版社出版，我也为他的成就感到高兴。

今年 10 月在西安讲学，王伟教授告有新著即将在中华书局出版，内容有关陕西新见石刻研究，嘱我为序，我当即答应。原因嘛，当然基于对他前此论著的信任，也稍微带一些私心，即可因此而提前读到一些新发现墓志，获悉一些我所渴望了解的新见。当然，我比王伟年长一些，有责任稍加激励。

本书分上下两编，上编为《碑志与唐代文学研究》，下编为《碑志与唐代文献研究》，大约以与文学关系的疏近与否来区分，是由十五篇论文为基础形成的专著。对此我很赞同。论文与专著，是现代学术的两种基本形态，论文一般选取有突出新见者，由学术刊物而先期发表，好处是面对学术圈，提出独到而深入的见解；专著则就某一专题作系统详尽的展开，设定范围，列好提纲，然后广泛读书来加以充实完善。二者皆有一些局限。即论文形成系列，选题方向难以形成完整的体系，而专著则必须面面俱到，有独创成说者，也难免有平庸而陈续前人旧说，即围棋所谓铺地板者。因此，长期关注某一专题，积累到一定数量后方结集出版，在在都有新的见解，这是本书的特色。我粗读后，有许多意想不到的收获。

　　首先说我以往关注过的几篇。

　　《蔡襄〈洛阳诗帖〉本诗及其书学意义探论》，谈蔡襄传世法帖中的五代杨凝式诗，我曾偶然在读水赉佑编《蔡襄书法史料集》（上海书画出版社1983年版）时发现，其源自明宋珏《古香斋宝藏蔡帖》。拙文在《文汇读书周报》2019年2月25日刊出后，方知萧风在一年多前已在《书法》杂志揭出。我那时困于《唐五代诗全编》的定稿，本来对书法一类杂志也不大关心，因萧文而得见明拓本，纠正水氏录文的一二处错失，也颇有收获。王伟此文发表在拙文刊出当年的《文艺研究》第七期，因为期刊发文周期较长，估计成文肯定早于拙文。他在注中引到拙文，当是后来所补。他作此专题，所涉文本完足，且对前代议论也多有征及，对前人所见多有讨论，对二诗是否蔡襄所作，从蔡的生平与诗之违格，及宋人喜书前代诗，加以论定。对诗中所涉杨凝式与张全义之关系，以及张氏建设洛阳的成就，杨对张家的依附关系，也有所论列。最后从书法上讨论杨书在北宋的影响，以及蔡襄对杨书的学习，都能讨论深入，言之成说。我那时给《文汇读书周报》写专栏，每周一篇，每有所得，即仓皇成篇。两相比较，可知即兴之作与专题讨论有所区别。

《新见卢纶夫妇墓志及其家族文学考论》一篇，介绍新发现的中唐前期著名诗人卢纶夫妇墓志的学术价值。我在2023年方由西安友人录示卢纶墓志，当时则因《唐五代诗全编》已经出校，据墓志改动数处。一是据以补充了生卒年。二是早年经历，初作"天宝末，随父避乱少室。至德二载三月，父卒于告成，后又曾客居鄱阳"。改为"母早卒，鞠养于外王母。天宝末，随父避乱少室。至德二载三月，父卒于告成，后从外家客居鄱阳"。三是仕历有所补充，卢之晚年，初云："兴元元年，为奉天行营副元帅浑瑊判官，寻随瑊镇河中。贞元十二年，为朔方河中副元帅判官，迁父之翰墓于万年县洪固乡。德宗问纶所在，召入宫中唱和，超拜户部郎中。十四年，韦渠牟任太府卿，纶有诗相酬。卒于其后一二年间。后以子贵，追赠兵部尚书，故称卢尚书。"其后所改，重要者为："寻随（浑）瑊镇河中，先后历十五年，历转侍御史、刑部员外郎、户部郎中，皆在浑幕。""十五年十二月十六日，卒于河中龙兴精舍，年五十七。"即他在河中幕府长达十六年之久。我稍早写过《贞元年间的诗人卢纶》《大历十才子发覆》，都写于见到卢纶墓志以前，没有理解卢纶其时在京城有广泛的活动，他的身份始终是河中幕僚。更早的联想还有20世纪90年代初有机会在苏州开会，傅璇琮先生告西安友人赠他新发现的卢纶弟卢绶墓志，借我一段时间，因此有我在《唐才子传校笺》第五册中对卢纶生平的补充，傅先生后亦撰文在《文学评论丛刊》发表。其后三十多年，卢纶家族墓志迭有新见，王伟此文多有引用。卢纶墓志出土后，解读之文，王伟此篇已是第三篇，当代中坚学者对新见文献之敏感与重视，令我肃然起敬。各人讨论侧重有所不同，在此就不讨论了。我因读王伟此文而引起感慨，唐代文史新见文献，确实如雨后春笋，常见常新，学者要把握学术前沿，很不容易，在新的重要文献发现以前，论文如何把握分寸，是否能经得起后出文献的考验，实在是对学者学力的很好测检。这里说到往事，原因在此。

韦绚是永贞间宰相韦执谊的儿子，又有《刘宾客嘉话录》和《戎幕闲谈》两部专著，涉及中唐政治文化的大量谈论，备受学者关注，可惜并无传记留存。早年周勋初写过《韦绚考》，陶敏重辑《刘宾客嘉话录》时有所补充，王伟也写过专文。我在今年年初见到《石墨镌华：关中民俗艺术博物院收藏碑志集释》（陕西师范大学出版社 2023 年版）所收独孤霖撰《韦绚墓志》，在《唐五代诗全编》中引及一则："初，邕纠衡方厚冤死，其妻程氏诉阙获理，程氏卒，卢公命公志墓，公因赋《节妇诗》，刘公致书，言白少傅叹此作若与张籍同时，未知《勤思齐诗》孰为优劣。予知此言甚公，公之制作，为老辈硕德知重若此。"在张籍诗末，本据白居易《读张籍古乐府》存目《勤齐诗》，据以补出"思"字。中华书局微信公众号推出《文史知识》去年第十二期目录，有拙文《诗人张籍与白居易交游始末》，吕正惠教授提问：张籍去世后，白居易为何全无表示？我以全文见示，末云："张籍卒后，贾岛、无可有悼诗，白居易没有留下悼念文字，原因不明。"似乎有些共同感受。而前引文字，是刘禹锡转达白居易对张籍的评价，夸奖韦绚也就算了，特别要说韦诗不逊色于张籍，张与刘、白晚年的不快，难得地留下记录。王伟先前写过韦绚，此度见到内容极其丰富的墓志，加上他有长期积累，此篇《革新与党争背景下中唐文人的思想与创作——以〈韦绚墓志〉为中心》，确实是一篇大文章。首先，他说明此志是韦执谊家族出土的第四方墓志，其中韦昶志即韦绚撰，韦云志还未发表，确认韦执谊有六子三女。《韦绚墓志》接近两千字，无论就其家族世系还是韦绚本人的科第、仕宦和文学活动来说，内容都极其丰富。王伟的考证，在准确录文后，先确认韦绚生于贞元十七年（801），以往据《刘宾客嘉话录序》所云"少陆机入洛之三岁，多重耳在外之二年"的种种讨论，可以就此画下句点。韦绚早年随学于郑余庆、刘禹锡，墓志也有新的叙述。而他在仕途中得到李德裕的提携，王伟认为墓志所述之"关系远比想象中更为精密"，这让我想到瞿蜕园《刘禹锡集笺证》中所云，刘禹锡、元稹与李德裕三人抱得很紧，特别在政治立场上，相比来说，白居易经常像个局外人一样。最新见到韦绚咸通初为元稹续配夫人裴淑撰墓志，也可提供旁证。以往仅知韦绚最后事迹止于咸通六年（865）任易定节度使，墓志载及他次年任大理寺卿，因讼与权宦冲突，停官七年，复出亦皆闲职，得保清名。王伟从后永贞时代其政治思想之形成、李党身份之确认、文学创作与政局的双向互动等方面，揭示了此一墓志的重大文献价值。

我写《〈安禄山事迹〉的成书年代》很早，刊于《中华文史论丛》2008年第2辑，是据墓志推知该书成书在大乱近百年之后。王伟据姚汝能执笔的史仲莒夫妇墓志，进一步梳理姚的仕宦，并罗列其与同代文人之交往，将此一研究加以推进。

《韩益夫妇墓志与文学考论——兼论唐代墓志制作组合之特点》，涉及韩益在亡妻李季推墓志后的悼亡组诗八首，我也曾撰文介绍。那时恰当上海疫情交困之际，朋友偶然发来几张照片，百无聊赖间仓促成文，以塞文责。王伟此文则因较全面地掌握西安近郊出土韩休家族墓群的总体情况，对韩氏家族与河东柳氏家族的姻亲与文学联系，有更多观照。更将这些墓志撰书者加以罗列，看到两个文化世家在人际网络与墓志制作中的密切配合。我还想补充一例，我以前在台湾发表《柳玭〈柳氏叙训〉研究》（刊台湾师范大学《国文学报》2012 年第 2 期），也有多处讲到韩、柳世姻及家族门风，与王伟所见颇合辙。

此外，我曾受约撰《长安高阳原新出土隋唐墓志》一书的书评（刊《唐研究》第二十三辑），特别关注到此书所收韦维墓志之志主，即宋欧阳修《集古录跋尾》所载坊州石刻《韦维善政论》所称颂者，并对此家新见墓志有所涉及。王伟撰《高阳原新见韦虚心父子墓志文本及家族心性》，关注重心是韦维子韦虚心，特别是崔、韦联姻以及在唐隆、先天政变中两家的政治站队及文本重构。武后至玄宗初之政局剧变，近年成为年轻一辈学人关心的焦点，我曾读过许多精彩的论文，今年给唐雯新著《暗涌》作序，也曾述及于此，近年更曾撰文谈郭元振与唐玄宗之政事与文学，在此就不展开了。

一路叙来，王伟所撰文而我曾关心过者，居然已经接近全书之半，确实是特别有缘。至于我首次读到的研究，也多见精彩。

《〈何邕墓志〉与杜诗新证》据《洛阳新获墓志二○一五》所见

《何邕墓志》展开论述，我给该书写过序，居然没有特别关注此篇。王伟因为对杜诗读得熟，因知此人即杜诗《凭何十一少府邕觅桤木栽》《赠别何邕》之何邕，此人在蜀为温江县尉，乾元中入剑南节度使崔光远幕府。因这方墓志，理清了一位杜甫朋友的生命踪迹，也因为何曾入崔光远幕府，涉及杜甫在蜀一段时期的艰难。我一直觉得，杜甫辞华州职后，辗转入蜀，在浣花溪头占了一大块地盘，而且半开玩笑半下命令般地让蜀地新认识的诸位朋友给他送器物花木，似乎有些过分，背后总有高人撑腰。《何邕墓志》提供了一种解读，虽然还不尽能解惑，确实推进了一步。

此外，《〈李夫人墓志〉与蜀中鲜于家族文学圈层的"复式"营构》一文，谈到鲜于氏本籍渔阳，隋末方迁居蜀地，其与蜀中旧族之冲突，及与严氏、何氏的家族联姻，侨姓诸家如何在蜀中形成势力，并与蜀中旧族从分庭抗礼进而实现共融互进，这在区域文化史上属特殊案例。

《常衮夫妇墓志与常衮家族社会网络编织与文学空间拓展》，关键人物是代宗后期为相的著名文士常衮。常衮晚年为福建观察使，重视地方教育，大大提升了福建士人的文化水平。由于常氏家族墓志陆续出土，常衮的家族谱系得以渐次展现。常氏属于唐初以来方跻身士林的边缘士族，一个半世纪的持续努力，通过各种努力形成社会势力，到常衮终于达到巅峰，而他在福建的建设，更在根本上为闽文化奠基。

此外如据韦匡伯墓志，知其二女分别嫁给洛阳王世充子与唐秦王李世民，看到世乱期间士族多方结姻以求生存发展的状况，从

《司马志诚墓志》分析安史乱后陇右旧将的仕宦走向，据《许耀卿墓志》谈后安史之乱时代北庭入关将士的政治命运，这些皆属于世学命题，而又是士族或兵家人生走向的重大话题，读来兴味盎然。

王伟教授的学术起步是韦氏家族文学研究，其实包含了家族及其文学的两层含意。就韦氏先世来说，当然可以追溯到西汉的韦贤、韦玄成，且其时已迁居咸阳。其后历经世变，旧家之保持家族发展，端赖历代家族杰出人物的努力挣扎及循序扩张。就唐时韦氏来说，其实已经分属九房，最有势力的逍遥公房、阆公房、龙门公房，郿公房等，都是北朝后期方坐大，唐朝则涌现了许多名家。"城南韦杜，去天尺五"的谚语，最早见于杜甫诗注，所述是唐前期的实况。对韦氏世系，现在能够看到的主要是《元和姓纂》和《新唐书·宰相世系表》的记载，不仅文本多错讹，且缺载颇多，仅能稍备大概而已。官方史籍与存世文献，保存十分丰富，要做家族文学研究，又显得很不够。最近一百多年，由于科学考古、地方基建以及民间盗掘的原因，长安故地与芒洛群山出土中古墓志数量惊人，大大补充了史籍记载的不足，使家族文化与文学史的研究得以立体多元地展开，并带动中古文史之学的全面繁荣。王伟教授受教并工作于西安，有机会与本地文物考古方面的学者建立多方面的联系，有机会先期读到许多新发现的墓志。他本人也兴趣广泛，视野开阔，追求卓越，不愿平庸，所作研究都能力避平浅，深入探讨，文史融通，新开境界。我匆匆读来，收获满满，略述所感，且此为序。

                                                                2024 年 12 月 26 日

九、唐诗人之地域分布与唐诗之路研究

唐诗人占籍考(增订本)

原序

　　唐圭璋先生于 20 世纪 40 年代初撰《两宋词人占籍考》，久为学界所称道。但于唐诗人之占籍，虽探讨具体作者之论文刊出极多，只是迄今仍未见有全面之梳理。迹其原因当有二：一是唐人喜标门第，称郡望，于实际占籍何地则常疏于记载，仅存的记载也常望、贯不分；二是文献董理为难，不仅涉及头绪众多，且难断是非，仅能暂备一说者在在多有。今人研究唐代文化地理，于诗人之地域分布，仍只能以《全唐诗》的粗疏记载为据，不能不说是件憾事。

　　适复旦大学历史地理研究所周振鹤教授主持《中国文化地图集》的编纂，请我编写唐代诗人地域分布图组，并提示欲显示安史乱后文化南移之趋势，除唐一代诗人地域分布之总图外，另将中晚唐诗人别绘一图，以见变化之迹。我们感到，仅利用《全唐诗》的材料，必多疏漏谬误，不足反映现代学者的研究水平。而最近十多年中，国内学者于唐代诗人生平研究的巨大成果，已为我们撰写《唐诗人占籍考》提供了有利的条件。有鉴于此，我们不揣冒昧，撰成本文，并以此为依据，完成了上述图组的编绘。

略述本文编例如次：

一、本文所收诗人，以有诗存世且为《全唐诗》及《全唐诗补编》收录者为限。

二、本文确定诗人占籍，除参据两《唐书》、《唐诗纪事》、《唐才子传》、《全唐诗》等基本典籍的记载外，主要利用了《唐才子传校笺》五册（傅璇琮主编，中华书局 1987—1995 年版）、《唐诗大词典》（周勋初主编，江苏古籍出版社 1990 年版）、《中国文学家大辞典·唐五代卷》（周祖譔主编，中华书局 1992 年版）的成果。凡已见上引诸书者，均不说明所据。我们此次有所订补者，略加简注说明所据。

三、唐人望、贯混称，本拟仅取贯而不取望，但有鉴于唐代如京兆韦、杜，闻喜裴，荥阳郑，范阳卢等大姓，虽多称郡望、久离乡邦者固不乏其人，然诸姓于郡望所在，仍常保有相当规模的家族聚居地。故本文之取舍，采取先贯（占籍）而后望（郡望）之原则。

四、本文于望贯互存、记载歧互而诸说不一者，一律仅取一说，不备列各说。取舍的原则是：（1）望、贯并知者，取贯而舍望。（2）三世居于某地者，即以其地为占籍之所在。（3）记载有分歧者，尽量选取较早或较可征信之一说。（4）仅知为出生地、家居地者，也酌情予以采录。占籍或家居地全无可考，始得以郡望编入。

五、李唐皇室，自称源出陇西，而今人研究，疑为赵郡李氏之破落户，且长期与鲜卑通婚，颇染胡习。且自立国，绵历十余世，多居京师，支脉或徙他处，颇难究诘。故除李贺等少数确知居地者外，另立唐宗室一节，并略注所出支系。

　　六、诗人间之亲属关系，均加注说明。

　　七、本文以《新唐书·地理志》所载唐开元十五道州县之先后次第编排，并于州名下加注天宝郡名及今地名。各州府之下，可知具体属县者居前，属县不详者次后，即以州府名列目。所据记载仅知为古地名或开元前后迁改地名者，酌情略作处理。

　　八、四裔及域外作者次于末。域外作者仅限《全唐诗》收录及入唐有诗者。

　　本文所涉头绪过繁，我们虽已尽力而为，但为学识所限，必多讹误，去取间也不免有主观失当处，敬希方家予以赐正。

第一　京畿道（三百二十二人）

1.1　京兆府（雍州，今陕西西安）二百十一人

　　〔万年〕释法顺　王珪　王茂时珪孙　王遘茂时孙　颜师古　王易从　李适　李子卿适次子　李叔卿适子　李元纮　李伉元纮曾孙　李晔　宇文融　郭慎微　辛替否　王昌龄　豆卢回　于邵　于尹躬邵子　于德晦邵孙　陈京　王绍　于武陵　韩仪　韩偓仪弟　李涛　李瀚涛弟　王易简　韦皇后　释净觉后弟　韦元旦　韦希损　韦安石　韦斌安石子　韦同则安石曾孙　韦抗　韦坚　韦铿　韦镒　韦应物　韦庄　韦述　韦元甫　韦渠牟　韦曾　韦青　韦膺　韦丹　韦皋　韦行式皋侄　韦绶　韦贯之绶弟　韦澳贯之子　韦纾　韦处厚　韦执中　韦迢　韦夏卿迢子　韦瓘夏卿侄　韦蟾　韦承贻　韦说　杜淹　杜倚　杜元颖　杜昆吾　元稹　杜牧　常梦锡

　　［长安］李密　袁朗　萧德言　释窥基　萧至忠　释道世　释智达　韦志洁　石抱忠　于经野　韩休　韩倩休弟　韩滉休六子　韩章休孙　韩察休曾孙　韩益休曾孙　崔沔　崔成甫沔长子　朱子真　郭绍兰　颜允南　颜真卿允南弟　颜岘真卿兄子　颜浑真卿族弟　颜颙真卿族侄　颜须真卿族侄　颜顼真卿族侄　颜棨真卿族侄　颜舒真卿宗人　第五琦　李泌　刘商　许孟容　薛郎　薛涛郎女　鱼玄机　李郢　李峄郢子　李洞　郑冠卿　韩昭　杨昭俭　李知遥

　　［咸阳］王光庭　王宠　令狐楚　令狐绹楚子　刘皂　王棁　释智晖

　　［金城］祝钦明　窦叔向　窦常叔向子　窦弘余常子　窦牟常弟　窦群牟弟　窦庠群弟　窦巩庠弟　窦蒙　窦参　窦洵直

　　［云阳］韩思复　韩朝宗

　　［鄠县］薛怀义

　　［泾阳］李迥秀

　　［三原］于志宁　于休烈志宁曾孙　于敖休烈孙　于瓌敖子　于结休烈族人　田游岩　林琨　林璠琨从弟　韩泰　路应　路黄中应侄

　　［蓝田］苏晋　苏广文晋侄或子　崔护　卢钧　王霞卿

　　［盩厔］陈琡

　　［兴平］马逢　司马札

　　［奉天］赵存约　赵光逢存约孙　赵光远存约孙

　　［武功］富嘉谟　苏瓌　苏颋瓌子　苏绾　苏源明

　　［华原］令狐德棻　令狐峘德棻五世孙　孙思邈　柳公绰　柳公权公绰弟

［京兆府］荣九思　杜之松　王德真　释复礼　丁元裕　袁晖　张敬忠　杜伟　郭虚己　韦介　韦绶韦元信子　刘全白　杜奕　常衮　韦洪　郭求　杜周士　王良士　李褒　秦韬玉　韦氏子　张孜　刘象　释献蕴　释善静　释归本　僧缄

京兆府附：唐宗室六十七人

高祖李渊　徐王李元礼高祖李渊十子　韩王李元嘉高祖李渊十一子　霍王李元轨高祖李渊十四子　淮南公主李澄霞高祖李渊十二女　淮安王李神通高祖李渊从父弟

太宗李世民高祖李渊次子　越王李贞太宗李世民八子　博陵王疑为太宗孙李焯　李适之太宗曾孙　信安郡王李祎太宗曾孙　李岘祎子

高宗李治太宗李世民九子　章怀太子李贤高宗李治六子　太平公主高宗李治女　嗣许王李瓘高宗孙　嗣许王李解瓘子　襄信郡王李璆高宗孙

中宗李显高宗李治七子　殇帝李重茂中宗李显四子　长宁公主中宗李显女　安乐公主中宗李显幼女

睿宗李旦高宗李治八子　惠文太子李范睿宗李旦四子　李景俭睿宗玄孙

玄宗李隆基睿宗李旦三子　宜芳公主玄宗外甥女

肃宗李亨玄宗李隆基三子　李璬玄宗李隆基十三子　李瑝玄宗李隆基二十三子　益王李某玄宗李隆基子，益疑作一

代宗李豫肃宗李亨长子

德宗李适代宗李豫子

顺宗李诵德宗李适长子

文宗李昂顺宗李诵曾孙

宣宗李忱_{文宗李昂十三弟}

懿宗李漼_{宣宗李忱长子}

昭宗李晔_{懿宗七子}　释普闻_{传为僖宗太子}

李君房_{以上定州刺史房}　李林甫_{高祖从父弟叔良曾孙}　李回　李损之_{林甫曾孙　以上郇王房}　李朂　李程　李廓_{程子}　李昼_{廓子}　李昌符_{廓子}李庚　李擢　李蟾_{以上大郑王房}　李约　李夷简　李宗闵_{以上小郑王房}李祐_{以上蜀王房}　李翔_{江王房}　李巘　李聿_{巘子}　李之芳_{以上蒋王房}　李皋_{曹王房}　李敬彝_{申公房}　李助　李肱　李夷邺　嗣覃王李嗣周_{以上不详何房}

1.2　华州（华阴郡，今陕西渭南华州区）十四人

［郑县］郭子仪

［华阴］杨续　杨师道_{续弟}　杨思玄_{师道兄子}　杨炯　杨容华_{炯侄女}严武　吴筠　骆峻　杨谏

［下邽］白居易　白行简_{居易弟}　白敏中_{居易从弟}

［良原］释守初

1.3　同州（冯翊郡，今陕西大荔）十五人

［冯翊］太宗贤妃徐惠　徐坚_{惠侄}　徐峤_{坚子}　乔知之　乔侃_{知之弟}　乔备_{知之弟}　乔氏_{知之妹}　严识玄　寇泚　赵氏_{泚妻}　寇坦_{泚子}寇埏　吉皎

［朝邑］严向

［郃阳］赵昂

1.4　岐州（凤翔郡，今陕西凤翔）十二人

［雍县］李播_{李淳风父}　杨炎　窦威　窦怀贞　窦希玠　马总

马植

　　[岐山]元载

　　[麟游]释元安

　　[陈仓]杨衡

　　[郿县]释无住

　　[岐州]戎昱

　　1.5　邠州（新平郡，今陕西彬州）三人

　　[新平]陶毂_{唐彦谦孙}　陶彝_{毂侄}　陶敞_{毂族子}

第二　关内道（八人）

　　2.1　泾州（安定郡，今甘肃泾川）七人

　　[安定]牛凤及　胡杲

　　[鹑觚]牛仙客　牛僧孺　牛征_{僧孺孙}　牛峤_{僧孺孙}　牛希济_{峤兄子}
释传楚

　　2.2　夏州（朔方郡，今陕西靖边）一人

　　[朔方]长孙佐辅

第三　都畿道（一百九十九人）

　　3.1　河南府（洛州，今河南洛阳）一百八人

　　[河南]房元阳　房融_{元阳弟}　房琯_{融子}　房孺复_{琯子}　房由　房
千里　赵仁奖　达奚珣　库狄履温　元德秀　萧昕　元晟　元繇

孟云卿　王季友　刘方平　房益　房夔　豆卢峰　纥干著　马异

穆寂　万俟造　贾𫠫　贾悚𫠫弟　宇文鼎　杨茂卿　杨牢茂卿子　杨

宇牢三弟　曹汾　樊骧　刘崇龟　刘崇鲁崇龟弟　于頔　于季友頔四子

于兴宗頔侄　于濆頔侄孙

　　[洛阳]长孙皇后　长孙无忌后兄　长孙贞隐　长孙铸　释静泰

元万顷　元希声　张循之　张渐循之侄　卢鸿　张说　张均说子　张

垍均弟　张濛均子　王湾　胡皓　陆坚　陆复礼　陆据　陆士修据子

贾曾　贾至曾子　屈同仙　贺兰进明　贺兰遂　冯用之　裴谞　祖

咏　李岑　李峰岑弟　独孤及　独孤申叔　独孤寔　释无名　张浑

卢载　羊士谔　李涉　李渤涉弟　刘禹锡　元晦　崔耿　周贺　元

淳　黄子稜　释亚栖　安鸿渐　李度

　　[巩县]刘允济　杜审言　杜甫审言孙　李雄

　　[偃师]毕曜

　　[缑氏]释玄奘　武元衡武平一孙　武翊黄元衡子　武少仪元衡宗人

吕牧　吕炅牧子　吕敞牧从弟

　　[陆浑]丘悦

　　[金谷]张若讷

　　[福昌]李贺

　　[河阴]皇甫镛

　　[河阳]韩愈　韩弇愈从兄

　　[济源]裴休　裴延翰休侄　裴澈休侄

　　[王屋]烟萝子

　　[修武]刘复

3.2　汝州（临汝郡，今河南平顶山）十三人

［梁县］柳浑　孟简　卢贞

［郏城］孙佺

［鲁山］元结　元友直结长子　元友让结季子　元季川结从弟

［临汝］沈仲昌

［汝州］刘希夷　畅诸

［汝南］邵升　薛彦俊

3.3　陕州（陕郡，今河南三门峡）十一人

［陕县］上官仪　上官婉儿仪女孙　张齐贤

［硖石］姚崇　姚系崇曾孙　姚伦崇曾孙　姚岩杰崇裔孙

［芮城］侯道华

［陕州］贾彦璋　卢诰　陆厹

3.4　郑州（荥阳郡，今河南郑州）五十八人

［荥阳］郑世翼　郑蜀宾　李日知　崔恂　李揆　李益揆族子
李当益子　李拯当幼子　李蔚揆从曾孙　李渥蔚子　阎敬爱　阎济美敬爱
侄　郑颐　郑虔　郑愿　郑繇愿昆弟　郑审繇子　郑绍　郑缙　郑昉
郑旷　郑衮　郑述诚　郑翰　郑儋　郑锡　郑明　郑韫玉　郑余庆
郑瀚余庆子　郑絪　郑颢絪孙　郑据　郑居中　郑还古　郑薰　郑嵎
郑师贞　郑賨　郑畋　郑仁表　郑损　郑繁　郑合敬

［阳武］韦承庆　韦嗣立承庆异母弟　韦济嗣立三子

［新郑］崔何　释普愿　徐商　徐彦若商子　徐仁嗣

［中牟］胡令能

［管城］凌敬

［郑州］崔尚　崔恂　程行谌　李逢吉

3.5　怀州（河内郡，今河南沁阳）九人

［河内］常远　王琚　牛肃　张谓　李商隐　荆浩

［温县］司马承祯　司马逸客　王智兴

第四　河南道（一百七十人）

4.1　虢州（弘农郡，今河南灵宝）十三人

［弘农］杨齐悊　杨凭　杨凝_{凭弟}　杨凌_{凭弟}　杨敬之_{凌子}　杨德邻_{敬之小女}　杨於陵　杨嗣复_{於陵子}　杨汝士　杨知至_{汝士子}　杨虞卿_{汝士弟}　杨玢_{虞卿曾孙}　杨汉公_{虞卿弟}　杨夔　杨氏

［阌乡］释万回

［湖城］杨监真

［虢州］陶晟

4.2　滑州（灵昌郡，今河南滑县）十二人

［白马］郑云叟

［卫南］李标　释玄则

［灵昌］卢怀慎　崔日用　崔宗之_{日用次子}　崔日知_{日用从父兄}　崔元翰_{日用从孙}　卢元辅　卢顺之_{元辅子}

［滑州］张抃　李昂

4.3　颍州（汝阴郡，今安徽阜阳）一人

［汝阴］萧颖士

4.4　许州（颍川郡，今河南许昌）十三人

〔长社〕韩建

〔鄢陵〕崔泰之　崔备泰之孙　马希振

〔舞阳〕前蜀太祖王建　后主王衍建十一子

〔许州〕郭纳　郭圆纳孙　陈秀才　王建　释宝通即大颠　周庠
魏承班

4.5　陈州（淮阳郡，今河南淮阳）六人

〔西华〕殷寅　殷佐明

〔太康〕释辨才

〔陈州〕袁傪　袁怀光　谢翱

4.6　豫州（汝南郡，今河南驻马店）七人

〔郎山〕袁郊

〔西平〕麴瞻

〔平与〕许浑

〔蔡州〕邵升　邵炅　周墀　赵鸿

4.7　汴州（陈留郡，今河南开封）十九人

〔浚仪〕释昙伦　吴兢　白履忠　于逖

〔开封〕郑元玮　郑愿

〔尉氏〕刘仁轨　释神秀　李澄之　刘晃　刘公舆

〔陈留〕韩思彦　濮阳瓘　李翱

〔汴州〕崔颢　乔潭　释神晏　杜四郎　窦梁宾

4.8　宋州（睢阳郡，今河南商丘）八人

〔宋城〕潘求仁　魏元忠　郑惟忠

〔宁陵〕刘宪

［宋州］崔曙　陈希烈　袁瓘　许昼

4.9　亳州（谯郡，今安徽亳州）八人

［谯县］李敬玄　戴孚　李纵　李纾_{纵弟}　张鲁封_{或疑即章碣}　夏侯孜　李虞

［真源］陈抟

4.10　徐州（彭城郡，今江苏徐州）十四人

［彭城］刘怀一　刘知幾　刘秩_{知幾子}　刘迥_{知幾六子}　刘升　刘湾　刘辟　刘叉　刘猛　刘山甫

［沛县］刘轲

［下邳］余鼎　伍彬

［符离］刘庭琦

4.11　郓州（平昌郡，今山东东平）四人

［须昌］毕诚　和凝

［郓州］蔡京　刘遵古

4.12　齐州（济南郡，今山东济南）十人

［历城］于季子

［山茌］释义净

［全节］员半千　崔融　崔禹锡_{融子}　崔翘_{禹锡弟}　崔彧_{翘幼子}　崔岐_{翘曾孙}　崔安潜_{翘曾孙}

［齐州］林氏

4.13　曹州（济阴郡，今山东菏泽）五人

［冤句］黄巢　张守中

［南华］刘晏　释义玄

［曹州］释从谂

4.14 濮州（濮阳郡，今山东鄄城）五人

［濮阳］杜鸿渐　吴士矩　吴颋

［范县］张直　张昭_{直子}

4.15 青州（北海郡，今山东青州）十三人

［益都］崔信明　高辇

［临淄］房玄龄　释善导　李伯鱼　安雅　张道古

［北海］齐光乂　韩熙载　史虚白

［乐安］任华

［青州］释智闲　刘保乂

4.16 淄州（淄川郡，今山东淄川）一人

［邹平］田敏

4.17 莱州（东莱郡，今山东莱州）二人

［东莱］释慧日

［莱州］王无竞

4.18 兖州（鲁郡，今山东兖州）十三人

［瑕丘］徐彦伯

［曲阜］孔温业　孔纾_{温业侄}　孔颙　孔仲良

［乾封］羊滔

［龚丘］刘沧

［金乡］释福全

［兖州］叔孙玄观　南巨川　南卓_{巨川孙}　卢象　张叔卿

4.19 海州（东海郡，今江苏连云港）十二人

　　［朐山］徐知证　南唐烈祖李昪　南唐中主李璟昪长子　晋王李景遂昪三子　乐安公李弘茂璟次子　南唐后主李煜璟六子　韩王李从善璟七子　吉王李从谦璟九子

　　［东海］徐巑　徐希仁　徐淮　何光远

4.20　密州（高密郡，今山东诸城）一人

　　［莒县］庄若讷

4.21　沂州（琅琊郡，今山东临沂）三人

　　［琅琊］王偃　王素

　　［沂州］释思托

第五　河东道（一百七十八人）

5.1　蒲州（河东郡，今山西永济）八十三人

　　［河东］柳明献　释普寂　宗楚客　宗晋卿楚客弟　赵良器　吕令问　薛维翰　敬括　敬湘括曾孙　敬新磨　耿沣　畅当　裴循　裴延龄　裴淑　裴皞　胡证　樊宗师　薛少殷　薛巽　薛逢　薛昇　柳道伦　柳登　郭周藩　剧燕　聂夷中　陆禹臣

　　［解县］柳曾　王福娘

　　［桑泉］陈述　戴休璇　王岳灵

　　［猗氏］陈政　张嘉贞　张弘靖嘉贞孙　张文规弘靖子　张彦修弘靖孙　张贾弘靖从侄

　　［虞乡］柳中庸　司空图

　　［安邑］卫中行　封敖　封彦卿敖子　封特卿敖侄

〔宝鼎〕薛克构 薛元超 薛曜_{元超子} 薛奇童_{曜孙} 薛晏 薛稷 薛据 林氏_{据伯母} 薛蕴_{据从孙女} 薛戎 薛苹 薛存诚 薛蒙 薛昭纬 薛昭蕴

〔蒲州〕冯待征 卢羽客 卢纶_{羽客五世孙} 卢嗣业_{纶孙} 卢文纪_{嗣业子} 吕太一 王维 王缙_{维弟} 吴豸之 阎防 吕渭 吕温_{渭子} 吕恭_{温弟} 吕让_{温幼弟} 张正元 杨巨源 王驾 释寰中 赵节

5.2 朔州 (马邑郡，今山西朔州) 二人

〔善阳〕苑咸 苑油_{咸子}

5.3 代州 (雁门郡，今山西代县) 二人

〔五台〕解脱和尚

〔雁门〕田章

5.4 云州 (云中郡，今山西大同) 一人

〔云中〕释贞幹

5.5 晋州 (平阳郡，今山西临汾) 三人

〔神山〕张氲

〔晋州〕贾言淑 梁洽

5.6 绛州 (绛郡，今山西新绛) 三十三人

〔正平〕马吉甫

〔万泉〕薛宜僚

〔龙门〕王绩 王勃_{绩从孙} 王勔_{勃兄} 王质_{绩五代侄孙}

〔闻喜〕释儵然 薛昉 裴濰 裴士淹 裴通_{士淹子} 裴济 裴澄 裴度 裴诚_{度子} 裴杞 裴次元 裴处权_{次元子} 裴潾 裴思谦 裴谟 裴坦_{谟弟} 裴勋_{坦子} 裴赟 裴廷裕

［稷山］裴守真　裴耀卿守真子　裴延耀卿五子

［绛州］释本净　释惟俨　王景　王之涣景侄　王纬之涣侄

5.7　太原府（并州，今山西太原）四十一人

［太原］弓嗣初　任知古　狄仁杰　狄兼谟仁杰裔孙　郭密之　王英　王武陵　薛邕　郭邕　王泠然　乔琳　王涯　王涤　王氏　王彦威　王涣　马重绩　王错　狄涣

［晋阳］王翰　王邕　唐扶　唐彦谦扶侄　王□

［祁县］张楚金　温翁念　温庭筠　温庭皓庭筠弟　温宪庭筠子　王熊　王韫秀　王仲舒　王溥

［文水］则天皇后武曌　武三思武后兄子　武平一武后从孙　李憕李景让憕曾孙

［交城］释惟岸

［并州］安守范

5.8　汾州（西河郡，今山西汾阳）四人

［西河］宋之问　宋务光

［平阳］贾言淑

［汾州］薛能

5.9　潞州（上党郡，今山西长治）七人

［壶关］苗晋卿　苗发晋卿子

［涉县］孙逖　孙偓逖裔孙　孙纬

［上党］释法如后学　卢言

5.10　泽州（高平郡，今山西晋城）二人

［高平］徐泳　徐源

第六　河北道（二百八十七人）

6.1　魏州（魏郡，今河北大名）二十三人

［贵乡］郭元振　罗弘信　罗绍威弘信子

［元城］解琬　冯伉

［馆陶］魏徵　魏谟徵五代孙　释志闲

［冠氏］路单　路岩　路德延岩侄

［昌乐］张文收　王希明

［繁水］张大安

［莘县］萧翼

［魏州］谷倚　李如璧　公乘亿　刘赞　冯晖　蕴禅师　释泰钦
魏丕

6.2　博州（博平郡，今山东聊城）七人

［聊城］梁载言　魏颢

［武水］孙棨

［博州］崔惠童　崔敏童惠童昆弟　崔元略　崔铉元略子

6.3　相州（邺郡，今河南安阳）十五人

［安阳］戴至德　邵大震　王丘

［临漳］源乾曜　源光裕乾曜从孙　卢从愿　卢僎

［洹水］杜正伦　杜兼正伦五世孙　杜羔正伦五世孙

［滏阳］崔玄亮

［内黄］沈佺期　沈全交佺期弟，墓志作吴兴武康人　沈东美佺期子

释利踪

6.4 卫州（汲郡，今河南卫辉）六人

［卫县］谢偃

［共城］光温古

［黎阳］王梵志

［汲县］班宏

［卫州］赵谦光　崔居俭

6.5 贝州（清河郡，今河北清河）二十一人

［清河］房从心　崔膺　崔元范　张众甫　崔璞　崔璐　崔蟠
璐姊

［清阳］宋若昭　宋若荀若昭幼妹

［宗城］范质

［漳南］周思钧

［武城］崔善为　张文琮　张锡文琮子　崔珪　崔郊　崔郾郊弟
崔瓘郊子　崔群　崔枢　崔璞　张彻　张复彻弟　张贾

［贝州］赵神德　释慧习

6.6 邢州（巨鹿郡，今河北邢台）十人

［龙冈］孟昶

［巨鹿］魏求己　魏氏求己妹

［柏仁］李怀远　李景伯怀远子　李收景伯孙

［南和］宋璟　宋华璟子

［邢台］卢广　释常通

6.7 洺州（广平郡，今河北永年）十人

〔邯郸〕刘言史

〔洺州〕高正臣　刘友贤　宋昱　宋鼎　阎宽　司空曙　刘伯刍　程序　刘真

6.8　恒州（常山郡，今河北正定）九人

〔真定〕释慧净

〔获鹿〕贾纬　徐台符

〔曲阳〕魏奉古　马戴

〔恒州〕张莒　后唐末帝李从珂　释藏屿　赵延寿

6.9　冀州（信都郡，今河北冀州）七人

〔信都〕潘炎　潘孟阳炎子

〔南宫〕戚逍遥

〔武强〕刘幽求

〔冀州〕贾弇　贾全弇弟　贾稜

6.10　深州（饶阳郡，今河北深州）二十七人

〔陆泽〕魏知古　张鷟　张著鷟孙　张荐鷟孙　张又新荐子　张希复荐子　张读希复子　张固荐子

〔饶阳〕宋善威　李沼　李昉沼嗣子

〔安平〕李百药　李蓂　李序　崔文邕　崔璘　崔峒　李瀚　崔恭　崔少玄恭幼女　崔立之　崔澹　崔远澹子　崔涯　崔渥　崔棁

〔深州〕韩定辞

6.11　澶州（今河南濮阳）一人

〔澶州〕释利踪

6.12　涿州（今河北涿州）一人

〔涿州〕赵匡胤

6.13　磁州（今河北邯郸）一人

〔武安〕韩令坤

6.14　妫州（今河北怀来）一人

〔怀安〕释智封

6.15　赵州（赵郡，今河北赵县）三十七人

〔平棘〕李竦

〔昭庆〕苻蒙

〔高邑〕李至远　李从远　李岩从远子　李休烈

〔房子〕李乂

〔赞皇〕李峤　李华　李观华族子　李端　李方端弟　李虞仲端子　李昂　李胄昂子　李栖筠　李吉甫栖筠子　李德裕吉甫子　李巨德裕幼子　李绛　李慎微

〔栾城〕苏味道　阎朝隐

〔赵州〕李君武　李颀　李巇　李希仲　李清　李应　李正辞　李伦　李嘉祐　李行敏　李播字子烈　李续　李体仁　李达

6.16　沧州（景城郡，今河北沧州）十人

〔清池〕贾耽

〔无棣〕李愚

〔东光〕袁恕己　袁高恕己长孙

〔景城〕王晙

〔南皮〕郑愔

〔沧州〕释神英　皇甫澈　皇甫曙澈子　皇甫映曙弟

6.17 德州 (平原郡，今山东陵县) 十六人

［平原］赵璜

［平昌］孟彦深　孟迟　孟球

［蓨县］高士廉　高瑾士廉孙　高峤士廉孙　高绍士廉曾孙　高元裕
高璩元裕长子　高迈　高适　高参　高云　高蟾　封行高

6.18 棣州 (乐安郡，今山东惠民) 二人

［厌次］东方虬

［棣州］任希古

6.19 定州 (博陵郡，今河北定州) 二十三人

［安喜］崔湜　崔液湜弟　崔涤湜从弟

［义丰］张易之　张昌宗易之弟　齐瀚　齐珪瀚子　齐推

［新乐］郎余令

［鼓城］魏玄同　郭正一　赵冬曦　赵居贞冬曦弟

［中山］刘冉

［定州］郎士元　李章武　崔颂　崔玄同　崔明允　崔兴宗　崔
琮　崔锜　崔文龟

6.20 易州 (上谷郡，今河北易县) 一人

［易县］梁德裕

6.21 幽州 (范阳郡，今北京) 三十五人

［安次］扈载

［范阳］张南容　张南史　汤清河　贾岛　释无可传为岛从弟　释
可止　释恒超　马郁　卢照邻　卢崇道　卢藏用　卢幼平　卢全
卢群　卢殷　卢景亮　卢士玫　卢真　卢求　卢携求子　卢邺　卢

拱　卢献卿　卢渥　张殷衮　卢延让

〔幽州〕王适　高崇文　高骈崇文孙　释玄寂骈族人　高越　王思

同　潘佑　张郁

6.22　瀛州（河间郡，今河北河间）十二人

〔河间〕尹悉　张栖贞　冯著　邢群　张昔　张署昔弟

〔高阳〕许碏　毛文锡

〔景城〕冯道　冯吉道幼子

〔乐寿〕尹元凯

〔饶阳〕宋善威

6.23　莫州（文安郡，今河北任丘）六人

〔鄚县〕张震　张栖贞　张仲素　张濆仲素孙　张格濆子

〔任丘〕毕乾泰

6.24　蓟州（渔阳郡，今天津蓟州区）三人

〔渔阳〕窦仪　窦俨仪弟

〔无终〕阳修己

6.25　营州（柳城郡，今辽宁朝阳）三人

〔柳城〕史思明　徐知仁　徐放知仁孙

第七　山南东道（八十六人）

7.1　襄州（襄阳郡，今湖北襄阳）二十五人

〔襄阳〕释法琳　释灵辩　杜易简　张柬之　张敬之柬之弟　张

轸柬之孙　张愿柬之孙　孟浩然　张子容　王迥　释神会　席豫　席

虁豫孙　朱放　鲍防　释法常　李质　释善会　何涓　皮日休　皮光业日休子

[宜城]韩襄客　郑祥

[襄州]张继　崔郊

7.2　邓州（南阳郡，今河南南阳）二十七人

[穰县]赵骅　赵宗儒骅子

[南阳]刘斌　韩翃　谢良弼　谢良辅良弼弟　景审　张孝嵩　张巡　张建封　张登　张祜　张晔　张贲　张毅夫　张祎　张曙

[新野]邹象先　邹绍先象先弟　庚光先　庚承宣　庚敬休承宣弟

[内乡]范传正　范酂传正子　范传质传正弟　范的

[湖阳]樊晃

7.3　复州（竟陵郡，今湖北仙桃）三人

[竟陵]陆羽　刘虚白

[复州]陆岩梦

7.4　荆州（江陵郡，今湖北江陵）二十二人

[江陵]蔡允恭　郑德玄　刘洎　岑文本　岑羲文本孙　岑参羲侄　周颂　周愿颂子，即周君巢　李令　卢汪　李昭象

[石首]李讷

[公安]释大易　李骘

[荆州]刘孝孙　卫象　段文昌　段成式文昌子　崔珏　崔橹　崔道融　高若拙

7.5　峡州（夷陵郡，今湖北宜昌）一人

[宜都]赵惠宗

7.6　归州（巴东郡，今湖北秭归）二人

［秭归］繁知一

［巴东］黄万祐

7.7　夔州（云安郡，今重庆奉节）三人

［云安］李远　刘敬之　幸寅逊

7.8　万州（南浦郡，今重庆万州）二人

［南浦］释行满

［万州］冉仁才

7.9　金州（安康郡，今陕西安康）一人

［金州］释怀让

第八　山南西道（五人）

8.1　梁州（汉中郡，今陕西汉中）二人

［南梁］释法照

［汉南］韩襄客

8.2　果州（南充郡，今四川南充）二人

［西充］程太虚　释宗密

8.3　涪州（涪陵郡，今重庆涪陵）一人

［涪州］孙定

第九　陇右道（五十六人）

9.1　秦州（天水郡，今甘肃秦安）十四人

　　〔成纪〕李行言　李问政　李幼卿　李正封　李景　李廷璧
李京

　　〔临渭〕符子珪

　　〔姑臧〕阴行先

　　〔上邽〕姜晞　姜皎_{晞弟}

　　〔秦州〕赵征明　赵象　王仁裕

　　9.2　渭州（陇西郡，今甘肃陇西）六人

　　〔陇西〕独孤铉　李夔　李浑金　李咸　辛晃

　　〔渭州〕任宇

　　9.3　甘州（张掖郡，今甘肃张掖）一人

　　〔张掖〕赵彦昭

　　9.4　瓜州（晋昌郡，今甘肃安西）一人

　　〔晋昌〕唐暄

　　9.5　沙州（敦煌郡，今甘肃敦煌）三十人

　　〔敦煌〕释日进　周曼卿　释善来　窦骥　李敬方　李毅_{敬方子}
李琪_{毅子}　释悟真　张议潭　释法荣　释惠诠　张延锷　氾瑭彦
张永进　张盈润　翟奉达　释金髻　张文彻　璆琳　释保宣　释道
真　释灵俊　张盈信　杜太初　张议潭　释海晏　李幸思　释永隆
□盈　阳某

　　9.6　西州（交河郡，今新疆吐鲁番）二人

　　〔高昌〕麴崇裕　麴瞻_{崇裕弟}

　　9.7　安西都护府（今新疆库车）二人

　　〔安西〕李白　哥舒翰

第十　淮南道（六十一人）

10.1　扬州（广陵郡，今江苏扬州）二十八人

［江都］来恒　来济恒弟　王绍宗　李邕　李潜邕曾孙　李浣

［海陵］张怀瓘

［高邮］乔匡舜

［江阳］蔡璟

［扬州］邢巨　张若虚　释灵一　朱昼　释道真　释智真　释昙城　王播　王起播弟　王龟起子　王炎起弟　王铎炎子　王镣铎弟　谢建　李建勋　冯延巳　冯延鲁延巳弟　徐铉　徐锴铉弟

10.2　楚州（淮阴郡，今江苏淮安）五人

［山阳］吉中孚　赵瑕

［淮阴］周渭　周澈渭弟　李珏

10.3　滁州（永阳郡，今安徽滁州）一人

［全椒］张洎

10.4　寿州（寿春郡，今安徽寿县）六人

［寿春］季广琛　谢观　谢迢观女　安凤　程逊

［安丰］释智通

10.5　庐州（庐江郡，今安徽合肥）九人

［合肥］吴让皇杨溥

［庐江］樊忱　何扶　伍乔　许坚　何鸾

［舒城］洪子舆

[庐州]李家明　李羽

10.6　舒州（同安郡，今安徽潜山）二人

[舒州]刘耕　曹松

10.7　光州（弋阳郡，今河南潢川）十一人

[固始]闽忠懿王王审知　闽惠宗王延钧_{审知次子}　王延彬_{审知侄}
闽康宗王继鹏_{延钧次子}　王继勋_{审知侄孙}　王十八郎_{闽王子}　詹敦仁
詹琲_{敦仁子}

[乐安]任华　任公叔　孙氏

10.8　安州（安陆郡，今湖北安陆）一人

[安陆]许围师

10.9　黄州（齐安郡，今湖北黄冈）一人

[黄冈]周万

10.10　申州（义阳郡，今河南信阳）一人

[义阳]胡元范

10.11　蕲州（蕲春郡，今湖北蕲春）一人

[黄梅]释弘忍

第十一　江南东道（四百七十一人）

11.1　润州（丹阳郡，今江苏镇江）五十二人

[丹徒]释道宣　马怀素　申堂构　张众甫　权澈　权器_{澈子}
权审

[曲阿]丁仙之_{旧作丁仙芝}　蔡隐丘　蔡希周　蔡希寂_{希周弟}　谈戭

周瑀　张彦雄　张潮　张晕　陶翰　皇甫冉　皇甫曾冉弟　权德舆
朱华　吴淑　释延寿

[金坛]戴叔伦

[延陵]释法融　包融　包何融子　包佶何弟　储光羲　储嗣宗光
羲曾孙　包颖

[句容]沈如筠　殷遥　樊光　周元范　祝元膺　刘三复　刘邺
三复子

[上元]释慧忠　崔子向　释谦光　钟谟　印崇粲

[江宁]庾抱　释智威　释玄逵　余延寿　孙处玄　冷朝阳　戴
偃　卢郚　朱存　左偃

11.2　常州（晋陵郡，今江苏常州）三十四人

[晋陵]释义褒　刘子翼　刘祎之子翼子　高智周　胡徽

[武进]宋维

[义兴]薛登　许景先　蒋挺　蒋洌挺子　蒋涣挺子　蒋防　蒋佶
疑即蒋吉

[无锡]李绅

[常州]萧瑀　萧建瑀玄孙　释僧凤　萧钧　萧嵩　萧华嵩子　萧
做嵩曾孙　萧遘嵩四代孙　萧祐　萧建　释灵默　李戡　胡伯崇　郭
郧　喻凫　刘绮庄　慎氏　魏朴　谬独一　张观

11.3　苏州（吴郡，今江苏苏州）八十人

[吴县]释法恭　陈子良　陆摘　朱子奢　董思恭　陆余庆子
陆海余庆孙　陆长源　陆象先　陆翚　陆龟蒙　陆景初　陆善经　陆
涓　陆翱　陆希声翱子　张谔　张旭　崔国辅　陈羽　麹信陵　归

登　归仁绍　归处讷　李观　陈谏　沈传师　沈询_{传师子}　沈颜_{传师}
孙　裴夷直　裴虔余_{夷直子}　裴焯_{夷直从子}　裴筠　谭铢　羊昭业
郑赏

　　〔嘉兴〕丘为　丘丹_{为弟}　朱巨川　朱宿　陆澶　陆贽　陆亘
殷尧藩　释文喜　释文偃　唐希雅

　　〔昆山〕张后胤　陶岘

　　〔海盐〕顾况　顾非熊_{况子}　屠瑔智

　　〔苏州〕朱佐日　孙翌　张诚　陈润　陆质　释镜空　戴察　张
少博　张舟　张籍　张萧远_{籍弟}　张泫　张聿　李谅　吴丹　严休
复　朱景玄　陆贞洞　顾在镕　杨发　杨乘_{发子}　杨收_{发弟}　杨凝式
_{发侄孙}　吴仁璧　崔庸　释无作　范赞时　蒋贻恭

11.4　湖州（吴兴郡，今浙江湖州）三十四人

　　〔乌程〕丘光庭

　　〔武康〕沈叔安　释明解　姚发　姚康　孟郊

　　〔长城〕陈叔达　释皎然　钱起　钱徽_{起子}　钱可复_{徽子}　钱珝
_{徽孙}

　　〔德清〕释赞宁

　　〔湖州〕沈颂　沈千运　邬载　沈亚之　沈亚之小辈　沈光　沈
韬文　潘述　汤衡　柳宗元　陆畅　姚合_{姚崇曾侄孙}　陆肱　石贯
丘上卿　严浑　姚赞　吴党　释自在　释洪谞　释令参

11.5　杭州（余杭郡，今浙江杭州）三十八人

　　〔钱塘〕褚亮　褚遂良_{亮子}　褚琇　范偬　徐灵府　郑巢　朱冲
和　释遇安　释洪寿

〔盐官〕许远　许玫　马湘　释慧棱

〔余杭〕朱君绪　金昌绪　罗郫　释师虔　释文益　释延沼

〔临安〕吴越武肃王钱镠　钱元球_{镠子}　钱弘儇_{镠二子}　文穆王钱元瓘_{镠五子}　忠献王钱弘佐_{元瓘六子}　钱昱_{弘佐长子}　忠逊王　钱弘倧_{元瓘七子}　钱惟治_{弘倧长子}　钱弘僎_{元瓘八子}　忠懿王钱弘俶_{元瓘九子}钱俨_{元瓘十四子}　钱仁俒_{镠孙}

〔新城〕许敬宗　袁不约　罗隐　杜稜　杜建徽

〔富阳〕孙革　释道林

11.6　睦州（新定郡，今浙江建德）十八人

〔清溪〕皇甫湜　皇甫松_{湜子}　方干

〔寿昌〕李频

〔新定〕方龟精

〔桐庐〕章八元　章孝标　章碣　周朴　崔涂

〔分水〕徐凝　施肩吾　何希尧_{肩吾婿}

〔睦州〕奚贾　孙颌　喻坦之　翁洮　许彬

11.7　越州（会稽郡，今浙江绍兴）三十二人

〔会稽〕孔德绍　徐浩　陈允初　康造　秦系　释清江　释灵澈释淡然　罗珦　罗让_{珦子}

〔山阴〕孔绍安　贺敱　严维　释澄观　张球　吴融

〔诸暨〕陈寡言　释良价

〔余姚〕虞世南　徐浛　徐韬_{浛族人}

〔剡县〕叶简

〔永兴〕贺知章

〔越州〕万齐融　贺朝　朱庆余　朱可名　庄南杰　范氏子　若耶溪女子　卢溦　释遇臻

11.8　歙州（新安郡，今安徽歙县）十一人

〔歙县〕许宣平　释清澜

〔新安〕赵崇

〔休宁〕查文徽　查元方_{文徽子}

〔歙州〕吴少微　吴巩_{少微子}　张友正　汪万於　汪极　王希羽

11.9　明州（余姚郡，今浙江宁波）五人

〔奉化〕释宗亮　孙郃　释契此

〔明州〕胡幽贞　吴商浩

11.10　衢州（信安郡，今浙江衢州）四人

〔龙丘〕徐安贞

〔须江〕释大义

〔常山〕江景房　释桂琛

11.11　括州（缙云郡，今浙江丽水）四人

〔括苍〕叶法善

〔缙云〕杜光庭

〔松阳〕释延沼

〔龙泉〕释德韶

11.12　婺州（东阳郡，今浙江金华）十九人

〔金华〕张志和　张松龄_{志和兄}　舒道纪　释常雅　释处默

〔义乌〕骆宾王　释德谦

〔东阳〕楼颖　滕珦　滕迈_{珦子}　滕倪_{迈宗人}　舒元舆　冯宿　冯

衮宿侄　冯涓宿孙

　　[兰溪]释贯休

　　[永康]彭晓

　　[婺州]厉玄　刘昭禹

11.13　温州（永嘉郡，今浙江温州）十人

　　[永嘉]释玄觉　释玄宗　薛正明　朱著　释永安　释本先

　　[乐清]释子仪

　　[安固]吴畦

　　[温州]释道怤　释晓荣

11.14　台州（临海郡，今浙江台州）八人

　　[临海]释清观

　　[黄岩]释重机

　　[乐安]项斯　蒋琰　张文伏

　　[宁海]释怀玉

　　[台州]任翻　罗虬

11.15　福州（长乐郡，今福建福州）六十一人

　　[闽县]陈诩　邵楚苌　陈通方　许稷　陈彦博　释希运　李滂
林滋　欧阳衮　欧阳玭衮长子　陈峤　张为　周香　柯崇　何瓒　释
师备　释卿云　熊曒　陈文亮　释怀濬　陈觊　杨岛　释师彦　释
契盈

　　[侯官]黄子野　陈去疾　萧膺　林杰　林宽　释道虔　林无隐

　　[福唐]释义忠　王棨　李颜　闽惠宗后陈金凤　翁承赞　释匡
慧　释月轮　释道溥　释神禄

［连江］王鲁复　释无殷　释智远　张莹

［长溪］薛令之　林嵩　释道闲　释志勤　释惟劲　释常察

［永泰］释清豁

［长乐］释清护

［福州］释神赞　释文邃　詹雄　释文矩　宋光嗣　释皎然　释大安　释志端　黄夷简

11.16　建州（建安郡，今福建建瓯）十二人

［建安］江文蔚　孟贯　陈德成

［邵武］释隐峰

［浦城］章文谷　杨徽之

［建阳］江为　释可勋　刘洞

［建州］释慧海　陈岩　王感化

11.17　泉州（清源郡，今福建泉州）四十六人

［晋江］欧阳詹　欧阳澥詹孙　王肱　释玄应　杨少阳

［南安］陈黯　释全豁　释义存　钱熙

［莆田］江采苹　林披　林藻披子　林蕴披子　许稷　释无了　陈嘏　余镐　郑准　黄滔　黄璞　黄蟾璞弟　黄克济　释本寂　陈致雍　萧项　释光云　释慧救　徐寅　徐昌图寅曾孙

［仙游］释慧忠　释智广　释延茂　陈乘　郑良士　郑元弼良士长子　释省僜

［同安］释自严

［永春］释守仁

［泉州］李郁　刘乙　颜仁郁　谭峭　康仁杰　释应之　释弘瑫

释绍卿

11.18 汀州（临汀郡，今福建长汀）一人

［长汀］梁藻

11.19 漳州（漳浦郡，今福建漳州）二人

［漳浦］潘存实

［龙溪］周匡物

第十二　江南西道（一百八十人）

12.1 宣州（宣城郡，今安徽宣城）十三人

［宣城］梅远　高元矩

［当涂］张惟俭

［泾县］左难当　许棠　汪遵

［南陵］释正原

［旌德］王善可

［溧水］刘太真　刘太冲太真兄

［宣州］刘处约　刘长卿处约孙　罗立言

12.2 池州（今安徽贵池）十六人

［秋浦］卢嗣立　武瓘　顾云

［青阳］高霁　韦权舆　费冠卿　周繇　殷文圭　汤悦殷文圭子

［石埭］杜荀鹤

［池州］王季文　张乔　康轺　崔球　汤振祖　张螾

12.3 洪州（豫章郡，今江西南昌）二十二人

〔南昌〕徐玄之　徐元弼玄之曾孙　熊曜　熊孺登　来鹏　钟朗　孙鲂　钟蒨　罗颖　释道齐

〔丰城〕释法达　毛炳

〔高安〕任涛　欧阳持　沈彬　沈廷瑞彬次子

〔建昌〕释圆智

〔新吴〕刘眘虚

〔新淦〕释隐微

〔洪州〕何蒙　释普岸　李朋

12.4　江州（浔阳郡，今江西九江）五人

〔浔阳〕李中　李□中弟　江直木

〔江州〕陈蜕

〔清江〕欧阳薰

12.5　饶州（鄱阳郡，今江西鄱阳）四人

〔鄱阳〕程长文

〔贵溪〕释智常

〔上饶〕吴武陵

〔永丰〕王贞白

12.6　抚州（临川郡，今江西抚州）九人

〔临川〕杨志坚

〔宜黄〕乐史

〔南城〕释居遁　危仔倡　元德昭危仔倡子

〔抚州〕左辅元　释慧藏　张顶　李善宁子

12.7　虔州（南康郡，今江西赣州）七人

［虔化］廖匡图　廖匡齐匡图弟　廖凝匡图季弟　廖融凝侄

［南康］綦毋潜　释法藏　孙岘

12.8　吉州（庐陵郡，今江西吉安）十二人

［庐陵］宋齐丘　胡元龟　夏宝松　萧结

［新淦］释庆诸　释匡仁　欧阳董　释隐微

［吉水］陈甫　曾庶幾

［太和］释志诚

［吉州］陈谊

12.9　袁州（宜春郡，今江西宜春）三十七人

［宜春］彭伉　张氏彭伉妻　湛贲　宋迪　贾谟　黄颇　潘唐
潘图　卢肇　郑史　郑启史子　郑谷启弟　袁皓　易重　易思　彭蟾
蒋肱　张咸　王毂　王观　吴罕　黄讽　李旭　释虚中　伍唐珪
李征古　卢绛

［萍乡］唐禀　张咸

［袁州］崔江　刘望　刘松　李咸用　陈嶰　赵防　刘廓　戴
光义

12.10　鄂州（江夏郡，今湖北武昌）三人

［江夏］李升

［永宁］释道信

［鄂州］罗公远

12.11　岳州（巴陵郡，今湖南岳阳）一人

［湘阴］任鹄

12.12　潭州（长沙郡，今湖南长沙）十三人

〔长沙〕欧阳询　释怀素　刘蜕　王璘　释景岑　李涛　徐仲雅
曾弼　卢承丘

〔益阳〕释齐己

〔湘潭〕潘纬

〔潭州〕王仲简　韦鼎

12.13　衡州（衡阳郡，今湖南衡阳）九人

〔衡阳〕庞蕴　庞婆_{蕴妻}　庞灵照_{蕴女}　曹崧

〔衡山〕欧阳彬　欧阳彬子

〔攸县〕张子明

〔衡州〕王正己　刘师服

12.14　永州（零陵郡，今湖南永州）七人

〔零陵〕蒋密　蒋维东　释乾康

〔祁阳〕路洵美_{岩裔孙}

〔永州〕张颎　张文宝_{颎子}　张仲达_{文宝从子}

12.15　道州（江华郡，今湖南道县）二人

〔营道〕何仲举　蒋钧

12.16　郴州（桂阳郡，今湖南郴州）二人

〔耒阳〕廖习之

〔郴州〕李韶

12.17　邵州（邵阳郡，今湖南邵阳）一人

〔邵阳〕胡曾

12.18　连州（连山郡，今广东连州）十三人

〔桂阳〕张鸿

〔连州〕刘瞻　黄匪躬　吴霭　陈用拙　黄损　石文德　邓洵美
骆仲舒　孟宾于　孟归唐_{宾于子}　孟碬　胡君防

12.19　澧州（澧阳郡，今湖南澧县）四人

〔澧阳〕李宣古　李群玉　李鄷

〔安乡〕段弘古

第十三　黔中道

无

第十四　剑南道（八十二人）

14.1　益州（蜀郡，今四川成都）三十四人

〔成都〕闾丘均　仲子陵　白元鉴　雍裕之　符载　李余　卓英
英　雍陶　尔朱翔　徐氏_{前蜀王建淑妃}　徐氏_{前蜀王建妃，即花蕊夫人}　尹
鹗　勾令玄　张峤　杨鼎夫　蒲禹卿　卞震　释中窳

〔华阳〕鱼又玄　欧阳炯　王处厚

〔郫县〕周敬述_{即周述}　石恪

〔益州〕苏涣　阳郇伯　姚鹄　朱休　何兆　僧鸾　陈曙　李太
玄　徐光溥

〔新繁〕王叡　释竟钦

14.2　彭州（蒙阳郡，今四川彭州）四人

〔九陇〕范禹偁

［彭州］释崇慧

［广汉］李蕚

［唐兴］张令问

14.3　蜀州（唐安郡，今四川崇庆）五人

［青城］唐求　花蕊夫人费氏

［新津］张立

［蜀州］亮座主　释韬光

14.4　眉州（通义郡，今四川眉山）五人

［通义］杨义方

［丹稜］释可朋

［洪雅］释知玄

［青神］陈咏　拓善

14.5　嘉州（犍为郡，今四川乐山）三人

［犍为］释道会　苏溪和尚

［眉山］杨义方

14.6　邛州（临邛郡，今四川邛崃）三人

［临邛］黄崇嘏　罗衮

［依政］梁震

14.7　汉州（广汉郡，今四川广汉）一人

［什邡］释道一

14.8　梓州（梓潼郡，今四川三台）十七人

［射洪］陈子昂　于观文

［盐亭］严震　严公弼_{震子}　严公贶_{公弼弟}　释法真

［永泰］李义府　李湛义府少子

［梓州］冯戡　柳棠　勾龙逢　李珦　李舜弦珦妹　李尧夫　释清闲　孙宗闵　释晓峦

14.9　遂州（遂宁郡，今四川遂宁）四人

［方义］张九宗

［长江］马彦珪

［遂州］释德诚　宋自然

14.10　阆州（阆中郡，今四川阆中）二人

张仁宝　严氏子

14.11　绵州（巴西郡，今四川绵阳）二人

［巴西］李荣

［绵州］任氏

14.12　陵州（仁寿郡，今四川仁寿）一人

［贵平］孙光宪

14.13　泸州（泸川郡，今四川泸州）一人

［合江］先汪

第十五　岭南道（二十七人）

15.1　广州（南海郡，今广东广州）四人

［南海］如意中女子　卢宗回　黎瓘

［广州］郑愚

15.2　韶州（始兴郡，今广东韶关）八人

［曲江］释法海　张九龄　张濯_{九龄侄}　张随_{九龄族侄}　张偡_{九龄侄}
孙　张仲方_{九龄侄孙}

［翁源］邵谒

［浈昌］释慧寂

15.3　端州（高要郡，今广东肇庆）一人

［高要］释希迁

15.4　新州（新兴郡，今广东新兴）一人

［新州］释慧能

15.5　封州（临封郡，今广东封开）一人

［封州］莫宣卿

15.6　潘州（南潘郡，今广东高州）一人

［潘州］高力士

15.7　藤州（感义郡，今广西藤县）一人

［镡津］陆蟾

15.8　桂州（始安郡，今广西桂林）七人

［临桂］曹唐

［灵川］欧阳朕

［阳朔］曹邺

［桂州］裴说　裴谐_{说弟}　翁宏　王元

15.9　贺州（临贺郡，今广西贺州）一人

［富川］林楚才

15.10　昭州（平乐郡，今广西恭城）一人

［恭城］周渍

15.11 交州（交趾郡，今越南河内）一人

［交州］廖有方　释广宣

第十六　确切州县不详者（二十八人）

16.1 关中　裴迪　李范　李平

16.2 咸秦　释智晖

16.3 郑滑　史松

16.4 河北　郑郊

16.5 幽并　尉迟匡

16.6 峡中　李冶

16.7 江淮　蒋贻恭

16.8 江南　朱长文　释法振　释栖白　郭虔　颜尧真卿裔孙

颜萱尧弟　成彦雄　朱贞白　蒋吉　陈季卿

16.9 江东　张芬　韩潗　刘驾　张永

16.10 江左　刘章

16.11 海隅　释常达

16.12 江吴　刘道昌

16.13 江西　吴含灵　释志彻

第十七　四裔（十五人）

17.1 吐蕃　名悉猎　论惟明　鹿虔扆疑为禄姓

17.2　南诏　酋龙即南诏骠信　赵叔达　杨奇鲲　段义宗

17.3　渤海　杨泰师　王孝廉　释仁贞　释贞素　李玄光

17.4　回鹘　王镕

17.5　沙陀　唐庄宗李存勖

17.6　契丹　东丹王李赞华

第十八　外国（三十一人）

18.1　新罗　新罗王金真德　薛瑶　释慧超　金地藏　释无相　新罗僧　金立之　金云卿　金可记　崔致远　智异山禅师　释道允　释折中　释顺之　释兢让　僧训　王巨仁　崔承祐　朴仁范　崔匡裕

18.2　高丽　超禅师　安和尚　释灵照

18.3　日本　释道慈　释辨正　释智藏　长屋　晁衡　释空海　菅原清公

18.4　天竺　月官　释利涉

增订本附记：

　　本文完成于1991年，缘由是因本校历史地理研究所周振鹤教授编写《中国历史文化地图集》，嘱我编写唐诗人地域分布图。当时因为参加《全唐五代诗》的编纂，需要按照作者生年的顺序，编排出全书的总目。我乃让苏州大学编纂组将《唐诗大词典》中所有诗人条目，分别粘贴成一套卡片，我据卡片显示的诗人生卒年或生活时代，编写出全书一千卷的卷次。同时，也利用此套卡片，编写成本文。必须说明的是，《唐诗大词典》《中国文学家大辞典·唐五代卷》两书虽出版有早晚，但约稿则后者在前。为支持1990年在南京召开的唐代文学学会第五届年会，后书主编允许前书约请后书执笔重要作者参与前书诗人主干词条的编写。二书定稿过程中，各有增补，细节也颇有出入。本文初稿既充分参考了二部辞典的内容，在史实方面也颇有增补。2024年8月，拙纂《唐五代诗全编》由上海古籍出版社出版，作者小传于所涉作者郡望、籍贯、居住、出生地以及家族世系关系，有更多的订补，也增加许多新的作家，乃发愿重新编订本文。所据内容概以《唐五代诗全编》为依据，凡与前文依凭二部辞书稍有不同者，各有斟酌遴择。本文自发表以来，向为研究唐诗地域文化与乡邦文化者所重视，其间细节出入，也或误导学人，故重新编订，幸祈学人参酌。初本除利用二部辞典外，于后见文献略有加注说明，本次因《唐五代诗全编》皆已吸收参考，故一律删去。《唐五代诗全编》附《唐五代诗别编》，对历代传为唐诗，而实际出自唐以前或宋初以后者，亦各有所考证，今亦皆删去。全稿增删亟多，不能一一说明，有感困惑者，请检《唐五代诗全编》之判断。另唐宗室，旧独成一编，今改附京兆府后，盖自北周定基关中，至高祖开国，此一家族居关中已达三代。其旁支有不能确知居籍者，亦一并附录。

　　　　　　　　　　　　　　　　　　2024年12月9日

将唐诗之路研究推向新的高度

各位领导、各位学者：

唐诗之路研究会今天庄重成立，我谨代表中国唐代文学学会，对研究会的成立表示热烈的祝贺！对首倡浙东唐诗之路并为之付出终身努力的竺岳兵先生表示深切怀念！对长期支持唐诗之路建设与研究，并为研究会成立与本次会议召开给予大力支持的新昌县领导致以崇高敬意！对为研究会成立筹备与本次会议顺利召开付出巨大心血的卢盛江会长、所有筹委会成员及各秘书处老师们的辛勤努力，表示由衷的致敬！

我是第六次来新昌，亲身体会从浙东唐诗之路的提出到逐渐成为学术文化界共识的过程。最初可能是因为一座山（天姥山），一条河（剡溪），一个湖（沃洲湖），由点而连缀成一条路，发掘内涵，展示底蕴，会聚文献，揭橥精神，竺岳兵先生长期致力于此，成果丰硕，影响渐增。竺先生在新昌，得到地方各届领导的有力支持，与唐代学会的几代学人，更结下深厚友谊，互相支持。正是有了这几方面的合力，浙东唐诗之路成为新昌的文化坐标，有关研究结出了硕果，影响遍及海内外。我们更希望将这一研究理路与方法，推向全国，成为当前唐代文学研究新的学术生长点。天下禅林宗曹溪，唐诗之路尊新昌！今天我们聚会在新昌，共同怀念竺岳兵先生，学习和感受新昌文化建设的成就，即基于此一认识！

　　研究会的宗旨，已经见于研究会的章程，我在这里仅谈一点学习的体会。

　　唐诗是中国五千年灿烂文化登峰造极的文学结晶，是唐五代时期近三个半世纪无数作家的情感记录和人生体会。唐诗之路研究可望成为唐代文学研究的新热点，因为在这个题目以下，包含了人、事、时、地等各种要素。人生如寄，人生是漫长的旅途，走路的是人，走出来的是路，写出来的是诗，留下来的是山川名胜、千古佳篇。

　　人是唐诗之路研究的核心。当李白登临庐山俯瞰人间之白波九道，杜甫在往奉先的寒夜感到大唐王朝的潜在危机，刘禹锡与柳宗元在衡阳作生离死别的吟诵，韦庄经历九死一生逃出长安将所见所感写成《秦妇吟》，这些与道途相关的诗歌无不包含生命的感动。升官与贬黜的感受不同，流浪道途与啸隐林下更不可同日而语，乃至驴背风雪，跃马天山，俯仰庙堂，寂寞穷途，欢歌杏园，流连北里，惊艳桃花，哀伤白首，诗人人生的每一处场景，都是一段值得记忆的文学图画，也都曾留下令人难忘的记忆。

　　世间本无路，走的人多了就形成了路。唐代也有国道和村径，远山绝壁与大漠雄关更留下人迹无数。有花开处有人声，有道路处有唐诗，前人已经做过太多的工作，特别应该加以表彰的是称为朴学典范的严耕望先生留下六卷《唐代交通图考》，为今后的工作奠定基础。我更希望有更多学者利用各自的地主优势，发掘地方文献，多作现地研究，特别应解读特殊地域之风物民俗、乡音地里、山川走向、草木荣衰，重走唐人曾走过的古道亭嶂，细心体会非到现场不易体会的诗意，完成严先生未竟之文化地理研究，将唐诗研究推向新的高度。

孟浩然说："人事有代谢，往来成古今。江山留胜迹，我辈复登临。"这几句诗，希望研究唐诗之路的学者记取。唐诗遍布全国，为各地留下无数的文化胜迹和动人传说，是取资不尽的文化财富。然而沧海桑田，人事遽变，唐代早已远去，现代社会颠覆了传统社会的一切，是巨大进步，也带来诸多问题。我希望唐诗之路研究能够给各地的地方文学与文化研究带来新气象，比方唐诗人占籍与出生研究，可以知道中唐诸名家大多生长江南；比方地方典籍发掘，让我们了解绍兴、吴兴、镇江、宜春的地方唐诗集曾有丰富保存；比方敦煌遗书和长沙窑瓷器题诗，让我们看到民间写作的立体呈现；各地考古所出碑志，不仅提供研究的新材料，也看到上海、南通、厦门这些后起城市的人类早期生活轨迹。地方文献的记载与解读追求有更多收获，当然鉴别辨伪也会是很艰苦的工作，希望看到更多地方学者的成就，也希望不要做古今的生硬比附，不要将学术研究简单定义为为地方增光添彩，更希望各地竭诚合作，互相支持。据我说知，本次研究会顺利成立，浙江各地高校与地方文化单位的真诚合作，就是一个成功的范例。

前几天看到一幅摄影作品，在成都西郊的郫县拍摄成都以西几百公里内的几百座山峰，贡嘎山、四姑娘山尽收眼底，完美阐释了杜诗"窗含西岭千秋雪"的雄浑意境，只有现代科技方能展示这样的精彩！希望所有从事唐诗之路的学者，掌握前沿科技与学术，迈出坚定的步伐，发掘文献，潜心探究，做出无愧前贤、辉炳当代的卓越成就。

谢谢各位。

2019 年 11 月 3 日在浙江新昌唐诗之路研究会成立大会发言

吴淑玲《驿路唐诗边域书写研究》序

　　吴淑玲教授嘱我为她的新著作序,恰巧赶在我自己也特别忙的时候。去年 10 月至 11 月出版社将我辑校的《唐五代诗全编》全部校样交我,最初仅希望我对编辑提出的问题作出回应,在发现几条硬伤后,我确定还是有必要与《全唐诗》作一次通校,这样增加很大工作量。前人说校书如扫落叶,我是有切身体会的。但在学界工作多年,虽然不能保证著作不错,但尽量减少错误,总是学人义不容辞的责任。因为与吴淑玲教授不算很熟,因此不好拒绝她的邀请,更重要的则是她身为女性学者,在河北大学工作多年,在家事、公事的困扰下,始终坚持学术,不能不让我感到钦佩。她的《驿路传诗与唐诗之发展》(中华书局 2023 年 11 月版)刚出版,这部《驿路唐诗边域书写研究》又已定稿出校,这样的工作成就,能不由衷感佩吗?

　　淑玲教授求学、任教于京畿,我最初知道她的研究与成就,完全因为一个偶然的机缘。2003 年秋,我到日本早稻田大学任交换研究员,接待我的佐藤浩一君当时还是在读博士生,致力专题是清人仇兆鳌的《杜诗详注》。次年,佐藤君来复旦修学,他很用力搜集中国已经出版的和未出版的与仇注有关的论著,比方他为了解中华书局出版校点本《杜诗详注》事宜,专程到京访问当年负责出版事宜的程毅中先生。他曾问我重庆已故谭芝萍老师遗著《仇注杜诗引文补正》未公开出版，有无办法求得。我不专治杜甫，对此莫能帮助。过了一段时间，他很兴奋地告诉我，河北大学吴老师有此书，可以录赠副本。佐藤君觉此书流传太少，因此再录一副本给我。这次因淑玲教授让我作序，在百度上查了她的履历，方明白佐藤君所说吴老师就是她。淑玲教授是以仇氏《杜诗详注》研究作为博士论文选题，同时还完成《仇兆鳌年谱点校、注释及整理研究》，二书出版后，淑玲教授也曾赠我。仅从上述小事，即可知淑玲教授学术起步阶段对文献搜集之勤勉、问题探讨之深入。

　　后来因为参与唐代文学学会活动，比较熟悉一些。我看到淑玲教授从博士论文到博士后研究，有跨度很大的改变，即从专书研究改做传播研究，这是很有挑战意义的转变。从吴淑玲教授最近两部著作的前言后记可知，她的唐诗传播研究肇端于近二十年前，在首都师范大学与合作导师邓小军教授所作博士后出站报告《唐诗的当时传播》，此后以《唐诗传播与唐诗发展之关系》为书名，由中华书局出版。以此为契机，她更以"唐代驿传与唐诗发展之关系"为题，申请国家社科课题，并很快完成。近年唐诗之路研究成为学术热点，且因学术研究与地方文化建设相结合，获得广泛关注。淑玲教授的著作，因此而备受学界关注，是她多年努力的应有收获。

　　在《驿路传诗与唐诗之发展》初版后记中，淑玲教授讲到与湖南大学李德辉教授课题碰撞的往事，这引起了我对李德辉教授上世纪末从我攻读博士学位时期的回忆。德辉求学道路曲折而艰难，但他的努力与悟性都非常好。我记得与他讨论学术论文选题时，我提供了一些课题，他当即选定"唐代南北交通与文学迁变"，以后提交答辩和出书时改名"唐代交通与文学"。德辉自学出身，确定选题后的论题拓展和文献搜集能力皆堪称杰出。记得过了一两个月，他问我哪里可以找到严耕望先生的《唐代交通图考》，又问唐代僧人的行记有哪些孑存，我知道他已经可以圆满完成论文。我记录他当年完成论文的具体章节是："水陆交通与文学创作""行旅生活与唐文人心态的变化""唐代交通与文学传播""唐代交通与唐人创作方式的新变""唐代交通与文学母题的拓展""南北交通与唐南方落后地区文学的发展""唐代交通的发展与文学风格的变化""唐代交通与唐人行记"。与淑玲教授的选题有交叉，但致力方向不同，也是显而易见的。德辉此书的增订本也将出版，我还未见，但他后来做过唐代馆驿文献的辑考，也系统校订过唐宋行记，相信会有许多新的面貌。

淑玲教授从唐诗传播的立场展开相关的研究，特别重视唐代驿传制度与唐诗流布的关系，与德辉教授的研究有重叠，也有很大不同。"何处是归程？ 长亭更短亭。"（李白《菩萨蛮》）这种沿途供行人休息的处所，所谓十里一长亭，五里一短亭，仅是驿路上提供短暂休息的简单设施。而称为驿站者，事实上已经形成了很大的集镇，官私设施都很完善，因此我们可以看到官员争驿而产生的冲突，皇家出行而在沿途的庄严戒备，也可看到裴航在蓝桥见到云英后的一系列举止。当然更重要的是，皇家之政令需通过邮驿以最快的速度传达到全国各地，所谓"赦书一日行万里，罪从大辟皆除死"（韩愈《永贞行》），迅如风火，急便落实。而诗人间的频繁交往，更有赖于有效的邮递体系，获得具体的施行。白居易守杭期间，元稹任浙东观察使在越州，两州相邻，但守土者不能出境，只能靠每日邮筒传诗，保证频繁的感情交流。刘禹锡贬官在朗州、连州近十五年，他对朝廷人事变化得以洞明，且始终与友朋、显官保持联系，也依赖有效的驿路传送。他在《彭阳唱和集后引》中说他与令狐楚于贞元末建立文字联系，整个元和年间各在天一涯，书问诗酬始终不断。又说："大和五年（831），余领吴郡，公镇太原，常发函寓书，必有章句，络绎于数千里内，无旷旬时。"三四年间，至少有几十次诗书来往，数千里间络绎纷披，其实正是驿路传诗的真实写照。淑玲教授在《驿路传诗与唐诗之发展》一书中，从驿传体系与驿路网络的考察入手，进而探讨驿路诗歌的生发，驿传对异地诗歌交流的功能，驿路传诗的种种表达方式，以及驿路对诗歌团体形成的作用，都有很精彩的论述，给人以耳目一新的感觉。

淑玲教授本书，其实是对驿路传诗研究向有唐四边边裔书写的拓展研究，其间参考了古今有关边疆史、民族史、交通史研究的大量相关论著，又对全部今存唐诗之交涉内容作了充分排比与解读，是这一研究有拓荒意义的力作。我想特别强调的是，今人认为唐王朝文化昌盛，这当然没有问题，但文化昌盛是建立在国力强大的基础上的。新史家不断探讨，唐王朝建立之初是否曾向突厥称臣，唐皇室的民族渊源与生活习俗是否来自北朝胡族，由于史料的缺乏与掩饰，许多问题可能永远也无法有结论。可以肯定的是，李唐皇室出自北魏武川镇，是长期与胡族通婚的尚武家族，在天下失鹿、争夺政权的过程中，肯定有常人难以想象的非常之举。在政权稳定后，尚武的李唐王朝首要任务是国家稳定，四夷臣服。史学界非常关注唐太宗贞观三年（629）被四夷尊为"天可汗"的世界史意义，即李唐王朝有效管理中原王朝的同时，采取羁縻的方式睦好边夷，以接受朝贡的方式与四夷民族政权达成某种程度的妥协与和平。或者说，以李唐王朝为核心的大唐帝国，其涉及地域与文化，遍及中亚以西的广大地域。战争与和平其实贯穿于唐王朝的全部时期。唐王朝稳定而强大，四夷则有所退让，求得相对的和平。而四夷的生存危机与发展需求，一直与唐王朝存在利害冲突。"炎风朔雪天王地，只在忠良翊圣朝。"（杜甫《诸将五首》之四）在我之认识，唐王朝始终保持尚武的精神，即便相对稳定的开元时期，四边战争也没有停歇，绝不是白居易所说的"不赏边功防黩武"（《新丰折臂翁》）。淑玲教授对此一端之认识基本是准确而清楚的。她在全书第一章就揭出唐朝的边域管理与驿路建设，对安西、安北、安东、安南四大都护府之建立及其相关沿革变化，特别是驿路建设对于边庭安全的意义，有特别的揭示；进而对四府相关的唐诗书写内容，也有全面的记录与描述，特别是其中与和战、功名有关的内容，有更多的关注。特别精彩的是第三章有关"边域书写方式"的分析，其中"写实与想象的同在"，揭示诗人游边所作诗歌与依傍古体、想象异域作品的异趣，"历史与现实的交融"则涉及边域书写中怀古咏史类作品的意义，"内地与边域的对比"，也是游边文人写到边塞所见时无法逃遁的视域。"对边域风物的陌生化书写"，可以说抓到了唐代边塞诗文文学史意义的关键所在。本书关于边域唐诗审美特点的论述，着力甚多，不容易写好，淑玲教授尽了很大的努力，读者可以细心体会。

淑玲教授与唐诗之路研究有关的两种著作，开拓了唐诗之路研究的新视野，也提供了更广阔的场域，学术意义值得充分肯定。由此我想到，唐代文化，是各民族充分交流融通的结果，唐诗既曾产生于黄河、长江流域，也曾繁荣于岭南、漠北、河西、安东。有人的地方就有道路，人走过的道路都曾写作诗歌，唐诗之路不仅在李唐王朝的行政疆域，也兴盛于边裔四夷。我近年整理唐诗，特别关注于此。比方就唐与吐蕃关系来说，和战各半，但至少有吐蕃使臣名悉猎曾参加景龙年间的宫廷联句，唐末词人鹿虔扆很可能本姓禄，是吐蕃后人，而词人李珣与其妹李舜弦，是波斯后裔，亦可为定论。吐蕃占领河西、瓜沙期间，曾对敦煌为中心的河湟之地进行有效管理，敦煌陷蕃期间诗歌存数不少，特别是伯二五五五所存两组无名氏陷蕃诗人的诗作，其中一组五十九首，为从敦煌西行，南下经青海，翻越赤岭到临蕃，另一组十二首则自张掖出发，过淡河，入大斗拔谷，穿行祁连山隘路，到达海北，再沿湟水而下，到达临蕃。这些诗歌是河西唐诗之路的特殊一页，且因作者处于极端艰困之境而发出难得的哀苦之声。此外，唐末江南诗人张球在敦煌度过后半生，他留下的诗歌也达数十首之多。日本存有一组作于镇西府的汉语诗歌，其作者主要是来往中日间的商人与军将，有一位僧人可能是新罗人而担任唐、罗、日之间通译者，诸人作诗的地点应在今九州福冈太宰府，由此可证明海上唐诗之路是确实存在的。这部分仅是我凭记忆念及者，有些淑玲教授可能已经引到。唐诗边域书写确实是很有意义的选题。

2019 年,唐诗之路研究会在浙江新昌成立,我当时恰好忝任中国唐代文学学会会长,因此而有一节发言,其中关于加强唐诗之路研究之科学性与学术性的一节,仍乐意抄录如下:"我希望唐诗之路研究能够给各地的地方文学与文化研究带来新气象,比方唐诗人占籍与出生研究,可以知道中唐诸名家大多生长江南;比方地方典籍发掘,让我们了解绍兴、吴兴、镇江、宜春的地方唐诗集曾有丰富保存;比方敦煌遗书和长沙窑瓷器题诗,让我们看到民间写作的立体呈现;各地考古所出碑志,不仅提供研究的新材料,也看到上海、南通、厦门这些后起城市的人类早期生活轨迹。地方文献的记载与解读追求有更多收获,当然鉴别辨伪也会是很艰苦的工作,希望看到更多地方学者的成就,也希望不要做古今的生硬比附,不要将学术研究简单定义为为地方增光添彩,更希望各地竭诚合作,互相支持。"

谨此为序,希望淑玲教授有更多的新著问世。

2024 年 2 月 7 日于上海

十、唐诗文献研究典范学者评述

岑仲勉先生与唐代文学研究风气的转变

　　岑仲勉先生早年研究植物分类，并曾教授微积分与解析几何，对西方自然科学曾有系统认识。西方生物分类的基础是全球生物物种调查，其分类方法主要是形态分类，核心是复杂的层级分类和细微差异的观察记录，以这种态度研治唐代文献，当然与乾嘉以来一般的治学方法有了根本区别。

　　岑仲勉一生最重要的成就是《元和姓纂四校记》，他在抗战转徙之间的所有工作，其实都是为此项工作而做文献搜录工作之间的意外收获。《元和姓纂》十卷，为唐人林宝元和七年（812）所著，缘起是因某次某官授爵，误属郡望，宰相王涯认为应有记录魏晋以来世家谱系与当代官阀望贯的专书，以便参考。林宝受命，广参群籍，以三月之力编成此书。内容其实包含两部分，一部分为依据从《世本》《风俗通》《潜夫论》《姓苑》《英贤谱》等书构筑的所有姓氏之得姓来源与房支递传，另一部分则是北魏以来至中唐为止约三四百年间皇室到重要官员的实际占籍与家族谱系。由于唐以前的谱牒类著作几乎全部失传，该书成为记载汉唐间士族谱系的唯一专书。如果举不太合适的譬喻来说明，汉唐士族社会的总体构成，如同参天的大榕树，无数枝杈如同各大小家族，大支分小支，最后到无穷榕叶，就如同那个社会曾生存的无数个人。正史一般仅记载当时最重要人物的活动，至于这个社会是如何构成，各姓各房间又是什么关系，正史无传但曾生存于那个社会的次一等人物又处于什么位置，《元和姓纂》可以说是研究汉唐士族社会总体构成与所有支脉的唯一专书。宋以后社会转型，这本由近两万人名堆砌的书之不受重视，自可理解。原书明以后不传，清人从《永乐大典》中辑出，仍编为十卷，馆臣略有校订，是为一校；嘉庆间孙星衍、洪莹重加校补，是为二校；罗振玉作《元和姓纂校勘记》二卷，是为三校；岑校称《四校记》，原因在此。岑校采用穷尽文献的治学方法，致力于该书的芟误、拾遗、正本、伐伪，程功之巨，发明之丰，校订之曲折，征事之详密，堪称其一生著述中的扛鼎之作，也是中国近代古籍整理工作中可与陈垣校《元典章》并列的典范著作。在缺乏系统的古籍检索手段的情况下，岑氏从数千种古籍中采录《姓纂》所记近两万名历代人物（唐人占绝大多数）的事迹，逐一考次订异，并据以纠订前人辑校本的各类错误。《四校记》的意义已远远超越对一部书的校正，其揭示的大量汉唐人物线索为这一时期的文史研究提供了丰富的矿藏，称其为人事工具书也不为过。虽因此书刊布于沧桑巨变的前夕，传本不多，加上 20 世纪 50 年代后学术风气的变化，没有得到其应有的学术重视，另此书采用传统的校书不录全书的体例，仅于出校处录文，读者如不核对《姓纂》原书，则不尽能体会其真旨，也限制了一般学者对此书的利用。中华书局委托孙望、郁贤皓、陶敏整理该书，将《姓纂》原书与《四校记》拼合，1994 年出版，并编有索引。从署名来说，岑氏一生最重要的著作，与林宝及三位整理者一并列出，稍有些吃亏，但其学术意义仍无法遮掩。

这期间岑仲勉完成大量论文与专著，中心是围绕《姓纂》校订工作展开，更大的规划则是对唐代史事站在现代学术立场上的重新认识。为求《姓纂》二万人名之取舍斟酌，他几乎翻检全部存世与唐五代史交涉的典籍，几乎所涉每一种书都发现各种文本脱误、事实讹晦、传闻不实、真伪混杂的情况。读《全唐诗》，目的是遴取人名记录，很快发现该书小传多误阙、录诗多讹脱之类大量问题，月余检遍，随手所札乃成《读〈全唐诗〉札记》一书。《全唐文》成书于嘉庆间，文献取资与作者小传皆较《全唐诗》为优，在他如炬目光下，仍发现众多误漏，乃成《续劳格〈读全唐文札记〉》，所得倍于劳氏。读唐人文集，则成《唐集质疑》。对白居易、李德裕等重要文集，则反复推敲寻研，皆有多篇长文加以研索。读唐人诗文，深感时俗喜以行第称呼，历经千年，多难得确解，乃排比文献，取舍归纳，为多数人落实了本尊身份。他特别重视对唐人缙绅名录之考订。对前人有专著者，如《登科记考》《唐方镇年表》等皆有所补订。翰林学士在中晚唐政治史上的地位众所周知，但存世仅有丁居晦《重修承旨学士壁记》初备梗概，唐末僖、昭、哀三朝则尽付阙如。岑撰《翰林学士壁记注补》和《补唐代翰林两记》，使一代制度及学士出入始末得大体昭明。唐六部尚书下之各司郎官，多属清要官，传世有右司郎官题名石柱，清人赵钺、劳格撰《唐尚书省郎官石柱题名考》，考索每人事迹。岑氏反复斟酌原石及拓本，发现清人所据有误录、缺录，更严重的是石刻拼接有误，乃更精加校订，成《郎官石柱题名新考订》及《新著录》二种，尽力还原真相。《姓纂》清辑所载姓名多讹夺，要求其是，务必广征石刻。岑氏对宋代以来的石刻专书作了系统梳理，发现前人考订方法存在众多偏失，乃成《金石证史》《贞石证史》《续贞石证史》等系列札记，逐种考订，阐释义例，追求真相，足为石刻研究之典范。对正史、《通鉴》、《唐六典》、《唐会要》等基本典籍，用力更勤，如《通鉴隋唐纪比事质疑》摘出司马光疏失达数百则之多。以上论著，所涉问题之广、考订之细、征引之富、审夺之慎、发明之多，不仅并世无二，前后亦难见出其右者。在抗战及稍后的多期《中央研究院历史语言研究所集刊》上，岑氏几乎每期都以三五篇以上论文同期刊发，著述之勤，亦皆可见。

今人阅读岑著，惊其赅博之余，也常会有所疑问，研治唐史，基本典籍已经可以解决大部分问题，用得着这样不避细琐地加以寻索吗？我想，传统史学重褒贬，讲义例和笔法，忠奸既分，颂德斥恶即可，不必计较细节和真相。但现代史学的任务则首先要穷尽文献，究明真相，再加以分析评判，务求准确可靠，以岑氏治学之严苛，阅读所及，都能发现前人之不足及究明之办法，因此留下大量具体的读书记录。看似琐碎，其实取向大端是明确的。或者换句话说，他早年学经济，习数理，特别是研究植物学，所学是西方一套科学精密的治学办法。转治史学，都用科学的态度审读群籍，不断发现旧籍之不餍所期。在生物分类中，由大的门类到具体属种的科学分类，任何细节的差异对判读物种归属都应加以考虑，以此方法治唐史，岑氏对所有一手文献不加区别地加以审酌，去伪存真，恰好他又精力过人，效率惊人，因此有如此多的涉猎。

最近四十年中，岑氏最大的拥趸群体，则来自唐代文学领域。或者可以说，岑氏的治学方法影响了最近几十年唐代文学风气的转变。

较早地可以说到瞿蜕园、朱金城之分别或合作笺注李白、刘禹锡、白居易诗。瞿家与陈寅恪父子两代世交，瞿氏注刘诗特别关注贞元、会昌间之政局动向及在刘诗中的反映，注意揭示刘与各方政治人物来往交际中所存留的复杂痕迹，其对人、事、时、地及诗文寓意的揭示，兼得陈、岑二氏之长。朱金城注白居易诗，特别关注白氏一生交际中的人际变化，他的三篇《〈白氏长庆集〉人名考》长文，将白居易诗中不同称谓人物的具体所属逐一指明，从而揭示人际交往中白诗的具体指向，最得岑氏治学之精神。《中国大百科全书》中将《登科记考》《唐两京城坊考》等列入文学卷，也出于他的手笔。

傅璇琮受法国社会学派影响研治唐诗，特别关注唐代诗人生平与创作研究如何走出传说的记录，而追溯诸人真实的人生轨迹，关键是据《姓纂》、石刻、缙绅职官录等可以准确定时、定地、定家世实际的记录，纠正笔记、诗话乃至《唐才子传》一类传闻记录的偏失，揭示诗人的人生真貌与创作原委，从而给唐诗以新的解说。傅主持所编《唐五代人物传记资料综合索引》，对以往很少为人关注的包括史传、全唐诗文、僧录、画谱以及包括《姓纂》在内的各种谱录做出精密的索引，以便学人充分利用。又著《李德裕年谱》光大岑说。晚年继岑氏而作《唐翰林学士传论》二种，将两百多位学士在政治、文学方面的建树作了更彻底的清理。

　　整理《姓纂》及岑氏《四校记》的郁贤皓、陶敏，对岑氏治学也深有体会。郁之成名作《李白丛考》，循岑氏治学理路，广征当时还很难见到的石刻文献，对李白初入长安之人际交往、李白诗中崔侍御为崔成甫而非崔宗之、李白供奉翰林非出吴筠推荐等重大问题，作出精密考订。其后更感到唐诗中大量出现的王使君、李太守之类交往难得确解，确定这些人名的具体人物对考订唐诗作年极其重要，乃发愤编纂《唐刺史考》，将岑氏《隋书州郡牧守编年表》的工作扩展到有唐一代。陶敏在笺注刘禹锡集中深感唐诗人名考订对诗歌作年、本事及文本校订之重要，在整理《姓纂》中对一代人事有极其精准的掌握，在完成《〈全唐诗〉人名考》前后两版及《〈全唐诗〉作者小传订正》等著中，主要依靠文本解读寻觅内证解决唐诗及诗人研究中许多重大问题，晚年并据岑著且补充新见文献，写定《姓纂》新本。

　　我本人在 20 世纪 80 年代初开始做唐诗辑佚，此前曾查阅了岑氏大量著作，体会基本方法，曾将《姓纂》通抄一过，比对岑校细读，从而认识唐一代人事的基本格局。此后为唐诗文考订补遗，作《〈全唐诗〉误收诗考》《再续劳格〈读全唐文札记〉》《〈登科记考〉订补》《唐翰林学士文献拾零》以及石刻研究的系列论文，都依傍岑著而有所发明，并学会从文献流传过程中揭示真伪，追溯真相。

　　以上所述包括本人在内研治唐代文学诸家治学所受岑氏之影响，当然不包括当代研究唐文学的全部，但一位历史学家之治学如此密集地为文学研究者所追随，确实很特殊。如果一定要加以解释，我认为传统史学的关注重心在上层政治史，而岑氏著作几乎涉及唐代所有与文史相关的典籍，指示这些典籍存在的问题及校订办法，更揭示了以《姓纂》与郎官柱为代表的中层官员及文人群体的存在状况。多数诗人虽然偶然也涉足上层，但更多时间则行走基层，交往中低层级的官员，岑著的文献考订和治学追求，无疑提供了解读这些诗人及其作品的可靠途径。一些文学学者因此而涉足史学领域且乐此不疲，也就可以理解了。

摘自 2016 年 11 月撰《唐史双子星中稍显晦黯的
那一颗——纪念岑仲勉先生诞辰 130 周年》

接续传统　志兴正学

——《杨承祖文录》序

　　岁庚午秋，初识承祖先生于金陵。时两岸初通，往来尚疏，适南京大学承办第五届唐文学年会，邀请台湾宿学耆儒近廿人与会。是年先生方自台湾大学引退，受聘东海大学，任中国文学研究所所长。因擅治事之能，群推先生为领队，事无巨细，一皆亲为；与大陆学人无分长幼，咸殷接以礼，绝无倨傲，谭艺论文，出言雅训。尚君方出道未久，位仅讲师，先生主动接谈，论学无倦，且示自作数文以为切磋之资。今犹记者，一为评本师朱东润先生《杜甫叙论》，以不同立场讲读，每有作者欲言而不能尽言者，先生淋漓道出，力透纸背，诚感有识。另一为《杜诗引事后人误为史实例》，所论凡四事：一为王季友"卖屦"事，因杜甫《可叹》诗有"贫穷老瘦家卖屦"句，后人遂以为王曾卖履市井。先生认为此乃用后汉刘勤卖屦典，赞美王守道食贫而不改其志，初未必实有其事。二论裴迪未任蜀州刺史，裴氏在蜀事迹，仅杜甫三诗可考，杜称裴为"游子"，以何逊比况，先生因考裴实佐幕于蜀，纠正《唐诗纪事》误读之失。三订杜甫"卖药都市"之讹传。卖药之辞既见于早岁《进三大礼赋表》，复见于晚年之《苏大侍御访江浦赋八韵记异》，冯至著《杜甫传》，屡以此为言。先生则认为此用东汉韩康伯"卖药洛阳市中"故事，初非写实；四则讨论"李邕求识面，王翰愿为邻"两句，先生排比二人与杜甫行迹，认定此非纪实事，而系用古今事相映而故作狂语，不可呆读。前此我也曾撰文讨论杜甫晚年行迹与生计，不免多犯此病，读此真如醍醐灌顶，醒人神智。此我识先生之始也。

其后来往渐多，晋谒亦频，因会议曾晤谈于北京、上海，造访则数度餐聚于台湾大学内外。先生开朗健谈，凡学人造述之得失，同人荣悴之往事，皆有述及；至感念时政，每忧形于色，任气慷慨，呜咽叱咤，时露英雄本色（先生业余习国剧，工老生，言谈间亦可体会）。尚君曾客座台中逢甲大学，先生时来电话讨论赐教，受惠实多，或刊新著，辄签名赐示。尚君执教香港时，得周览台港及南洋书刊，有见先生论著皆复制保留，因多悉先生之往事与性情学识，虽年隔二纪，地居两岸，绝无隔膜生分之感。

先生为湖北武昌人，生民国十八年己巳（1929），少年即遇国难，悾偬西行读书；既冠，复侍父迁台，虽历经艰困险阻，向学之忱，始终未变。晋学于台湾师范大学及台湾大学，历参名师，受教于许世瑛、闵守恒、台静农、郑骞诸名家，开阔胸襟，积累学识，掌握方法，提升境界。始任教于二省中，后讲学上庠，先后任教于台湾大学、南洋大学及东海大学，治学则上起秦汉经史，晚至近代剧曲，尤以李唐一代为专诣，授课著述，多有可称。就我所知，尤应揭示者厥有二端。

一曰接续传统而具世界眼光。先生幼读诗书，长治国故，接续正学，温厚醇富。中年曾得缘参访美、加诸名校，历时三月，考察华文教学，周访西方汉学家及旅美华裔名宿，复经欧洲诸国，参观各博物馆、美术馆，感叹"访古观风，触目兴怀，于人类历史文化之兴衰演递，徽省之余，感慨系之"，即认识欧美文明之先进，由比较中加深对中华文明之体悟。本书收《课前示诸生》，仅数百字短文，就传记文学立说，肯定西学"配合文字与社会之变迁，适应文化之潮流"，更强调本国传记所见"作者之志趣精诣、笔法匠心"，认为"文章者无论新旧，美者斯传，学术何分中外，惟善是归，现代西方新传之法，固当择从，吾国传统史传文学，亦应重视"。此种精神先生坚持始终，故能持论平允，见解通达，精气贯畅，文识具美。

二曰心存家国，志兴正学，尤关注两岸学术之互动激励。先生受学始自大陆，成于台湾，心萦两岸，未曾或忘。方1955年撰《元结年谱》初成，即闻南京孙望教授刊布《元次山年谱》，每以海阔天远无从阅读为憾。至1964年台北世界书局翻印，立即通读，彼此得失，渐次讨论，1966年撰成《元结年谱辨正》，刊《淡江学报》第五期，是两岸对峙年代罕见之学术讨论。至1990年秋，先生到南京，孙先生恰于是年归道山，此曲终成绝响。当时先生曾交我人民币百五十元，嘱代东海大学图书馆购买全套《复旦学报》，知其关切大陆学术之殷。既办妥，偶缺数期则以箧中私存以益之。无如其时两岸邮路初开，尚多阻陌，所寄杳如黄鹤，常觉愧对先生。先生为中国唐代学会创始人之一，更热切于与此间研治唐代文学者交流切磋，若我之晚出茫昧，曾得先生指点，受益为多。

本书收先生重要论著，凡分三编，曰"唐代文学与作家研究论著"，曰"其他经学文学研究论文"，曰"附录"，录专著、论文、杂文凡五十篇，遴选严格，精义纷呈。尚君略作披览，启发良多，不能自专，愿述所知。

先生专攻有唐，用力既勤，收获亦丰。于作家研究，则从系年、年谱入手，继而展知人论世之评。凡为杨炯、孟浩然、苏源明、李华、武元衡等系年，张九龄、元结两家年谱尤称誉学林。所考诸人，多服勤王事，体恤民瘼，倡复古道，秉志耿介，文学成就亦各造时极，有先生之人格寄意存焉，读者当不难体会。诸谱皆循古例，以文献为依凭，立言慎重，结论妥恰，纮纲大备，细节粗陈，皆足可传世者。继而分析人物，评骘得失，无不抉发幽隐，各中肯綮。如论杜甫东川行走之真相，前人仅见其辛苦周折，于诸诗则难得确解。先生从大处着眼，由安史乱后朝廷人事变化及关涉杜甫至深者房琯、严武二人切入，房琯既贬，严武谋进而求宰辅，退而据剑南，杜甫两入其幕，参佐实多。当严归朝时，杜则"替他留意旧属，随时掌握东川的情况"，"是房、严集团规图剑南的一种布置"，此似尚存猜测。然文中分析杜与章彝诸诗，《桃竹杖引赠章留后》微其跋扈，《将适吴楚留别章使君留后兼幕府诸公》复言心境萧瑟，去住无聊，从"常恐性坦率，失身为杯酒；近辞痛饮徒，折节万夫后"诸句，更读出杜之遭猜忌忧疑，杜代王阆州论巴蜀安危表，对两川形势洞如观火，使严武再镇蜀即杖杀章彝，邀杜甫入幕，皆可得合理解读。其《由天宝之乱论文人的运遇操持》亦有寄托存焉，对陷伪诸人之人生蹉跌及心理反省，分析尤入木三分。论张九龄，既知其出身卑寒，且来自岭南，身体羸弱，而刻意自强，更揭示其建立进取之不易，所倡尚文守礼、推贤慎爵，坚守儒家为政之道最为可贵。其论元结政治思想之迁变，逐次分层论列，既见其早年之无政府主义，复见其对小人窃弄国柄之殷忧寓讽与清君侧之激烈主张，既乱则对王政得失有别端反思，预见藩镇拥兵终成国之大患，且流露君主若"荒昏淫虐，不纳谏诤"，自应谴责，"稍露一夫如纣可诛的隐意"。此种揭示，确属深刻而敏锐，将元结提到唐思想史上之特殊地位，不仅一般所认知倡复古道、关心民瘼也。风檐展书，古道可鉴，表彰风烈，心追力仿，于此亦足知先生之理想人格与道德寄意焉。

　　其次则为经学、文学诸作，尚君不敏，不能尽得领悟，然有特殊欣会者。如论"风诗经学化对中国文学的影响"，则就风诗本有之民间意味，经汉儒解读，造成附会史事、颠倒美刺、破坏情诗、抹杀风趣等不良影响，举证皆极丰沛，又从裨益政教、端正倾侧、塞抑谐趣、造辟新境诸端加以讨论，明示其造成中国后世文学特殊面貌之别具作用。《柳永艳词突出北宋词坛的意义》一篇，则参据历代对耆卿艳词之贬斥，及近世因西学观念改变而表彰情色书写之偏颇，考察柳氏艳词实渊源有自，更揭柳词大量书写男女裸裎，欢情交会，侧艳冶荡，燕婉淫轶，不赞同道学家之谴责，也不附同今人之拔高，认为时风所趋，为北宋词坛之特殊风景，臻极而致雅人不满，世乱更引举世反省，立说通达如此，更见其学其识。其他不多举。就尚君所知，20世纪50年代台湾有识者倡守护文化，故国学传统、经学立场得完整保存，后留学欧美者多归，更以西学之通达与科学沾溉学林，新旧交集，学派纷呈，旧学既得变化，新知更得孳乳，学有主见，人各不同，然根柢未移，故气象常新。读先生所论所述，更增感慨。

"附录"所收凡序三、学人传悼六，另《课前示诸生》及自传。此虽皆短文，然回忆业师旧友，追述往事鸿迹，无不弘明师道，记录交谊，文辞简峻，意味隽永，出语冷静，情感内热，知先生重情义而知礼序，善文辞而守大节，再三讽读，回味无尽。

五年前台中逢甲大学唐学会年会，尚君幸得躬预其盛，先生年届期颐，孤身南行，主持讨论，谈说风生，妙见迭呈，信邦国有光，仁者长寿。今承《文录》编者传先生雅意，嘱尚君为序以弁端。尚君虽曾受知于先生，然为学荒疏，未窥先生志业之十一，海天辽夐，更罕遇机缘叩门问候请益。幸承见委，乃勉力操管，穷搜所知，略述所感，谨此向先生求益，亦顺此遥贺先生嵩寿无涯！

　　　　　　　丁酉（2017）仲夏，慈溪后学陈尚君谨识于沪寓

附记：怀念杨承祖先生的学问与人生

今天上午刚到办公室，就接到陈鸿森教授从台北打来的电话，告杨承祖先生今天凌晨走了。真感到很意外，震悼不已。虽然已经年近九十，但杨先生身体一直很好，八十以后还常作长泳，且常说唱戏为祛老延年之方。最近一次见到他，是2012年5月在逢甲大学开会，他做专场主持，单身一人从新北搭高铁南下，全无八五老人

之衰容。本来台大同人已经确定近年 11 月 4 日为他举办寿开百龄的庆生会，我也收到邀请，何料遽尔如此！

　　杨先生是湖北武昌人，生于 1929 年。抗战间随父入川黔，后就读于湖北师范学院。渡台后，复就读于台湾师范学院，本科论文为《元结年谱》。复入台湾大学，师从郑骞教授，以《张九龄研究》获硕士学位。1960 年起任台湾大学讲师，1966 年任新加坡南洋大学副教授，1974 年任台湾大学教授，直到 1990 年退休。此后又曾任教于东海大学和世新大学。主要著作有《张九龄年谱·附论五种》（台湾大学出版）、《元结研究》（"国立"编译馆出版）及论文数十篇。他之治学从秦汉经子到近代剧曲皆有涉及，要以唐代文学为中心。因尊崇张九龄、元结一派人物之为人为文为政，于诸家用力尤勤，大抵先穷尽文献为诸人编订年谱，复梳理作品以求其思想旨归与文学造诣，用力既深，发明亦多。

　　杨先生是台湾唐代学会的发起人之一，为台湾研究唐文学之典范人物。自 1990 年首度率团参加此间之唐代文学年会后，尤看重两岸之学术交流，我与许多同辈学者都曾得到他的指点。虽年事渐高，不能渡海，仍吩咐门生后学多作交流。更为难能可贵的是，他首次论文结集，慨允首在大陆出版，希望有更多学人理解他的学术理念与追求。尚君不敏，受嘱为序，数月前黾勉草就，拜请鸿森教授润饰，敬呈先生清览，幸获俯允。本望两月后到台北面贺嵩寿，不期遽归道山，聆教竟成绝响，隔海遥祭，伤恸何如。谨遥奉挽联，以寄悲悼：心存乡国从武昌到台北雾岭云山家万里，志兴正学治次山与曲江文章道德足千秋。

　　谨以草成之序，不作改动，交付《文汇学人》首度发表，表达我与此间唐代文学学会同仁对先生之景仰与哀悼，也希望两岸有更多学者了解先生之志业与成就。

谨识于 2017 年 9 月 5 日

花开花落皆安命　但开风气不为师

——悼念傅璇琮先生

2016 年 1 月 23 日,入冬后最冷的一天,过午传来更寒凛的消息:"傅先生病危,上了呼吸机,没有意识。"惴惴不安地为他祈祷,希望能够渡过难关,然而三个小时后还是传来噩耗:"傅先生走了。"悲痛何如! 为我失去一位尊敬的长辈和学术引路人,更为中国文史学界失去一位真正可以称为大师的学者和出版家,感到无限的悲哀!

傅璇琮先生出生于 1933 年 11 月,今年八十四虚岁。他的一生经历了几度沧桑巨变,从新锐的文艺青年,遭遇蹉跌,托庇中华书局做资料工作,四十五岁前几乎未以本名发表学术文字,却曾与王国维次子王仲闻一起点校过《全唐诗》(出版说明署名王全,全与璇南方音近),编过古典文学资料《黄庭坚与江西诗派卷》(署名湛之)、《杨万里与范成大卷》(署名徐甫),得以在轰轰烈烈的年代饱览唐宋文献。春阳初照,学术复苏,他的厚积开始爆发,1980 年前后井喷式地发表大量一流学术论著,引起中外学界广泛关注。他本人也逐渐走向中华书局领导岗位,担任总编辑多年,为最近三十多年中国的古籍整理出版工作作出极其突出的成就。数其大者,《续修四库全书》,由他与顾廷龙先生主编,收录清《四库全书》未收及其成书后的重要古籍，规模与《四库全书》相当；《中国古籍总目》，由他与杨牧之先生主编，对存世中国古籍作了完整的簿录；《全宋诗》，他是第一主编，将有宋一代诗歌汇于一编，收诗数为清编《全唐诗》的五倍。此外，他主编的书还可以举到《唐才子传校笺》《唐五代文学编年史》《全宋笔记》《宋登科记考》《宁波通史》《续修四库全书总目提要》《宋才子传笺证》等，每一部书都是重量级的，每一部书他都不是浪挂虚名。据我所知，他从选题策划、出版落实、编写约稿乃至后期编辑都有参与，实力实为。比方《全宋诗》编纂的数年间，他经常每周末用业余时间去北大工作。他是宁波人，地方政府请他领衔主编《宁波通史》，他也多次返乡主持编务，在地方史著中堪称翘楚。他承担这些工作，是觉得中国学术需要这些基本文献建设，热心于此，并不计较名利，只要事情能做成，排名前后无妨。

以上所说，是傅先生作为一位在古籍出版界有崇高声望的领导者的成绩，我更愿意较详尽叙述的是他本人在唐代文学研究领域取得的成就，他独到的研究方法以及影响力，以及我所知道的他的为人与为学。

我于1978年秋开始研究生学习，专业是唐宋文学，广览前辈著作，特别关心诗人生平和诗作本事研究。当时很认真揣摩分析夏承焘先生《唐宋词人年谱》的治学方法，了解年谱编纂最重要的是生卒年确定，然后将所有的传记、轶事、交友、作品记录逐年加以编次，从而完整地还原作者生平，并以此为基础分析其作品的本事、寓意及成就。其间偶有所感，写成《温庭筠早年事迹考辨》《姜夔卒年考》等文。这时从复刊不久的《中华文史论丛》第八辑读到傅先生《刘长卿事迹考辨》，可能是他用本名发表的第一篇长篇学术论文，也是我第一次读到他的名字。刘在文学史上不算重要作家，一般仅数句带过，傅文则指出刘存诗数量多，生前身后都获广泛好评。其生平基本情况，见于《新唐书·艺文志》："《刘长卿集》十卷，字文房。至德监察御史。以检校祠部员外郎为转运使判官、知淮西鄂岳转运留后。鄂岳观察使吴仲孺诬奏，贬潘州南巴尉。会有为辩之者，除睦州司马。终随州刺史。"后来如《唐诗纪事》《唐才子传》都据此敷衍，构成刘生平的基本叙述。傅考根据刘同时人高仲武叙述，知刘曾"两遭迁谪"，再据独孤及《送长洲刘少府贬南巴使牒留洪州序》、刘本人诗《狱中闻收东京有赦》《将赴南巴至余干别李十二》《初贬南巴至鄱阳题李嘉祐江亭》等诗，还原刘第一次贬谪是在至德三年（758）初，从苏州长洲尉获罪下狱，远贬南巴，其间与李白、独孤及、李嘉祐都有来往。而在鄂岳任上的获罪，则根据史乘钩稽吴镇鄂岳在大历八年（773）至十三年（778），在前次贬谪后十五年至二十年，也有许多诗文佐证。理清刘两次贬谪始末，对刘在此前后的交友、心境和创作可以作出全新的梳理和解读。此外，他还纠正刘官至随州刺史的旧说，认为刘因建中三年（782）淮西节度使李希烈叛乱去官，闲居扬州江阳县茱萸村，至少还存活了六七年。刘的进士及第，旧说在开元二十一年（733），闻一多据以推测其生于709年。傅文据《唐摭言》知刘天宝间还在科场为朋头（朋是进士之朋党性组织），佐证刘诗，知他及第肯定在天宝中后期，这样推他的生年，大约在725年。从生卒、科第、仕宦、交游，诗人的基本情况完全被颠覆了，而分析如此细致，举证又如此精当不移。阅读这样的考证文章，当年给我的震撼非常巨大。在此以前我总觉得唐诗及诗人研究，前人着力已多，未必有太多剩义，阅读傅文后看到只要方法科学，完全可以重新解读。

此后一二年，傅先生接连发表王昌龄、韦应物、戴叔伦等生平研究的多篇考证，创说也如前篇之精彩。到 1980 年将相关论文 27 篇结集为《唐代诗人丛考》出版，主体是初盛唐诗人生平和诗篇的研究。在前言中，傅先生自述学术渊源，是受丹纳《艺术哲学》的影响，认为伟大艺术家的出现与那个时代密切相关，经常成批出现，各怀才具："个人的特色是由社会生活决定的，艺术家创造的才能是以民族的活跃的精力为比例的。"对于这样的文学现象，文学史著作体例有很大局限，仅仅就诗论诗，以文论文，显然不够。他主张广征史籍和一切存世文献，真实地还原文学家的生命经历和情感变化，以及在不同遭际时的文学表达，从而深入准确地解读作品，再现真相。他自述为此不能不接触历史记载，在唐史大家陈寅恪和岑仲勉著作中得到"很多启发和帮助"，而岑著史料之丰富更使他"获益不浅"。可以说，他的唐诗研究在学术思路上受到法国社会学派的影响，在文献处理和考证方法上则更多得益于岑氏的著作。岑氏自学名家，继承乾嘉朴学精神，认为存世所有文献都可为唐史研究所参据，但每种文献都因著作避忌、党派立场或文献传误等原因，存在种种缺失，需在精密校订后方能信任使用。岑氏代表著《元和姓纂四校记》即体现此一立场，广征文献校订文本的同时，努力复原中古世族谱系，展现了远比两《唐书》丰富的士人群体。傅先生不仅承续岑氏占有文献、精密考证的立场，而且将岑氏赅博的文献拥有，做成可以让所有学者充分利用的《唐五代传记资料综合索引》（与张忱石、许逸民合编，中华书局 1982 年版），收录正史纪传、全唐诗文、僧传画谱、职官编年、缙绅谱牒、方志文献在内的传记资料。他的考据绵密，正得益于此。

那时我还在研究生学习阶段，学位论文做完，正摸索今后发展方向，从傅先生著作中得到许多启发，试写过几篇唐诗人考证论文，还很夹生（朱东润师评语）。后来据目录以求全面占有文献，从唐宋所有存世文献中爬梳《全唐诗》《全唐文》以外的唐人诗文，特别是钩稽宋代大型类书、地志、总集、史乘、笔记、杂著时，指导方法上受傅著横跨文史的鼓舞，手边翻阅最多的就是上举《唐五代传记资料综合索引》。

因为有前此的阅读感受，我于 1981 年 6 月研究生毕业前夕，因查阅古籍、请益前贤的名义首度入京，与同学周建国（他后来与傅先生合作完成《李德裕文集校笺》）专程到中华书局看望傅先生。只记得他的办公室不大，光线有些暗，我向他呈送考证温庭筠的习作，他说已经读过，并在北京师范大学研究生论文答辩会上提到我的文章。当时我们都很青涩，他似乎也不太习惯应酬，没有展开谈话，见他也忙，很快就告辞了。此后几年，我全力做唐诗辑佚与考证，文章写得很少，可举者只有《杜甫为郎离蜀考》和《欧阳修著述考》，不了解外界反应，也不与学界联系。1983 年初完成《〈全唐诗〉误收诗考》，以四万字篇幅引书数百种，考出《全唐诗》所收非唐五代诗诗作六百多首，自感较前有所提高。1985 年末，此文在

《文史》第24辑刊出，傅先生读到拙文，立即给南开大学罗宗强先生写信，说到这几年唐代文学研究出了不少优秀的年轻人，陈尚君是突出的一位，特别托人邀请我参加次年春在洛阳召开的中国唐代文学学会第三届年会。这是我参加学术会议之始。记得当时傅先生告诉我，本希望我参加《唐才子传校笺》的工作，但因前此已全部约出，因推荐我与厦门大学周祖譔先生认识，当时傅先生代表中华书局约请周先生主编《中国文学家大辞典·唐五代卷》，全部条目已列出二千多条，主体已约出，仅剩下少数荒冷偏僻的小家，认为我最能胜任。我答允了，但提一条件，即请允许我就所知未列条目而确具文学家身份者补充条目，两位主编欣然允诺。最后成书，收四千人，我写二千，完成唐一代文人的全面记录。因为傅先生的识荆和周先生的宽容，我得有机会展现自己。

《唐代诗人丛考》出版，在中外学界引起广泛好评，对一时研究风气的转变也有很大影响。傅先生在日常编辑工作之余，并没有停止探索的步伐。1982年，他完成《李德裕年谱》，用史料系年系月考证的办法，还原对唐后期政治与文学关系极其重大的牛李党争过程，揭示党争中各种人物面对藩镇割据、宦官弄权、科举荣黜、人事升沉等事件中的不同态度，贬斥势利，倡导品节，也多有发明。比如元白，以往尊白而短元，傅先生则认为元虽热衷仕途，但在党争中则亲李而斥奸，白则亲牛而就闲，给以不同评价。再如小李杜，他认为李商隐不以时事变化而改变操守，杜牧则在李德裕执政时迎合求欢，失势后立即落井下石，无中生有，二人人品高下立判。

　　傅先生第三本著作是《唐代科举与文学》，出版于1986年，不久前刚获得思勉原创奖。我在傅先生书面发言后的点评，上周《中华读书报》以"一本书与一种学术范型之成立"为题发表，读者可参看。

　　20世纪80年代中期后的十年，傅先生与国内知名学者周祖谟、吴企明、吴汝煜、梁超然、孙映逵、吴在庆等合作，完成《唐才子传校笺》。《唐才子传》十卷，为元辛文房所著唐诗人近四百人之传记总汇，中国失传，清开四库馆时从《永乐大典》辑出八卷，不全。近世在日本发现足本，为治唐诗者普遍重视。辛氏此书据当时所见文献匆忙拼凑而成，有珍贵的记载，如登第年月多据失传的《登科记》，但多数采据笔记、诗话、史乘，处理粗糙，失误甚多。傅先生认为此前日人的注释过于简单，他希望延续《唐代诗人丛考》的方法，以辛书为躯壳，对唐代主要诗人生平作一次彻底清理。他制定体例、样稿，自撰全书前三卷，多方合作，凸显每个人的贡献，出版后影响很大。他晚年另约学者主编《宋才子传笺证》，传是新写，体例沿前，完成宋代几百位一流文人的生平传记。

　　有前此的史实积累，他再约请陶敏、李一飞、吴在庆、贾晋华等合作，完成《唐五代文学编年史》，采取逐年逐月叙事的方法，记录唐五代三个半世纪间文学事件发生演变的过程。他认为这是文学史的一种特殊写法，可以立体地反映一代文学的面貌，如某年某月某人在何处，和谁在一起，发生了什么事件，写了什么作品，这些作品又具体表达什么内容，达到如何成就，也就是把《唐代诗人丛考》中以若干点的尝试，汇成了一条浩瀚绵邈的文学长河。这部著

作因此曾获得国家图书奖。此外，他还和台湾著名学者罗联添先生
合作，完成十二卷本的《唐代文学研究论著集成》，希望将海峡两
岸的杰出研究能够方便分享。

七十岁以后，傅先生完成近百万字的专著《唐翰林学士传
论》。他认为翰林学士代皇帝起草文书，是唐代文人人生理想的极
致，凡得臻此职者当时肯定都有很高的文学禀赋和时誉。因为文献
缺失，许多人事迹不彰，有关文学活动和成就的痕迹不甚明显，但
既领此职，必有可称。为此，他在丁居晦《重修承旨学士壁记》和
岑仲勉考补的基础上，对有唐两百多位学士的家世履历和文学活动
作了全面考察，从另一个侧面全景式地展示唐代文人的各种生存状
态和人生悲喜剧。我曾为此书写长篇书评，除揭示以上收获，还特
别指出此书另一特殊意义，即两百多位学士中，三分之二正史有
传，但缺误极其严重，傅先生广搜第一手文献考察他们的真实人
生，也揭示两《唐书》所有传记都应作此项考证的必要性和可行
性。正史无传的七八十人，成就高下不一，傅著尽量勾勒他们的人
生轨迹，也提示正史立传与否的不确定性。

傅先生主张学术民主，疑义共析，真诚欢迎不同意见的商榷。
《唐代诗人丛考》出版后，当时还与他不熟悉的赵昌平与他讨论顾况
生平，蒋寅与他商榷戴叔伦抚州推问的真伪，他都不以为忤，甚至
主动推荐到刊物发表，此后成为最好的学术朋友。《李德裕年谱》初
稿，他认为《穷愁志》四卷为伪。此后周建国仔细研读，举出多条
非李德裕本人不能言的内证，在该书新版中，他接受周说，改为有
少数伪文掺入，大多非伪。他主编《唐才子传校笺》出版后，陶敏

告其中还有未精密处，他立即鼓励陶尽量写出来。陶费时二月，居然写出十五万字，他觉得附书后太多，出一册稍薄，乃约请我也将所见写出，这才有了该书第五册《补正》。他的《唐翰林学士传论》写成于七十岁后，为精力所困，许多后出石刻没有见到。为他庆贺八十诞辰约编论文集时，我交了补充文献四万多字的长文。我觉得，对傅先生这样一生求道的学者，这是最好的礼物。

　　傅先生为人低调，待人平和，既礼敬前辈，也尊重后学，与他交往，能够感受到他的真诚和坦率，更能感受到他对每一位合作共事者的体谅和尊重。我与他最初交往的几年，还只是讲师，但他认识到我对一代文献的熟悉，代书局约我修订《全唐诗外编》，又约撰《全唐文补编》。在《全唐五代诗》启动后，更认为我可以承担最繁剧琐碎的责任，坚持由我担任主编之一，负责体例、样稿的撰写，承担两百家别集以外所有散见作者诗作的整理。他从不觉得这是对我的提携，反而歉意地认为这样合作我是吃亏的。我还特别记得 1993 年拙编《全唐文补编》退改时，怕邮寄丢失，他到南京开会时，随身带了五六箱书稿，亲自交给我。在我人生最艰困的时候，从未放弃学术，他的理解支持很重要。

　　与傅先生有交往的所有中青年学者都有上述同样的感受，特别是在唐代文学学会的同仁间。学会成立于 1982 年，他是发起人之一，从 1992 年起担任学会会长十六年，始终以倡导学术、扶携后进为己职，维护良好的学术氛围。每度年会，他都繁剧自任，操持辛苦，联络中外，鼓励多元。所作大会发言，都有充分准备，表彰诸方的成就，指示今后的方向。所涉人事安排，也能充分协调，取得

共识。他的精神也鼓舞了所有学会同仁，绝不争名逐利。他从 2000
年就想将会长交出，无奈各位副会长都觉得他的地位无法取代而作
罢。到 2008 年他坚持年迈而交卸，比我年长且成就更高的各位也始
终礼让，最后只能让最年轻而不称职的我接任。我知道，他们都着
眼于学术的长远发展与后继有人，我感到了责任重大。

　　傅先生热心提携年轻学者，三十多年来为同辈和后辈学人作
序，估计超过百篇。我在 1997 年出版《唐代文学丛考》，也曾烦他
写序。他要我提供全稿副本，并写一节求学经历和心得的文字，以
便参考。不到一个月就寄来六千字的长序，对我的学术道路、主要
创获以及治学特色作了认真的总结，真让我很感动。其中是否有过
誉呢? 当然是有的。傅先生私下谈话时说到，在经济大潮中，年轻
人能不为金钱所诱惑，安心学术，潜心坐冷板凳，就值得肯定; 即
便还有一些欠缺，适当地给以指点，总有逐渐提高的希望。他有一
本随笔集，取名《濡沫集》，正表达此一态度。书序的本格文章当然
是为本书鼓吹，傅先生的立场当然恰当。我偶然为他人著作写序，
有一段文字与作者商榷，招致傅先生一段友好的奚落。

　　傅先生供职于出版社，且因长期主政中华书局，因此可以利用
书局选题的取向引领学术风气，以推介海外优秀著作的方式改变国
内学术取径 (如《万历十五年》的出版)，也因此得有机缘广泛地结
识海内外的优秀学者。与我同辈的许多 80 年代出道的学者，都曾得
到他的关照，尊他为师长。然而出版社毕竟不同于高校，无法直接
培养能够接续自己学术的门弟子，这是很遗憾的。他从出版社退休
后，最初的母校清华大学特聘他为全职教授，指导博士生，最后十

年有一段全新的经历。具体情况我不了解，这两天读微信见清华他系学生回忆老人家经常到学生宿舍小坐谈学，且每次都有电话预约，称学生为同志，老派作风令人起敬。他在清华的学生我认识的不多，熟悉的是卢燕新，论文曾获全国优秀百篇博士论文，任教于南开大学，傅先生入院后每周末都到北京侍奉汤药。思勉颁奖时认识替他领奖的杨朗，知道傅先生的书面发言在病榻上口授，由杨整理成文。这篇发言水平之高，是我与许多朋友之同感，可以说是傅先生的学术遗言。整理者对傅先生学术思想的认识，也于此可知。无论亲炙门生，还是私淑弟子，我相信傅先生的学术肯定后继有人。

　　昨天有记者采访我，要我谈傅先生还有什么学术遗愿没有完成，一时语塞，难以回答。仔细想来，可以举出两件。一是他在二十多年前曾倡导组织全国学者编纂《中国古籍书目提要》，即为存世的每一种古籍编写提要，篇幅估计将会是四库提要的五至十倍，若能完成，当然是中国传统学术的集大成总结。这一计划后来因为人事变化而中辍，虽然可惜，但后来几乎没有再提起。二是《全唐五代诗》编纂的波澜变化。傅先生对唐诗和诗人研究越深入，越感到清编《全唐诗》不能胜任现代学术的要求，应该普查文献，广征善本，详校异文，精密考订，合理编次，以期形成可供专家学者和一般读者信任、最接近唐人创作原貌的唐诗总集。此事由他倡议，各方参与，我也承担了较大份额的工作，但最后终因人事纠纷而几度苍黄。傅先生病重入院后，我两度看望，他都希望我能将有关过程写出，也希望此书最终能够完成，殷嘱于我。我今年初已经写成一节文字，也开始全书长编的编次，本想春间再有机会入京汇报请益，不期遽尔如此。

　　傅先生去世后，友人贴出他 2006 年的两段题词，一段录《庄子》语："知不可奈何而安之若命，唯有德者能之。"另一段是："得意之时淡然，失意之时坦然，看庭前花开花落，望时空云卷云舒。"这可以说是他一生心境的记录。从文学青年，退到编纂资料，以古籍编辑而引领学术风潮，在并不太理想的学术环境中，写下当代学术的一抹亮色。而他一直保持书生本色，不讲究享受，从不以权威自居，至水尽处，看云起时，安之若素地坚持始终。他的精神与学术，是将长存。

2016 年 1 月 24 日

陶敏教授:为唐代文学研究竭尽一生心力

晚起打开手机,看到陶敏教授来电的未接显示,马上拨回去,接听的是他的女儿陶红雨:"爸爸在今天早晨7点55分去世了。"真的很意外,很悲痛。虽然知道他患胃癌已经多次化疗,好像已经趋于稳定,他也始终坚持体育锻炼。前年8月在北京宽沟开海峡两岸唐代文学会议,晚上去打保龄球,他每局都能达到150分左右。去年9月我与他一起资助的凤凰女孩来上海,在外滩与他通话,他在营口亲戚家度暑,中气充沛,显得很健康,怎么说走就走了。我马上与他的助手李德辉教授联系,才知道他在1月5日因病情恶化,住进湘潭市中心医院,仅隔十多天就离开了人世。此前两天还让女儿录音遗嘱,交代未刊未完成著作的整理出版事宜。

我认识陶敏颇富戏剧性。1986年4月参加学术会议,是在洛阳召开的中国唐代文学学会第三届年会,会长程千帆教授特别奖掖年轻人,天刚亮就敲我房间的门,夸奖我刚发表的《杜诗早期流传考》将他早年作《杜诗伪书考》没解决的问题说清了。我大感惶恐,当晚就到他房间请教,恰好他送客出门。坐定,程先生说刚走的客人是湖南的陶敏,这次仅能列席会议,但他对唐代文献全面而细致的理解,今后一定可以有大成就。就这样,我与陶敏擦身而过却没有认识,回来看到上海古籍出版社《中华文史论丛》刚发表他的《陈陶考》，从晚唐到宋人典籍记载中揭出唐诗人有两个陈陶，一位生活在唐宣宗前后，与晚唐诸多诗人有交往，另一位是南唐时期洪州的修道者，也能诗，但作品不多。举证的丰备，考订的坚确，相信程先生识人的眼光。

　　与陶敏认识且有过往，应该是在两年后了。我那时做全唐诗文的辑补，他则做《全唐诗》所见人名的辨析和诗人生平的考释，对一代诗文有共同的兴趣和不同立场的诠解，因而有较密切的交往。90 年代前中期，有两件事使我们的学术合作很密切。一是《全唐五代诗》的编纂，与一群学者合作希望完成闻一多、李嘉言等前辈重定唐诗文本的遗愿，几年间开了许多次会，但后来有变化，就不在此展开说了。二是《唐才子传校笺》的补正。元代辛文房著《唐才子传》十卷，记录了约四百位唐诗人的生平，原书在日本发现后，日本学者有较简明的校注。傅璇琮先生时任中华书局总编，觉得这本书影响很大，但许多记载都是二三手材料，应该做全面详尽的校笺，以期全面揭示唐代重要诗人的生命历程。傅先生从 1983 年开始约集全国著名唐诗学者分担此一责任，持续十年，到 1993 年出齐四厚册约一百五十万字，是那时唐诗人生平研究最重要的结撰。陶敏与我认识傅先生稍晚，当时没有参与，书出后傅先生希望给以具体的批评，陶敏很认真，逐条批核，历时两月，居然写出了十五万字。傅先生是坦荡的学者，对陶的意见极其珍视，但稍显尴尬的是十五万字附在原书后太多，单出一册又太少，于是与我商量，嘱我也将所见写出。我为做全唐诗文校补，那时几乎翻遍了四部群书和新出文献，因此补充了许多原校笺未及的史料，居然也写到十五万字。两部分书稿由我拼贴定稿，因此而体会到陶敏在精读唐代诗文所涉人、事、时、地等细节中，努力追求还原唐诗人生平的可贵努力。这本补正作为《校笺》第五册出版后，获得不少肯定，北京学者曹汛曾有陶主内证而陈重外证的评价。

最近二十年，陶敏著作如井喷般连续出版，论文超过百篇，学术著作则有《全唐诗人名考证》（陕西人民教育出版社 1996 年版，1998 年获第二届普通高等学校人文社会科学研究成果奖二等奖），前书增订为《全唐诗人名汇考》（辽海出版社 2006 年版，2007 年获第一届中国出版政府奖图书奖提名奖），《唐五代文学编年史》初盛唐卷、中唐卷（分别与傅璇琮、李一飞合作，辽海出版社 1998 年版，1999 年获国家图书奖），《唐代文史考论》（与郁贤皓合作，台湾中华发展基金管理委员会、洪叶文化事业有限公司 1999 年版），《隋唐五代文学史料学》（与李一飞合作，中华书局 2001 年版），《唐代文学与文献论集》（中华书局 2010 年版），《全唐诗作者小传补正》（辽海出版社 2010 年版）。古籍整理著作则有《元和姓纂附四校记》（与郁贤皓合作，中华书局 1994 年版）、《韦应物集校注》（与王友胜合作，上海古籍出版社 1998 年版）、《沈佺期宋之问集校注》（与易淑琼合作，中华书局 2001 年版）、《刘禹锡全集编年校注》（与陶红雨合作，岳麓书社 2003 年版）。已经完成等待出版的著作有他主编并主要执笔的《全唐五代笔记》，已撰写过半的著作有《元和姓纂新校证》等。总字数超过一千万字，内容则几乎覆盖了唐代文学各领域的所有作家作品，无论数量还是质量，都达到国内一流。

陶敏 1938 年 12 月出生于湖南省长沙县东乡沙坪茶子山，1955

年在长沙市第三中学（原明德中学）高中毕业后，考入武汉大学中文系，1957 年在《作品》上发表第一篇论文《抒情诗中的我》（笔名既白）。1958 年初被口头宣布为"右派"分子，开除团籍，安排到学校修缮组劳动。1959 年分配到在大连的辽宁师范学院农场劳动。他老实说明自己是"右派"，但到次年要摘帽时，才发现档案里并没有结论，于是组织外调，戴帽及摘帽仪式一并完成。1961 年，调到四平市的省农业机械厂（后改名四平收割机厂），历时十八年，先后做过工人、农民和小学教员。直到 1978 年，方调到湘潭师专外文科，任外国文学及现代汉语教师。1983 年，到中文系古典文学教研室，开始专业教学与研究。他大学毕业后荒废了二十多年，四十五岁始进入专业队伍，虽然年长我十四岁，似乎学术出道时间差不多，他为人又随和，不摆大前辈的架子，我对他一直随意称呼。

近代以来，唐代文史研究最有成就的学者首推陈寅恪和岑仲勉，两人都曾任教于中山大学历史学系，都很推崇司马光《资治通鉴》，但在学术取向方面则有很大不同。陈寅恪秉承家学，又曾长期游学欧洲，他更关注从宏观上揭示中古文化的特点以及民族、宗教、制度、家族等因素的交互影响。岑仲勉则试图在校订全部唐代文献的基础上，去伪存真，还原历史、文学的全部细节和真相，包括纷繁复杂的人事纠葛中的历史演进。两人在学术细节上虽然有许多分歧，但都以阔大的气象和探索的勇气，为后学开启了无数学术法门。在最近三十多年国内唐代文学的诸多研究学派中，从傅璇琮、陶敏到我，都属于立足唐代本身研究，试图在诗人的生活道路、诗人的写作过程、诗歌的写作本事和具体寓意等方面，尽可能完整地揭示真相，还原事实。就此点来说，更多承袭岑仲勉的工作。因为这样，我对陶敏的上述著作及其达到的成就，有很切身的体会。他在回归学术之初，主要做刘禹锡诗歌的笺释解读，与一般唐诗研究者路数差别不大。但达到一定深度，他就发现，在刘禹锡一生交游的诸多人物中，有的正史有传，生平线索大体清楚，更多的则史籍中仅留下片爪只鳞，要理清很不容易。从宋代以来无数唐诗的研究者和爱好者，大多根据传说事迹和常见诗歌，诵读并理解唐诗，体会其从遣词命意到兴象谋篇的成就，加以模仿写作，很少作客观科学的探究。现代学术的起点，首先必须是文献准确，事实清楚，然后再予以研究。但唐诗虽然已经有逾千年的研究史，不仅缺漏错讹极其严重，而且所涉史事极其纷繁，诠读更为不易。陶敏的工作大体以岑仲勉为起点，以清理岑氏的遗著《元和姓纂四校记》为基础。唐代也如现代社会一样，由无数家族和各层官员，以及不同地位的仕庶人等组成，史书仅能记载很少高层士人。《元和姓纂》是林宝为朝廷加封授爵而编成的士族谱，如同无数枝条的大树般记录了唐人的世系家牒。前举岑著则是其一生最伟大的著作，几乎将该书所载数以千计的人物履历弄清楚了。陶敏以此掌握全部唐代人事关系的谱图，加上他对唐代存世文献的深细理解和对新见文献的及时掌握，他的学术研究在多个层面展开。以下摘要酌作介绍。

　　《全唐诗人名考证》及其增订本《全唐诗人名汇考》，是陶敏最重要的学术著作，后者多达一百二十万字，为五万多首唐诗诗题、诗序、诗篇中所见唐代人名逐一作了解释。比如最常见唐诗中《夏日南亭怀辛大》《戏作花卿歌》《八月十五夜赠张功曹》等诗中，与诗人有关者为谁，书中逐一给以说明。这些看似简单的工作，不涉猎极其广泛的文献，没有超强的记忆和敏锐的感悟，很难完成。这里摘录陶敏文章中提到一段与我有关的往事："记得 1990 年在西安参加编纂《全唐五代诗》的筹备会，和陈尚君住在一间房里，他从书店买回了几本《文博》，随手一翻，发现其中提到西安出土的天宝十四年《唐故殿中省进马宋应墓志铭》，猛然想起王维集中有一首《宋进马哀辞》，两相对照，宋进马果然就是宋应，真是'得来全不费功夫'，我和尚君不禁相对拊掌大笑。如果平时脑袋里不是装满了各种各样问题的话，这条资料就会失之交臂了。"全书无数人名的澄清，就是这样逐一积累起来的。而这些问题的解决，也为他考辨作品归属，考索诗人事迹，提供了无数线索。

《唐代文学与文献论集》收录陶敏三十年间重要论文七十多篇，内容涉及辑佚、年谱、书评、专书研究等多种类型，但最具学术价值的是一组唐诗甄别辨伪的论文。如《晚唐诗人周繇及其作品考辨》认为《全唐诗》周繇下所收大中间在襄阳与段成式、温庭筠等唱和诗，是另一位作者元繇的诗歌，从《唐诗纪事》开始就弄错了，只有洪迈《万首唐人绝句》下保存了一处元繇的署名。在理清周、元二人的生平轨迹后，确认这组诗与周繇无关。再如《全唐诗·牟融集证伪》一篇，指出牟融其人明中叶以前无闻，从明人《红雨楼书目》开始出现，今传有季振宜《全唐诗》所据本和中国国家图书馆藏清初钞百家唐诗本，其中记载的唐代著名人物居然横跨了几个时代，而另一批人物则属明代著名人物，再从地理、典故等加以佐证，确认此集为明人伪造。另如考证同时与白居易、刘禹锡来往酬唱的有两位卢贞，考证李白送贺知章诗为伪作，考证《大唐新语》之不伪和《龙城录》的决伪，也都堪为定论。

《唐五代文学编年史》的构想由傅璇琮先生提出，分初盛唐、中唐、晚唐和五代四卷，陶敏负责前两卷，所承逾全书之半。此书采取编年的方式，立体式地展示唐代文学的发展轨迹。这一年有哪些政治事件，每一位文学家有何作为，哪些人之间有交往，哪些作品在此年出现，全部逐一记录。书出版后，学者赞许为是一种全新的文学史叙述体式。要将数以千计作者、总数超过八万的各体作品，准确定位到每一年，纂者的努力可想而知。

《全唐诗作者小传补正》肇端于 20 世纪 80 年代陶敏与南京师范大学郁贤皓教授的合作计划，后来停顿了，而唐文学的研究格局已经完全改变。傅璇琮主编《唐才子传校笺》对重要诗人的梳理，周祖谟主编《中国文学家大辞典·唐五代卷》对所有唐代作家生平的叙述，我也参与其事，觉得再做小传笺证已经剩义无多。但陶敏坚持独立做完全书。近期我因做全部唐诗的重新写定，参考本书逐一重写《全唐诗》小传，已经比读了全书三分之二，确认其发明之多，远远超出我的预期。

《全唐五代笔记》是陶敏晚年主编的用力极深的著作，为此陶敏与他的团队经历了近十年的艰辛工作。虽然笔记不能如诗文那样文体清晰地加以甄别，但能在此一总题下将此类著作做完整的清理，足可方便学人。唐人笔记原本保存至今的不多，多半靠《太平广记》等书引录而得有部分保存。明清两代对唐诗的癫狂虽然也连带引起对唐小说笔记的热情，但书坊不负责任的编造带来唐稗的无序混乱。唐笔记之清理要做到区分真伪，区别正讹，写定可靠文本，要学者去发掘善本，剔除伪杂，陶敏做到了这一点。从他已经发表的论文看，《刘宾客嘉话录》在唐兰、罗联添两种新辑本以外又有许多新发明，考定《尚书故实》叙述者张宾护就是书画名家张彦远，发现海日楼旧藏《贾氏谈录》比通行本多出许多内容，对中华书局已经有新整理本中的问题也有许多纠订。此书三年前已经定稿，交到出版社，可是因为说不清楚的原因至今仍没有面世。

文献考订是非常复杂的学术工作，要求学者利用可信文本，通过文献的相互比较参证，揭示出前人未知的看法。无论文献获得的难度、文献解读的准确、文献论证的逻辑联系，以及论证结论的不循旧说，都非浅尝者可以达到。陶敏长期在湘潭任教，既不在中心城市，又非主流院校，图书资料和学术信息的匮乏，给他的研究带来很多的困难。他曾说到80年代想看《舆地纪胜》《全唐文》要到长沙的省图书馆，要看徐松《登科记考》、劳格《郎官石柱题名考》要到上海、南京，可见研究之艰苦。好在三十年来学术图书的出版和科技手段的进步，大大缩小了这些差距。而陶敏更以出色的记忆理解和学术感悟，加上常人难以想象的努力勤奋，做出了大量超迈前修、启发后学的工作。可以认为，他对唐代基本文献的解读甄辨，是岑仲勉以后成就最高的学者。

陶敏在六七年前发现身患癌症，在积极治疗同时，始终没有停止手边工作，病中完成了《全唐诗作者小传补正》和《全唐五代笔记》的定稿，并希望完成其他已做的课题。李德辉告诉我，去年 12 月 31 日凌晨，陶敏让他过去，将电脑中未完成书稿逐一交代，希望学生能够继续完成。"春蚕到死丝方尽"，陶敏教授为唐代文学研究竭尽一生心力，他的成就和精神值得后学永远铭记。

2013 年 1 月 17 日至 18 日凌晨

图书在版编目(CIP)数据

唐诗文本与文献研究十讲/陈尚君著. --上海：
复旦大学出版社,2025.7. --(名家专题精讲).
ISBN 978-7-309-18101-2

Ⅰ. I207. 227. 42

中国国家版本馆 CIP 数据核字第 2025XJ5689 号

唐诗文本与文献研究十讲

陈尚君　著

责任编辑/史立丽

复旦大学出版社有限公司出版发行

上海市国权路 579 号　邮编：200433

网址：fupnet@fudanpress.com　http://www.fudanpress.com
门市零售：86-21-65102580　　团体订购：86-21-65104505
出版部电话：86-21-65642845

江阴市机关印刷服务有限公司

开本 890 毫米×1240 毫米　1/32　印张 14　字数 299 千字
2025 年 7 月第 1 版
2025 年 7 月第 1 版第 1 次印刷

ISBN 978-7-309-18101-2/I·1460
定价：88.00 元